MELDUNG ÜBER GESPENSTER
Erzählungen aus Litauen

INHALT

Vorwort   7

GEGENWART

Renata Šerelytė
Der Pirol von Babel   21

Herkus Kunčius
Mavromati. Vorwand für ein Verbrechen   33

Juozas Erlickas
Große Ereignisse in einer kleinen Stadt   53

Markas Zingeris
Die Repatrianten   61

Bitė Vilimaitė
Das kalte Feuer   69

Jurgis Kunčinas
Was wir in den Taschen eines Toten fanden   72

Marius Ivaškevičius
Der Zug unserer Liebe zu Vilnius   84

Vanda Juknaitė
Das gläserne Land   88

EXIL

Algirdas Landsbergis
Duett für Frauenstimme und Violine in Venedig   113

Marius Katiliškis
Sehnsüchtig warten wir   130

Icchokas Meras
Das Lied der Nachtigall   140

SOWJETZEIT

Antanas Ramonas
Gewitter im Gebirge ... 148

Ričardas Gavelis
Meldung über Gespenster ... 157

Jurga Ivanauskaitė
Das Haus außerhalb der Stadt ... 176

Romualdas Granauskas
Das Stieropfer ... 183

Saulius Šaltenis
Der immergrüne Ahorn ... 229

ZWISCHENKRIEGSZEIT

Jurgis Savickis
Ein Luxusleben ... 234

Petras Tarulis
Frühlingsstrophen ... 244

ZARENZEIT

Antanas Vienuolis
Alleluja ... 249

Žemaitė
Er hatte keine gute Mutter ... 258

Autoren- und Quellenverzeichnis ... 267

VORWORT
DIE LITAUISCHE LITERATUR

Die ersten literarischen Zeugnisse in litauischer Sprache sind gegen eine doppelte kulturelle Fremdherrschaft entstanden: gegen das Latein der Kirche und gegen das Polnisch der Oberschicht. Der Protestantismus, in Litauen ansonsten historisch kaum von Bedeutung, verhalf auch hier der Sprache des Volkes zum Durchbruch: Eine Übersetzung des Lutherischen Kleinen Katechismus durch Mažvydas, 1547 in Königsberg gedruckt, war das erste litauische Buch; erst 1795 folgte der erste katholische Katechismus von Daukša.

Etwa zur selben Zeit schuf der protestantische Landpfarrer Donelaitis (1714–80) die erste litauische Dichtung: Das Epos „Die Jahreszeiten", das vor Klopstocks „Messias" den Hexameter reaktivierte und abseits aller bukolischen Tradition durch eine so gar nicht epochentypische, sehr realistische Schilderung des Lebens der leibeigenen Bauern auffällt. Es erschien erst lange nach dem Tod seines Autors: 1818 hat es der Theologieprofessor Ludwig Rhesa, versehen mit einer deutschen Übersetzung, in Königsberg herausgegeben. Diese Übersetzung, zur Zeit des Höhepunktes der Romantik und ihrer Idealisierung des einfachen Volkes erschienen, glättet manche Stellen, ja lässt Textpassagen, die als zu derb galten, überhaupt weg. Bereits 1869 folgte eine eher trocken philologische Übersetzung durch Nesselmann, 1894 legte Passarge eine weitere Übersetzung ins Deutsche vor, aus der Johannes Bobrowski, wenn auch in freier Neufassung, manche Stellen in seinem Roman „Litauische Klaviere" zitiert. Die bislang letzte deutsche Übersetzung stammt von Hermann Buddensieg aus dem Jahr 1966. Die internationale Assoziation der Literaturkritiker in Paris hat die „Jahreszeiten", die mittlerweile in mehr als 20 Weltsprachen übertragen wurden, 1977 unter die Meisterwerke der europäischen Literatur aufgenommen.

Interessante Darstellungen des täglichen Lebens in dieser Zeit, die von hohem ethnographischen und philologischen Wert sind, stammen von Dionizas Poška (1757–1830), einer der eigenwilligsten Figuren der litauischen Literaturgeschichte. Hochgebildet und litauisch wie auch polnisch schreibend, zog sich der ausgebildete Rechtsanwalt auf einen kleinen Hof zurück und führte ein karges Leben, pflegte aber enge Verbindungen mit polnischen und russischen Wissenschaftlern sowie litauischen Schriftstellern. Er richtete 1812 in einer eigenhändig ausgehöhlten Eiche das erste litauische Museum ein, das dem Land und seiner Geschichte große Aufmerksamkeit verschaffte; seine Besichtigung hinterlässt auch jetzt noch einen nachhaltigen Eindruck.

Mehrfach ins Deutsche übersetzt wurde auch das 1860/61 erschienene Poem „Der Hain von Anykščiai" von Antanas Baranauskas, inhaltlich wie sprachlich ein Werk nationaler Selbstvergewisserung. Baranauskas wollte damit das Vorurteil, das Litauische vermöge subtile Beobachtungen und Empfindungen nicht so gut wiederzugeben, sei also nicht in gleicher Weise literaturtauglich wie das Polnische, widerlegen. Dem Autor gelang ein eindringliches Symbol der Unterdrückung Litauens, das ihm auch Gelegenheit gab, die Sprache an ausführlichen Naturschilderungen zu erproben: Ein herrlicher Urwald wurde von den Litauern selbst, von Hunger und Elend gezwungen, gefällt, übrig bleibt nur mehr ein Hain, der von allen gehegt wird. Die Schilderung ist nicht nur genau, wenn es um den Wald, seine Farben, Stimmen, Gerüche und Geräusche geht, sondern auch in der Darstellung ökonomischer Mechanismen: Das reiche Holzangebot führt zum Preisverfall und fremde Kaufleute erzwingen die gänzliche Abholzung des Hains; triste Öde breitet sich aus – und erstickt die Poesie:

So sind die Berge nun kahl, nur mit Stubben besät noch geblieben,
Oft mit Tränen begossen und in Gesängen besungen.
Unvollendet blieb auch das Lied: denn das Herz packte Schmerzen,
Düster ward da die Seele und schwer und fand nimmer Ruhe.
Denn die gleiche Macht, die frevelnd die Wälder zernagte,
Überfiel auch die Seele, das Herz ... und brach auch dieses Lied ab.

„Der Hain von Anykščiai" – die eben zitierte Übersetzung stammt von Hermann Buddensieg – war auch eine Antwort auf die Herausforderung, die der polnische Nationaldichter litauischer Herkunft Adam Mickiewicz bedeutete; er hatte in seinen Epen

„Pan Tadeusz", „Konrad Wallenrod" und „Grazyna" litauische Stoffe gestaltet.

Die Dichtung von Baranauskas bildet den bedeutungsvollen Anfang der nationalen Romantik, die für lange Zeit die litauische Literatur, vor allem aber die Lyrik beherrschen sollte.

Überhaupt ist die Lyrik eine besondere Domäne der Litauer; sie hat ihre Wurzeln in den litauischen Volksliedern, den dainos, die schon Lessing im 33. seiner „Briefe, die neueste Literatur betreffend" zu begeisterten Kommentaren hingerissen haben; er beschließt die aus Philipp Ruhigs Litauischem Wörterbuch entnommenen Beispiele mit der Bemerkung: „Der fromme Mann entschuldigt sich, daß er dergleichen Eitelkeiten anführe; bei mir hätte er sich entschuldigen mögen, daß er ihrer nicht mehrere angeführt."

Auch Herders Sammlung „Stimmen der Völker in Liedern" enthält litauische Volkspoesie.

*

Aus dieser Tradition kommt der bedeutendste Dichter der litauischen Romantik, der katholische Priester Maironis; seine 1895 in Tilsit erstmals erschienenen „Frühlingsstimmen" besingen litauische Landschaften, Geschichte und Mythologie in einem geradezu spielerisch gehandhabten komplexen Versmaß. Viele seiner Gedichte wurden vertont, „Kur bėga Šešupė", jener Lobpreis der litauischen Heimat, der mit der Nennung der Flüsse Šešupė und Nemunas (Memel) beginnt, war in der Zeit der sowjetischen Okkupation die inoffizielle Hymne des litauischen Volkes.

Die nationale Komponente in der Dichtung von Maironis, die romantische Liebe zur unterdrückten Heimat, bildet den Kontrapunkt zu seinem europäischen Horizont. Maironis hat Übersetzungen aus dem Russischen, Polnischen und Französischen als gleichwertig unter seine eigene Schöpfungen aufgenommen; und zwischen den Litauen-Gedichten steht das ebenso bekannte „Abend am Vierwaldstätter See" von 1904.

Das Hauptwerk von Maironis war nicht das einzige Buch, das in Tilsit oder an einem anderen Ort Ostpreußens gedruckt wurde und über die deutsch-russische Grenze ins Land kam. Ein ganzes Netz mutiger „Bücherträger", Männer und Frauen, bekämpfte die Auswirkungen des 1864 vom Zaren verfügten Druckverbotes für litauische Bücher; 1.856 Bücher sind in den 40 Jahren des Verbotes erschienen, mehr als in der Zeit davor. Das Ende des Druckverbotes und die Folgen der Revolution von 1905 – auf einem Kongress in Vilnius konnte sogar die Forderung nach kulturpolitischer Autonomie vorgetragen werden – leiten Jahrzehnte der Blütezeit der litauischen Literatur ein. Die national-romantische Strömung, die weiterhin vorherrschend war, entwickelte sich inhaltlich weiter, da in dieser Zeit der alte Typus des polonisierten Litauers, der im Bojarenmilieu aufgewachsen war, von den Vertretern eines bewussten und aus der Volkskultur kommenden Litauertums abgelöst wurde. Dieser Einschnitt in Mentalität und Kultur, der durch die wachsende politische Konfrontation mit Polen verschärft wurde, ist einigen Erzählern zum zentralen Thema geworden.

In der Zeit staatlicher Selbständigkeit* konnte sich die litauische Literatur weltanschaulich wie stilistisch differenzieren. Verlage und Zeitschriften wurden gegründet, neue Leserschichten wuchsen heran.

Der 1873 in einem litauischen Dorf geborene Jurgis Baltrušaitis fand durch sein Studium in Moskau Anschluss an den russischen Symbolismus. Er war Mitbegründer des Verlages Skorpion und an seinen Periodika maßgeblich beteiligt. Anfänglich schrieb Baltrušaitis hauptsächlich russisch, der bedeutendste Teil seiner litauischen Gedichte entstand erst in den Jahren vor seinem Tod in Frankreich; er starb 1944 in Paris. Ebenfalls 1944 verstarb, erst 23-jährig, in Litauen Vytautas Mačernis, dessen „Songs of Myself" den Einfluss des Existentialismus, vor allem von Karl Jaspers, aufweisen.

*

---

* Über die litauische Literatur seit 1918 gibt es erstmals breite Informationen in deutscher Sprache in dem Buch von Vytautas Kubilius: Literatur in Freiheit und Unfreiheit. Die Geschichte der litauischen Literatur von der Staatsgründung bis zur Gegenwart. Aus dem Litauischen von Cornelius Hell und Lina Pestal. Athena Verlag, Oberhausen 2002.

Avantgardistische Strömungen waren in Litauen nicht sehr stark. In der Lyrik ist allen voran Kazys Binkis zu nennen. Er war fasziniert vom russischen Futurismus, vor allem von Majakowskij, und durch sein Studium der Literaturwissenschaft und Philosophie in den Jahren 1920–23 in Berlin von den deutschen Expressionisten beeinflusst; mit „Deutscher Frühling" schuf er selbst ein expressionistisches Bild von Berlin. Mit Binkis finden antibürgerliches Pathos und dissonanter antiästhetischer Protest Eingang in die von Neuromantik und Symbolismus geprägte litauische Lyrik der zwanziger Jahre. Und weil dieser Ton so selten ist in der litauischen Tradition und aus politischen Gründen keine Fortsetzung finden konnte, sei hier noch das Ende eines Gedichtes von Teofilis Tilvytis (1904–1969) zitiert (Übersetzung von Manfred Peter Hein und Jan Peter Locher):

Gesang der Maschinen unser Gesang,
Gesang der Blitzableiter, Radioantennen;
es sollen die Ballerinen daheim
wissen,
aus Richtung Frankfurt
flirten wir schon mit Leningrad,
und fliegen abends litauische Parade
hinbrausend
über den Lärm von Berlin.
Da mag ein Wunsch erglühn, im Oberland nochmals
schwindend litauische Melodie zu summen,
Dorfmarjellen hintern Strauch zu ziehn,
zu knutschen die runde Leokadija.
Wir werden Wälder überfliegen, die Karpaten,
werden niedergehn im gigantischen Chicago;
die Wege, Freundchen, sind weit offen heutzutage,
du Land der Väter, ja, leb wohl – was sonst...

Ein bedeutender Lyriker, freilich traditionellerer Natur, war auch der in Petersburg, München und Freiburg ausgebildete Theologe und spätere Literaturprofessor Vincas Mykolaitis-Putinas; mit „Im Schatten der Altäre" gelang ihm ein wichtiges Beispiel des psychologischen Romans, der – autobiographisch gefärbt – den Prozess der Loslösung vom Priestertum beschreibt.

*

Jäh hat die sowjetische Okkupation im Jahr 1940 der Vielfalt der litauischen Literatur den Garaus gemacht; zwei Drittel der damaligen Mitglieder des Schriftstellerverbandes emigrierten, viele Autoren wurden nach Sibirien deportiert. Petras Cvirka, Abgeordneter zum Obersten Sowjet und Literaturfunktionär, die begabte Lyrikerin Salomėja Nėris und andere, die sich einreihen ließen in die neue Sowjetliteratur, konnten an ihre früheren Leistungen nicht mehr anschließen; Propagandasprache erstickte das Talent. Mykolaitis-Putinas verstummte für etwa 15 Jahre und zog sich auf Übersetzungen und literaturwissenschaftliche Arbeiten zurück.

Die deutsche Besetzung 1941–44 bedeutete den Genozid an den litauischen Juden (200.000 bis 250.000 Menschen). Viele Menschen wurden vom Krieg in die Flucht geschlagen. In den ersten Nachkriegsjahren wurden etwa 250.000 Opfer der sowjetischen Massendeportationen. Insgesamt hat Litauen in einem Jahrzehnt etwa 30 Prozent seiner Bevölkerung verloren – das ist einer der größten Verluste in ganz Europa. Und darunter waren auch viele Schriftsteller.

Vor allem in Deutschland entstand nach dem Zweiten Weltkrieg eine überaus aktive Kulturszene litauischer Emigranten, zahlreiche Zeitschriften und Bücher erschienen. In den fünfziger Jahren gingen fast alle Autorinnen und Autoren aus Deutschland nach Amerika. Dort, wo es bereits seit dem 19. Jahrhundert eine litauische Emigrantenszene gab, wurden wichtige Werke der litauischen Literatur geschrieben.

*

Das Sowjetsystem hielt für botmäßige Schriftsteller privilegierte Lebensumstände bereit, setzte sie aber ständiger politischer Kontrolle und administrativen Schikanen aus. Ein gängiges Verhaltens- und Äußerungsmodell sowjetlitauischer Schriftsteller lässt sich so beschreiben: Man zollte mit einigen Werken dem Regime

Tribut, lieferte in Interviews und öffentlichen Reden pflichtschuldig die gewünschten stereotypen Äußerungen zu Antifaschismus, Frieden und Fortschritt der breiten Massen der Werktätigen in der Sowjetunion, suchte aber ansonsten die nationale Nische auf. So hat sich der prominenteste Lyriker Eduardas Mieželaitis, Leninpreisträger und Abgeordneter zum Obersten Sowjet, verhalten, der viele populäre Litauen-Gedichte schuf, so haben es andere getan. Die künstlerische Arbeit an der immer stärker von offener und schleichender Russifizierung bedrohten Muttersprache und das Nicht-Aufgeben nationaler Themen sicherten dieser Literatur Leser und Wirkung.

Bei der Behandlung der Gegenwart galt es, die Balance zwischen möglicher Kritik und dem Pathos der Bejahung einzuhalten. Dabei war die Biographie eines Schriftstellers meist entscheidender als sein künstlerisches Talent: Ein ausgewiesener Kommunist der Kriegs- und Nachkriegszeit konnte sich freier äußern als ein junger Autor, der im Geruch stiller Opposition stand. Die Generation, deren erstes literarisches Hervortreten in das poststalinistische Jahrzehnt fiel, gewann aus der durch den 20. Parteitag der KPdSU genährten neuen Hoffnung in die Partei ein Reservoir affirmativer Werke, das später als Deckblatt für ausgedrückte Enttäuschung und begrenzten Nonkonformismus diente. Die Mechanismen der Zensur und Selbstzensur waren nach Stalins Tod oft sehr subtil und vielschichtig, sie lassen sich nicht auf ein Muster reduzieren.

Viele Autoren nahmen Zuflucht zu Stoffen der Vergangenheit; als Beispiele seien das 1957 uraufgeführte historische Drama „Herkus Mantas" (benannt nach der Hauptfigur, dem Anführer der heidnischen Pruzzen gegen die Ritter des Deutschen Ordens) von Juozas Grušas, der Roman „Die Pest" von Ieva Simonaitytė oder das Drama „Mindaugas" des beliebten Lyrikers Justinas Marcinkevičius angeführt.

So sind aus der Beschäftigung mit „unverdächtigen" Perioden der eigenen Geschichte wichtige Werke entstanden, obwohl sie gegen das klare ideologische Raster der offiziellen Geschichtsschreibung zumindest nicht verstoßen durften.

*

Etwa mit dem Jahr 1987 kann man in Litauen von einer faktischen Entmachtung der Zensur sprechen. Das Schlüsselwerk dieser letzten Periode der sowjetischen Okkupation ist der Roman „Vilnius-Poker" des im August 2002 tragisch verstorbenen Ričardas Gavelis; er wurde zum größten Erfolg der gesamten litauischen Literaturgeschichte: In einem Land mit ca. 3,5 Millionen Einwohnern wurden etwa 300.000 Exemplare verkauft.

Ansonsten hatten die Schriftsteller in der neu erkämpften Meinungsfreiheit nicht unbedingt das erste Wort; die ersten unzensurierten Bücher waren Schilderungen und Erinnerungen von Überlebenden der sibirischen Lager. Politik und die 1989 interessant gewordenen Medien rangierten mit einem Mal vor Kunst und Literatur. Auch stellten Autoren wie Kasys Saja, Saulius Šaltenis oder der Lyriker Kornelijus Platelis als Parlamentsabgeordnete und Minister ihre Kräfte in den Dienst der Politik.

Seit der Wiedererrichtung des souveränen litauischen Staates im Jahr 1990 und seiner internationalen Anerkennung im Folgejahr hat sich in der litauischen Literatur eine reiche Palette verschiedener Stile und Themen entwickelt, die diese Anthologie vorstellen möchte. Dazu sind viele Werke der Emigration erstmals in Litauen gedruckt und wahrgenommen worden – ein Prozess, der bereits gut zu überblicken, aber noch nicht abgeschlossen ist. Außerdem gab es – Vergleichbares kennen wir aus der Zeit nach 1945 im deutschen Sprachraum – einen großen Nachholbedarf an Übersetzungen, die sich auch befruchtend auf die litauische Literatur auswirken.

Eine wichtige Aufgabe war auch das Neuschreiben der litauischen Literaturgeschichte; sie war nicht nur von ideologischen Formeln und Versatzstücken zu reinigen, sondern neu zu bewerten und zu gewichten. Auch etliche noch in der Sowjetzeit verfasste Werke konnten erstmals gedruckt werden oder nun ohne die „Übermalungen" der Zensur erscheinen. Auch dafür finden sich Beispiele unter den Texten dieser Anthologie.

LITAUISCHE ERZÄHLUNGEN

Gespenster der Vergangenheit und ungewohnte Bilder einer neuen Freiheit und Lebensrealität machen die Literatur des ersten Jahrzehnts des wiedererrichteten litauischen Staates interessant und verdienen internationale Aufmerksamkeit. Die vorliegende Anthologie beginnt mit zwei Erzählungen, die im Jahr 2001 gedruckt wurden, und geht zurück bis zu der 1895 noch im zaristischen Russland entstandenen Erzählung „Er hatte keine gute Mutter" der Autodidaktin Žemaitė. In sehr verschiedenen Schreibweisen und Themen entsteht dabei ein breit gefächertes Bild des heutigen Litauen und seiner Geschichte.

Gegenwart

Renata Šerelytė, deren Roman „Sterne der Eiszeit" (Rowohlt Berlin 2002) in deutscher Übersetzung vorliegt, zeigt in ihrer Erzählung, dass die Vergangenheit nicht nur aus unabweisbaren Gespenstern besteht, sondern auch aus Erinnerungen, die Teil des eigenen Lebens sind. Ironisch und nostalgisch, aber immer detailgenau, lässt sie Szenen der Schul- und der frühen Jugendzeit in sowjetischen Lebensverhältnissen Revue passieren. Die Vergangenheit wird weder verharmlost noch dämonisiert und gerade dadurch nachvollziehbar.

Herkus Kunčius ist ein in Litauen erfolgreicher Romancier mit ironischem Blick und einer essayistisch-reflektierenden Erzählweise, prallvoll mit Bildern wie mit Argumenten und oft – wie in der hier vorliegenden Erzählung – aus verschiedenen Textschichten gebaut.

Juozas Erlickas, sehr erfolgreich in den litauischen Medien präsent, versteht es, seine Leser schon mit den Buchtiteln zu narren. „Das Buch" war der schlichte Titel des 1998 erschienenen Bandes, der mit seiner Mischung aus Notaten, Geschichten, Reflexionen, Szenen und Gedichten Furore machte. Der hier präsentierte Text von Erlickas argumentiert überzeugend, warum sich in Litauen nichts zum Besseren verändern darf. Er ist dem Band „History of Lithuania" entnommen – gerne möchte man wissen, wie viele (potentielle) Käufer ihn aus den Regalen gezogen haben, um einen Überblick der litauischen Geschichte auf Englisch zu erstehen.

Markas Zingeris ist einer der ganz wenigen literarischen Zeugen der Tradition der Litwaken, der litauischen Juden, die im Land geblieben sind. Wie Jurgis Kunčinas veröffentlichte er in der Sowjetzeit nur Lyrik, die von der Zensur unabhängiger war als die Prosa. Vor einigen Jahren machte Zingeris mit einem Roman von sich reden. Die im Jahr 2000 veröffentlichten Erzählungen geben Einblick in die zersplitterten Reste der Kultur und des Selbstbewusstseins litauischer Juden nach dem Holocaust.

Jurgis Kunčinas, der in der Sowjetzeit näher an der Illegalität als einer systemkonformen behäbigen Schriftstellerkarriere lebte, ist heute einer der wichtigsten Prosaautoren seines Landes, der sich in zahlreichen Essays und Diskussionen an aktuellen Debatten beteiligt. Auf Deutsch liegt sein Roman „Mobile Röntgenstationen" (Athena Verlag 2002) vor.

Bitė Vilimaitė ist eine Autorin, die bereits in den sechziger Jahren debütierte und steht als Beispiel für die ungebrochene Fortsetzung einer eher konventionellen Erzählweise, mit der sie vor allem die sozialen Probleme der Transformation der Gesellschaft aufgreift und einem breiten Publikum vermittelt.

Marius Ivaškevičius ist der jüngste der hier vertretenen Autoren und Autorinnen. Sein erster Roman „Die Geschichte von der Wolke" (1998) liegt u. a. bereits auf Polnisch vor und dürfte wohl noch weitere Übersetzungen erleben. Die Spannung zwischen den realen Details der Stadt Vilnius und dem phantastischen Blick, in dem sie erscheinen, macht den Reiz der hier vorliegenden Erzählung aus.

Vanda Juknaitė, die als Lituanistin an der Universität Vilnius lehrt, ist eine stille Erzählerin, die mit sparsamen Mitteln und genau überlegten Aussparungen eine Prosa von großer Konzentration hervorbringt. „Das gläserne Land", erstmals 1995 erschienen, gilt als bisheriger Höhepunkt ihrer Prosa und spiegelt die schwierigen ersten Jahre des neuen Litauen aus der Perspektive einer Frau: Lebensmittel sind noch mit Gutscheinen zu beziehen, und bezahlt wird noch in der sowjetischen Währung (Rubel und Kopeken). Und sowjetische Panzer rollen auf Vilnius zu, wo litauische Bürger gewaltlos ihr Parlament verteidigen.

Exil

Die Entdeckung und Edition litauischer Exilautoren ist noch keineswegs abgeschlossen und nicht zuletzt aus diesem Grund können die hier vorgestellten Autoren nur ein Anfang sein, ihre Literatur in deutscher Sprache zugänglich zu machen. Am bekanntesten ist zweifellos Icchokas Meras, der mit seinen Romanen „Remis für Sekunden" und „Sara" (beide im Aufbau-Verlag) einem größeren Publikum bekannt geworden ist. Meras, der seit den siebziger Jahren in Israel lebt, ist ebenso in litauischen wie in jüdischen Kontexten zu Hause. Über seinen Geburtsort in Niederlitauen (etwa 200 km von Vilnius entfernt), wo seine Eltern ermordet und er selbst von Litauern während der deutschen Okkupation versteckt wurde, sagte er einmal: „Kelmė hat mich gelehrt, das Leben mit litauischen Augen zu sehen und nicht zu vergessen, dass ich Jude bin." Seine Erzählung in diesem Buch ist eine spezifische Annäherung an ein urlitauisches Sujet: die Johannisnacht, ein noch immer lebendiger Restbestand baltischer Mythologie.

Die Biographie von Algirdas Landsbergis macht die Wichtigkeit – gerade in kultureller und literarischer Hinsicht – der litauischen Emigration in Deutschland in den ersten Nachkriegsjahren deutlich. Wie das Leben, so führt auch die Erzählung von Landsbergis aus Litauen über Deutschland in die USA und vermittelt in Form eines Briefes an den ehemaligen Lehrer in Deutschland Facetten eines Emigrantenlebens.

An der Erzählung von Marius Katiliškis wird das schwierige Verhältnis zwischen den Emigranten und ihren Landsleuten in Litauen deutlich. Das begann damit, dass die Emigranten nur in Vilnius im Hotel übernachten, aber nicht einmal ihren Geburtsort besuchen durften, und endete bei der schwierigen Gratwanderung zwischen den Versuchen, so gut als möglich zu helfen und sich nicht von einer degenerierten Funktionärskaste missbrauchen zu lassen.

Sowjetzeit

Die Literatur der Sowjetzeit in Litauen hat im letzten Jahrzehnt eine Neubewertung erfahren. Ehemals populäre Autoren spielen kaum mehr eine Rolle, wichtige Werke sind jedoch geblieben und andere wurden sogar erstmals ediert. Die in diese Anthologie aufgenommene Erzählung „Gewitter im Gebirge" von Antanas Ramonas, der 1993 in Vilnius tragisch verunglückte, hätte in der Zeit, als sie geschrieben wurde, niemals erscheinen können. Sie geht den Spuren der ersten sowjetischen Deportation von 1941 nach und wurde erst posthum 1997 veröffentlicht.

Gegen den 1987 erschienenen Erzählband „Die Bestraften" von Ričardas Gavelis – er enthält die hier aufgenommene Erzählung „Meldung über Gespenster", den ins Groteske übersteigerten Lebensrückblick eines KGB-Mitarbeiters – hatte sich die Zensur noch bis zu ihrer faktischen Entmachtung gewehrt. Sie ist ein Schlüsseltext für das schwierige Thema der Auseinandersetzung mit der sowjetischen Vergangenheit, die in der litauischen Gesellschaft auch heute noch nicht abgeschlossen ist.

Jurga Ivanauskaitė, lange das Enfant terrible unter den Autorinnen ihres Landes, ist im deutschen Sprachraum mit dem Roman „Die Regenhexe" (dtv 2002) vertreten, der nach seinem Erscheinen in Litauen als pornographisch eingestuft wurde und in Pornogeschäften verkauft werden musste. Es lohnt sich, einen Blick auf ihre schriftstellerischen Anfänge zu werfen: Ihr Debütband von 1985 ist auch heute noch interessant – ihm ist die Erzählung „Das Haus außerhalb der Stadt" entnommen.

Als bedeutendster Prosaautor seiner Generation darf wohl Romualdas Granauskas angesehen werden, wovon gerade „Das Stieropfer" ein deutsches Zeugnis gibt. Wenige Ereignisse des geschichtlichen Stoffes – die gewaltsame Christianisierung war mit dem Raster der Zensur kompatibel – passieren vor dem Leser gleich einem Film Revue, die Naturschilderungen aus der Perspektive des heidnischen Priesters sind gegenüber einer langen diesbezüglichen Tradition der litauischen Literatur gänzlich eigenständig, die langen Satzperioden handhaben meisterhaft die litauische Syntax mit allen Möglichkeiten der Partizipialkonstruktionen, vor allem aber gewinnt der Text seine Kraft aus der durchgehaltenen Erzählperspektive.

Mit Saulius Šaltenis stellt diese Anthologie einen Autor vor, der sich in den letzten Jahren der sowjetischen Okkupation durchgesetzt hat. „Der immergrüne Ahorn" stach als Rollenprosa in einer formal erzwungen-konservativen literarischen Umgebung besonders hervor und ermöglicht noch heute wichtige Einblicke in die sowjetische Lebensweise.

Zwischenkriegszeit

Die Autorinnen und Autoren der ersten Periode des litauischen Staates sind heute bereits Klassiker und fester Bestandteil der litauischen Schulbildung. Nicht alle sind aus heutiger – und zumal weltliterarischer – Perspektive auch noch interessant. Zweifellos lesenswert ist der Begründer der litauischen Stadtprosa Jurgis Savickis. Er ist mit einer Künstlergeschichte vertreten.

Petras Tarulis gehörte als Lyriker zur Avantgarde-Gruppe „Vier Winde". Seine „Frühlingsstrophen" greifen die lange Tradition litauischer Naturbeschreibungen auf und sind auch ein literarisches Zeugnis der agrarischen Prägung des ersten litauischen Staates.

Zarenzeit

Seit der sogenannten dritten polnischen Teilung von 1795 war das Territorium des heutigen Litauen bis zum Ersten Weltkrieg Bestandteil des russischen Zarenreiches. Antanas Vienuolis veröffentlichte schon in dieser Zeit wichtige Werke. Die hier ausgewählte Erzählung „Alleluja" kann auch in Litauen erst seit 1999 wieder in ihrer Originalform gelesen werden, da sie der Autor unter starkem Druck für seine in der Sowjetzeit erschienene Werkausgabe umgeschrieben hatte.

In diese Periode fällt auch die durch die Lebensumstände bedingte späte schriftstellerische Tätigkeit der Autodidaktin Žemaitė

(1845–1921), der kundigsten Seismographin bäuerlicher Lebensumstände. Mit einer Erzählung dieser Ahnfrau litauischer Prosa des 20. Jahrhunderts, geschrieben zu einer Zeit, als der Druck litauischer Bücher noch verboten war, endet die Anthologie.

DER PIROL VON BABEL

Renata Šerelytė

Ach, du Kind des Jahrhunderts, Kleinkind der Periode des Sozialismus!

Was werden dir die reifen Jahre bringen und das Alter in dieser Welt, in der kein Platz mehr ist für deine Kindheitserinnerungen: die Pfefferminzbonbons um fünfzehn Kopeken, wie Engel für die rosa Ferkel, wie Engel wahrscheinlich auch für die glücklichen Ferkel, denn im Trog gibt es noch ziemlich viel von dem aus der Kolchose organisierten „Kombikarmas"* (die gute Tante Ursula hat sich angestrengt, sie ist dort nicht für so glückliche Ferkel zuständig), und der Fernsehapparat ist noch nicht verrückt und überträgt die feierliche Parade zum Ersten Mai, und die Allerseelenkerzen – nur Kerzen, keine Seelen, die die schreckliche Dunkelheit der Materie erhellen.

Du tust mir leid, denn in die reifen Jahre trägst du nicht die Wanderungen und Lieder der Nachkriegszeit und nicht einmal die Perestrojka-Fahnen, sondern nur diesen schlappen und sumpfigen Schlaf der achtziger Jahre, als der Sieg des Kommunismus ganz nahe schien und man so gut wie gar nichts machen konnte.

Die Begierden und Leidenschaften hatten noch nicht die Gestalt von Bäumen und Wolken angenommen, die Welt atmete daneben wie ein Ozean, aber dir war die Muschel genug, die dich schützte und behütete.

Du Kleinkind des reifen Sozialismus, verzweifle nicht und sei nicht traurig, deine Zeit ist trüb und fatal wie die Poesie von Baudelaire und jedes Mal dringst du in ihren Text ein durch den schleichenden Nebel der Zeit mit dem Bemühen und dem Willen, alles zu verstehen.

---

* Schweinefutter in der Kolchose

1. Der Tod des rosigen und glücklichen Ferkels

Der Tod eines Menschen ist wie ein Reisender, der spät am Abend auf der Landstraße daherkommt und im Staub, der sich gesetzt hat, die Abdrücke nackter Füße ohne Zehen hinterlässt; der Tod des Ferkels tritt aus dem Wald wie ein schwarzes Tier, dessen Konturen man nicht erkennen kann, und man kann nicht einmal unterscheiden, ob es läuft oder fliegt oder auf der Erde dahinzieht wie eine Wolke, am Morgen sind keine Spuren im Schnee, nur der rote Sonnenaufgang entfaltet sich über dem Dachfirst des Stalls.

Die Seele des Ferkels wandelt auf Schneewechten in den Wald wie ein verrückter weißer Hase, ohne Weg, ohne Pfad, ohne irgendetwas zu sehen: weder den abgehackten Kopf des Ferkels beim nackten Stachelbeerstrauch noch die dampfenden Innereien im Futtertrog.

Eine Schnapsflasche steht gleich daneben, auf einem alten Hocker, in einer Tasse dampft warmes Blut, der Mutter ist schlecht und sie spuckt auf die Stachelbeeren, ich sehe nicht, aber ich höre, wie der Schnee brutzelt, durch die schmelzenden Risse erheben verwunderte Schachtelhalme ihre Köpfe, und der Vater schreit: Spuck nur zu, spuck nur zu, nur spuck dem Ferkelkopf nicht in die Augen, sonst wird die Sulze bitter.

Seele des Ferkels, arm und heimatlos, bleicher als ein Bettlaken, du fehlst niemandem, nicht einmal der von den Hunden verbellte Fuchs, der vorbeiläuft und heißen Speichel verspritzt, riecht dich, quiekend und klagend bittest du die Erde, dich aufzunehmen wie ein Blatt, wie einen Knochen, wie das schwarze Blut, das immer noch nach dir ruft und dich zurückzieht.

2. Löwenzahn in der Dämmerung

Pionierführerin mit kurzem, aschfarbenem Haar, wie ein Löwenzahn in der Dämmerung, warum bist du neben dem Pfad der Wildschweine aufgewachsen, auf dem Lehmboden, gezeichnet von ihren Klauen, von den Spuren der Hasen und den abgerissenen Ketten der Feen – am Abend zieht eine schwarze Herde zur

Trinkstelle beim flammenden Wasser, vielleicht werden sie sich in Menschen verwandeln wollen, vielleicht in Halbgötter, aber auch Halbgötter werden die schweren Klauen nicht ablegen, sie werden dir direkt auf das Herz treten, Dummköpfe, die keine griechische Mythologie gelesen haben und nicht wissen, dass Daphne, die sich in eine Pflanze verwandelt hat, nicht mehr zu ihnen gehört, dass das Schilfrohr heilig ist und man die Hyazinthe nicht berühren darf.

Geht, ihr Dummköpfe mit euren Klauen, geht zurück zur Wasserstelle, verwandelt euch in Wildschweine zurück, in deren Erinnerung sich nur der nasse Acker und die dampfende Erde, die fetten Larven in der vom Pflug gewendeten Furche und das feuchte Holz des Waldes finden und nichts von der Art eines Halbgottes und nichts Zoomorphes.

3. Der Pirol von Babel

Trunksucht war man am Land so gewohnt, dass sie als Teil des Moralkodex des Erbauers des Kommunismus existieren konnte. Und der Kommunismus, den morgens und abends die unermüdlichen Moiren gesponnen haben und der wie ein Purpurgarn ist, das weder vom Wind noch vom Luftzug bewegt werden kann und schwer in den leeren Himmelsräumen hängt, sollte mit seinem trockenen Geraschel wenn schon nicht die ganze Welt, so wenigstens einen Großteil davon erfüllen: China und die Mongolei und die Inseln Ozeaniens.

Mein Vater, ein Erbauer des Kommunismus, trank nicht mehr als die anderen, und wenn er getrunken hatte, schlug er die Familienangehörigen nicht und schimpfte nicht, er schlief nur den Schlaf eines Friedhofsengels, mit offenem Mund und weiß, mit schwarzen Bartstoppeln wie kleine abgebrochene Nadeln.

Deswegen war der Entschluss der Mutter, sich scheiden zu lassen, eine schreckliche Verletzung des Moralkodex, das konnten weder Ancé noch Maré verstehen, deren Männer in trunkenem Zustand tobten wie die Hölle und nicht nur sie oder die Kälber der Kolchose schlugen, die hinter dem Stacheldraht weideten, das geschah auch mit den ehemaligen und zukünftigen

Geliebten, Allmächtiger, vergib ihnen, vergib auch ihren Frauen, die sich ihre schmerzenden Seiten kratzen und weinend im Stall der Kolchose auf dem Siloverschlag sitzen wie auf dem Turm von Babel.

Wer hätte es gedacht, wer hätte es geahnt, dass er zusammenbricht, Zähne, Augen und Tränen verstreut und Ancė und Marė nicht mehr miteinander sprechen können, weil die eine Verkäuferin wird und die andere nur die Gattin ihres Mannes, die Seelen der geschlachteten und verspeisten Kälber am Himmel dahinziehen werden, blasser als die Wolken, und nichts wird die Frauen mehr miteinander verbinden.

Warum hast denn du, meine Mutter, noch bevor der Turm von Babel eingestürzt ist, dein Leben ruiniert? Du hast nie ein Zuhause gehabt, es entfloh dir stets wie ein Waldtier, schwamm davon wie die Wasservögel, unzähmbar und von dem am Ufer stehenden Tod gerufen.

Vielleicht wolltest du weinen auf dem Verschlag von Babel, verlangtest, den Arbeitskittel als alltägliches, gewohntes Kleid zu tragen, aber dein Mann war nicht die Hölle, obwohl er auch nicht an den Himmel erinnerte.

Und jetzt, wo es dich schon lange nicht mehr gibt, wird mir der im dichten Wald klagende Pirol als deine Seele erscheinen.

4. Das Wasser der Metaphern

O dunkler Teich beim heruntergekommenen öffentlichen Dampfbad.

Du warst für mich nicht nur das Symbol für das Element des Wassers – es ist schwer, sich vorzustellen, dass aus dir wie aus dem Mutterschoß Venus geboren werden oder im Nebel die Ertrunkene von Vienuolis* herausschwimmen könnte.

Wozu noch sprechen vom Spiegel der Seele und von den Tiefen der Archetypen?

---

* „Die Ertrunkene" ist eine bekannte Erzählung des litauischen Klassikers Antanas Vienuolis (1882–1957).

Dein schwarzes Wasser erinnert mich nur noch an den sozialistischen Realismus, eine Methode, deren Wesen ich nicht begreifen konnte und der wie ein unsichtbarer Grund erschreckte.

Die schwarze Sturmwolke am Himmel schien dein Zwillingsbruder zu sein, die Dunkelheit, die sich wie billige Tinte über den Abend ergießt, während man das Lebensmittelgeschäft, das einem Gefängnis gleicht, schließt – deine Frucht, dein Samen.

Ich weiß nicht einmal, von welchem Geschlecht du bist.

Du bist nicht das heilige Wasser Gottes, deine Tiefen sind für Gespenster bestimmt, Personifizierungen und Metaphern, die wie blaue Blitze ins schwarze Wasser schlagen.

5. Zinnsterne

Allmächtiger, der Du auf einer Wolke schläfst, verzeih, dass ich den Himmel wie einen ausgekalkten Sportsaal sehe, dort hängt ein schreckliches Seil, auf das ich nicht klettern kann, der Turnlehrer erinnert nicht an einen dienenden Engel und die schwarzen Gymnastikböcke nicht an gesegnete Seelen.

Allmächtiger, Du träumst einen Jahrhunderttraum, wird darin Platz sein für ein Kind, das sich hinter dem knospenden Stachelbeerstrauch versteckt – ein schlechtes Versteck, das Kind ist wie in einem Glashaus zu sehen, nur seine Großmutter, die immer wieder von der Treppe herunterruft, sieht es nicht – wird sich ein Platz finden für das Kind, das nicht in Dein Haus gehen will?

Die Pionierführerin hat doch gesagt, dass Knien eine Schande ist.

Ihre roten Lippen flüsterten, dass nur die ewige Dunkelheit ewig ist.

Ihre großen Augen behaupteten, dass Hoffnung und Wahrheit keine Schwestern sind.

Allmächtiger, der Du Dich auf der Milchstraße entfernst, wirst Du dem Kind verzeihen, das sich zusammengekauert hat unter den Flügeln der herzlosen Nacht, wird seine Seele wenigstens Deine warmen Spuren auf den Zinnsternen finden?

6. Russischstunden

Du, Ferner Osten, rätselhafte Moskauer Zeit, schwarzer Wintermorgen, zuckende Flammen des Sonnenaufgangs in den Schulfenstern!

Ich erinnere mich nicht, welche Stunden die ersten waren, noch vor dem Aufgang der Jännersonne – wahrscheinlich die Russischstunden.

Undinen, „u lukomorja dub zelionyj"*, die Ertrunkenen im Mitternachtswald wie grüne Eulen auf den Zweigen, rote Steppenbrände – was hätte noch größer und schrecklicher sein können, ausgedrückt in den Worten einer fremden Sprache!

Und diese Eiche „u lukomorja" war wie ein für kurz stehen gebliebener Wanderer, ein Baum, der weder für einen Tisch noch für einen Sarg oder einen Altar taugte: Alle Dinge, die aus ihm gemacht würden, würden wegfliegen, weggehen, verloren gehen, weil sie die Seele eines Menschen besitzen, aber nicht die Ruhe eines Baumes haben.

Und das schwarze Wasser begleitet die Eiche wie ein schwarzer Rabe, der hinterher läuft und die verletzten Flügel nachschleift.

7. Roggen über dem Kopf

Meine erste Liebe war wie von irgendwo gestohlen: kurz, lüstern und weder vom Moralkodex noch von der Stimme des Allmächtigen legitimiert.

Der silberne Roggen und ein kalter Mond: Davon kannst du weder satt werden noch deinen Durst löschen.

Und dennoch, während der Nebel über die mitternächtliche Wiese glitt und über die Knochen der stimmlosen Vorahnen, ähnlich denen der Vögel und Fische, die unter der Erde schweigen, schien mir, ich stünde in der Mitte eines runden Leuchtkreises und die weißen Roggen rauschten über dem Kopf und nicht die

---

* „An der Meeresbucht steht eine grüne Eiche" (russ.) – Anfang eines bekannten Fabelgedichts von Alexander S. Puschkin (1799–1837).

Kälte, sondern die Wärme des Brotes stiege mit dem Kopf nach unten und erreichte langsam das Herz.

8. Nachtigallen in der Dunkelheit

Der Sowjetmensch durfte sich vor keiner Arbeit scheuen – wenn ihm diese Arbeit schon sehr zuwider war, verbot niemand, sie zu „vergeistigen": Daher wurden wir, als wir ein Betriebspraktikum absolvierten, nicht Melkerinnen, sondern „Operateure des mechanischen Melkens" genannt.

Aber mir gab man, soweit ich mich erinnern kann, nicht einmal einen Melkapparat; ich „operierte" mit einem nassen Fetzen – ich putzte damit das Euter der Kühe – und mit einer Schaufel: Sie war dazu da, den Mist in den Transporter zu schieben.

Um halb sechs am Morgen, auf halbem Weg zwischen zu Hause und dem Stall, zwitscherten auf einer dunklen Lindeninsel wie verrückt die Nachtigallen, die nichts vom bourgeoisen Aberglauben verstanden und die Begrüßung des roten Sonnenaufgangs den laut brüllenden Rindern überließen.

9. Septembertraum

Du mein Bruder, du grauer Leibeigener, der du in der Hand einen festen Lehmklumpen mit einer eingefrorenen Kartoffel hältst – auf den Feldern des neunzehnten Jahrhunderts fuhr nicht der Stolz der Kolchose, die Traktoren, und es ziemte sich nicht, dem Herrn wie einem Vorsitzenden die Hand zu reichen, aber der September war genauso traurig und die brennenden Kartoffelstauden rauchten ebenso traurig.

Litauen, Land der Felder, warum hast du keinen Kafka, der den Schrecken der endlosen Furchen besingt?

Das endlose Feld: Hier gibt es weder etwas Kommunistisches noch etwas Fortschrittliches. Ein Traum, den du begierig bist, so schnell als möglich zu Ende zu träumen.

10. Ein Schilfrohr im Wind

Von klein auf hat mich niemand an lange Trennungen und Reisen gewöhnt: Von zu Hause wegzufahren war dasselbe, wie für kurze Zeit zu sterben, wie der Same in einem Herbstacker stirbt; nicht zu Hause zu sein, heißt, den ungebetenen Winter hereinzulassen.

Deswegen fuhr ich sogar nach Artek*, dem Traum eines jeden Pioniers, voller Tränen. Ich verärgerte die Pionierführerin.

Später vergrämte ich viele örtliche Aktivisten, denn ich lief aus dem Lager der Komsomolaktivisten, das nahe von Vilnius lag, davon.

Die Ideologie des Kommunismus ließ weder den Pantheismus noch einen einzigen Gott noch eine unbestimmte Gottsuche zu. Man kann dem Komsomolsekretär der Schule nicht erklären, dass man der herausgezogene Keim eines Winterroggens ist, ein Schilfrohr im Wind, ein scharfes Riedgras im zuwachsenden Meliorationsgraben, obwohl das Gras so ein herrliches Beispiel der Vegetation und des materialistischen Todes ist.

11. Macho und Mariana

Sehr geehrter Herr Direktor, Sie waren zu jung und zu gutaussehend für diesen Posten, kein Wunder, dass die Mädchen der höheren Klassen in ihren Stunden rot wurden wie Kirschen – die, die nicht rot wurden, konnte ich nicht verstehen und nicht rechtfertigen.

Wollten Sie, dass auch ich mit der Gruppe der Aktivisten zu den Vorbereitungskursen für Pädagogen fahre, Sie haben wahrscheinlich erfahren (vielleicht von der Schulbibliothekarin), dass ich das „Pädagogische Poem" von Makarenko sogar zweimal gelesen habe. Denen, die gefahren sind, wurde das Waschen der Schulwände erlassen (das hieß „Begegnen wir dem laufenden Jahrzehnt der Sowjetmacht mit großen Taten").

---

* Pionierlager am Schwarzen Meer (begehrt in der ganzen Sowjetunion)

Aber ich war trotzig und blieb bei der von fettigen Fingern abgegriffenen Wand, mit Seifenwasser im Kübel und einem Schwamm.

Das Bild wäre eine mexikanische Seifenoper wert, wäre da nicht Ihr Blick: In ihm versteckte sich nicht nur verachtete Männlichkeit, ganz und gar nicht, sondern viel mehr: der Blick Gottes auf seine Schöpfung, die ein Tabu gebrochen hat, das Erbarmen und das Aufatmen eines Propheten – Sie wussten, dass auf mich lange Jahre der Buße warteten, bis ich in den Paradiesgarten zurückkommen würde.

12. Der verblasste Himmel

Ich erinnere mich an diesen Juninachmittag, als mein Leben von der ersten Liebe erleuchtet wurde.

Sie hatte die Farbe des himmlischen Blaus: die Augen, die Hemden und sogar die Haare auf der Brust, was soll man noch sagen von der Stimme, einem heißen Geysir.

Das war vor vierzehn Jahren.

Jetzt, wo ich nur selten ins Dorf wie ein träumender Vogel zurückfliege, sehe ich meine erste Liebe in der Bierbar, manchmal schwarz, manchmal scheckig, mit der Plapperstimme einer austrocknenden Pfütze: „Roschdionnyj pitj, j… ne stanet!"*

Und ich bemitleide weder mich selbst noch Maxim Gorki und nicht einmal meine erste Liebe, sondern die Farben, die die Zeit verblassen lässt.

13. Dame mit Krinoline

Das Kleid für den Sylvester-Maskenball der Schule habe ich selbst genäht: mit Krinoline, Falten und einer nachgezogenen Schleppe.

---

* „Wer zum Trinken geboren ist, wird nicht…" (russ.) – bekanntes russisches Volkslied, von trinkenden Männern gesungen.

Als mich die Pionierführerin sah, biss sie sich auf die Lippen – vielleicht, weil sie eine Städterin war und wusste, wie echte Masken sein müssten: aus Seide, Silber, Purpur oder Alabaster, und schon für eine davon wäre der Sportsaal der Schule, geschmückt mit Papiergirlanden, zu eng.

Aber den Preis für die beste Maske – eine Federschachtel mit einem großen viereckigen Radiergummi – bekam dennoch ich, vielleicht war niemand heiß auf einen solchen Preis, denn außer mir war niemand maskiert.

Nur kurze Kleider, nur geschminkte Lippen, nur das Aroma der Parfüms von den Eltern.

Besser, ich wäre mit der ganzen Krinoline im Erdboden verschwunden, besser, ich wäre im Dunkel hinter dem Fenster verschmolzen, das nackt und hässlich in der schweren Neujahrsnacht leuchtet, jetzt sieht man die auf den Herd gestellten rauchgeschwärzten Töpfe und Spülwasserkübel unter der Bank und den vergessenen Teller auf dem Tisch – ach, meine Krinoline ist aus Kattun, entstanden aus dem Küchenvorhang, besser, ihr hättet das alles verdeckt... Alabaster, Silber, Purpur und Seide, und die Kamelien leuchten auf dem Boden einer andern Welt.

14. Gänsefuß im Schoß des Engels

„Schämst du dich nicht, du Faulpelz, warum hast du deine Rübennorm nicht gejätet", schimpfte die Klassenlehrerin, als sie an einem heißen Spätjulinachmittag zu uns nach Hause kam. „Wenn du ohne Prinzipien und ohne Disziplin groß wirst, was wird dann aus dir?"

Ich versteckte mich in der Holzhütte und weinte.

Nach ein paar Stunden, als die Sonne in den Abend eintauchte, kam ich auf Umwegen zu den Rüben der Kolchose: Meine „Norm" hatte ich tatsächlich vergessen gehabt, und das nur wegen der blendend blauen Liebe. Das furchtbare Unkraut wird das Auge ärgern und das Gefühl quälen, und ohne Prinzipien und Disziplin groß geworden, werde ich krumme Wege gehen und nie zurückkommen.

Die Rüben, groß und rot wie das Morgen des Kommunismus, sind fast aus der Furche gekippt, die gelben unteren Blätter knirschten unter den Füßen.

Es gab kein Unkraut, die Furchen schienen wie vor kurzem gejätet.

Durch die Rüben, die sich in Affenbrotbäume verwandelt hatten, kam ich an den Feldrand heraus, bei dem von weißem Wollgras umgebenen Teich. Mir schien, dass ich mit den Händen die Wolken auseinander teile und auf der Stelle einem Engel begegnen würde, der in seinen Händen schmutziges Wollgras und einen Gänsefuß umschlossen hält.

15. Mathematische Kriegsnachrichten

„Voennaja podgotovka"* unterrichtete uns der Mathematiklehrer. Die trigonometrischen Gleichungen und geometrischen Figuren gerieten nicht in Konflikt mit der militärischen Aufstellung und Disziplin, es war unwichtig, dass die Mädchen in Uniformkleidern marschierten und dabei die Beine hochhoben und mit den Absätzen auf den Boden schlugen wie die Pferde der Kavalleristen. „Pesniu! Pesniu! Sdravija zhelaju, tovarischtsch komandir! ..."** Das alles passte in die kalte Welt der Mathematik und der Geist des Krieges war ständig nahe wie eine Mutter, die die Fehler und Schwächen des Kindes nicht zugibt.

Das Zerlegen des Gewehrs, das Überstülpen der Gasmaske, das Knattern im Schießraum, wenn man Gott in die Fenster getroffen hat – was für eine schreckliche Welt, in der man sich täglich auf den Krieg vorbereiten muss.

Und noch schrecklicher, dass ich mich heute an keine dieser Kriegsnachrichten mehr erinnern kann: der Rote Stern auf der alten Ausgabe des Lehrbuchs mit ungelesenen und stellenweise nicht einmal aufgeschnittenen Seiten, der blutende Finger, ver-

---

* „Militärische Vorbereitung" (russ.): verpflichtende militärische Übungen in den höheren Schulklassen in der Sowjetzeit.
** Ein Lied! Ein Lied! Gesundheit wünsche ich dir, Genosse Kommandant! (russ.)

letzt an irgendeinem Teil des Gewehrs, der Jodgeruch und die grünen Kastanienuniformen hinter dem Fenster – das alles sind schon keine Kriegsnachrichten mehr, sondern die verkommene Poesie in der Erinnerung.

Ich stehe mit ihr wie mit einem Maikäfer auf dem Finger vor einer Welt, die begierig ist nach Donnern und Flammen.

Zeitlauf, müder Reisender, wo erholst du dich?
Vielleicht küssen zärtlich kitzelnde Würmer deine Fußsohlen?
Hagebutten rieseln dir vielleicht vom stacheligen Strauch auf den Kopf?
Die Seele, die du vorgeblich nicht hattest, sitzt auf einer Steinbank, eine alte Frau mit dem Gebetbuch in der Hand.
Der Allmächtige weiß: ihre Gebete sind wie die aller.
Sie wird flehen, sie wird um Ewigkeit bitten.

MAVROMATI.
VORWAND FÜR EIN VERBRECHEN

Herkus Kunčius

Der mürrische Staatsanwalt, der eben einen trivialen Hausdurchsuchungsbefehl unterzeichnet hat, macht es sich im Sessel bequem und beginnt laut nachzudenken. Im Arbeitszimmer, wo das Porträt einer Person von zweifelhafter Reputation an der Wand hängt, denkt er über die Kunst, das Wertesystem, über Ethik und Moral, über die Gesetze der Ästhetik nach, er zitiert Nietzsche und erinnert sich an dessen „Jenseits von Gut und Böse", zählt Montesquieu, Voltaire, Rousseau, Diderot, Feuerbach, Hegel, Saint Simone, Marx und Engels auf. Er weiß, was Mitgefühl und Rache ist. Er weiß, was ein Verlust bedeutet und welcher Schmerz damit verbunden ist. Der Staatsanwalt ermüdet sehr in seinem Dienst – er ist sehr erschöpft, manchmal möchte er alles hinschmeißen und... Wenn jemand denkt, dass er immer ruhigen Herzens ein Todesurteil oder lebenslängliche Haft fordert, der irrt sich sehr. Der Staatsanwalt ist auch ein Mensch, er hat eine Familie, die er liebt, ihm sind Gefühle, Kunst, Literatur und das Ballett nicht fremd, und in seiner Brust schlägt ein Herz wie bei allen anderen auch. Der Staatsanwalt hat eben den Hausdurchsuchungsbefehl unterzeichnet und verfällt in eine traurige Stimmung.

Aus den Aufzeichnungen von Mavromati:

Der Christus von Hieronymus Bosch hat die Augen geschlossen, ist von einer Menschenmenge umringt und schleppt demütig das Kreuz ans Ziel. Er ist beharrlich. Wir wissen, womit das alles enden wird. Das Finale interessiert uns nicht. Alles ist erzählt, beschrieben, erklärt. Und trotzdem...

Dem ausgefressenen römischen Soldaten steigt plötzlich das Blut zu Kopf. Gerade vor einem Augenblick sind ihm die Augen hervorgetreten, die Lippe wird gleich herunterhängen und er wird seine Pflicht vergessen: den zu bewachen, der sich zum König ausgerufen hat. Er wird ganz schnell nach vorne laufen, denn er ist kein Heiliger, sondern ein Mann. Was sieht er, dieser empfindsame junge Mann, der dem Tiberius dient? Nichts? Nein, irgendetwas ist dort – es bewegt sich, windet sich, bewegt sich ... Vorwärts! In weiter Ferne auf dem Berg Golgotha erblickt er eine erotische Vision, die eines Heiden wert ist und dazu verlockt, sich als Dritter anzuschließen und zur Dreifaltigkeit zu werden – unnatürlich ist der Geschlechtsakt zweier Verbrecher, die im Voraus die künftige heilige Stätte schänden. Das ist interessant. Ungewohnt. Obwohl man sagt, das es beim ersten Mal etwas wehtut.

Christus ist noch blind und daher von olympischer Ruhe – er ist konzentriert, er dreht sich nicht um, er bittet nicht um Mitleid. Er spürt keinen Schmerz. Ihn interessieren keine körperlichen Vergnügungen, kein Gejammer und kein Seufzer. Nicht der erlösende Eros der Dreifaltigkeit stößt ihn in den Tod, sondern die dicht gedrängte Menschenmenge, die ihn von allen Seiten berührt ... auf verschiedene Weise berührt: einfallsreich, mit Phantasie. Christus hat es nirgendwohin eilig. Er ist ein Dulder. Er spürt nichts. Er fühlt noch immer keinen Schmerz. Er ist stark. Er glaubt. Er muss sich auch nicht beeilen, denn, so scheint es, die Menge ertrinkt mit Wonne in ihm und übernimmt seinen Glauben und seine Prophezeiungen. Im Gehen teilt er sich an alle aus, die ihn wollen. Die zahnlose Menge – ein Panoptikum: der lumpige Erzpunk von Jerusalem, der einige Ringe im Kinn trägt; eine Frau, die sich immer hingibt und deren süßlicher Gesichtsausdruck bezeugt, dass der, der hinter ihrem Rücken steht, seine Zeit nicht umsonst vergeudet; ein dunkelhäutiger Perverser, der seine Wange lüstern an den Querbalken des Kreuzes schmiegt etc. In Kürze wird man den Berg besteigen und die gläubige Menge wird sich vom bereitwilligen Christus abwenden. Er wird aufatmen können. Er wird die Augen öffnen können. Er wird dennoch nichts sehen und nichts spüren, denn er hat seine letzten Kräfte verschwendet – nur nicht den Glauben. Die erwartete Exekution wird beginnen.

Aus dem Lehrbuch für Juristen:
Ein spezifisches, allen gut bekanntes Gefühl ist der Schmerz. Es wird angenommen, dass das eine komplexe, vielseitige, man-

nigfaltige Bewertung der Umgebung und ein Ausdruck von negativen Emotionen ist. Der, der Schmerz erleidet und mit ihm kämpft, spürt die Spaltung seiner ganzen Persönlichkeit, seine Ohnmacht und endlose Müdigkeit. *Es sind die negativen Emotionen, wodurch Stress entstehen könnte.*

Aus dem Protokoll:

Dem geduldigen Mavromati – dem behaarten russischen Bären – nähte die Lebensgefährtin O. den Mund mit einem Spagat zu. Öffentlich. Für ein geladenes Publikum. Für Menschen, die sich auskennen. Für Ästheten, die ihren eigenen Stil haben und den Geschmack des Lebens spüren. Zu ihrer Freude. Für Menschen, die sich für Kunst, Schönheit und für das interessieren, was sie umgibt. Zu ihrem Vergnügen. Zu ihrer Zufriedenheit (alle sind namentlich bekannt). Pedantisch. Wie durch Butter ging die Nadel durch die Unterlippe, während sie den letzten Stich machte, der mit einem chirurgischen Knoten abgeschlossen wurde. (Den Spagat biss O. mit den Zähnen ab; der vierte wurde entfernt, der zwölfte ist von Karies befallen.) Er zahlte es ihr mit gleicher Münze heim. Mavromati nähte noch sorgfältiger. Seine Stiche waren anmutiger. Die Zeichnung war vollkommen, sie erinnerte an die Schule von Ingres. Mavromati zweifelte nicht. Er war konzentriert. Die Lebensgefährtin O. zeigte sich nicht weniger geduldig. Sie versuchte zu lächeln. Sie zwinkerte Mavromati mit dem Auge zu, damit kein Zweifel entstünde bezüglich ihrer Entschlossenheit. Mavromati zuckte kein einziger Gesichtsmuskel. Irgendjemand wurde ohnmächtig (Identität festgestellt). Irgendjemand schrie, dass er darüber skeptisch in der Presse schreiben würde (der Reporter hat sein Versprechen nicht gehalten). Man musste die schreienden Kinder aus dem Raum tragen (derzeit werden sie ambulant behandelt). Mavromati nähte. Er nähte. (Nachdem Mavromati einen Knoten gemacht hatte, schnitt er den Spagat mit einem Skalpell durch, das er in seiner linken Hosentasche aufbewahrt hatte.) Später standen sie, O. und Mavromati, mit herunterhängenden Armen da, blickten einander an und schwiegen mit den vom Spagat zugenähten Mündern, denn in der

Kunst wie im Leben ist angeblich schon alles gesagt. Worte sind nicht notwendig. Worte sind Friedhöfe, sind ein Nichtsein, eine Sinnlosigkeit. Schweigen ist Leben, Fülle und Freude. Man muss schweigen. Mit zugenähten Mündern schweigen und nichts plappern über den Willen zur Wahrheit, über Verirrungen, Instinkte, Begierden, Kultur, Erbe, Strom, Gas etc. Über nichts sprechen und, Gott bewahre davor, den Mund aufmachen. Es ist verboten, den Mund zu öffnen! O. und Mavromati hielten sich folgerichtig an dieses Gesetz.

Die versammelten Spezialisten klatschten O. und Mavromati zu und verließen sie später.

O. und Mavromati wurden bis zur nächsten Metrostation verfolgt, wo sie sich unter die Menge mischten und aus dem Blickfeld der Behörden verschwanden.

Aus den Aufzeichnungen von Mavromati:

An den heiligen Goldmund der Orthodoxen erinnere ich mich wie durch einen Nebel – ich habe mich von der Ikonographie entfernt. Ich erinnere mich nicht an seinen richtigen Namen. Vielleicht Cyrill? Vielleicht Vitalij? Vielleicht ... Petka? Tschepajew? Es ist unwichtig. Seine Silhouette ist undeutlich in der Erinnerung. Die Farben sind verblasst, aber hell. Es scheint, dass viel Gelb darin ist ... Das Gesicht fast weiß und die Kleider golden ... Ich erinnere mich, dass er auf der heiligen Ikone mit einem grauen Bart dargestellt wurde und aus irgendeinem Grund mit geschlossenem Mund, vermutlich nach dem letzten Wort, das er gesprochen hat. In gewisser Weise, so scheint es mir jetzt, war er einem tüchtigen Hofwächter ähnlich, der vor vielen Jahren in meinem Hof herumspazierte und uns Kinder mit einem Besen, einer Schaufel oder mit dem erstbesten Holzstock herumgejagt hat. Er bekam viele Kinder, die später Professoren, Akademiemitglieder und sonst noch was wurden. Ich erinnere mich, dass der Wächter Goldmund niemals geschimpft hat, und wenn er doch geschimpft hat, dann nur zensuriert und sehr leise – in den eigenen Bart.

Der Staatsanwalt spricht gerne über Religion. Seine Gedanken reihen sich flüssig aneinander, denn im nachmittäglichen Prozess wird er für die Todesstrafe plädieren. Die Einsichten des Staatsanwaltes erscheinen vielen Mitarbeitern interessant. Im Zimmer herrscht spannungsvolle Erwartung. Es geht los...

Sein Verstand, der eines gesunden Menschen und Staatsanwaltes, widerspricht dem buddhistischen Glauben, der behauptet, dass der Mensch als Eichhörnchen oder Marder wiedergeboren werden kann. Das kann er wirklich nicht verstehen. Lächerlich. Er, der Staatsanwalt, der in den Prozessen so viele Anklagen erhoben hatte – und plötzlich wäre er ein Biber! Unsinn. Fremd sind ihm auch Hinduismus, Krishna, weiße Magie und Voodoo. Da ist das Christentum schon etwas ganz anderes, das verkündet, dass es ein Leben nach dem Tod gibt, das Fegefeuer, das Paradies, das Tor, der heilige Petrus mit den Schlüsseln davor, Hölle, Engel, Dämonen, Heilige usw. Der Mensch muss irgendetwas fürchten, erklärt der Staatsanwalt den Untergebenen. Wenn er das Gesetz nicht fürchtet, dann soll er Gott fürchten. Wenn der Mensch nichts fürchtet, scheint es, dass ihm alles erlaubt ist. Alles! Doch so ist es nicht. Es muss gewisse Grenzen geben. So wie auch die Todesstrafe, überlegt er, immer darauf achtend, ob seine Gedanken auch notiert würden. Wenn es sie nicht gäbe, würden alle sich darauf stürzen, zu morden, zu vergewaltigen, zu rauben und ein Lasterleben zu führen. Jetzt schreckt die Angst vor der Todesstrafe Mörder und kleinkriminelle Elemente ab. Wenn sie sich an einen Raub machen, denken sie gar nicht daran zu morden, sie haben keine solchen Gedanken – sie fürchten sich davor wie der Teufel vor dem Kreuz. Na, natürlich, im Leben kommt alles Mögliche vor, keiner ist vor Fehlern geschützt, manchmal tötet man auch aus Versehen. In diesem Zusammenhang ist dem Staatsanwalt die islamische Rechtspflege nahe: Wenn du gestohlen hast, wird die Hand abgehackt, hast du etwas verbrochen, kostet es den Kopf. Hier versteht der Staatsanwalt, das ist Ordnung. Aber, anders betrachtet, gibt es keine barmherzigere Religion als das Christentum. Deswegen haben wir auch alle zu leiden, konstatiert er. Die Orthodoxen sind sehr barmherzig. Sie sind zu gut. Der Staatsanwalt versteht nicht, warum die Ikonen, die orthodoxen Kirchen und Heiligtümer geschändet werden oder man darüber spottet.

Sie tun niemandem etwas Schlechtes. Ganz im Gegenteil, sie trösten in einer schweren Minute, sie geben Unterstützung und Stärke. Wenn man nicht an Gott glaubt, warum soll man das mit Gewalt und Zwang deklarieren? Der Staatsanwalt schlägt vor, wenn jemand über die Heiligen, die Heiligtümer oder über religiöse Gegenstände, die allen teuer sind, spotten will, dann soll er doch versuchen, über den Halbmond, die Moscheen oder den Islam zu spotten. Nein, die Schurken verstehen, dass sie von den Muselmanen etwas zurückbekommen und Köpfe, Hände und Beine verlieren werden nach solchen sogenannten künstlerischen Aktionen, ist der Staatsanwalt überzeugt.

Aus dem Lehrbuch für Juristen:
In unserem Organismus gibt es viele primitive Ketten unter der Rinde, die uns das Leben im Dschungel gewährleisten sollten, und die stark entwickelte Rinde kann schwer die Unterrinde überzeugen, dass wir bereits nicht mehr im Dschungel leben.
Nach Freud drückt sich die Libido durch die Aggression aus – den Überlebensinstinkt zu überleben.
Einige Formen physischen, emotionalen und sexuellen Zwanges: es wird mit den Händen auf den Kopf und auf die Geschlechtsorgane gehauen; es wird mit stumpfen Instrumenten geschlagen: mit einem Gürtel, einer Schnur, einem Kabel; Haare werden ausgerissen; jemand wird mit Zigaretten oder mit erhitztem Eisen gebrannt; die Extremitäten werden in kochendes Wasser getaucht und verbrüht; man beschimpft mit beleidigenden Worten; dem Opfer wird gesagt, dass es niemand mehr braucht; dem Opfer wird erklärt, dass sein Tod anderen zum Wohl verhelfen würde; Oral- und Genitalsex; gemeinsame Masturbation; Analsex.

Aus dem Protokoll:

Die aufgehende Sonne am Himmel versprach einen klaren und schönen Frühlingstag. Die Tulpen, die vor das Heldendenkmal gelegt wurden, haben vor einer Woche Knospen angesetzt und wollten schon aufgehen und erblühen in vielfarbigen Blüten, die die Heldentaten verherrlichen. Das Frühlingsgras in den Beeten ist so grün, dass unmerklich der Wunsch entsteht, es zu malen oder zu fotografieren. Die alteingesessenen Bewohner der Stadt, die schon alles gesehen hatten, tuschelten miteinander, dass sie noch nie so schönes Gras gesehen hätten, wo man sofort den Wunsch verspürt, barfuß darüber durch den Tau zu waten. Die Bäume schmückten sich mit üppigem Laub, das bereitet ist, den ersehnten Schatten zu spenden. Aus verschiedenen Ländern kamen Vögel geflogen. Hier und dort war melodisches Gezwitscher zu hören, das davon kündete, dass die Natur von neuem geboren wurde. Die Tauben, die unersetzlichen Sanitäter der Stadt, blickten voll Misstrauen auf die wieder hergeflogenen Vögel und waren daran, die Krümel aufzupicken, von denen ihnen die Stadtbewohner nie zu wenig gegeben haben. Nur die Spatzen, die Störenfriede, hüpften fröhlich herum und tschilpten, ganz so, als wollten sie lange erwartete Gäste begrüßen: Stare, Störche, Kraniche und Schwäne. In den Straßen konnte man hier und dort lustige Hofwächter sehen, die die Stadt sorgfältig für den Sonntag vorbereiteten. Die Sonne stieg höher und höher und leuchtete freundlich auf die Kuppeln der orthodoxen und katholischen Kirchen. Die in blendendem Gold leuchtenden Kuppeln schienen so großartig, dass man denken konnte, nicht Menschenhände, sondern der Allerhöchste hätte alle diese Heiligtümer geschaffen. Als der Morgen anbrach, schien es, dass die Stadt die Frühlingsfrische so tief als möglich einatmen und den Tag voll Freude und Hoffnung in der Brust beginnen wollte. Als die Glocken der orthodoxen Kirchen ertönten, eilten die einen zum Gebet, andere in die Gärten oder Villen in der Vorstadt, wieder andere nahmen sich vor, in den Betten zu faulenzen und sich nach der schweren Arbeitswoche zu erholen.

Der verdächtige Mavromati wachte an diesem Tag (wie die Nachbarn der Kommunalwohnung behaupten) um acht Uhr auf, wusch sich, trank eine Tasse Kaffee (ohne Zucker) und eilte fieberhaft irgendwohin. Man sah ihn, wie er am Grab des Unbekannten Soldaten und beim ewigen Feuer stand, später an einigen Kreuzungen, bei der Post, im Bus und beim Zeitungskiosk. Um 13.15 Uhr ging Mavromati, nachdem er eine Karte gekauft hatte, in den Ausstellungspavillon, wo heilige Ikonen der Orthodoxen aus dem Kloster Bogorodnica ausgestellt waren. Zeugen zufolge betrachtete Mavromati die Ikonen etwa zehn Minuten lang, ohne sich bei einzelnen länger aufzuhalten. Sein Verhalten ließ niemanden Verdacht schöpfen. Später, als er plötzlich ein Instrument herauszog, das einem Fleischermesser ähnlich war, stürzte er sich auf die erstbeste wundertätige Ikone und schrie: „Bringt mich nicht in Rage! Bringt mich nicht in Rage! Ich bin ein Ikonoklast!" Zeugen behaupten, dass alles blitzartig und unerwartet geschah, denn als das Sicherheitspersonal herbeieilte, war die Muttergottesikone schon geschändet: die Augen ausgestochen, von der rechten Wange die Farbe abgekratzt, der Mund mit einer Flüssigkeit unbekannter Zusammensetzung bespritzt, und oben, über dem Kopf der Gottesmutter, war rotzige Spucke und eine mit einem scharfen Gegenstand eingeritzte Aufschrift zu sehen, die behauptete, dass die Existenz orthodoxer Kirchen und anderer Heiligtümer nicht zu akzeptieren sei, weil sie den freien Geist von Mavromati beleidige und seine Entscheidung, an nichts zu glauben – nicht einmal an sich selbst. Unter dieser Inschrift fand sich die kalligraphische Unterschrift von Mavromati und das Datum. Die an den Ort des Vorfalls herbeigeeilten Sicherheitskräfte fanden Mavromati nicht mehr vor. Zeugen zufolge konnte er durch die Seitentüren des Ausstellungspavillons entkommen, die offen waren, weil man die noch vom Winter feuchten Räumlichkeiten lüften wollte. Der weitere Aufenthaltsort von Mavromati ist nicht bekannt.

Die Höhe des Gesamtschadens ist schwer zu beschreiben und in Worten auszudrücken. Es ist noch schmerzlicher, dass die wundertätige Muttergottesikone seit dem 11. Jahrhundert Menschen heilte, tröstete und uns allen Stärke verlieh – eine unersetzliche Beschädigung. Jetzt weiß man nicht, ob sie nach diesem grausamen Ereignis ihre Wunderkräfte bewahrt oder verloren hat. Auf Anweisung des Metropoliten wurde eine kompetente Kommission zusammengestellt, die in der nächsten Zeit über das weitere Schicksal der Muttergottesikone entscheiden wird.

Die Fahndung nach Mavromati ist ausgeschrieben.

Die Ausstellung ist geschlossen, die Ikonen wurden dem Kloster Bogorodnica zurückgegeben.

Aus den Aufzeichnungen von Mavromati:

Die orthodoxen Heiligen Boris und Gleb, die der Hand eines Meisters der Moskauer Schule des 14. Jahrhunderts zugerechnet werden, erstehen erstarrt vor meinen Augen. Sie sind ruhig, vertrauen auf sich und die Vorsehung. Die steinernen Gesichter, in denen keine Andeutungen eines Zweifels zu sehen sind. Die törichten Blicke von Glaubensfanatikern. Mit Zobelpelzen geschmückte Mützen und das Purpurrot zeugen von der aristokratischen Abstammung der Soldaten. Doch, anders betrachtet, hat das alles keine Bedeutung.

Ihre Kampfschwerter hängen hinunter. Die in den Händen erhobenen Kreuze schützen die Heiligen vor allem Bösen. Sie bedecken die Brüste der orthodoxen Heiligen. Jetzt ist gerade der richtige Zeitpunkt anzugreifen, während sie naiv glauben, dass die Miniaturkreuze die schicksalhaften Stiche abweisen würden. Ja, jetzt ist die allerbeste Zeit, sie zu überfallen und ihren Glauben zu entlarven, der von Byzanz übernommen ist, das bald für alle Zeiten untergehen wird.

Aus dem Protokoll:

Im großen Opern- und Balletttheater fand die Generalprobe von Peter Tschaikowskis Ballett „Dornröschen" statt. Der junge und talentierte Ballettsolist Rodrigas Belkinas, der einprägsam im Ballett „Don Quixote" von Minkus debütiert hatte, wollte am Abend dem anspruchsvollen Stadtpublikum ein neues Geschenk darbieten – die Rolle des Prinzen. In der Halbzeit der Probe stürzte der psychisch instabile Regieassistent Dimitrij Slisko auf die Bühne, der wie wahnsinnig zu schreien begann, dass vor dem Theater binnen kurzem ein Autodafé stattfinden würde. Das Orchester, der Dirigent, der Choreograph, die Ballettsolisten und die Balletttruppe, die sich nicht durch besondere Intelligenz auszeichnete, unterbrachen die Probe auf eigene Faust und liefen in den Bühnenkostümen hinaus, um die versprochene Aktion zu sehen. Nur der tüchtige Rodrigas Belkinas, dem die Prinzenrolle wichtiger war als eine billige Sensation, blieb auf der Bühne und probte allein das komplizierte *grand pas* weiter.

Vor der Fassade des großen Opern- und Balletttheaters stand der verdächtige Mavromati und brummte irgendetwas Zusammenhangloses. Zeugen behaupten, dass er aufgewühlt, jedoch nüchtern gewesen sei. Er zog sich bis zur Taille nackt aus, rieb seinen Körper mit Schnaps ein, und ohne auf die flehenden Bitten der Ballettartisten, anderer Theatermitarbeiter und von Passanten zu achten, begann er sich im Brust- und Bauchbereich mit einem Skalpell aufzuschlitzen. (Die Tänzerin der Balletttruppe Andũelika Rodnina zählte, dass Mavromati sich an die zwanzig horizontale Schnitte zugefügt hätte.) Später begann der Verdächtige, mit einem Glas das Blut aufzusammeln, das immer stärker aus dem Brust- und Bauchbereich hervortrat. Nachdem er etwa ein halbes Glas gesammelt hatte (es hatte ein Volumen von 250 Milliliter), tauchte Mavromati den mitgebrachten Pinsel in das Blut und schrieb damit an die Säule des großen Opern- und Balletttheaters in großen Lettern: „Ich hasse das Vaterland!" Nach dieser Handlung zog sich Mavromati an und verschwand in eine unbekannte Richtung und trug die Beweisstücke mit sich – die leere Schnapsflasche, das Skalpell, das Glas und den Pinsel.

Die Mitarbeiter des großen Theaters, erschüttert von diesem schrecklichen Ereignis, traten noch lange nicht auseinander und besprachen das Bild, das sie gesehen hatten. Da half weder das Zureden des an den Ort des Ereignisses herbeigeeilten Generaldirektors noch des künstlerischen Leiters des Theaters noch des Justizbeamten, sie mögen auf die Bühne zurückkehren und die Generalprobe von Peter Tschaikowskis „Dornröschen" fortsetzen. Endlich, nachdem eine Stunde seit dem Vorfall vergangen war, gelang es, die Mitarbeiter des Theaters zur Rückkehr in das Theater zu bewegen. Dort fanden sie Rodrigas Belkinas ohne ein Lebenszeichen, der, wie eine Untersuchung des Ereignisses ergeben hatte, während er das komplizierte *pas* geprobt, in den Orchestergraben gestürzt und dabei ums Leben gekommen war. Nachdem die Rettung gerufen worden war, konstatierte der Arzt den Tod des Ballettsolisten Rodrigas Belkinas. Laut dem Arzt hätte man den Ballettsolisten Rodrigas Belkinas retten können, wenn ihm rechtzeitig erste Hilfe geleistet worden wäre. Die Probe zum

Ballett „Dornröschen" von Peter Tschaikowski brach endgültig zusammen, wie übrigens auch die Abendvorstellung, für die alle Karten ausverkauft waren. Doppelt schmerzlich ist, dass wir den talentierten Rodrigas Belkinas, der sich so wunderbar ausgezeichnet und so viel Hoffnung auf sich gezogen hatte, niemals mehr auf der Bühne des Großen Opern- und Balletttheaters sehen werden. Sein Talent, das keine Zeit hatte, sich zu entfalten, ist unerwartet erloschen. Schade. Sehr schmerzlich.

Die Mitarbeiter des Großen Opern- und Balletttheaters leiden sehr an der Tragödie, die sich ereignet hatte, und beschuldigen einander bis jetzt. Der Generaldirektor des Theaters und der künstlerische Leiter wurden vorübergehend ihrer Pflichten entbunden. Der Regieassistent Dimitrij Slisko erhielt eine Verwarnung und für ein halbes Jahr ein reduziertes Gehalt. Im Theater findet eine amtliche Untersuchung statt.

Aus dem Lehrbuch für Juristen:
Es existiert eine Methode, den eigenen Zustand zu bewerten und ihn zu korrigieren: die Fragebögen auszufüllen und die Punkte zu zählen. Es gibt Tabellen verschiedenen Schwierigkeitsgrades, um den psychischen Zustand festzustellen. Wenn Sie während des Frühstücks, nach der Messe am Sonntag oder nachdem etwas Zeit nach dem Stress vergangen ist, wenigstens eine Tabelle ausfüllen, würden Sie merken, dass Sie viel ruhiger auf verschiedene Stresssituationen reagieren und der Schatten der Depression verschwindet. Wenn die Angaben der Tabellen keine Verbesserung nach dem Stress anzeigen, ist es unbedingt notwendig, sich an Spezialisten zu wenden.

Der errötete Staatsanwalt, der eben eine Gruppe treuer Spezialisten zusammengestellt hat, schlägt mit der Faust auf den Tisch und verlangt, die herausgegebenen Manifeste, Deklarationen und zweifelhaften ästhetischen Doktrinen vollständig zu untersuchen. Anweisungen wurden gegeben. Der Befehl ist fertig gestellt. Das Dekret unterschrieben.

Der Staatsanwalt, der keine Beleidigungen toleriert, gibt zu, dass seine Geduld erschöpft ist, deswegen sei es notwendig, aktiver zu handeln, den Weg zu versperren, nicht zu zweifeln, kein

Mitleid zu haben etc. Wenn nötig, müsse man prophylaktisch Gas einsetzen, mit Stöcken schlagen und schießen. Er werde nicht dulden, dass jemand die Ruhe der Kunstwelt störe. Der Staatsanwalt macht sich diesbezüglich Sorgen, schläft nachts nicht und die Beziehung zu seiner Frau hat sich verschlechtert.

Kriminelle Elemente dringen nicht nur in die Physik ein, in die Aluminiumindustrie, in die Ökonomie und Politik, sondern auch in das Allerheiligste: in die langlebige Kultur, ohne die das geistige Leben des Volkes nicht vorstellbar ist – der Garant des Überlebens und der Identität. Das ist eine Aufforderung, die an das Rechtssystem der Kultur gerichtet wurde. Die Tradition, nur die Tradition ist wichtig, denn sie gewährleistet die Fortsetzung. Ohne Tradition sind wir, so ist der Staatsanwalt, der immer mehr in Hitze gerät, überzeugt, wie ein Baum ohne Wurzeln. Unsere Pflicht ist es, sie vor Schädlingen verschiedenster Art zu schützen, Parasiten und Hochstapler, die den Auftrag unserer gegnerischen Kräfte erfüllen – mit diesen Fragen beschäftigen sich bereits spezielle Dienststellen. Eine Parallelkultur, eine Gegenkultur, eine Alternativkultur, eine Querkultur und weiß der Teufel was noch, alles muss man sich von Grund auf definieren. Nach der Untersuchung muss man einen Artikel anwenden, sie festnehmen und verurteilen. Sie sollen die Macht des Gesetzes fühlen.

Es ist notwendig, alle Bestandteile der Ästhetik zu überprüfen und zu analysieren: die Schönheit, das Hässliche, das Komische, das Tragische etc. Für diese Angelegenheit wurden Experten eingeladen, allen gut bekannte und verdiente Kulturmenschen, deren Kompetenz und Anständigkeit nicht einmal die größten Skeptiker anzuzweifeln wagen. Dem Staatsanwalt ist der Liberalismus einiger gehobener Personen unverständlich. Er wagt es, an ihrem guten Willen zu zweifeln. Man könnte, selbstverständlich wenn die Mehrheit zustimmt, die Isolierung solcher Personen in Betracht ziehen. Hier muss man unbedingt entschlossen und ohne Mitleid handeln, denn andernfalls kann es zu spät sein.

Es ist wichtig, möglichst schnell und endgültig professionelle Kunst von Liebhaberkunst zu trennen, denn die ablaufenden Prozesse können unbeherrschbar und von schicksalhafter Bedeutung sein. Der Staatsanwalt wünscht, dass in nächster Zeit in einem Gesetz genau festgesetzt und definiert würde, was ein Kunstwerk ist und mit welchen Kriterien es zu bewerten ist, denn die Staatsanwaltschaften und die operativen Mitarbeiter sind manchmal nicht sicher und wissen nicht, wie die eine oder andere Gegebenheit zu betrachten ist: festnehmen oder nach Überprüfung der Papiere freilassen. Mit dieser Frage sollte sich selbstverständlich die gesetzgebende Institution beschäftigen. Wo gibt es das, dass Personen, die kaum acht Jahre Schulbildung genossen haben, sich als bunt schillernde Messiasse ausgeben und sogar als Apostel der diagonalen lexemischen Bewegung! Außerdem sind sie alle in der psychoneurologischen Klinik registriert, wurden nicht nur einmal mit Insulin behandelt und entgiftet. Der Staatsanwalt, dessen Tochter Geige spielt, hat auch um seine Kinder Angst. Immer öfter kommen ihm beunruhigende Nachrichten zu Ohren, dass kriminelle Elemente der Kultur in Schulen und andere Lehreinrichtungen eindringen. Die Lehrer müssen besonders wachsam sein. Sie sind verpflichtet, die Staatsanwaltschaft umgehend über die registrierten Fakten zu informieren. Der Staatsanwalt glaubt, dass der erklärte Krieg, wenn nur alle zusammenhalten, bald enden und ein eindrucksvoller Sieg diesen Kampf krönen wird – die Kultur wird neue Blüten schlagen und kann sich weiter ruhig und selbständig vervollkommnen. Mit dieser optimistischen Note möchte der Staatsanwalt, nachdem er sich den Schweiß von der Stirn gewischt hat, die Sitzung beenden: „Meinen Dank an alle, und an die Arbeit!"

Aus dem Lehrbuch für Juristen:
Was ist charakteristisch für die Selbstmorde unter Justizbeamten? Etwa 80% von ihnen erschießen sich. 50% der Selbstmörder hatten psychische Probleme, litten an somatischen Krankheiten, und ein Großteil von ihnen war Alkoholiker. Die Suizidfälle sind unter Älteren und Pensionisten am häufigsten. Es wird angenommen, dass die negative Meinung der Gesellschaft über sie zur Autoaggression führt. Ständige Entbehrung und die Unwissenheit, wie man sie bewältigen soll, verursacht psychischen Stress. Die Justizbeamten stoßen fortwährend auf Grausamkeiten, auf menschliches Unglück und Todesfälle. Sie werden von nächtlichen Alpträumen und Angst verfolgt. Da sie ständig mit diesen Problemen konfrontiert sind, stumpfen die Justizbeamten ab, werden gefühl

los, trinken, deswegen kann Selbstmord wie eine Reaktion auf die Umgebung sein: Indem sie zeigen wollen, dass sie noch lebendig, gefühlvoll und mutig sind und die Umgebung beeinflussen können, aber nicht fähig sind, die entstandenen Schwierigkeiten zu bewältigen, lassen sie ihren Emotionen freien Lauf, indem sie sich das Leben nehmen.

Aus dem Protokoll:

Mavromati ist ein Ungeheuer. Mavromati ist kein Mensch. Mavromati ist keine Persönlichkeit. Mavromati ist eine anormale Genkombination. Mavromati ist ein Analphabet. Mavromati ist kein Genie. Mavromati ist ein Fehler der Natur. Mavromati ist ein Monstrum. Mavromati ist ein Satan. Mavromati ist ein Verbrecher. Mavromati ist ein Mörder. Mavromati wird in der Hölle schmoren. Mavromati ist ein Nichts. Mavromati ist eine Leerstelle. Mavromati gibt es nicht.

Das ist ein unverbesserliches und für alle Lebensarten gefährliches Individuum, das sogar von der strengsten Haftanstalt nicht umerzogen werden kann. Ihn muss man unbedingt so schnell als möglich aus dem Kulturleben eliminieren und von der Gesellschaft isolieren.

Laut Zeugen und den Nachbarn der kommunalen Wohnung von Mavromati frisst er schon seit langem alles ohne Rücksicht: Schmutz, Butter, Läuse, Kakerlaken, Schmalz, Vorhänge, Kalk, Beton, Ameisen etc. Dieses Handeln von Mavromati erzürnt besonders die weniger begüterten Bewohner der Kommunalwohnung, die manchmal ganze Tage gezwungen sind, zu hungern und sich nur mit gekochtem Wasser zu begnügen. Weil es die Nachbarn nicht mehr ertragen konnten, riefen sie vor kurzem die Beamten, als Mavromati, nachdem er in der Gemeinschaftsküche den Anwesenden pathetisch verkündet hatte, dass er die goldene Skulptur von Ramses II. sei, seinen Körper mit den Fäkalien eines streunenden Hundes beschmierte und daran ging, seinen schmutzigen Körper an die nicht ihm gehörenden Küchengeräte zu schmiegen. Die Frauen der Wohnung waren besonders unzufrieden, weil ein Teil des Küchengeschirrs von den Eltern,

Großeltern und Urgroßeltern geerbt war und es sich sozusagen um Familienreliquien handelte. Deswegen kann man behaupten, dass Mavromati nicht nur einen Anschlag auf das Privateigentum verübte, sondern auch auf die Erinnerung, die heilig und unantastbar ist. Dieses Mal wurde er verwarnt, denn die Beamten, die nichts von der ausgesetzten Fahndung nach Mavromati wussten, hielten ihn für einen für die Gesellschaft ungefährlichen Verrückten und ließen ihn frei, nachdem sie die Wohnsitzmeldung überprüft hatten. Außerdem, laut denselben Nachbarn, ließ Mavromati viele Monate auf seiner Wange ein großes Furunkel wachsen, womit er die nicht volljährigen Hausbewohner zu erschrecken pflegte. Vor einigen Wochen entschloss er sich, das Furunkel auszudrücken, nachdem er gesagt hatte, dass ihm nichts Menschliches fremd sei. Das ausgedrückte Eiter aß er öffentlich auf und verdarb mit dieser Handlung den Schulkindern, die in der Küche zu Mittag aßen, den Appetit.

Unüberprüften Angaben zufolge hatte Mavromati, der eine höhere medizinische Ausbildung besaß, in seinem Zimmer eine geheime Zahnarzt- und Chirurgiepraxis eingerichtet, in der er illegal praktizierte: mit Zahn- und Kieferprothesen und Gehirntransplantationen. Aus der sogenannten Praxis hörte man ständig Wimmern und Wehklagen, was die Nachbarn nicht zur Ruhe kommen und in der Nacht nicht schlafen ließ. Seine Klienten waren, nach inoffiziellen Quellen, nicht nur Menschen aus der Umgebung von Mavromati, die Beschwerden hatten, sondern auch Vertreter des Showbusiness, Fernsehstars oder berühmte Sportler ließen sich, so hieß es, von ihm privat behandeln.

Derselbe Mavromati, der angeblich die Grenzen der Möglichkeiten des menschlichen Organismus prüfen wollte, injizierte sich täglich demonstrativ im Korridor eine Spritze Kerosin in den Beinmuskel. Kein Wunder, dass das Bein des Verdächtigen schnell von Gangrän befallen wurde. Das bemerkten die Nachbarn, die auch die Rettung riefen, als Mavromati einmal vor der Badezimmertüre zusammenbrach und schon nicht mehr aufstehen konnte. Den Ärzten von der Klinik des Roten Kreuzes gelang es nur mit großen Mühen, das Bein und das Leben von Mavromati zu retten, für das, laut dem ihn behandelnden diensthabenden Arzt, ernste Gefahr bestand. Außerdem, wie die Ärzte behaupteten, war es für sie sehr schmerzlich, dass sich Mavromati für die Rettung seines Lebens nicht einmal bedankte – er drehte sich um und verschwand wie ein undankbarer Eber in den Korridoren der Klinik in unbekannte Richtung, wobei sich eine ältere Krankenpflegerin bei ihm unterhakte.

Die Nachbarn der Kommunalwohnung von Mavromati, die forderten, vor diesem Individuum, das sich selbst als Künstler bezeichnete, beschützt zu werden, wandten sich nicht nur einmal an den Bevollmächtigten des Stadtviertels und andere Rechtsinstitutionen. In ihren Beschwerden argumentierten sie, dass es keine Perversität gäbe, die Mavromati nicht pflege, welcher erklärte, dass er nach neuen Formen künstlerischen Ausdrucks suche, die Grenzen des Begriffs *homo sapiens* erweitere und neue Horizonte für das Bewusstsein und Unterbewusstsein eröffne usw. Leider blieben alle Beschwerden und Ansuchen ohne Erwiderung.

Aus dem Lehrbuch für Juristen:
Eine atypische paraphile und sexuelle Befriedigung: Koprophilie: das Fressen von Exkrementen; Frotteurismus: die Berührung der Geschlechtsorgane; Nekrophilie: Geschlechtsverkehr mit Toten haben; Telefonskatologie: per Telefon; Urophilie: urinieren oder Urin trinken; Mysophilie: Geschlechtsverkehr mit Kleidern; Klysmaphilie: Injektion von Flüssigkeiten in den After.

Fragment aus der Rede von Mavromati, gehalten auf dem Zweiten Kongress der Radikalen Partei:
(...)
Auf dem zerrissenen Blatt – eine Reproduktion der „Verkündigung" von Fra Filippo. Der geschlechtslose Engel Gabriel kniete graziös auf einem Knie, legte die Hand ans Herz (haben Engel wirklich auch ein Herz?) und verkündete der naiven Maria, dass sie angeblich bald schwanger werde – ein Schreck, so eine unerwartete Neuigkeit, umso mehr, als für Maria vor einem Jahr das Klimakterium begonnen hatte, umso mehr als Maria schon lange mit Josef verkehrt und keine Angst vor den Folgen hat. Das ist sehr eigenartig...

Aus dem oberen Teil des linken Gemäldes hat der gestrenge Allmächtige soeben einen erotomanen Tauber gesandt, der bald die ahnungslose Frau des Tischlers befruchten wird. Der Tauber schlägt mit den Flügeln, begehrt nach dem Fremden, er hat eine Erektion der Federn. Der Tauber ist ein Wüstling, gib ihm nur eine verheiratete Frau. So ist seine Bestimmung, vorgegeben vom Neuen Evangelium und dem Alten Testament. Der weiße Tauber – ein unverbesserlicher Lüstling – ist schon dabei, seinen begehrlichen Schnabel in Marias Brust zu stecken, die gehorsam die, gelinde gesagt, eigenartige Neuigkeit entgegennimmt: vom Vogel geschwängert zu werden und der Welt den Messias zu gebären. Eine sehr seltsame Neuigkeit… Sie, die zu allem bereit ist, muss sich gar nicht entblößen. Maria kann auch angezogen mit den Vögeln verkehren, es ist ihr egal – sie ist so sexy und heiß. Sie, die Magd Gottes, ist gehorsam und einverstanden, mit jedem zu verkehren: mit einem Tauber, einem Delphin. Einem Tisch, einem Bären, einem Fensterbrett oder einem Marder. Was man sagt, das wird Maria, die später zur Fürsprecherin aller werden wird, tun. Sie steht da, mit prächtigen Renaissancegewändern geschmückt, mit gesenkten Augen, und will ihren Sexpartner nicht anschauen, der zur Geflügelschar gehört und sich, als er eben auf sein Ziel zugeflogen war, angeschissen hat. Maria ist es egal. Maria ist so – nicht leichtsinnig, wie sie auf den ersten Blick scheinen könnte. Und dem Allmächtigen ist es einerlei, dass er nicht tolerierte Anomalien begeht und nach dem Willen seines Herrn sittsame Handwerkerfrauen verführt. Er, der Allmächtige, kann darauf spucken, denn er ist der Allmächtige – was er will, das macht er. Er, der behaarte Alte, stößt mit Willenskraft den Tauber des Hl. Geistes vorwärts – auf die zu befruchtende, gaffende Maria.

(…)

Aus dem Protokoll:

Am heiligen Morgen, als die freudige Nachricht von der Auferstehung die Christen begrüßte, erblickten die Gläubigen bei der orthodoxen Dreifaltigkeitskirche ein überraschendes Bild. Dem bis zur Taille nackten Mavromati, der für die anormale Behaartheit seines Körpers bekannt war, rasierten die Assistenten auf seinen

Rücken abwechselnd mit einem Rasiermesser das orthodoxe Kreuz. Daneben stand eine große Gruppe von Mavromati-Anhängern aus der sogenannten Kunstwelt. Nachdem das Kreuz ausrasiert worden war, ging Mavromati zu dem Holzkreuz hin, das im Voraus zusammengenagelt und in die Erde gerammt worden war (von der Höhe eines Mannes mittlerer Größe), er breitete die Hände aus und schmiegte sich mit dem Bauch an das Kreuz. Später befestigten zwei Assistenten (namentlich unbekannt) mit dem Seil die Handgelenke von Mavromati an den Querbalken des Kreuzes. Dann nahmen sie die zwei im Voraus vorbereiteten, von Schmiedehand gefertigten Nägel, die sie in die Handflächen von Mavromati einzuschlagen begannen. Als Mavromati ans Kreuz genagelt wurde, gab er den Reportern ausländischer Fernseh- und Radiostationen bereitwillig Interviews, die neugierig den zu Kreuzigenden nach den allerbanalsten Dingen fragten: in welchem Jahr er geboren sei; welche Ausbildung er habe; was er über Tierschutz denke; ob er noch nicht in die Hose uriniert hätte; ob er das Bombardement Belgrads befürworte; was er jetzt denke; ob er nicht in den Vereinigten Staaten von Amerika leben wolle; ob es schmerze, wenn der Sohn Gottes ans Kreuz geschlagen wird etc. Mavromati, der sich bemühte, den ausländischen Pressevertretern seinen Schmerz nicht zu zeigen, antwortete ausführlich auf diese und andere Fragen.

Als Mavromati schließlich ans Kreuz genagelt war, traten die Assistenten zur Seite und baten die Neugierigen, sich zurückzuziehen, damit derjenige besser zu sehen sei, der ihnen zufolge jetzt leide und die Sünden aller verbüße. Als sich die Neugierigen zurückzogen, begannen die ausländischen und inländischen Journalisten, den gekreuzigten Mavromati zu filmen und zu fotografieren. Die Foto-Video-Session dauerte etwa fünfzehn Minuten. In dieser Zeit schwieg Mavromati, lächelte, zwinkerte den hübscheren orthodoxen Frauen zu, und nur manchmal jammerte er, womit er zeigte, dass er Schmerzen habe und er nicht nur physisch, sondern auch geistlich leide, wie eine Journalistin von Radio Free Europe trefflich beobachtete, die später eine ausführliche Reportage über das Ereignis vorbereitete. Zu diesem Zeitpunkt begannen die Gläubigen, immer stärker ihre Unzufriedenheit zu zeigen. Immer lauter und entschlossener verbreiteten sich die

Aufforderungen, Mavromati zu bestrafen, der die Urheberrechte Jesu Christi verletze. Einige Orthodoxe versuchten, näher an das Kreuz zu gelangen, aber die aus- und inländischen Journalisten, die am nächsten beim Gekreuzigten standen, wollten sie nicht vorbeilassen. Es entstand ein Wirrwarr, währenddessen jemand begann, die Auferstehungsgesänge zu singen. Ein an Alzheimer leidender Kirchenwächter, der dachte, es wäre schon Zeit, begann die Kirchenglocken zu läuten. Als die Auferstehungsgesänge und die Glocken erklangen, entstand bei der Dreifaltigkeitskirche eine Schlägerei, in der auf der einen Seite die beleidigten Gläubigen rangen, auf der anderen die Journalisten und die Verehrer von Mavromati, des sogenannten Talentes. Nachdem der Pope Kyrill von der Dreifaltigkeitskirche vom Gemeindeältesten über das Ereignis erfahren hatte, lief er aus der heiligen Stätte und begann, mit dem Kreuz schwankend, zu fordern, die nicht sanktionierte Kreuzigung des Hochstaplers zu beenden. Doch seine Bitte entflammte die Leidenschaft, die sich in unbeherrschte Gewalt verwandelte, nur noch mehr. Während der Prügelei schlug jemand vor, auch die Dreifaltigkeitskirche zu verwüsten und zu zerstören. Die Menge ging zu ihr hin. Die Gläubigen versuchten, mit ihren Körpern ihr geliebtes Heiligtum zu beschützen und die Menge der Atheisten nicht hineinzulassen. Zu diesem Zeitpunkt, als sich die wichtigsten Ereignisse zur Fassade der Dreifaltigkeitskirche hin verlagert hatten, befreiten die Assistenten den immer noch leidenden Mavromati. Denen zufolge, die es gesehen haben, fiel Mavromati, nachdem er viel Blut verloren hatte, in Ohnmacht und brach zusammen. Die Assistenten schleppten den bewusstlosen Mavromati, indem sie ihn unter den Armen stützten, zum Auto und führten ihn unter Überschreitung der erlaubten Geschwindigkeit in unbekannte Richtung. Der verdächtige Mavromati befindet sich, nach den Angaben der operativen Mitarbeiter, derzeit im Koma und hält sich in einem Staat der Europäischen Union versteckt.

Nachdem die Justizbeamten von den Unruhen bei der Dreifaltigkeitskirche aus der Fernsehsendung „Die Kriminalfälle des Tages" erfahren hatten, kamen sie etwas verspätet an den Ort des Ereignisses: die Betroffenen waren schon auf die Krankenhäuser verteilt worden und die Gesunden nach Hause gegangen, um das heilige Osterfest zu feiern – das Hochfest der Weltchristenheit; die Dreifaltigkeitskirche ist verwüstet. Aussagen konnte nur der weniger betroffene Pope Kyrill von der Dreifaltigkeitskirche machen, der auch die Justizbeamten über das Ereignis informierte. Der an Alzheimer leidende Wächter redete unlogisch und erwähnte immer wieder den behaarten Messias, doch seine Aussagen wurden nicht ins Protokoll aufgenommen.

Dem Staatsanwalt wurde angeboten zurückzutreten.

Nachdem er in seinem Abschiedsbrief seine ästhetischen Ansichten ausgeführt hatte, erschoss sich der Staatsanwalt in seinem Arbeitszimmer.

Aus dem Lehrbuch für Juristen:
Ursachen plötzlicher Todesfälle:
I.   (…)
II.   (…)
III.   Der Statusverlust, die öffentliche Niederlage.
IV.   Der Triumph, die öffentliche Anerkennung.

GROSSE EREIGNISSE IN EINER KLEINEN STADT

Juozas Erlickas

Eines Morgens brach die Frau aus heiterem Himmel in Tränen aus.

„Und was würdest du machen, Juozapas, wenn das Leben anfinge, besser zu werden?"

„Was ich machen würde?" Juozapas zitterten die Hände. „Ich würde mich rücklings fallen lassen und warten, bis es vorbeigeht."

„Und wenn es nicht vorbeiginge?"

„Das kann nicht sein!"

„Und wenn doch ... und einen Tag und den nächsten ... und eine Woche..."

„Welchen Sinn hat es, darüber zu sprechen!"

Juozapas füllte sich Wasser ein, trank es aus und wunderte sich dabei, wie oft die Zähne laut an den Glasrand anstießen. – „Aber vielleicht hast du ein Anzeichen dafür gesehen?"

„Das möge Gott verhüten!", schrie die Frau auf. – „Nur das Herz..."

Juozapas ging mit weichen Knien durch die Hütte, umarmte seine Alte und küsste sie auf die Stirn.

„Beruhige dich, Juozapota. Das Leben zu verbessern, ist nicht so einfach. Die Opposition wird so etwas nie im Leben zulassen."

Die Frau saß nachdenklich da, dem Fenster zugewandt, und ihre schmalen Schultern zuckten noch lange vom unterdrückten Weinen. Aber als sie schlussendlich die Augen erhob, waren sie heiter und glichen dem Frühling der neunziger Jahre.

„Wie gut, dass du die Hoffnung niemals aufgibst, Juozapas. Was würde ich ohne dich machen."

Der Mann fühlte sich geschmeichelt, antwortete aber einfach:

„Alle wissen wir, dass früher oder später unsere letzte Stunde schlagen wird, und trotzdem klagen wir nicht und streuen uns nicht Asche aufs Haupt. So ist es auch hier: Theoretisch gibt es zweifellos eine solche Möglichkeit – das Leben kann besser werden. Doch warum soll man sich den Kopf über Dinge zerbrechen, die in Hundert Jahren geschehen werden? Und es ist durchaus möglich, dass sie ganz an unserem Land vorbeigehen."

„Am Morgen habe ich zum Himmel geschaut", lächelte die Frau bereits. „Und dort, in der Höhe, so viele Wolken! Und alle ganz dicht! Solche Unruhe hat mich erfasst."

„Schauen wir in den Kühlschrank", lächelte auch Juozapas. Er machte die Tür weit auf und schob zwei Hocker näher heran. Die Frau umhüllte sich mit dem besseren ihrer Kopftücher und der Mann legte feierlich den Gürtel an. Dann setzten sie sich beide, die Köpfe aneinander geschmiegt, und glotzten mit zitternden Herzen in die helle, kalte Zukunft. Es verging keine halbe Stunde und Juozapota hing der Kopf herab – sie begann ruhig und sehnsuchtsvoll zu schnarchen. Juozapas nahm die Frau in die Arme, trug sie weg und legte sie ins Stroh.

„Es wird nicht besser werden", murmelte Juozapota im Schlaf und über ihr gequältes Gesicht lief ein heiteres Lächeln.

Juozapas stolperte über die Schwelle. Erst jetzt, als die Krise zu Ende ging, spürte er, wie viel ihn diese äußerliche Ruhe kostete: Die Kehle wurde ihm trocken, das Herz klopfte und die Augen trieften ihm. „Wenn das Leben anfinge, besser zu werden…" Nein – daran glaubte er nicht, aber was geschieht nicht alles unter dem litauischen Himmel… Die Saat der Unruhe ging schon auf. „Was wäre dann? Zuallererst würden wir beginnen, einander auszufragen: Und warum ist das Leben besser geworden? Wer macht es besser? Hat er das Recht dazu? Was steckt wirklich dahinter? Es würde eine Welle von Verdächtigungen und Misstrauen entstehen, die die Regierung augenblicklich hinwegfegen und die Wege nach Europa zerstören würde, und alles könnte mit Bränden, Epidemien und einem Bürgerkrieg enden."

Und Juozapas lag es so schwer auf der Brust, dass er es nicht mehr ertragen konnte und tränenüberströmt hinüber zum Lehrer Wilhelm Storost* lief, der im hohlen Birkenstamm lebte.

---

* Litauischer Schriftsteller (1868–1953), bekannt unter seinem Pseudonym Vidūnas.

„Sie drohen uns doch seit langem! Einer oder ein anderer, möglichst fett, siehe da, springt zum Mikrophon vor..."

„Aber ich sehe keine Gründe, warum das Leben besser werden sollte!", beruhigte der Alte.

„Ich auch nicht", sagte Juozapas, „und meine Alte... Eine Frau spürt die Not."

„Es ist schwer, die Weiber zu verstehen. Und schließlich, wenn es auch nur ein wenig besser würde... Soweit ich verstehe, ist es das Wichtigste, solchen Dingen keine Beachtung zu schenken." Wilhelm Storost bohrte in die Birke und füllte die Gläser mit Birkensaft. „Auf das Vaterland!"

„Im Namen des Vaters...", bekreuzigte sich Juozapas. „Gut leben könnte ich nicht mehr."

„Das wirst du auch nicht müssen!", rief der Alte mutig. „Wozu gibt es denn einen Staat, Mensch? Doch dazu, dass das Leben nicht besser wird. Ich vertraue Parlament und Regierung."

„Vertrauen würde ich auch", sagte Juozapas mit weinerlicher Stimme. „Aber hast du, lieber Lehrer, nicht vergessen, dass die Wahlen vor der Tür stehen! Zur Paarungszeit kann man nicht einmal von den Tieren im Wald ein normales Verhalten erwarten. Und in der Regierung sind nur schwache Menschen, kranke..."

„Zweifellos, am Vorabend der Wahlen können wir ernsthafte Angriffe erwarten", stimmte der Alte zu. „Aber dass sie etwas verbessern würden... Juozapas, bist du nicht verrückt geworden?"

„Wenn die Regierung das Leben verbesserte, würde sie der Opposition einen solchen Schlag versetzen, dass niemand weiß, ob sie ihr Bewusstsein wiedererlangen würde", sagte Juozapas. „Deswegen mache ich mir Sorgen..."

„Ein solcher Gedanke kommt ihnen nicht in den Sinn", lachte Wilhelm Storost. „Ich kenne dort einige. Leute mit einem ,Genügend' in der Schule. Aber wenn auch einer darauf käme... Zur Entkräftung schlechter Gedanken hat der Staat Hebel und einen Apparat."

Trotzdem sah Juozapas: auch der alte Mann hatte sich erschreckt – verstohlen steckte er seinen kleinen Kopf aus dem Baumstamm heraus, spielte einen Kuckuck und rief dreimal kuckuck. Und Juozapas überkam noch größere Angst. Und der andere, wieder zu sich gekommen, sprach:

„Wenn es auch besser würde – aber das sind nur Annahmen, Phantasien –, würde es nicht für lange besser werden. Die Aufgabe der litauischen Menschen ist: sich so zu verhalten, als wäre nichts geschehen, und wenn sie es bemerken, dass wir Angst bekommen haben – werden sie es noch mehr verbessern. Und dann, Amen."

„Die Landwirtschaft...", schluchzte Juozapas. „Das ist, was mir am meisten Angst bereitet. Wenn ich nur das Auge darauf werfe, phantasiere ich immer, dass irgendetwas aus der Erde wächst, stürzt, hinaufklettert..." Der Mensch zitterte direkt vor Unmut. „So war es und wird es sein in alle Ewigkeit! Hier werden keine Reformen helfen."

„Sie werden helfen, Juozapas, reg dich nicht auf", tröstete ihn der Alte, so gut er konnte. „Du sollst nur nicht wollen, dass es sofort geht – zack! – und Schluss. Da die Taktik und die Strategie der Regierung..."

„Manchmal scheint mir, dass alle ihre Anstrengungen vergeblich sind."

Wilhelm Storost blickte Juozapas aufmerksam in die Augen.

„Hast du etwas gestohlen, mein Sohn?"

„Als ich ein Kind war, fiel ich vom Dach", rechtfertigte sich dieser. „Dazu sehe ich noch schlecht im Dunkeln. Herr Lehrer, ist es aber schön zu stehlen?"

„In den Grammatiken der neuesten Zeit wird diese Frage positiv beantwortet", nickte der Alte. „Es wird nur empfohlen, zwei verschiedene Sachen nicht miteinander zu mischen: Wenn du gestohlen hast und das Leben für dich besser geworden ist, dann heißt das noch lange nicht, dass auch Litauen blüht. Das bringen die Bestien durcheinander!", drohte der Alte mit erhobenem Löffel irgendjemand Unsichtbarem. „Vom Gipfel, nicht von woanders kommt diese Rede... Man nimmt sich eine Fabrik und ein Stück Land und gackert der ganzen Welt über das Besserwerden. Das hat eine Wirkung auf einen empfindlicheren Menschen..."

Juozapas liefen Schauer über den Körper, er küsste dem Alten die Hand und machte sich auf den Weg nach Hause. Doch plötzlich sprang Pilypas aus dem Hanffeld, ein schwaches, schmutziges Männlein, von allen Giftler genannt, und fragte, wobei er Grimassen zog:

„Wie geht es mit der Gesundheit, Gevatter? Hast ein gutes Schmiergeld bekommen?"

„Warum sprichst du so, Pilypas?"

„Wenn doch deine Alte im Unterrock im Hof herumläuft: es ist besser geworden!..."

„Davon weiß ich nichts!" Juozapas trabte dahin. Aber er schwankte wie ein Betrunkener und vor den Augen wurde ihm manchmal schwarz.

Das Städtchen war in Aufruhr. In der Kirche läuteten die Glocken und auf dem Marktplatz kläfften frei laufende Hunde. Die Frauen verhüllten die Fenster und die Männer scharten sich in den Zwischenhöfen. Als sie Juozapas sahen, gingen sie zur Seite.

Der Feuerwehrmann Cvirka*, blind von Geburt an, hockte auf dem Schornstein, wendete sich nach Osten und Westen und schrie gellend:

„Es ist noch nicht zu sehen!"

„Die Teufel wissen, von welcher Seite diese Verbesserung zu erwarten ist!", murmelte Anupras Traidenis, ein ernster, von allen geachteter Rentner, der wohl kaum kindisch geworden ist. „Was ist das für ein Ding? Und wer hat es hierher gebracht?"

„Wo ist der Bevollmächtigte?", schrie der alte Motieka, der ehemalige Parteisekretär der Kolchose. „Ist es nicht seine Pflicht, sich um Frieden und Sicherheit zu kümmern?"

„Wir haben eine Delegation geschickt", beruhigte Traidenis.

Die alte Sofija Pšibiliauskienė, eine Autorin, Bibliothekarin und die einzige Leserin in diesem Land, packte ihn weinend am Rockzipfel.

„Vielleicht nicht schlecht, dass es besser werden wird?"

„Nichts!", öffnete Traidenis den Mund ein wenig. „Für Gediminas ist es nämlich auch besser geworden..."

Die Menschen erblassten und klammerten sich aneinander. Den Fall von Gediminas hatten alle noch in Erinnerung. Der Mensch schien schon fast nicht mehr am Leben zu sein. Seine Frau rief die Verwandten und Nachbarn zusammen, richtete das prächtigste Abendessen aus, mit Trompeten und Tänzen. Doch plötzlich, genau um Mitternacht, erhob sich der Tote aus dem Sarg,

---

* Petras Cvirka, litauischer Schriftsteller (1909–47)

setzte sich, ohne ein Wort zu sprechen, an den Tisch und trank und aß alles ganz allein auf. Dann fiel er laut um – sogar die Fenstergläser zersprangen, er plumpste unter den Tisch und stand nicht mehr auf.

„Einen großen Kummer hatte die Frau, oh...", hob Sofija Pšibiliauskienė schmerzlich an. Cvirka schlug mit den Revers wie mit den Flügeln eines Vogels und stürzte vom Gipfel herab.

„Die Besten fallen zuerst." Anupras Traidenis nahm den Hut ab. „Wie geht es dir, Bruder?"

„Schle..." brabbelte der Fliegende.

„So werden wir auch weiter bestehen", drückte Traidenis seine gebrochene Hand. – Wir werden nicht nachgeben!

Zu diesem Zeitpunkt kam die Delegation zurück: sieben Pensionisten, siebzehn Arbeitslose und siebzig Familien mit Sozialhilfe.

„Der Bevollmächtigte weiß überhaupt nichts. Es heißt, man habe keinerlei Instruktionen bekommen. Und er selbst sitzt am Tisch, säuft Schnaps und lacht: Ihr habt schlechte Karten!"

„Das heißt, es gibt irgendwelche Karten", seufzte Sofija Pšibiliauskienė.

„Sie haben unser liebes Litauen verkauft!"

Juozapas zupfte Anupras Traidenis schüchtern am Ellbogen.

„Ist die Lage wirklich so tragisch?"

Der Patriarch verdrehte die blutunterlaufenen Augen.

„Also, du und deine Frau, ihr seid an allem Schuld! Hättet ihr nicht das Gerücht in die Welt gesetzt, dass es besser wird, hätte dem niemand Aufmerksamkeit geschenkt!"

Die Männer näherten sich langsam Juozapas. Der eine oder andere hatte sich schon einen Zaunpfahl herausgerissen.

„Was wird sein, wenn es besser wird? Und vielleicht ist es für irgendjemanden schon besser geworden?", stand Sofija Pšibiliauskienė im Wege. „Mich als Schriftstellerin interessieren die geistigen Wandlungen..."

Die Männer umstanden Juozapas von allen vier Seiten. Die Pfähle blitzten auf. Aber gerade in diesem Augenblick schrie plötzlich Jonelis Smukstaras, der schon eine gute halbe Stunde durch den Flaschenboden auf den Himmel starrte:

„Elend! Elend! Elend für die Einwohner Litauens!"

„Ach schon?" Die Menschen ließen Juozapas stehen und stürzten sich auf den Astronomen.

„Ich sehe das Licht nicht mehr!" Totenblass schwenkte Jonelis die leere Flasche gegen die Sonne und ließ auch die Nachbarn daran riechen.

Juozapas erinnerte sich plötzlich an die Worte seiner Alten: „Und was würdest du machen?"

Von allen vergessen, konnte er sich ruhig entfernen, aber gerade jetzt schien es ihm unpassend, zu liegen und zu warten. Nein, eher würden mich die Stammesbrüder mit den Holzstöcken totschlagen! Trotz alledem glaubte er auch in dieser tragischen Stunde nicht daran, dass das Besserwerden länger als eine halbe Stunde andauern würde.

Plötzlich kam der Monteur Knutas und meldete, dass die Strompreise in die Höhe geschnellt seien.

„Gott sei Dank", bekreuzigte sich Anupras Traidenis. „Damit wird vermutlich auch alles enden."

Die Menschen atmeten erleichtert auf, umso mehr, als bald noch weitere gute Nachrichten eintrafen: Die Briefträgerin meldete, dass in diesem Monat keine Pensionen ausgezahlt würden, und der Wächter des Ladens, dass das Brot teurer geworden sei. Die Menschen belustigten sich. Irgendjemand stimmte „Teueres Litauen"* an und einige Paare jüngerer Pensionisten oder Invaliden begannen, sich so fröhlich auf dem Platz zu drehen, dass sogar die Kirchenfenster mit Schmutz bespritzt wurden.

„Mit solchen Sachen kannst du uns nicht erschrecken!", den Männern schwoll die Brust. „Das ist nicht zum ersten Mal."

„Sollen sie doch das Licht ganz wegnehmen", lachten die Frauen, an ihre Tapferen geschmiegt. – Wir werden uns vom Heu rollen lassen ...

Sogar Anupras Traidenis wurde auch so aufgekratzt, dass er Sofija Pšibiliauskienė in den Garten einlud („Zum Eiersuchen!"). Sich an den Händen haltend, bewegten sie sich springend vorwärts wie ein Brautpaar. Der alte Pšibiliauskis hinkte hinter ihnen her.

---

* Ein Gedicht von Maironis, schon in der Sowjetzeit die populäre inoffizielle Hymne Litauens.

„Mit der Laterne mache ich Licht."

Da beruhigte sich auch Juozapas und kehrte nach Hause zurück. Und gerade rechtzeitig! Die Frau fand er beinahe ertrunken: Die Arme saß direkt an der Brunnenöffnung.

„Es ist zu Ende", sagte Juozapas. „Geh Kartoffeln schälen."

Gerade zu dieser Zeit ging der Heizer Zebediejus vorbei und führte eine Katze der neuesten Rasse mit. Juozapas zeigte sie seiner Alten, und schon bei ganz guter Laune rief er:

„Die Menschen fangen wirklich an, besser zu leben. Aber daran ist nichts Schreckliches. Wenn man sich schließlich daran gewöhnt hat, sieht es auch so aus, dass es so sein muss."

Da lächelte auch Juozapota.

Und am Marktplatz dauerten die Vergnügungen bis weit in die Nacht hinein. Um zwölf Uhr erhellte ein Feuerwerk den Himmel. So zündete Anupras Traidenis seine Hütte an. Dem Beispiel des Alten folgten viele: Die einen wollten Schluss machen mit der sowjetischen Vergangenheit und endlich alles neu beginnen, und die anderen wussten, dass, wenn das Leben besser wird, man sich nicht mehr bemühen muss, für die kommunalen Leistungen zu bezahlen. Juozapas und Juozapota hockten mit zusammengesteckten Köpfen beim Fenster und schauten, wie gelbe und rote Glutwolken in die Höhe stiegen, und beide dachten plötzlich dasselbe: Litauische Feuerwerke sind unvergleichlich bedeutungsvoller als amerikanische oder wer weiß welche Life-Feuerwerke…

DIE REPATRIANTEN

Markas Zingeris

1

Die Augen brannten ihm vom Rauch der Dampfschiffe, die unbekannte Länder verhießen. Israel hielt er für eine Idee von Ladenbesitzern und Synagogendienern. Er glaubte nicht, dass er dort frei sein werde – eine Pfeife schmauche und eine Vase mit Äpfeln male; übrigens gäbe es dort keine stolzen niederlitauischen Mädels in hautengen Kattunkleidern. Vater verehrte in Gedanken den Materialismus. Das war die Siegreiche Philosophie. Die Siegreiche Philosophie ist, wie allgemein bekannt, eine materielle Kraft.

Oder vielleicht hatte er Angst? Hatte Angst, dass von ihm die Wahrheit gefordert würde, eine tiefer gehende, als ihm die schäumende Orangeade der dreißiger Jahre bot. Die Verkörperung seiner linken Illusionen, das Imperium des Kreml, funkelte in meinen Kinderjahren immer noch beflügelnd. Auch wenn wir Bürger des Landes der Zukunft waren, gingen wir doch immer feierlich zu Onkel Mendel, um den archaischen *Schabbeß* zu feiern. Nichts Schmackhafteres habe ich in meiner Kindheit gekostet als seine *Tejglech**, und *Imberlech***, Nüsse und Matzen, die Nüsse waren gezuckert, die Matzen goldfarbig wie Eidotter. Einmal habe ich auch vom Osterwein des Onkels gekostet. An diesen Schluck in der Kindheit kommen keine anderen Weine heran – weder irdische noch himmlische.

Mendel machte sich auf den Weg in das Gelobte Land, das er kurz und bündig „Erez"*** nannte. Er, drei Kinder, Frau Levinson, die Schwiegermutter und seine Frau Chassje verkauften die Möbel, luden das Pianino aufs Schiff und baten ein Dutzend Abreisende, je einen Silberlöffel aus ihrer Familiensammlung

---

*   im Honig gebackene Teigkügelchen
** kandierter Ingwer
*** Wörtl. „Land" (hebr.): gemeint ist das „Land Israel" (Palästina) vor der Staatsgründung

mitzunehmen, um sie heimlich an der sowjetischen Zollwache vorbei über die Grenze zu schmuggeln; sie verabschiedeten sich von den Uhrmachern, Goldschmieden und Glasschleifern von Kaunas, überließen die Gewerkschaftsbeiträge dem Volk und setzten sich in Brest in den Zug.

Die Abreise von Onkel Mendel verursachte heftige ideologische Diskussionen.

Mein Vater schrie: „Für Israel – nein! Dass mir die Rabbiner diktieren würden, was ich mit meinem Pendsl machen soll." *Pendsl* war in der Sprache meines Alten ein zweideutiges Wort: das männliche Instrument zur Fortpflanzung der Familie und der Pinsel des Malers. „Dass mein Kind vertrocknen soll über den Büchern des jüdischen Abrakadabra! Nein! Oder vielleicht werdet ihr mir beweisen, dass Gott den Propheten Habakuk an den Haaren nach Babylon getragen hat? Hat Gott das jüdische Volk vor Hitler gerettet? Was? Wenn man samstags in Israel einen Zug an der Pfeife macht, stechen dich diese schläfengelockten Idioten mit den Fingern ab. Nirgendwo auf der Welt haben die Juden solche Lebensmöglichkeiten wie in der Union der Sozialistischen Sowjetrepubliken. Schau her, ich habe auch ein Bild gemalt! ‚Das Porträt eines Revolutionärs'! Könnte ich in einem kapitalistischen Land so sorglos meine Zeit verbringen?"

Als er so sprach, immer wenn sie in der Freiheitsallee* diskutierten, zog Vater sein Barett stramm über das linke Ohr. Am Barett begeisterte er sich seit der Zeit des Spanischen Bürgerkriegs.

Aus der Vorkriegszeit brachte Vater den Snobismus der hintersten Winkel Europas in die neuen Zeiten mit, die Pfeife und diesen Pendsl.

„Schau dir mein Kind an", setzte er manchmal fort. „Sag: rrruhiger Morrrgen, Joschki. Ouvertürrre. Rrrevolution. Wunderbar. Habt Acht! Still gestanden! Marsch! Wer sagt, dass er ein Jude ist? Ein Pionier! Der Klassenbeste!"

„Patsch in Hintn un schraj ura!", antwortete ihm Mendel. Übersetzt hieße das: Klatsch dir auf den Hintern und schrei Hurra!

---

* Hauptstraße der Fußgängerzone in Kaunas

Und wenn sie nicht miteinander in Streit gerieten, dann nur deswegen, weil Mutter sie beide am Ärmel ins Kino zog, meist in einen indischen Film. Aber wenn sie zu Hause über Politik diskutierten, pflegte Mendel nur mit seinen Mandelaugen vor sich hinzuschauen. Er blickte auch auf meine Mutter, seine Schwester, als wolle er etwas fragen. Er spielte oft mit Vater Schach. Er aß seine klare Suppe, wobei er lange auf das starrte, was er auf den Löffel geschöpft hatte – wie das Licht der Sonne darin badet, oder vielleicht schien ihm, dass zu viel Salz darin war, wie im Tränenmeer, das das Volk der Heiligen Schrift von Israel trennt. Er seufzte:

„Joschki wäre dort Professor! Der Staub unter seinen Füßen wäre wertvoller als die goldenen Auszeichnungen dieses Landes. Jeder Hund auf der Straße versteht dort *Hebräisch*, Dzinger! Niemand wird uns mehr in die Krematorien treiben wie die Schafe zur Schlachtbank!"

„Phantasien", gab Vater zurück. „Das alles ist schon Geschichte. Wir leben in einem Siegerland. Wer hat uns gerettet? Der Gott der Juden? Truman? Die Dritte Weißrussische Front hat uns gerettet."

2

Nein, er verachtete die goldenen Auszeichnungen nicht! Er polierte sie sogar mit dem Ärmel, ich habe es gesehen. An seiner Brust leuchtete an Samstagen die Medaille einer Auszeichnung aus Bildung und Wissenschaft. Seine Fotos, von ihm allein oder mit einer Gruppe von Menschen, erschienen hin und wieder in der Presse und einmal wurde er sogar in voller Größe auf dem braunen Titelblatt der „Sowjetischen Frau" abgebildet, als er irgendeiner stolzen Niederlitauerin eine Fahne mit Fransen überreichte. Mutter konnte das nicht leiden. Sie machte nur eine verächtliche Handbewegung: leeres Zeug. Nichts zu machen, wenn er ohne Zingulum nicht leben kann. Ein Jude sollte mit den Angehörigen eines anderen Volkes lieb und gemütlich sein – *hejmlech!**

---

* im Original jiddisch

Und möglichst oft in Erinnerung an die Verhängnisse der Vergangenheit murmeln: „Für das, was wir haben – Gott sei gedankt!"

Doch Vater war berühmt und glücklich. Und frei! Auf allen Fotos leuchten seine Wangen richtiggehend. Das Traumauto von Matas Šalčius*, die Schiffsseile, kreisförmig zusammengerollt, wo er sich vor dem Bootsmann versteckte, als er von zu Hause nach Schweden floh – das alles schwamm davon mit der unruhigen Vorkriegsvergangenheit. Jetzt flog er oft in Charterflügen mit Delegationen ins Ausland. Er brachte Mutter eine Mineralienbrosche aus Karlsbad mit. Einen Miniaturgalgen mit einem baumelnden Schwarzen – ein Zeichen des Protests gegen die Apartheid vom Parteitag der Kommunisten Südafrikas. Einen bronzenen Reiter, der über ein Hindernis springt, aus Deutschland. Er kletterte nicht auf Lianen wie in Kindheitsträumen, sondern stieg auf den Telefonleitungen der Partei hoch, konnte weit reichen und wurde von oben gut behandelt. Ich war sein bloßfüßiges Söhnchen. Das in der Zukunft nicht leise flüstern würde. Der zukünftige Umschlag der Zeitschrift „Sovjetskij Sojuz". Genauso rotbraun. Genauso flink.

Aber Mendel lächelte bei Begrüßungen schon seit einiger Zeit nicht mehr. Weder mit den Mundwinkeln noch in den Schnurrbart hinein. Und er verabschiedete sich ohne den gewohnten Scherz, wenn er so tat, was vorkam, als griffe er zwischen die Beine, und wenn sich Vater ängstlich die Hände vorhielt, fragte er feixend: „Wurde der Pendsl nicht enteignet?" So erinnerten sie sich beide an die Jugend im Kaunas der Vorkriegszeit.

Nach dem Krieg, als es noch solche hoffnungsvollen Frühlinge gab, als noch eine blinde Lebenskraft Vater und Mendel in die Zukunft trug, in Erinnerung daran, dass sie, bei allen Teufeln, noch am Leben waren, endeten ihre Begegnungen gewöhnlich damit, dass sie sich am Teppich wälzten, und meine Mutter schrie über ihnen und versuchte hilflos mit ihren zarten Händen, sie zu trennen. Wie viel Lachen und Lärm! Vaters roter Haarschopf

---

* bekannter litauischer Weltreisender, Publizist und Kulturschaffender (1880–1940)

mischte sich mit dem rabenschwarzen, glatten, zur Seite gekämmten Haar Mendels. Erschöpft und verschwitzt trennten sie sich endlich voneinander, als wären sie aufs Neue miteinander verwandt.

Aber nicht jetzt! Mendel schließt nachdenklich die Tür und tappt dahin, um sich auf die Reise vorzubereiten, und der Vater schwört lange der Mutter, während sie ohnedies nichts sagt, dass er niemals Litauen verlassen würde, dass es nichts für ihn wäre, „Almosen von den Kapitalisten zu erflehen".

3

Wie erwähnt, wurden die Mandelaugen von Mendel vor der Abreise von Traurigkeit ergriffen. Sie hatten schon den Tod der Vorfahren, den Rauch von Dachau und, so schien es, die ganze Verbannung des biblischen Volkes seit den Zeiten Salomos gesehen; obwohl es sein kann, dass diese „ewige Traurigkeit des heimatlosen Juden", die Rembrandt und die europäischen Romantiker entdeckt haben, manchmal auch die Kleinigkeiten des Lebens hervorgerufen haben: der Streit mit der schnurrbärtigen Frau Chasskele um eine Kopeke oder der nicht besonders gesunde und belastbare Magen des Onkels nach dem Lager. Doch seine Augen waren traurig, und das ist für mich untrennbar verbunden mit der Kerze des letzten Schabbeß in seinem Haus, und das noch aus einem anderen Grund. Wie viele andere Heimarbeiter[*] wurde auch Mendel vom Staatlichen Sicherheitsdienst in die Mangel genommen, weil dieser Meldungen gesammelt hatte, dass er bis zum Krieg zu den Zusammenkünften der rechtsgerichteten Bewegung „Heimatwächter" gegangen sei und manchmal sogar ein braunes Hemd mit aufgekrempelten Ärmeln getragen habe! Die häufigen Durchsuchungen in seiner kleinen Werkstatt und die Aufforderungen zur Zeugenaussage darüber, dass der Mitarbeiter ein

---

[*] Sowjetischer Begriff für Menschen, die aufgrund der Zugehörigkeit zu einem Verband die Erlaubnis hatten, zu Hause zu arbeiten (Schriftsteller, Künstler...).

Kissen mit Gold vollgestopft habe, löschte aus seinen Augen auch das letzte Funkeln der spitzbübischen Jugend. Auch deswegen machte sich Mendel an die Ausreise.

Nach Brest, in die Grenzstadt, reisten wir alle zusammen, um ihn zu begleiten. Der Onkel stieg feierlich in den Zug ein und hielt dabei die Torte hoch. Hinter ihm auf dem Trittbrett, das fest im Untergestell verankert war, schlich die neunundneunzigjährige Frau Levinson in den Schlafwagen, der Hausgeist des Onkels, gestützt auf den Bambusstock aus einem vietnamesischen Regenschirm. Die Kinder sprangen in den Zug, als würden sie „Schule" spielen, ihre Unterschenkel leuchteten. Tante Chassje wandte sich um, sie weinte Krokodilstränen. *„Sajt gesunt*! Bleibt gesund", hörte ich ihre Stimme, während die über den Schienen fliegenden Raben krächzten, dass man hätte taub werden können. Die Tante nahm sich wahrscheinlich nicht nur den Abschied selbst zu Herzen – er war zu jenen Zeiten mit Menschen, die in irgendein „kapitalistisches Land" abreisten, wie die Begleitung auf den Friedhof. Wie ich annehme, wurden ihre Augen auch deswegen feucht, weil wir, die Dzingers, sie beobachteten und uns versehentlich an diesen verhängnisvollen Draht der Absperrung anlehnten. Welcher Frau in unserm Land würde nicht das Herz brechen, wenn sie einen von ihr durch einen Stacheldraht getrennten Jungen in kurzen Hosen sieht?

Bald umringten uns uniformierte Sicherheitsleute mit Wolfshunden und Maschinengewehren, übrigens nicht nach außen, sondern auf die Seite der Heimat gewandt. Und sie sah uns erst, als sie die Stufe zum Waggon bestieg.

Oder vielleicht rührte es auch die schnurrbärtige Chassje, dass man dem Onkel die Geldtasche abnahm. In der Geldtasche waren nicht mehr als zehn abgegriffene Cents aus der Vorkriegszeit, die er, wer weiß warum, nach Israel mitnehmen wollte, und die Wohnungsschlüssel mit den verdrehten Zacken. Das alles erinnerte sie zu sehr an die Aufstellung aller Symbole des Erdenlebens in der Vorhalle des Krematoriums.

Und jetzt ist Mendel schon alt und hält im *Erez* zweitausend Truthähne! Manchmal bastelt er abends an den Uhren herum. Einfach so, aus Liebhaberei. Sie werden immer von litauischen

Auswanderern gebracht. Alle Uhren haben zehn, zwanzig, dreißig Jahre nicht getickt.

Während Mendel herumbastelt, kümmert sich ein Talmudstudent, der vor dem Computer sitzt, um seine musterhafte Vogelzucht. Die beiden Söhne von Mendel sind in den Schlachten auf den Golanhöhen gefallen, die Tochter lebt in Kapstadt, das die Geographen in der Zeit von Matas Šalčius Kap der Guten Hoffnung genannt hatten. Sie leidet an Diabetes und an irgendeiner schwer zu heilenden Melancholie.

Als ich aus Israel eine Menge „Kodak"-Fotos von ertragreichen Olivenbäumen und einem Foxterrier, der Hebräisch versteht, bekomme, putze ich die von den Tränen laufende Nase. Verzeihlich, bin doch auch ich schon nicht mehr jung und in der Seele, wie ich gestehen muss, fegen die Winde. Meine Tochter Vėjūnė hat einen schönen, rechtschaffenen Mann geheiratet, der Schuhe näht in Bevandeniškes*. Ihre Kinder plappern mit flinken Zungen, sie essen gerne *Schweinefleisch*. So wird auch, verdammt noch mal, die Gestalt ihres Gottes sein, wenn sie in Litauen leben und Nachkommen haben werden. Dem Schwiegersohn, versteht sich, habe ich davon nichts gesagt.

Und mein armer Papa ist endlich ins Jenseits abmarschiert. Die Schornsteine seiner Dampfschiffe rauchen nicht mehr von unter der Erde – von unter der schweren weißen Tonerde der litauischen Hänge –, in seiner jungenhaften Phantasie donnert der Motor von Matas Šalčius nicht mehr! Aus dem verkalkten Pendsl, mit dem er die Leinwand grundierte, haben sich seine Urenkel einen Pfeil gebastelt und ihn einfach aus dem Fenster geschossen. Andere Generationen streiten sich wegen des Gelobten Landes, aber leider, die Kinder meiner Kinder wissen davon nichts, oder wird sich vielleicht wegen des Gelobten Landes gar niemand mehr streiten? Vielleicht sucht man in gar keiner Küche, in keinem seichten Löffel nach einer Antwort, sauer wie Salz, auf die Fragen des Lebens. Ich weiß gar nichts, die Zeit vergeht, die Welt ändert sich. Der erschöpfte Mendel repariert keine Uhren mehr. Immer öfter schläft er auf der Veranda seines Hauses ein, am Mittelmeer, die Füße in eine Decke gewickelt.

---

* kleines Dorf in Litauen

Mendel ist unter dem hebräischen Sternenhimmel, Vater unter dem Stein, der niemandem mehr etwas sagt. *Motiejus Dzingeris* steht darauf geschrieben. Ihr Abenteuerlustigen und ihr Freier der Freiheitsallee, wer wird euch Wiedergutmachung leisten? Wo ist euer Gelobtes Land? Im verblassten Himmel Litauens? Und wenn ich im Familienalbum blättere, entsteht immer wieder dasselbe Bild vor meinen Augen. Es ist auf keinem Bild aus dem Atelier von Baulas festgehalten. Es ist meinem Herzen näher als die offiziösen Fotos meines Vaters von ELTA* und als die prächtigen Fotos von Mendel, die von DORT geschickt wurden.

Ach, wie haben sie neunzehnhundertsechsundfünfzig oder neunzehnhundertsiebenundfünfzig, als es nach Freiheit roch – wie immer eine scheinbare, die nur eine Saison dauerte –, bei der Begrüßung und beim Abschied die Familie zum Lachen gebracht. Wie richtige Kavaliere von Kaunas! Sie griffen einander, um sich gegenseitig zu schrecken, an den Hosenschlitz, ohne sich darum zu kümmern, ob Damen in der Nähe waren oder nicht.

„Haben sie ihn nicht enteignet? Die Regierung wird dich an dieser Stelle nehmen und aufhängen!"

Wie wir da gelacht haben!

---

* litauische Nachrichtenagentur

DAS KALTE FEUER

Bitė Vilimaitė

Plötzlich wurde es kalt in dieser Oktobernacht und die Sterne waren so klar wie die vor Verwunderung aufgerissenen Augen des Kindes, als es auf die Menschen blickte, die kleine Menschengruppe, die ihn, den kleinen Jungen, ins Eck gedrängt und daran gehindert hatte, in den Zug einzusteigen, der hier am Bahnhof des Kirchdorfes gerade vor zwei Minuten gehalten hatte. Der Junge hielt das Geld genau abgezählt bereit, geduldig wartete er auf den Zug, hielt sich im Schatten neben der Toilette versteckt, aber irgendjemand bemerkte seine Umrisse dennoch und schlug Lärm.

Er steht im kleinen Zimmer des Bahnhofsvorstehers, bereit, auf alle Fragen zu antworten, wenn sie ihn nur möglichst schnell freilassen. Das Kind hat die Hoffnung, dennoch wegzufahren.

„Woher kommst du?"
„Ich weiß es nicht."
„Wer ist deine Mutter?"
„Ich habe keine Mutter."
„Aber von wo bist du aufgetaucht?"
„Ich bin dort gestanden, als man mich gesehen hat."
„Wo ist dein Zuhause?"
„Ich habe kein Zuhause."
„Aber wohin willst du fahren?"

Der Junge schweigt. Der Polizist kommt herein mit einem unzufriedenen, bösen Gesicht und sagt irgendetwas zum Bahnwärter. Der atmet erleichtert auf. Der Junge begreift, dass sie jetzt schon wissen, dass er aus dem Internat weggelaufen ist, und beschließt, nicht mehr mit ihnen zu sprechen.

Der Bahnwärter geht zur Landkarte und sucht mit seinem dicken Finger das Städtchen, wo das Internat ist. Verwundert wendet er den Kopf und sagt zum Polizisten:

„Aber wie ist er hierher gekommen? Die Brücke ist doch weggerissen. Wie ist er herübergekommen?"

Der Polizist hatte genug von diesen Geschichten mit Minderjährigen, er erklärt nichts, er misst den Jungen nur mit einem bösen Blick.

„Ich habe kein Auto", sagt er zum Eisenbahner. „Ich habe es nach Labanava geschickt, dort ist ein Mord geschehen!"

Der Bahnwärter wurde lebendig.

„Und was ist geschehen?"

„Kennst du Peldis? Er lebt nicht mehr. Der Sohn hat ihn abgestochen wie ein Schwein."

Schweigen steht im Raum. Der Junge denkt daran, dass er seinen Vater auch ohne weiteres abstechen könnte, wenn er ihn nur irgendwann einmal treffen würde auf seinem Lebensweg.

„Was nun, wohin mit ihm?", überlegt der Polizist. „Könntest du ihn nicht bis zum Morgen in deinem Zimmer behalten? Dann wird er sich auf der Bank ausschlafen und morgen ganz früh werde ich ihn mitnehmen."

„Von mir aus", stimmt der Bahnhofsvorsteher zu.

Er sieht den Jungen an wie ein von der Verwaltung anvertrautes Gepäcksstück. Es ist ihm sogar angenehm, diese Gefälligkeit zu erweisen, in der sich die Knechtung des Menschen an die Pflicht spiegelt, und er begleitet den Polizisten hinaus, wobei er vertraulich über alle möglichen Nichtigkeiten schwatzt.

Als er zurückkommt, ist der Junge nicht mehr im Zimmer. An dem Platz, wo er gestanden hat, gluckst eine schmutzige Pfütze. Weil die Brücke weggerissen ist, wird er bestimmt eine Furt finden und hindurchwaten.

Der Bahnwärter geht auf den Bahnsteig und blickt sich aufmerksam nach allen Richtungen um. Nein, diesmal wird das Kind nicht so dumm sein. Es wird nicht auf den Zug warten, sondern versuchen, auf andere Arten zu reisen.

* * *

Das Kind ging quer über ein abgemähtes Haferfeld. Das Stoppelfeld stach durch seine Sportschuhe aus Gummi. Weil er aus dem beheizten Zimmer wieder in die Kälte geraten war, wurde er ganz steif. Er blickte umher auf der Suche nach irgendeiner Scheune, aber es war kein einziges Gebäude zu sehen. In der Nähe färbte sich der Wald schwarz. Der Junge hatte Angst vor dem Wald, aber jetzt gab es keinen anderen Ausweg. Dort konnte man einen Erdhügel finden. Der Junge erstickte sein Weinen, als er sich zusammengekauert unter eine Fichte in das trockene, weiche Moos legte. Er steckte die Faust in den Mund, damit die Tiere und die Menschen sein Weinen nicht hören.

Man fand ihn in dieser Position liegend, in der alle Nöte in einem ewigen Schlaf einschlummern; so zusammengekauert, dass der Körper möglichst lange die Wärme bewahre. Auf seinen Wangen waren eisige Tränen gefroren. Als man eine Obduktion durchführte, wurden im Magen nur wilde Äpfel gefunden. Alle wunderten sich – wovon konnte er überleben in all diesen Tagen? Er ging einen langen, mühevollen Weg in den Tod, als wäre er eine Erlösung.

WAS WIR IN DEN TASCHEN EINES TOTEN FANDEN

Jurgis Kunčinas

Schon den dritten Tag glitten wir auf Schiern die Flüsse entlang: Der schmelzende Schnee erstarrte nachts wieder zu einer Eiskruste und die quellenreichen Uferhänge froren zu. Der Fluss stieg bis zu den Ufern an. Die Wege der Fischer waren überschwemmt, es war schwer durchzukommen. Dafür hielt uns niemand auf, man musste weder eine Berechtigungskarte noch den Pass noch die Geschlechtsorgane herzeigen. Sonst war es die reinste Mühe und eine ständige Spannung.

Mit Mühe entfachte ich ein Lagerfeuer, und als ich es entfacht hatte, war ich trotzdem noch immer unruhig – es hatte sich das ernstzunehmende Gerücht verbreitet, dass in der Umgebung aus Weißrussland kommende Kurdenbanden wüteten: Sie würden Menschen ausrauben, Tiere abstechen, Frauen, Männer und sogar Kinder vergewaltigen. Andere sprachen, dass das, man stelle sich vor, eine von irgendwo aus dem Ural kommende Gruppe von Verbrechern sei, bis zu den Zähnen bewaffnet – die pfiffen auf jedes Recht und Gesetz. Trotzdem vermieden wir beide offizielle Posten, Siedlungen, öffentliche Wege und Kreuzungen.

Wir gingen zu zweit: Doloresa Lust und ich. Ich war blöd, dass ich einwilligte, sie aus der Stadt hinauszubringen. Denn auch dort nährte man sich von Gerüchten. Es verbreitete sich das Folgende: Alle, die irgendwann in einem Irrenhaus gastiert oder die in längst vergangenen Zeiten auf der Liste der Vorgemerkten gestanden hatten, beabsichtige die neue Regierung, wieder hinter einen Zaun zu sperren, streng zu kontrollieren und wiederum mit irgendwelchen neuen Medikamenten zu behandeln. Offiziell hieß die Aktion: Schützen wir die Gesellschaft vor psychisch kranken Personen! Dabei wussten doch alle, wonach das roch. Es herrschte ein irres Durcheinander, das sich besonders nach dem Jahr 2000 verstärkte. Eben war es noch, als würde Ruhe eintreten, und jetzt wieder das. Es hatten sich viele Rechnungen angehäuft und die neue Regierung war auch bestrebt, sie zuallererst zu begleichen. Sie kämpfte auch noch an einer zweiten Front: Sie machte Jagd auf Lesben und Schwule, und jetzt waren die Schwachsinnigen an der Reihe.

Also habe ich es auf mich genommen, Doloresa Lust an den Ufern entlang zu begleiten, bis zu einem entlegenen Städtchen, und sie dort bei irgendwelchen Verwandten oder auch nicht Verwandten zu lassen und dann auf einem anderen Weg in Ruhe in die Stadt zurückzukehren. In Ruhe? Wer weiß. Habe doch auch ich mich einmal in diesen Appartements herumgewälzt. Es hat mich zwar nicht der Verstand verlassen, aber die „Krankengeschichte" ist wahrscheinlich irgendwo liegen geblieben. Was weiß ich!

Wir gingen mitten im trüben Winter hinaus, an einem Montagmorgen. Ich nahm ein halbes Kilo Tee mit, eine Dose Löskaffee und Speck. Als es noch nicht richtig hell war, waren wir schon aus der Stadt, wir stapften die Bahngleise entlang, dann wandten wir uns zum Flussufer hin, und mit jedem Schritt entfernten wir uns von der Doloresa Lust so verhassten Stadt. Ein Jammer, dass ich überhaupt keinen Alkohol mehr trank, und um konzentrierten Tee unter Feldbedingungen zu kochen, braucht man viel Zeit, nach und nach wird das lästig. Dafür soff meine Weggefährtin wie ein junger Traktorfahrer: viel, mit Genuss und ohne zu husten. Nachts band ich sie am Baum fest, leckte die Betrunkene ab, und während ich meine Hängematte festband, winselte sie. Sie miaute, piepste und biss in die Luft, sie benahm sich wie eine trächtige Katze. Sie flehte noch um einen Schluck, und als sie ihn bekommen hatte, schlief sie endlich im Stehen ein und ich schaukelte zum Einschlafen noch lange zwischen zwei Kiefern. Am Morgen knüpfte ich die Schnüre immer erst auf, als das Wasser schon kochte; schimpfend hockte sie sich gleich an Ort und Stelle hin und ließ es auf dem gefrorenen Schnee sprudeln. Damit machte sie ein breites, grünliches Loch in seine Kruste und danach zerstampfte sie es mit den Fersen. Wie irgendein Straßenköter. Wie ein Fallschirmspringer oder ein Spion. Sie selbst schleppte auf ihren schmalen Schultern einen „Kanister" ihres Betäubungsmittels: bräunlich, dickflüssig, angeblich süßlich. Ich lüge nicht: Sie blieb nie zurück und jammerte nicht, nicht einmal dann, wenn sie sich das Gesicht bis aufs Blut zerkratzte in der vereisten, weißen Tonerde. Sie rieb sich nur mit ihrem Trunk ein und wir rutschten weiter. Doloresa, die alte tapfere Kämpferin für die Wahrheit! Was ist von ihr geblieben! Der Schwenkerin der Trikolore, der Eigentümerin des konspirativen Kellers, der ewigen Patientin des Irrenhauses. Wie viel wurde sie herumgezerrt und geschoben. Was ist noch geblieben? Vorstehende Zähne, graues Haar und Beine, die bis unter die Achsel reichten. Sie bestand nur noch aus Knochen, von einer Pergamenthaut umgeben. Ich nannte sie „Knochenroulade" und sie war nicht böse. „Du Tier", sagte sie dafür, als ich sie an der Weide festband, „wie kannst du das tun?! Brutaler als einer vom NKWD*." Dabei war es doch so vereinbart. Wenn man sie nicht anbindet, stürzt sie betrunken hin und holt sich eine Verkühlung. Ich habe einem Menschen versprochen (nicht einmal jetzt habe ich das Recht zu sagen, wer es ist), sie lebend hinzubringen. Sie wie eine Gans bis zu diesem Städtchen zu treiben, sie in der einzigen als Restaurant zu bezeichnenden Schenke abzusetzen, mich auf den Abort zu entschuldigen und dann verschwinden, verschwinden, verschwinden! Dort wird Doloresa nichts mehr passieren. Und sie wird diese entfernten Verwandten, die sie noch nie gesehen hat, nach ihrer Pfeife tanzen lassen.

Aber bis zum Städtchen war es noch einen Tag zu gehen. Wir hätten natürlich durch den Wald zur Landstraße abbiegen, irgendeinen Lastwagen anhalten oder zu Fuß dahintrampeln können, der Weg ist ja nicht so lang! Aber nein, wir gingen wie richtige Dummköpfe an den Flussufern, schlängelten uns dahin mit dem Flussbett, saugten an den Speckschwarten, tranken Tee und setzten wieder einen Fuß vor den anderen.

Am Abend des vierten Tages fanden wir einen Toten. Er lag am Ufer, auf einem kleinen Platz an der Flussbiegung, die Hände auf die Seite gestreckt und die leblosen Augen gegen die eisige Kälte des Himmels aufgerissen. Doloresa Lust erblickte den Toten zuerst. Sie stieß einen kurzen Schrei aus und hielt sich den Mund zu. Dann trat sie hinzu und stieß ihn leicht mit dem Fuß – ist er

---

* Volkskommissariat für Innere Angelegenheiten, Staatssicherheitsbehörde der UdSSR.

wirklich schon tot? Sie rülpste, zog das grüne Trinkgefäß heraus und spülte gut die Hälfte hinunter. Ihre Augen glänzten auf.

„Er ist tot!", rief sie mir zu. „Er lebt nicht mehr, er lebt nicht mehr."

„Gehen wir, Dolé!", redete ich ihr zu. „Was geht das uns an? Vielleicht ist das das Werk dieser Banditen. Derjenigen vom Ural. Na, der Kaukasier."

Doch Doloresa Lust trotzte. Sie hockte sich hin, mühevoll drückte sie dem Mann die Augen zu, versuchte seine Hände auf die Brust zu legen und irgendetwas in sie hineinzustecken, doch gleich betrank sie sich total und fiel daneben um. Sie schluchzte und redete den Toten an. Sie streichelte sein steifes Haar. Nein, sie ist wirklich beklopft. Vielleicht muss man so eine wirklich einfach isolieren? Ich knirschte vor Zorn mit den Zähnen und band sie an einer Kiefer fest: Ich umwickelte ihre dünnen Beine und spürte, dass sie sich schon nass gemacht hatte. Ich ließ sie ein paar Züge machen und zog ihr die Kapuze der Jacke über die Augen. Sie schlief sofort ein. Angebunden und erstarrt schien Dolé schrecklicher als die in der Nähe liegende Leiche. Beide sahen sie schaurig aus. Obwohl ich vor Kälte zitterte, machte ich kein Lagerfeuer. So viel kostet das Nüchternsein!

Mit den Zähnen klappernd, wachte ich auf. Früh morgens ist es am kältesten.

Im Vollmond leuchtete das gelbliche Gesicht des Toten. Er lag immer noch mit seitlich ausgestreckten Armen da, aber die Augen waren geschlossen. Er wirkte so ruhig. Die Beine etwas gegrätscht. Schwarze Halbschuhe. Ein weiter Lodenmantel. Helles Haar. Ich hielt es nicht mehr aus, machte ein kleines Feuer und kochte mir einen Tee. Ich schüttete ihn in mich hinein wie eine Flamme und mir wurde langsam warm.

Als es ganz hell war, bemerkten wir einen hinter dem Gebüsch festgebundenen Kahn. Ein langer, schwarzer Kahn, die Ruder waren am Ende mit Eisen beschlagen. Mit so einem kann man auch gegen den Strom fahren. Danach war mir auch: mich hinsetzen und damit zu rudern. Aber überall waren Posten, überall Gefahren.

Kaum war sie losgebunden, stürzte sich Dolé auf ihre stinkende Brühe.

„Was nun?", fragte ich, obwohl ich mich schon entschlossen hatte, was zu tun war.

„Lassen wir ihn, wie wir ihn gefunden haben, und gehen wir", antwortete sie faul.

„Nein!", schnitt ich ihr das Wort ab. „Nein! Wir lassen ihn im Strom treiben. Hier ist doch sein Kahn. Wir legen ihn auf den Boden und dann soll er davontreiben."

„Wie du willst", stieß Doloresa Lust apathisch hervor. „Nur so rasch wie möglich."

Ich trat an den Toten heran. Ein noch junger Mann. Nein, das waren nicht diese Kaukasier. Wahrscheinlich er selbst. Jeden Morgen meldete das Radio: Es wurden neun Leichen gefunden. Manchmal sechs, manchmal ein Dutzend. Meist Selbstmörder. Wir nahmen schon den zweiten Platz in Europa ein. Nach den Ungarn und den Dunkelhäutigen in den Bergen, glaube ich. Nein, vielleicht nach den Rumänen. Jetzt sind wir schon die Ersten. Ich erinnerte mich, wie ein dünner, grauer Herr einmal auf einer Zusammenkunft schrie: „Man ackert, ackert, steigt aus der Traktorkabine aus, läuft so schnell man kann ins Gebüsch und hängt sich gleich dort auf! Wohin gehst du, mein Vaterland? Quo vadis?" So fragte er. Und er antwortete selbst: „Zur Hölle!" Und das war noch zur kommunistischen Zeit, vor fast dreißig Jahren. Ein mutiger Mensch, nur sehr dünn. Ein Schriftsteller oder ein Mathematikprofessor? Ich weiß es nicht mehr.

Die Lippe der Leiche war aufgerissen, schon schwarz geworden, hing sie herab. Die Tränensäcke angeschwollen: klar, ein Trinker. In einem Augenblick der Hoffnungslosigkeit beging er … aber wie? Ein graues Hemd, eine Krawatte, die Hose gebügelt … Ein Kurpfuscher oder ein Bibliothekar? Niemand spricht mehr vom Schaden, wenn man bei einer Petroleumlampe liest, so hat er … Nein, wahrscheinlich hat er sich gar nicht umgebracht, er ruderte hierher, stieg aus … gab sich noch einen guten Schluck und hat seinen Geist ausgehaucht. Auch nicht … schau, der Schal ist auseinander gerutscht, sein Hals ist blau. Ein Erhängter. Und vielleicht gehört auch der Kahn gar nicht ihm. Zu viele Rätsel für mich. Zu mysteriös. Und dazu noch diese Doloresa Lust, eine vierzigjährige Witwe, ein betrunkenes Vieh, die Kuh eines ungeweihten Stalles mit kaum sichtbaren Brüsten, starrt mit feuchten

Augen vor sich hin! Sind denn Tote etwas Neues für sie? Wie viele davon hat sie hinausgetragen auf ihren Knochenhänden aus ihrem Kellerzimmer – noch halb lebendig! – wie viele Tote hat sie auf den Schnee gelegt, damit sie jemand mitnimmt! Wie viele hat sie im Sommer im Garten vergraben, damit sie nicht stinken. Nicht an alle kann sie sich in ihrem betrunkenen Kopf erinnern. Sie versprach, auch mich ums Eck zu bringen, wenn ich diesen winterlichen Marsch nicht mit ihr unternehme. Vor einer anderen hätte man keine Angst, man würde ihr eine Ohrfeige geben und in Lachen ausbrechen, aber wenn Doloresa Lust so etwas androht, die Männermörderin, die sechs Jahre in der geschlossenen Abteilung des Irrenhauses hinter sich hat, muss man darüber nachdenken. Nein, diese Kommunisten, die wieder an die Macht gekommen sind, vielleicht machen sie das ja richtig, solche muss man isolieren! Nur dass sie auch in dieser Angelegenheit ihre Finger drin haben. Sie werfen alle in einen Topf, wie sie es gewohnt sind.

Und Doloresa Lust war doch einmal eine Dichterin, schrieb Gedichte, ließ sie zuerst im Untergrund drucken, und später veröffentlichte sie sogar ein kleines Buch. Doch danach hatte sie Pech mit ihrer Heirat, es blieb nichts anderes übrig, als diesen Mann zu erledigen, und das hat sie auch gemacht. Es ist mit ihr nicht zu spaßen, wenn sie ihre Glotzaugen rollt und vor sich hinplappert. Wie sie jetzt ist, habe ich keine Angst vor ihr, ich habe eine Axt im Gürtel, immer zur Hand, und sie ist immer halb besoffen. Nein, davon kann keine Rede sein: In der Nacht muss man sie festbinden! Noch in der Stadt haben wir diese Frage in aller Härte entschieden. Das war meine erste Bedingung!

Ich zuckte zusammen. Hinter meinem Rücken scheppterte die Gabel und Doloresa Lust sprach mit verrauchtem Bass:

„Wie ähnlich er Vaidulis sieht."

Er sah ihm wirklich ähnlich. Vaidulis, das ist Vaidotas, ihr verstorbener Mann. Physiker, Kunstkritiker und Dichter und was weiß ich was noch. Ein langhaariger, zärtlicher junger Mann mit Augen, die vom Wind, vor Traurigkeit und leichtem Wein tränten. Und wie lange das her zu sein scheint!

„Na, los, los, wir frieren hier fest."

Vielleicht sollten wir ihn wirklich nicht in den Kahn legen? Was für ein verrückter Gedanke! Das unersättliche nächtliche

Lesen war daran schuld. Der Kahn mit dem Toten stromabwärts ... nein!
„Schau besser in seine Taschen!", so Doloresa Lust wieder.
Das auf keinen Fall. Wenn du willst, schau selber nach. Wenn dir danach ist. Vielleicht findest du etwas Geld, falls er ein Selbstmörder ist. Aber ich glaube nicht, er scheint ein Trinker zu sein. So ein aufgedunsenes Gesicht.
„Lass mich, ich mach es selbst."
Richtig, suchen kann sie. Sie hat in längst vergessenen Zeiten in der Moralkommission gearbeitet, Spekulanten und Huren durchsucht. Sie griff ihnen unter die Achseln und unter die Röcke. Und schon hockte sie sich hin, öffnete den Mantel und knöpfte die Hose auf. Und schon wirft sie alles, was sie findet, auf das erfrorene Riedgras. Ein Taschentuch, ein Taschenmesser mit Ahle und kleinem Bohrer, eine weit aufgerissene Zigarettenpackung, ein schwarzer Kamm, noch ein – blutiges! – Taschentuch und ein Bonbon, an dem Tabak klebt ... zack, zack, das war alles.
„Das ist alles. Schau, noch ein Kuvert."
Ein Kuvert. Dann ist er wahrscheinlich ein Selbstmörder.
Ich zog einen Zettel heraus. Kaum lesbar stand mit Kugelschreiber gekritzelt:
„Männer, hängt euch auf, bevor es zu spät ist!" Sonst nichts. Keine Unterschrift, kein Datum, nichts. So muss es vielleicht auch sein, wer will, wird alles verstehen. Er ist doch nicht irgendein Stinktier. Psychologen können einem natürlich die Ohren voll reden, und danach hört man plötzlich: der und der Psychologe hat sich umgebracht. Da war irgendein Antanas, ich habe ihn gekannt. Immer wollte er die anderen belehren, wie man leben muss. Doch wozu! Seine Frau war Künstlerin, eine Volkskünstlerin, die Kinder wie Puppen herausgeputzt. Er selbst war wie der Chefpsychologe der ganzen Familie. Im Familienalltag war er unendlich höflich, alle Wörter betonte er richtig, sogar die Intonation brachte er zum Klingen, er war belesen wie ein Priester. Und dann das: Er sprang aus seinem vierzehnten Stockwerk auf die grüne Wiese, lebte noch zwei Tage, weinte und weinte, schaffte es noch, sich bei allen zu entschuldigen, und gab den Löffel ab. Aber was hat Antanas hier zu suchen! Schau, da liegt

einer, der schreiben kann … „Männer, hängt euch auf, bevor es zu spät ist!" Kein einziger Beistrich natürlich, und auch das Ausrufezeichen habe ich hinzugefügt – jetzt. Ein Ungebildeter. Vielleicht doch kein Bibliothekar. Aber wahrscheinlich hatte er es eilig. Unsere Gehirnsäcke würden Bände aus so einem Satz schreiben. Motive und Kommentare. Aber woher bin ich so klug? Man muss möglichst schnell abhauen. Ach, sie durchsucht noch die Unterwäsche! Professionell! Und schau, sie zieht etwas heraus – einen kleinen Sack! Sie bindet ihn auf, Hände und Knochen zittern vor Ungeduld – was ist dort? Der letzte Ramsch: das erste litauische Geld. Tierchen und Vöglein. Hunderte, Tausende, Zehntausende.

Sie schiebt noch die Hand in das Innere des Sacks, danach dreht sie ihn um und schüttelt ihn. Und heraus fällt – eine Münze. Zehn Goldrubel aus der Zarenzeit. Sie schiebt sich das hinter die Wange, spuckt aus, zittert und weiß sich nicht zu helfen. Haben wir dich jetzt schon ordentlich gesäubert, Toter? Haben wir. Wir werden dich nicht mehr zurücklassen. Du wirst schwimmen, wie ich es dir versprochen habe. Vaidulis … ab in den Kahn mit ihm!

Ich schleppe ihn, an den gerade ausgestreckten Beinen gepackt, es bleibt eine kaum sichtbare Schleifspur zurück. Ich rolle ihn in den Kahn, stoße das Boot vom Ufer ab und klatsche mir mit den Händen auf die Schenkel. Erledigt! Der Kahn dreht sich langsam und schwimmt – der Fluss ist wie ein Auge. Vielleicht wird er nicht so bald stecken bleiben?

Verschwinden wir! Die halb betrunkene und halb verrückte Doloresa Lust und ich, ihr Begleiter und Beschützer, ihr Herr und gleichzeitig ihr Diener! Ein Sklave, besser gesagt.

Das Städtchen lag kaum fünf Kilometer entfernt, was ist los, dass irgendetwas Unsichtbares mir in den Rücken klopft: schneller, schneller!

Wozu hat sie diesem Toten das Geldstück weggenommen! Wage es aber ja nicht, so einer zu widersprechen! Jetzt, wo sie nicht angebunden ist, ist Doloresa Lust gefährlich wie eine Wilde. Man muss auf sie aufpassen. Macht nichts, in der Kneipe werde ich sie bändigen, wenn es nötig sein wird. Wir werden alle Rechnungen begleichen. Für diesen ganzen verrückten Marsch.

„Warte!", ruft sie mir nach. Ich drehe mich um. Sie steht da mit ihren gegrätschten Beinsprossen, eine auf den Baumstumpf gestützt. Kippt etwas von ihrem Reservoir, leckt die letzten Tropfen aus, wirft die Flasche zur Seite und wird mich gleich einholen. Sie stolpert, fällt hin, wiehert mit der Stimme einer Verrückten, steht wieder auf und galoppiert weiter. Eine lebende Leiche, wirklich eine echte Leiche! „Ruhe!", rufe ich, „Ruhe, du Kretin!" Nur gut, dass es schon wieder dunkel wird. Sie hat mich eingeholt. Ich verpasse ihr eine Ohrfeige, zwinge sie in die Knie, bedecke den Kopf mit einem Sack – ich habe es geschafft! Auf dem Waldweg marschieren diese Räuber und Gewalttäter herum. Diese Kaukasier vom Ural, aber es kann sein, dass es auch Kurden sind. Muslime. Ich schaue durch den Wacholderstrauch und bohre mein Knie in Dolė. Diese ahnt irgendetwas, schweigt und rührt sich nicht. Und sie marschieren, es ist kein Ende zu sehen. Eins, zwei, eins, zwei. Fuß auf Fuß. Ganz klar sehe ich ihre finsteren Gesichter. Alle sind groß und muskulös. Oder vielleicht sieht es nur so aus? Immer in Zweierreihen. Auf den Schultern Maschinengewehre. Vorne ein Zweiergespann, dahinter auch ein Wagen – man hört jemanden darin wimmern. Ihre Verwundeten rufen nach Allah… Sie sind fortmarschiert. Wie Gespenster verschwunden.

Das Städtchen war beinahe zerstört. Brandstellen rauchten. Wo anders waren Klagen, Lieder, betrunkene Stimmen zu hören. Die Fenster zerschlagen, die Türen aus den Angeln gehängt, auf den Gehsteigen Hunde- und Pferdekadaver. Da hast du die Gerüchte. Wir wurden von einer Pferdepatrouille mit einem roten Streifen angehalten, zwei weitere Streifen marschierten an der Seite. Sie verstellen uns den Weg, schnalzen mit der Zunge, als sie Doloresa Lust sehen, und fragen mich auf russisch:

„Habt ihr die Banditen gesehen?"* Ein sanfter, weicher, ländlicher Akzent. Die anderen betatschen schon Dolės Knochen – sie sind auch betrunken.

Überall ist es trüb, kalt und verwüstet. Ein umgekippter deutscher Lastwagen, abgerissene Fahnen. Wer kümmert sich hier um irgendeinen Selbstmörder, der in den Wäldern sein Ende gefunden hat? Wir wurden zu Kommissar B. geführt. Ein großer, stattlicher Mann, der aussieht wie der Präsidentenberater. Graues Haar,

---

* im Original russisch

durchdringende, aber traurige litauische Augen. Ein Revolver auf dem Tisch aus ungehobelten Brettern, daneben eine angefangene Halbliterflasche. Wie in irgendeinem billigen Film. Er warf einen Blick auf die Bestätigung meiner Krankenkasse und den alten Auszug von Doloresa Lust aus der Psychiatrischen Klinik, Abteilung für Schwerkranke. Er schwenkt seinen grauen Kopf, er sieht aus, als würde er lächeln. Das heißt, es geht ihm nicht um die Jagd auf psychisch Kranke. Aber auch er fragt:

„Habt ihr die Banditen gesehen, die schwarzen?"*

Wir schütteln beide den Kopf: Njet, njet. Er wirft uns hinaus, hebt sogar die Hand – „Bewegung!"**

Armes Städtchen. Wir kamen hier mit unseren Freundinnen vorbei, vor etwa hundertzwanzig Jahren. Es gab hier immer frisches Bier, Krebse und alle möglichen Fische. Boote, Kino und Tänze! Die Vitamine haben geradezu in der Luft geknistert. Und jetzt! In der Hauptstraße wankt jeder zweite Passant, obwohl es gar nicht so viele Passanten gibt. Die Geschäfte ausgeraubt. Nach einem furchtbaren Überfall sind beinahe keine Frauen übrig geblieben – die Schrecklichen haben sie entführt. Dafür sind das Krankenhaus, die Kirche, die Schnapsbrennerei, der Arrest und eine Kneipe geblieben. Alles, was eine Stadt, die auf sich hält, braucht. Ich führe Dolé in die Kneipe und dann sag ich ihr Adieu.

Na, was sagst du jetzt! Sofort kommt ein freundlicher, fast nüchterner Kellner – schwarzes Sakko, schwarzes Hemd, eine weiße, nur schief gebundene Fliege – macht nichts! Ich bestelle einen Liter Wein der Marke „Aserbeidschan", je einen halben Liter Schnaps aus der Gegend – jetzt darf auch ich, der Marsch ist zu Ende! Dazu noch je einen grünlichen Braten und Limonade. Wir trinken beide aus und zwinkern einander zu. Dolé beginnt, irgendetwas lebendig zu erzählen, aber ich höre nicht zu. Ich entschuldige mich auf den Abort – er ist im Hof, aber Dolé folgt mir, zwängt sich in dieselbe stinkende Kabine, macht den Türhaken zu und hält mir das Rasiermesser an die Kehle – wo hatte sie das Ding nur versteckt? „Wolltest schon verschwinden, was?"

---
* im Original russisch
** im Original russisch

Diesmal werde sie mich noch verschonen. Im Guten, immer im Guten. Wir kommen in den Saal zurück und trinken und trinken. Wir rauchen und singen laut Kriegslieder. „Wo sind die steilen Ufer auf dieser Seite des Neris?" und – ich weiß nicht warum – „Die schwarze Nacht"*. Im Eck sitzen schwarze Männer, Kaukasier oder Kurden. Sie verschlingen Dolė mit den Augen, aber berühren sie nicht. Sie sind müde, man sieht es ihnen an, und blass. Zwischen den Beinen haben sie Waffen, an den Gürteln Granaten. Sie unterhalten sich russisch oder weiß Gott wie. Uns beide lassen sie in Ruhe, nur beim Hinausgehen spuckt einer in unsere Richtung. Ich kann Dolė kaum zurückhalten. Als die Zeit zum Zahlen kommt, streckt Doloresa Lust dem Chefkoch, der vorübergehend den Administrator vertritt, ihr Rasiermesser entgegen. Sie schneidet ihm sogar ein wenig in sein fettes Doppelkinn, sie, Dolė, kann so etwas machen. Keine Kleinigkeit – sechs Jahre hinter Gittern.

Drohend und schreiend führt sie dieses Männlein in die Küche und befiehlt ihm, in unsere Rucksäcke Hühner, Pasteten, gekochte rote Rüben und Fisch hineinzustopfen. Weine, selbstverständlich, Schnaps usw.

„Noch Zigaretten! Und versuch nur, es jemandem auszuplappern!", sagte sie zum vorübergehenden Stellvertreter.

Kommandant B. hätte uns auf der Stelle erschießen können. Ohne Verhör oder Prozess. Jetzt ist doch seine Stunde, die Stunde des Kommandanten. Aber wir beide ziehen Arm in Arm durch die ausgestorbene Stadt, wir summen ein Kriegslied – und nichts passiert. Ich schleppe einen sehr schweren Korb mit blutigen Schweinsköpfen und Eisbeinen. Das Blut tropft auf den aufgerissenen Gehsteig, es regnet leise, der Frühling ist nicht mehr weit… Wir beide gehen zu den Flussmündungen, setzen uns in die Hängematte, schaukeln und trinken.

Nach Mitternacht sehe ich: ein Kahn kommt geschwommen. Der Tote liegt ruhig da. Jemand hat ihm alle Knöpfe zugeknöpft und die Krawatte gerichtet. Eine helle Locke fällt in die Stirn – der lebendige Vaidulis! Der Kahn erreicht eine umgestürzte Weide und kommt zum Stehen. Doloresa Lust hebt Vaidotas Vaidulis

---

* im Original russisch

vorsichtig heraus, legt ihn in die Hängematte, schaukelt ihn leise und zirpt irgendein Wiegenlied der Kannibalen.

Schon setzen wir uns in den Kahn. Wir sitzen wie zwei Schatten – einer an einem Ende, der andere am andren. Ohne das leiseste Geräusch fahren wir hinaus in den großen Fluss. Er ist auch schwarz, nur mit Sternenfenstern.

Ich binde Doloresa fest, schlürfe vom Schnaps, kaue das etwas vertrocknete Fleisch und erinnere mich an das Heft, das ich dort unbemerkt mitgenommen habe... Ja, ja, als wir Vaidulis in den Kahn schleppten, fiel aus der Innentasche seines Mantels ein dünnes, blaues Heftchen. Jetzt ziehe ich es heraus und lese die kaum sichtbaren Buchstaben im Mondschein:

„Schon den dritten Tag waren wir Langlaufen den Flüssen entlang: Der schmelzende Schnee erstarrte nachts wieder zu einer Eiskruste und die quellenreichen Uferhänge vereisten. Der Fluss stieg bis zu den Ufern an. Die Wege der Fischer waren überschwemmt, es war schwer durchzukommen. Dafür hielt uns niemand auf, man musste weder eine Berechtigungskarte noch die Geschlechtsorgane herzeigen."

Das handelt doch von uns beiden! Von mir und Doloresa Lust! Von uns, von uns, denke ich noch, während der Kahn langsam in das schwarze Wasser versinkt. Aber die Sternenfenster leuchten und leuchten noch immer ... das ist das Seltsamste daran ... das ist das Seltsamste daran ... das ist...

DER ZUG UNSERER LIEBE ZU VILNIUS

Marius Ivaškevičius

Das geschah im alten europäischen Vilnius. Wir alle liebten Vilnius sehr.

„Fühlt nur... Der Geist... Was für einer... Ein besonderer... Die Musik... Es fließt... Die Natur... Selbst... Gott...", keuchten unsere Mädchen, denen wir keine Beachtung schenkten, denn wir liebten Vilnius. Auch sie liebten Vilnius.

Schön und schrecklich war diese Liebe von uns allen zu Vilnius. Oh, verschwundenes Vilnius, wie unheimlich und gut ist es, dich zu lieben, du Stadt.

Ich erinnere mich noch an die feuchten, duftenden Julinächte, als die ganze Stadt auf die Straßen hinausging, als die Frauen ihre Hintern an den weißen Kacheln der Bürgersteige rieben, auf den Dachrinnen hinunterrutschten und an den Brunnenrohren saugten, sie konnten vom kleinsten Wasserstrahl trinken. Ach, diese Frauen...

„Du Wüterich!", schrien sie Vilnius an. „Unersättlicher, noch... Wir wollen noch einmal. Es ist nicht genug... Friss uns, iss uns auf oder geh in uns ein."

Und alle liefen zugleich zum Glockenturm, umfassten ihn mit Tausenden kleinen Händen und stiegen hinauf, eine über die andere, eine auf die andere, ganz bis zur Spitze. Die Mauern des Glockenturms waren rot von den Küssen der Frauen, von den Lippen und Farben.

Wir Männer, zurückhaltender und schüchtern, ließen die Frauen am Domplatz kreischen und stiegen auf den Gediminasberg, streichelten mit festen Männerhänden die Burgmauern, hissten unsere Fahne, gingen hinunter, besuchten bis zum allerersten Krähen der Hähne die Sackgassen des alten Vilnius.

Oh, Vilnius, warum bist du nicht unser Gott geworden, wir hätten dich verehren und anbeten können? Aber du hast eine andere Liebe gewählt, hast geglaubt, dass diese stärker ist, und sie war wirklich stark, unendlich stark, alles zitterte vor Spannung und erhitzte sich.

Wie wir Vilnius geliebt haben! Und es war in uns gewachsen, es fand kaum Platz und drängte nach draußen. Wir litten mit zusammengebissenen Zähnen, dass es nicht berste, und hatten Angst, es zu verlieren.

Es geschah an einem Vormittag, als die ganze Stadt auf Vilnius trank, ihm Erfolg und ein langes Leben wünschte. Ich erinnere mich, wie aus dem Tor der Morgenröte die weiße Schnauze einer Lokomotive herausragte.

Wir spürten nur einen Wind, es blieb uns keine Zeit mehr, etwas anderes zu sehen. Dumm schauten wir einander an und wiederholten:

„Nein, nein ... das ist nicht wahr ... das ist nicht möglich, das kann nicht sein."

Irgendjemand zeigte mit dem Finger auf den Boden und schrie. Wir beugten uns hinab und erblickten die Geleise. Nie gesehene, unberührte Geleise aus richtigem Beton. Wir gingen an ihnen entlang hinunter. Am „Arkas"* und am Rathaus vorbei gelangten wir in die Burggasse.

Hinter unseren Rücken war derselbe Schrei zu hören, und als wir uns umdrehten, liefen wir auseinander, denn wir sahen die Lokomotive. Die Lokomotive schnaubte und anstelle von Dampf ließ sie unten eine lang gezogene, weiße Flüssigkeit heraus, die sich in die behauenen Steine des Bodens hineinfraß und zu weißen Betongeleisen wurde. Die Lokomotive zog zwei gespenstisch weiße Reisewaggons und bewegte sich ungemein schnell.

Nachdem der Zug zum zweiten Mal auf den Straßen der Altstadt von Vilnius dahingepfiffen war, kam er an diesem Tag nicht mehr zurück. Zwei Geleise glänzten prächtig in der Burggasse, der Großen Gasse und in der Gasse des Tores der Morgenröte.

Am nächsten Morgen versammelten wir uns alle am Domplatz. Die ganze endlose Menge von Vilnius, die ganze Stadt, die Kinder, die Erwachsenen und die Alten. Wir warteten auf den Zug.

Das Radio meldete, dass die neuen Bezirke von Vilnius eingestürzt seien. Wahrscheinlich waren sie von der Lokomotive zerstört, schrecklich verwüstet und unter den weißen Betongeleisen

---
* bekanntes Café in Vilnius

begraben worden. Und der Zug selbst, angewachsen auf einige hundert Reisewaggons, pfiff in die Altstadt.

Die Menge schrie auf. Sie stürzte in die Burggasse, um die beiden weißen Betongeleise aufzubrechen. Als es mit Äxten, Schmiedehämmern und Brechstangen nicht gelang, sie zu verkürzen, versuchte man, sie herauszureißen. Aber diese Geleise nahmen in der Erde kein Ende: Dicke Betonwurzeln breiteten sich seitlich aus und drangen unter den Mauern von Kaffeehäusern, Buchhandlungen und Creperien durch.

Erstarrt warteten wir auf den Zug. Danach gingen wir langsam die Burggasse hinauf, in die Große Gasse hinein. Die ersten Reihen blieben, als sie ein dumpfes Pfeifen hörten, bei einer Bäckerei stehen.

Er flog aus der Deutschen Straße und stürmte zum Rathaus. Unvergleichlich schwer, eine geballte Faust, schlug er ein Loch in die Tür zu dem Zimmer, wo wir uns vor Angst versteckt hielten.

Das Rathaus klappte zusammen und wir schrien alle auf, sogar die Alten und die Kinder. Wir hatten Angst vor uns selbst, denn es ging uns gut. Man wollte schreien und mit den Füßen stampfen. Das geliebte Vilnius umarmen und bis zum Himmel emporheben. Bis zu den Träumen.

Und der Zug zog einen Kreis nach dem anderen um die Ruinen des Rathauses. Und er dehnte sich aus, man konnte die Zahl der weißen, gespenstischen Waggons schon nicht mehr zählen. Danach drehte er in unsere Richtung und wir fühlten das nahende Ende, denn es gab kein Entkommen. Und dennoch dankten wir dem Gespenst für diesen kleinen, letzten Augenblick des Glücks.

Die Lokomotive blieb vor der ersten Reihe von uns stehen. Sie zog die Flüssigkeit ein und schwieg.

Wir blickten durch das Fenster der Lokomotive und verstanden alles. Einer nach dem anderen stürzten wir in die Waggons, eine unzählbare Menge von Bewohnern von Vilnius drängte sich auf den alten Marktplatz und strömte in den Zug.

Als jeder seinen Platz gefunden hatte, bewegte sich der Zug ein wenig. Er ließ eine lange Betonmasse hinaus und drang in die Johanniskirche ein, wobei er Altäre und Beichtstühle zerstörte, kroch aus dem Hof der Universität heraus und pfiff durch die kalten Hörsäle, durch Bänke und Tafeln, Lesesäle, Klosetts und Büfetts.

Wir schrien, als der Künstlerpalast einstürzte und die hohen Wände des Hundeparks*, die Bank und die Post, die Kunstakademie und die Anna-Kirche. Mit geballter Faust und zusammengekrallten Zehen schrien wir:

„Noch weiter, noch weiter!"

Als er vom Gediminasturm niederstampfte, machten wir die Augen auf, und als er auch den Glockenturm fällte, hielten wir unsere Frauen und Mädchen an den Händen, damit sie sich nicht vor Glück Haare und Kleider vom Leib rissen.

„Du Nimmersatt, hast du endlich schon...", keuchten sie.

Wir folgten ihm und flogen mit dem Zug dahin. Mit dem Zug unserer grenzenlosen Liebe zu Vilnius, der Stadt unseres großen Verlangens.

Reihen weißer Betongeleise wuchsen über der verschwundenen Stadt. Tief unten blieben Neris und Vilnele**, kaum zu sehen.

Es fiel der erste Novemberschnee.

---

* inoffizieller Name für den (früher sehr vernachlässigten) Park um den Präsidentenpalast
** die beiden wichtigsten Flüsse in Vilnius

DAS GLÄSERNE LAND

Vanda Juknaitė

In der Morgendämmerung ließen sich auf den Leitungen neben der leeren Autobahn immer die Vogelschwärme nieder. Für einige Augenblicke des Rastens. Die Frau wurde um diese Zeit immer vom Kind geweckt. In die Arme genommen, rieb es sich an ihrem Kinn mit seinem zarten Neugeborenenkopf, bis der schweigende Raum übergossen war vom stählernen Morgenlicht.

An diesem Tag verschwand der Hund, ein zottiger, scheckiger, verirrter Streuner. Eine Woche hatte er im Weidenbusch geschlafen, wo ihm der ältere Junge ein Lager errichtet hatte, und eines Abends kehrte er nicht zurück. Nachdem sie den Kleinen zu Bett gebracht hatte, machte die Frau Ordnung im Haus, danach ging sie die vom sich rötenden Hagedorn umgebene Lichtung ab. Über dem Teich, der von Schilf überwachsen war, stieg kühler, durchdringender Nebel auf. Der Hund war nirgends zu sehen. Auch das Kind war nicht zu sehen. Sie rief leise. Danach rief sie lauter. Niemand antwortete.

Da kam auch der Mann heraus. Den Jungen fanden sie im Weidenbusch, im Lager des Hundes, schlafend zwischen Heu und Knochen. Als sie das Kind weckten, fuhr es hoch:

„Ist er gekommen? Ist er schon zurück?"

Die Eltern nahmen den Jungen an der Hand und er ging im Halbschlaf zwischen ihnen. Während ihm die Mutter die Kleider auszog, schluchzte das Kind. Ins Bett gelegt, lag er angespannt da und hatte die Augen im Dunkeln geöffnet.

„Mama, geht dort unter dem Fenster jemand?"

„Sei ruhig, wenn er kommt, werde ich ihn rufen."

Doch das Kind wälzte sich noch immer hin und her und die Mutter nahm es auf ihren Arm und trug es zum Fenster hin. Hinter dem Fenster schien das kalte, ruhige Mondlicht.

„Mama, dort ist ein Schatten, bewegt sich dort etwas?"

„Dort ist ein ausgetrockneter Baum, nichts bewegt sich, nur der Schatten."

„Hat er Fieber?" Der Mann zeigte sich in der Tür.

„Sieht nicht so aus."

„Ich hab doch gesagt, wir sollen uns mit diesem Hund nichts anfangen."

Der Junge begann zu weinen. Niemals war dem Jungen etwas Ähnliches geschehen, und nachdem ihn die Mutter ins Bett gelegt hatte, bat sie:

„Versprich mir, dass du dich beruhigst. Ich werde hinausgehen, um zu schauen, was dort für ein Schatten ist."

„Und wenn der Hund dort ist, wirst du ihn rufen?"

„Ich werde ihn mit nach Hause bringen."

„Kann er bis zum Morgen dableiben?"

„Ja, er kann bis zum Morgen dableiben."

Als die Frau zurückkam, schlief das Kind schon, es zuckte noch immer und murmelte im Schlaf. Sie meinte, ein Knistern hinter dem Fenster zu hören, obwohl der Hof leer war. Der Zug, der sich der Stadt näherte, pfiff weit in der Dunkelheit, und als er vorbeifuhr, bebte der Boden kaum merklich, und zitternd begannen die Fenstergläser zu zirpen.

Der Mann pflegte allein zu frühstücken. Doch da der Kleine nachts geweint hatte und erst gegen Morgen eingeschlafen war, setzte sich auch die Frau, mit unordentlich frisiertem Haar, an das andere Ende des Tisches. Der Mann hatte sich schon Eier gekocht. Sie erhob sich und reichte ihm den Salzstreuer.

„Isst du nicht?"

Die Frau schüttelte den Kopf. Einige Zeit saß sie schweigend da.

„Wann kommst du zurück?"

„Warum?"

„Nichts, nur so."

Danach ging sie, angezogen mit dem warmen Übergangsmantel, ins Geschäft. Am Kopf der Brücke, die über die Schnellstraße führte, blieb sie stehen – hier blies ein starker Wind –, blickte einige Zeit auf die Dächer der vorbeifahrenden Autos und hörte ihrem kurzen, plötzlichen und schnell abnehmenden Dröhnen zu. Das Geschäft war neben dem See. Das abkühlende Wasser schaukelte schon graue, ovale Weidenblätter auf den Wellen und schwemmte sie ans Ufer.

Beim Aufwachen fragte das Kind nach dem Hund.

„Ist er nicht gekommen, Mama?"

„Nein, mein Sohn."

„Was glaubst du, wird er noch kommen?"

„Vielleicht kommt er einmal herein, wenn er gerade vorbeiläuft."

Bis Mittag spielte der Junge in der Sandkiste. Als er zum Mittagsschlaf ins Haus geholt wurde, blieb er plötzlich im Flur stehen und bat:

„Sperr die Tür nicht zu."

Die Mutter drückte den Kleinen an sich.

„Du kannst es selber versuchen..."

Er riss sich aus der Umarmung los und wiederholte:

„Sperr nicht zu."

„Hör auf", sagte die Mutter und leise knackte der Schlüssel, einige Male drehte er sich im Schloss.

Der Junge fing an zu schreien. Er stürzte in das daneben gelegene Zimmer und begann mit den Füßen zu stampfen, während er an Speichel und Tränen würgte.

„Marsch ins Bett!"

Das Kind gehorchte. Es ging in sein Zimmer hinauf, zog die Kleider aus, legte sich ins Bett und drehte sich zur Wand. Als die Mutter hinausging, wandte es sich plötzlich um und wiederholte seine Bitte. Die Mutter kehrte zum Bett des Sohnes zurück und fragte, wobei sie sich bemühte, so ruhig als möglich zu sprechen:

„Warum willst du nicht, dass ich die Tür zusperre?"

Das Kind drehte sich nicht um.

„Kannst du mir das erklären?"

Es schwieg trotzdem.

„Ich bitte dich."

Jetzt schwiegen beide.

Da sie keine Antwort bekam, ging die Mutter aus dem Zimmer. Als sie die Treppe hinunterging, hörte sie, dass das Kind weinte. Sie wusste nicht, was tun, und blieb auf der Treppe stehen. Danach ging sie ins Schlafzimmer des Sohnes und setzte sich neben dem Bett auf den Boden. Das Kind stellte sich schlafend. Die Mutter berührte vorsichtig seine Decke.

„Warum soll ich die Tür nicht zusperren?"

„Und wenn jemand zu uns kommen will?"
„Wer soll denn zu uns kommen?"
„Trotzdem. Du kannst es doch tun", sprach das Kind flüsternd und müde, und entkräftet schlief es plötzlich ein.

Die freie Zeit des Tages verbrachte die Mutter mit den Kindern gewöhnlich auf der Lichtung. Hier lag durchsichtiger Herbstnebel. Das Kind sah zum ersten Mal die Vögel auf ihrem Zug in den Süden. Sie flogen krähend mit trockenen, knarrenden Stimmen in einem dreieckigen Schwarm über die Lichtung. Indem sie sich immer an die Spitze des Dreiecks stellten, wechselten die Vögel ihre Plätze im Schwarm.

Die Mutter hob den Kleinen aus dem Wagen, bettete ihn in ihre Arme und wendete sein Gesicht zum Himmel. Die Augen weit aufgerissen, wand sich das Kind herum und drehte sich zur Seite. Als seine Wange die warme Haut der mütterlichen Hand spürte, begann es sabbernd den Mund zu öffnen.

Der Ältere stand mit zurückgeworfenem Kopf da.

„Mama, warum tauschen sie ihre Plätze?"

„Der Erste muss mit seiner Brust die Luft teilen."

„Wird er müde?"

„Wahrscheinlich."

Als der Mann von der Arbeit zurückkam, fand er sie noch auf der Lichtung. Nachdem sie die Fläschchen und Windeln in Ordnung gebracht hatten, setzten der Mann und die Frau sich hin, um Tee zu trinken, es war schon ganz dunkel. Den Tee pflegten sie schweigend zu trinken, doch diesmal sprach die Mutter:

„Mir scheint, dass mit dem Größeren irgendetwas nicht in Ordnung ist."

„Warum meinst du das?"

Sie erzählte, was am Tag vorgefallen war. Der Mann trank schweigend seinen Tee. Die Tasse hielt er hoch, wobei er sie mit beiden Händen umfasste.

„Was denkst du?"

Oben weinte das Kind. Die Mutter ging schnell aus der Küche hinaus und stieg die Treppe zum Kinderzimmer hinauf. Als sie zurückkam, saß der Mann noch immer da, die Tasse in der Hand.

„Warum schweigst du?"
Der Mann gab ihr keine Antwort und die Frau wiederholte die Frage.
„Was denkst du?"
„Du hättest es notwendig, aus dem Haus zu gehen und ein wenig durchzuatmen."
„Ja, aber..."
„Geh wenigstens zum Arzt."
„Wirklich. Ich werde darüber nachdenken."
Er bot ihr an, die Nacht beim Baby zu wachen. Die Mutter legte sich in ihr Zimmer. Doch auch von hier spürte sie den Kleinen: jeden tieferen Atemzug, das Streichen der Wangen und Hände über das Kissen. Er war noch immer allein. Sie wachte für gewöhnlich schon aus dem Schlaf auf, noch bevor das Kind weinte, ging ins Zimmer, weckte dabei weder den Mann noch das Kind auf, wechselte die Windeln und fiel wieder in ihren hellhörigen Katzenschlaf.

Nachdem die Frau in das Arztzimmer hineingegangen war, blickte sie auf die auf einem Glastischchen ausgebreiteten Instrumente: Scheren, Skalpelle, Zangen und Spritzen. Der Arzt saß auf einem Drehstuhl, den Ellbogen auf den Verbandstisch gestützt. Er war ein Mann von bedrohlichem Aussehen, mit großen geröteten Augen. Beim Verbandswechsel begann er manchmal zu fluchen, doch seine großen Hände mit den dicken Fingern verbanden die Wunden beinahe schmerzlos.
„Erinnere mich an den Namen." Und unerwartet sagte er: „Eine beidseitige eitrige Entzündung, drei Operationen..." Er lachte zufrieden. „Täusche ich mich nicht?"
Die Frau lächelte. Mit einer Geste gab er ihr das Zeichen, sich auszuziehen.
„Na, was fehlt uns denn?"
„Die Brust ist schon in Ordnung. Nur die Depression ist noch da." Die Frau zog die Bluse aus und stand jetzt halb nackt da. „Sie will nicht vergehen."
„Wie alt ist das Kind?", fragte der Arzt. Nach kurzem Schweigen fügte er hinzu: „Es sollte vergehen. Länger als ein halbes Jahr dauert das selten."

Er strich mit den Fingern über die verheilten Narben.

„Tut es nicht weh?"

Die Frau schüttelte den Kopf.

„Aber die Verhärtungen sind noch da?"

„Ich spüre es auch."

„Heb die Hände hoch."

Der Chirurg betastete mit drehenden Bewegungen die Achseln, die Brüste, dann fasste er mit beiden Fingern die Brustwarze, zog sie zu sich und drückte. Auf den Mantel des Arztes spritzte ein Milchstrahl heraus, die Frau knurrte heiser, neigte sich nach vor, und plötzlich schmiegte sie ihren Kopf an die Brust des Arztes. Alles geschah in einem Augenblick, im nächsten Augenblick hob die Frau ihre erschrockenen, fragenden Augen zum Arzt empor. Und als sie in seinem Gesicht einen etwas spöttisch zufriedenen Blick sah, begriff sie sofort, dass er seinen Händen mehr erlaubt hatte, als für die ärztliche Untersuchung notwendig war.

Ihre Kleider lagen auf der Liege und die Frau zog sich, zur Wand gedreht, an. Sie legte ihren Büstenhalter an, zog den Unterrock an und begann langsam mit gesenktem Kopf, weil sie ein ungutes Gefühl hatte, die Bluse zuzuknöpfen. Von hinten sah sie bemitleidenswert aus und der Chirurg, der geräuschvoll die Instrumente für den nächsten Patienten vorbereitete, fragte:

„Lebst du noch?"

Ihre Finger hielten bei einem Knopf inne. Einen Augenblick stand sie erstarrt da, dann drehte sie sich plötzlich um und blickte ihn mit mutigen, offenen und spöttischen Augen an:

„Und Sie, leben Sie noch?"

Er zuckte am ganzen Körper zusammen und sagte mit unterdrücktem Lächeln:

„Die Verhärtungen sollten vergehen, aber trotzdem sollten Sie sich noch einmal anschauen lassen."

Die Frau war fertig mit dem Zuknöpfen, ordnete die Kleider, nahm ihre Sachen, und ohne ein Wort zu sagen, ging sie aus dem Arztzimmer hinaus.

Nach einigen Tagen viel Schnee. Die Bäume hatten noch Laub. Beim Hinuntergleiten stießen die Blätter aufeinander und bildeten bunte Unterdecken für den Schnee in den Zweigen der Bäume.

Und der eine oder andere Zweig, der dem Gewicht des Schnees nicht standhielt, riss ab und deckte den Baumstamm ab, der weiß war wie der Körper eines Menschen. Es schneite windstill und nach einem Tag begannen die Blätter auf die weiße Decke zu fallen.

Die Frau zog die Kinder an und sie fuhren zur Lichtung, die nicht mehr wiederzuerkennen war. Die Blätter lagen unter den Bäumen in regelmäßigen, farbigen Kreisen. Nur unter der Reihe der Hagedorne war eine Wellenlinie feuerroter, länglicher Blätter. Die Frau hockte sich hin, streckte die Hände aus und berührte die Blätter auf dem Schnee, und das Kind, das sich über ihr Verhalten wunderte, fragte:

„Was machst du, Mama?"

Die Mutter hörte nicht und das Kind wiederholte die Frage.

„Es ist schön, was?"

„Schön, mein Kleiner. Aber so ist es nicht."

„Und wie ist es?"

„So wie jeden Winter. Wie war es voriges Jahr im Herbst?"

„Voriges Jahr im Herbst?"

„Na wie? Am Anfang wurden die Blätter gelb, danach..."

„Danach sind sie abgefallen."

„Und was war dann?"

„Dann ist Schnee auf sie gefallen."

„Dann ist Schnee auf sie gefallen", wiederholte die Frau.

„Und warum ist es jetzt so?", fragte das Kind, aber die Mutter hörte es nicht.

Sie stand zur Seite gewendet und blickte auf den nicht zugefrorenen, dampfenden Teich.

Der Kleine trat heran und zog sie am Ärmel.

„Und warum liegen die Blätter jetzt auf dem Schnee?"

Bald brachte das Kind einen anderen Hund nach Hause. Es war ein schwarzer Hund, einem Kläffer ähnlich, mit kurzem Fell und langen, dünnen Pfoten. Der Junge zog ihn auf der Straße, indem er ihn mit beiden Händen an den Vorderpfoten umfasste. Der Hund war mit Masut* beschmiert. Die Kleidung des Kindes

---

* Erdölrückstand, der zum Heizen von Kesseln verwendet wird.

war genauso verschmiert. Es zog den Hund zur Tür herein und schrie aus voller Kehle:

„Mama!"

Vom Schrei erschrocken, lief die Mutter schnell die Treppe hinunter. Das Kind stand in der Küche und hielt den Hund noch immer an den Pfoten aufrecht. Beide waren sie beinahe gleich groß.

„Woher hast du ihn?", fragte die Frau nach einer guten Weile.

„Er hat keine Herrin mehr."

„Wer hat dir das gesagt?"

„Dort wohnt jetzt ein fremder Mensch. Er hat mich ihn mitnehmen lassen."

„Hat dieser Mensch den Hund mit Masut beschmiert?"

Das Kind blickte mit gesenktem Kopf auf die schwarzen Ölspuren am Fußboden.

„Macht nichts", sagte es trotzig.

„Doch wo hat er sich so beschmiert?"

„Bei der Eisenbahn wurde Masut ausgeschüttet", antwortete das Kind unwillig.

„Im Zimmer darf der Hund nicht bleiben."

„Wir binden ihn draußen an."

„Er wird die Nachbarn zornig machen, wenn er bellt."

„Er bellt nicht."

„Rede keinen Unsinn."

Am nächsten Tag lief der Hund weg. Nach einem weiteren Tag brachte ihn das Kind wieder nach Hause. Die Frau hörte den Hund tatsächlich nicht ein einziges Mal bellen. Er wagte es, das hingestellte Futter zu fressen, doch wenn er erschrak oder beschimpft wurde, verzog er sich rückwärts und verschwand unbemerkt. Das Kind fand ihn jedes Mal wieder.

„Aber du musst Papa fragen, ob wir ihn behalten dürfen."

„Papa wird es erlauben."

„Warum glaubst du das?"

„Oh doch."

„Was doch?"

„Er wird es doch erlauben."

„Und wo läuft er herum?"

„In der Nähe des Hauses."

„Wartet er auf seine Herrin?"

Das Kind nickte ein paar Mal schweigend mit dem Kopf.

In der Früh wachte der Säugling auf. Weinend rollte er sich im Bett zu einem Knäuel, streckte sich plötzlich aus und trat mit den Beinchen. Die Frau gab ihm Wasser. Das Kind trank gierig einige Schluck, doch plötzlich warf es den Kopf zurück und schrie noch lauter.

Im Dunkeln sammelte die Frau die Windeln und Fläschchen zusammen und trug den Kleinen hinunter. Sie legte ihn auf das Sofa und ließ ihn eine Weile nackt strampeln. Das Kind beruhigte sich etwas, doch bald wurde es wieder unruhig und begann sich zu winden.

Es dämmerte. Langsam wurde das Fenster grau und in einer großen, schwarzen Schar landeten Raben auf der soeben mit Schnee bedeckten, gefrorenen Erde. Die Frau umfasste den Kleinen an der Taille, drückte ihn aufrecht zu sich an die Brust und begann, ihn durch das Zimmer herumzutragen. Das Gesicht unter ihr Kinn gesteckt, begann der Säugling zu schlafen.

Das einschlafende Kind an der Brust haltend, setzte sich die Frau mit zurückgelehntem Kopf in den Lehnstuhl. Plötzlich schrie das Kind wieder, schlug mit den Händen um sich, fasste sie an den Haaren und riss daran.

Bevor der Mann in die Arbeit ging, kam er ins Zimmer.

„Was ist mit ihm?"

„Ich verstehe es noch nicht. Ich verstehe nicht, warum er so heult."

„Vielleicht tut ihm etwas weh."

„Das ist doch klar."

„Na, ich gehe. Ruf mich an, wenn etwas ist."

Die Frau gab dem Kleinen warmen Tee. Der Säugling hörte auf zu schreien, doch seine Augen waren voll Schmerz und Müdigkeit. Er wimmerte mit leiser, erbarmungswürdiger Stimme und zuckte manchmal. Seine zarten, dünnen Haare auf dem Hinterkopf waren nass von den Tränen und klebten zusammen.

Der ältere Junge stand auf und kam die Treppe herunter. Als er die im Zimmer verstreuten Windeln und Kleider sah, setzte er sich verwundert auf das Sofa.

„Was ist passiert, Mama?"

Den Kleinen in den Armen haltend und an sich gedrückt, ging die Mutter im Zimmer herum.

„Dein Bruder ist krank", sagte sie leise.

„Mein Bruder?", fragte das Kind.

„Ja. Ja, mein Sohn."

Die Ärztin war einverstanden, sie ins Krankenhaus aufzunehmen. Das Arztzimmer war im Erdgeschoß. Eine Wand war ganz aus Glas. Durch dieses hindurch schienen die schwarzen und grauen Dinge auf dem schneeweißen Hintergrund – das Viereck des Springbrunnens, der lebende Zaun und die Bäume – im kalten Tageslicht unerträglich klar.

„Ja, es gibt keinen Zweifel." Die Ärztin drückte das Bäuchlein noch einmal hinein und beim Waschen der Hände wiederholte sie die Diagnose. „Wenn Sie es gestillt hätten, bis es ein Jahr alt ist, hätten Sie es gar nicht gewusst."

Die Augen der Frau weiteten sich. An den Schläfen traten blaue Adern hervor.

„Ich wurde zweimal einem Blutaustausch unterzogen, und die Milch..."

„Ich mache Ihnen keinen Vorwurf", sagte die Ärztin. Beide schwiegen einige Zeit.

„Und noch wegen der Diät. Das, was die Literatur empfiehlt, passt nicht alles, und ich weiß nicht, was ich machen soll."

„Niemand wird Ihnen irgendeinen klaren Rat geben. Das Fermentsystem eines jeden Menschen ist einmalig. Nur Sie als Mutter, die Sie täglich von Morgen bis Abend bei dem Säugling sind, können dahinter kommen, was er verträgt und was nicht."

„Jetzt scheint es mir, dass er gar nichts verträgt, nur die verdünnte Milch..."

„Und Bouillon?"

„Nein, von Bouillon geht es ihm nur noch schlechter." Die Ärztin dachte eine Weile nach. Sie öffnete das auf dem Tisch liegende, in Leder gebundene Buch, blätterte darin, stützte die Stirn in die Hand und schwieg.

„Man müsste ihn ins Krankenhaus aufnehmen. Doch jetzt ist eine Grippe-Quarantäne, na, und dazu noch alle anderen Infektionen des Krankenhauses. Solche Kinder sind nicht widerstandsfähig. Im Krankenhaus würde er wirklich zugrunde gehen."

Die blauen Adern der Frau begannen auch durch die Stirnhaut hervorzuleuchten. Sie zog den Säugling sehr langsam an, band vorsichtig die Mütze und knöpfte die warmen Kleider zu. Die Ärztin beugte sich über die Papiere, hob einige Male den Kopf und blickte aus den Augenwinkeln auf die Frau, die den Säugling anzog.

„Beruhigen Sie sich", sagte sie pflichtgemäß: „Wenn er das erste Jahr durchkommt, wird er überleben."

Als sie aus der Stadt in die Schnellstraße hinausfuhr, flogen die verschneiten, kalten Felder vorbei. Geschaukelt vom Brausen des Autos, schlief das Kind ein. Sein immer noch pausbäckiges Gesichtchen war gerötet und ruhig. Manchmal schmatzte es im Schlaf mit den Lippen.

In der Nacht stand die Mutter mehrmals auf, um zu hören, ob das Kind atme. Der Säugling lag mit offenen Augen da.

Hinter dem Fenster in den beleuchteten Dreiecken unter den Lampen flogen große, weiße Schneefetzen. Die Frau legte sich hin. Der Zug sauste vorbei. Nach einigem Warten stand die Frau wieder auf und hockte sich an das Bett des Kindes. Der Säugling schlief nicht. Sie nahm seine Hand und legte seine kleinen Fingerchen an ihre Lippen. Das Kind drehte den Kopf und beide schauten sie einander an, wobei sie die Augen von einander in der Dunkelheit mehr spürten als sahen. Die Frau zog das Kinderbett zu sich, und nachdem sie sich hingelegt hatte, nahm sie die Hand des Kindes in die ihre.

Die Nähe hatte sie beide beruhigt. Durch die Berührung wussten sie, dass der andere da ist. Anfangs war das wie eine kaum spürbare Regung, als wäre ein sich schlängelnder Seidenfaden in einen tiefen Abgrund heruntergerutscht. Danach strich er von irgendwo plötzlich und zart wie ein Fisch. Dann begann er übermütig mit den weichen Tritten seiner Beinchen zu klopfen. Als ihr der Arzt während der Geburt eine Spritze in die Vene geben wollte, hielt die Frau selbst seine Hand zurück:

„Nicht nötig. Ich möchte erfahren, wie weh es tut."

Als sie einnickte und wieder aufwachte, hielt sie das Händchen des Säuglings noch immer. Er schaute noch immer in die

Dunkelheit. Er weinte nicht. Er zeigte keinerlei Unzufriedenheit. Die Frau stand wieder vom Bett auf. Der Säugling war nass. Sie zog den Kleinen aus, schmiegte seinen feuchten, kühlen Körper an sich, umhüllte ihn und sich selbst mit einer Decke und begann im Zimmer auf und ab zu gehen. Der Atem des Kindes wurde gleichmäßiger und einige Male seufzte es tief auf. Doch, den Kopf an die Schulter der Mutter gelegt, schaute das Kind immer noch mit weit geöffneten Augen.

Es wurde kälter. Schwarze Wintervögel flogen in den Hof, als es noch kaum hell war. Kolkraben, Krähen und Raben blieben ohne Futter, und in Scharen durchsuchten sie Garten und Hof. Für die kleineren Vögel war am Küchenfenster ein Futterplatz eingerichtet. Spatzen und Meisen, die Futter suchten, verwechselten oft die Fenster. Und manchmal fielen sie, weil sie es so eilig hatten, von oben herab und schlugen gegen das Fensterglas. Und die Frau zuckte jedes Mal zusammen, wenn ein Vogel fiel.

Der Säugling wuchs, ohne an Gewicht zuzunehmen. Sein Körper nahm im Längerwerden ab. Nur Kopf und Augen wurden größer. Die Frau stand oft mit dem Säugling auf den Armen beim Fenster. Sie zeigte ihm die Vögel, den Schnee und die Dinge im Zimmer und sprach dabei ihre Namen aus. Zu den farbigen, glänzenden Dingen streckte der Kleine plappernd die Hände aus.

Ihrem Aussehen schenkte die Frau keine Aufmerksamkeit mehr. Meist zog sie den flanellenen Morgenmantel an, der für sie bequem war, wenn sie das Kind fütterte. Die ungepflegten und schon lange nicht mehr geschnittenen Haare reichten ihr bis an die Schultern.

Die Wäscheleine, die Messer und einige besonders notwendige Medikamentenfläschchen trug die Frau jede Nacht in den Vorratsraum und versteckte sie in einer Papierschachtel unter alten Zeitungen. Als sie die Tür des Vorratsraumes und des Korridors abgesperrt hatte, legte sie den Schlüssel immer an einen anderen Platz.

Einmal trat sie in das Zimmer des Mannes. Der Mann saß wie immer am Schreibtisch, auf dem sich Schemata und Zeichnungen stapelten. Die Frau wollte reden, doch als sie einige Zeit dagesessen war und kein Wort herausgebracht hatte, begann sie zu weinen. Schluchzend begann sie von dem halben Jahr zu erzählen,

das sie im Krankenhaus verbracht hatte, über die nachts versteckten Medizinfläschchen und darüber, dass sich das Gewicht des Kindes ständig verringerte. Die blassen Lippen der Frau schwollen vom Weinen an. Als sie sich die Tränen abwischte, sagte sie:
„Was soll ich machen. Ich kann nicht mehr. Ich habe keine Kräfte mehr."
Der Mann hörte ihr zu, wobei er den Stuhl etwas vom Schreibtisch zurückschob und die Hände auf der Brust überkreuzte. Er sprach unwillig:
„Das war doch zu erwarten."
„Was willst du damit sagen?"
„Wir wussten doch auch vorher, wie es um deine Gesundheit steht."
Die Frau hob ihre verweinten Augen zum Mann.
„Wir wussten es. Na und?"
„Ich habe dir doch gesagt, dass ich kein zweites Kind will."

Die Frau blieb länger im Geschäft. Sie entschloss sich, für Süßigkeiten anzustehen, und außerdem war es notwendig, die Bezugsscheine für Mehl und Zucker zu verbrauchen. Von weitem waren die Fenster des Hauses dunkel, der gewohnte Lichtspalt aus dem Kinderzimmer war nicht zu sehen. Die Frau beschleunigte ihren Schritt. Sie ließ den Einkauf im Vorzimmer stehen, zog weder Mantel noch Schuhe aus und ging schnell nach oben. Die Zimmertür war geschlossen. Die Kinder schliefen. Die Frau deckte den Größeren zu und ging, ohne das Licht einzuschalten, die Treppe hinunter.

Erst jetzt bemerkte sie den Hund vor der Tür. Die Frau beugte sich zum Einkauf und der Hund sprang zu ihr und leckte ihre Handfläche. Sie zuckte zusammen und zog die Hand zurück. Auch der Hund entfernte sich. Er trollte sich rückwärts davon und legte sich hin, den Kopf auf die ausgestreckten Vorderpfoten gelegt.

Die Frau trug den Einkauf in die Küche und gab die Produkte in den Kühlschrank. Dann ging sie zurück ins Vorzimmer, um sich auszuziehen. Der Hund lag noch immer in der Ecke, den ganzen Körper auf dem Fußboden plattgedrückt. Sie mieden einander. Wenn er den Jungen oder den Mann sah, pflegte der Hund stürmisch seine Freude auszudrücken, bellte und stupste dem Kind mit den Pfoten auf die Schulter. Von der Frau hielt er sich fern. Doch wenn sie irgendwohin ausging, rollte er sich bei der Tür zu einem Knäuel zusammen und rührte sich nicht vom Fleck, bis sie wieder zurückkam.

Die Frau hockte sich hin. Der Hund hob die Augenbrauen und wedelte, ohne einen einzigen Muskel zu bewegen, mit dem Schwanz. Die Frau setzte sich auf den Fußboden, den Ellbogen auf die Knie gestützt. Mit gebeugten Pfoten, kaum sich vom Boden hebend, rutschte der Hund zu ihr. Die Frau zuckte nicht. Zusammengezogen kam der Hund immer näher und legte sich neben sie.

Sie wählte die Telefonnummer mehrere Male. Und mehrere Male hintereinander legte sie den Hörer wieder auf. Danach ging sie in das obere Stockwerk. Beide Kinder schliefen.

Erst als sich am Ende der Leitung jemand meldete, begriff die Frau plötzlich, dass sie nicht wusste, wie sie sich vorstellen sollte.

"Hallo. Ja, ja, ich höre dich." Er erkannte sie, so schien es, an der Stimme.

"Ich wiederhole Ihnen noch einmal, dass der Zustand kritisch ist. Wir denken auch an eine Operation, aber davon darf man sich nichts erwarten."

Die Frau schwieg verwundert.

"Ich habe hier Leute im Zimmer. Ich höre dich. Sprich."

"Ich weiß nicht, ob es einen anderen Ausweg gibt. In solchen Fällen operieren wir aus Hoffnungslosigkeit. Das ist unser Ausdruck dafür. Der Organismus ist unheimlich geschwächt."

"Ist etwas passiert?"

Die Frau zwang sich endlich, sich auszusprechen.

"Mein Sohn, mein Kleiner, ist krank."

"Ja?"

"Diese Medikamente sind schon für Sie bestimmt, aber die Blutuntersuchung zeigt, dass die Entzündung nicht zurückgegangen ist."

"Was ist mit ihm, was ist geschehen."

Im Hörer begann das Schweigen anzuschwellen. Die Frau sprach mit unterdrückter Stimme die Diagnose aus. In einem Wort.

„Was sagen die Ärzte?"

„Sie müssen alles überlegen. Wir müssen zusammen entscheiden."

„Ja, was sagen sie?"

Die Stimme der Frau war ruhig, als würde sie über irgendetwas sprechen, was sie überhaupt nicht berührte. Doch die Stimme war kraftlos und sie antwortete fast flüsternd:

„Wenn er das erste Jahr durchkommt, wird er überleben."

„Warten Sie ... Eine Minute, eine Minute!"

„Hast du die Medikamente und alles, was nötig ist?" Sie hörte, wie seine Stimme plötzlich heiser und gedämpft wurde. „Ich werde alles für dich tun."

Die Worte hatten für die Frau keinen Wert.

Sie glaubte keinem davon. Sie hörte der Stimme zu. Das war die Stimme, die sie begehrte. Und das war alles, was ihr in diesem Augenblick Kraft geben konnte.

„Sprich", wiederholte er.

„Das, was ich Ihnen gesagt habe, ist die Meinung des Konsiliums. Das letzte Wort liegt bei Ihnen."

„Von wo rufst du an?"

„Von zu Hause."

„Bist du mit ihm zu Hause?"

„Ja."

„Warum?"

„Weniger Infektionen."

Sie hatte nicht mehr die Kraft, ein Wort auszusprechen.

„Hallo! Hallo? Hörst du mich?"

„Ja."

„Hör zu, ruf mich in zwanzig Minuten an."

„Ja. Wenn ich kann."

Die Frau legte den Hörer auf. Durch die Tür kam das Kind, das sich das Hemd zuknöpfte.

„Bist du schon wach?"

Das Kind kletterte auf das Sofa, legte den Kopf in den Schoß der Frau und schlief ein.

Aus dem Schlaf weckte sie die Stimme des Mannes. Die Frau fuhr auf. Es war drei Uhr nachts. Auf der Autobahn fuhren Panzer.

Sie rollten mit großer Geschwindigkeit, das Licht eingeschaltet, und von ihrem Gewicht bebte der Straßenrand. Die Frau ging ins Kinderzimmer. Hier war das Brüllen der Motoren etwas gedämpft. Der Mann zog sich schnell an und ging in die Stadtverwaltung. Man rief die Menschen nach Vilnius. Die Frau fand Wollsocken und begann belegte Brote zu machen. Aus dem, was sie hatte. Es war noch etwas Käse da und ein Stück Wurst. Sie machten sich eilig fertig und schwiegen beide.

„Ruf an, wenn du kannst."
„Wenn es eine Möglichkeit gibt."
„Ich verstehe."

Als die Frau alles vorbereitet und auf den Tisch gestellt hatte, sagte sie:

„Iss doch!"
„Keine Zeit mehr."
„Das dauert doch nicht lange."

In den Tee goss sie abgekochtes Wasser, damit er nicht so heiß wäre. Aus dem ersten Stock kam das Kind, das aufgewacht war, herunter und setzte sich zum Tisch, den Kopf in die Hände gestützt. Die Frau gab auch ihm eine Tasse und einen Teller. An die Ränder schlagend, begann das Kind, mit dem Löffel in der Tasse umzurühren.

„Ist wirklich Krieg?"

Der Mann zuckte mit den Schultern.

„Nicht zu glauben."
„Wahrscheinlich fängt er auch so einfach an."

Beide schwiegen sie einige Zeit.

„Und wie geht es dem Kleinen?"
„Bis jetzt immer gleich. Das Gewicht verringert sich nicht mehr, aber es nimmt auch nicht zu."

Der Mann erhob sich vom Tisch, verabschiedete sich und ging zur Tür hinaus. Die Frau erinnerte sich plötzlich an die Süßigkeiten. Sie holte den Mann mit vollen Händen auf der Treppe ein. Er wandte sich erstaunt und unzufrieden um.

„Wozu?"
„Du wirst doch in der Kälte stehen müssen. Wenn man etwas zum Kauen hat, ist es wärmer."
„Da, füll ein." Er öffnete die Rucksacktasche.

Und einige feste, gefrorene Schneeflocken fielen zusammen mit den Bonbons in den zu schließenden Rucksack.

Das Kind wollte zum Eislaufplatz. Die Frau ging zusammen mit dem Jungen zur Lichtung. Sie nahmen die Schaufel und die kleine Spielzeugschaufel und begannen beide, den Schnee vom Eis zu schaufeln. Am Ufer des Teichs, wo es Quellen gab, war das ungleichmäßig gefrorene Eis mit Augen von hohlem Eis durchsetzt. Die Frau stellte die Schaufel weg. Sie kniete sich hin, dann legte sie sich auf das Eis. Durch das Eisloch waren stumpfe, kurze kristallene Eiszapfen zu sehen.

„Komm her", rief sie dem Kind.

Der Kleine hockte sich neben sie hin.

„Leg dich hin."

Der Junge streckte sich aus. Die Frau zeigte ihm mit dem Finger ein Eisloch.

„Schau hier her."

Das Kind kam auf dem Eis herangekrochen.

„Siehst du etwas?"

Es antwortete nicht.

„Siehst du etwas?"

„Ja, Mama." Die Stimme des Kindes war gedämpft.

„Was siehst du?"

„Ich sehe ein Land."

Die durch den Wolkendunst strahlende Sonne beleuchtete die Lichtung. Der Teichrand war freigeschaufelt. Die Sonnenstrahlen schlitzten das Eis auf.

„Was für ein Land?", fragte die Frau leise.

„Ein gläsernes…"

„Na, stehen wir auf."

„Noch ein wenig."

„Du wirst dich verkühlen. Es ist genug."

Das Kind erhob sich und eine Weile saßen sie beide schweigend auf dem Eis.

Als sich alle hingelegt hatten, hörte die Frau die Schritte des Kindes. Es blieb in der Tür stehen und wagte nicht hereinzukommen.

„Was ist passiert?", fragte die Frau.
Das Kind antwortete nicht.
„Willst du mir etwas sagen?"
Es nickte im Dunkeln.
„Aber es ist schon spät." Das war das Zeichen, ins Bett zu klettern. Das Haus war voll von den säuselnden Klängen der Nacht. Geknister. Geraschel. Die Frau wartete.
„Ich höre zu."
„Mama, wird mein Bruder gesund werden?"
Sie schwiegen beide. Ein Zug sauste vorbei.
„Mama, warum bebt manchmal alles?"
„Spürst du auch, wie es bebt?"
„Ja."
„Wirklich?"
„Wirklich. Warum?"
„Das ist der Zug, der die Erde zum Schwingen bringt."
Und wieder schwiegen sie eine Weile.
„Mama, und was ist, wenn ein Mensch stirbt?"
Die Frau hätte nie gedacht, dass sie dem Kind auf eine solche Frage Antwort geben müsste.
„Die Seele geht in den Himmel ein und der Körper wird begraben."
„Und was ist weiter?"
Sie suchte nach Worten. Solche, die das Kind verstehen könnte.
„Aus dem Grab wächst Gras oder ein kleiner Baum. Den Samen dieses Grases pickt ein Vogel auf."
Das Kind dachte über irgendetwas angespannt nach.
„Und wenn ein Mensch ertrinkt? Wächst dann aus ihm ein Baum?"
„Aus ihm wächst wahrscheinlich ein Schilf."
Die Frau legte dem Jungen die Hand um die Schultern.
„Und wenn ich sterbe, wie wird es dann sein?"
„So wie mit allen." – Sie dachte, dass das Kind die Wahrheit wissen sollte.
„Die Seele geht in den Himmel ein?"
„Warum fragst du, du weißt es doch."
„Und auch aus mir wird ein Baum wachsen?"

„Natürlich."

Das Kind schien sich zu beruhigen. Und es blieb noch immer sitzen und ließ die Beine vom Bettrand baumeln.

„Na, was ist?" Die Frau berührte seinen Ellbogen mit der Hand. „Willst du, dass ich dich ins Bett bringe?"

„Nein Mama. Ich geh allein."

Dass der Hund trächtig war, bemerkte die Frau, als sie die Küche aufwischte. Seit der Hund da war, nahmen der Lärm und die Unordnung im Haus zu. Die Frau strich ihm mit der Hand über den Nacken, der Hund drehte sich am Boden auf den Rücken und versuchte mit den Pfoten die Hände zu fangen. Es gab keinen Zweifel: Man konnte die kleinen Hündchen ertasten. Die Hündin musste bald werfen, die Zitzen wurden schon blau und schwollen an.

Im Zimmer des Mannes brannte Licht. Sie ging ins Zimmer, und ganz verstört sagte sie, dass der Hund trächtig sei.

„Dann ist das eine Hündin, kein Rüde?", fragte der Mann.

„Eine Hündin. Ja. Sie sind anhänglicher."

„Was?"

„Es ist wirklich so. Hündinnen sind anschmiegsamer und anhänglicher. Wir müssen beschließen, was wir jetzt tun werden."

„Hast du vor, dich mit kleinen Hunden abzugeben?"

„Ich habe gar nichts vor. Aber was soll man machen?"

„Es ist doch klar, was man machen soll."

„Warum sprichst du so? Als ob man alles schon von Anfang an hätte voraussehen können."

„Vielleicht hätte man es voraussehen müssen?"

„Wir haben einfach nicht genau hingesehen."

„Und was habe ich gesagt?"

„Was hast du mir gesagt?"

Der Mann schwieg plötzlich.

„Was hast du mir gesagt?" Die Frau schrie fast.

„Nicht so viel Arbeit auf dich zu nehmen, wenn du es nicht schaffst."

„Wenn der Kleine gesund wäre, wäre alles viel einfacher."

„Wenn du gesund gewesen wärest und der Kleine gesund wäre."

„Aber man kann doch das, was geschehen ist, nicht ändern."
„Ja, aber man kann sich einen Hund zulegen, der trächtig sein wird."
„Ich habe ihn wegen des Kindes hier gelassen! Es hat angefangen, mich über den Tod zu fragen."
„Über den Tod? Das Kind?"
Das Gesicht der Frau verzog sich zu einer Grimasse.
„Ja! Über den Tod. Das Kind." Sie war von Tränen überströmt.
„Ein Kind darf so etwas niemals fragen!"
Die Frau erhob sich schnell und ging aus dem Zimmer.

In der Morgenfrühe warf die Hündin im Schrank des Kinderzimmers. Als der Junge aufwachte, hörte er sofort das Gewinsel der kleinen Hündchen. Zum Glück sah er sie nicht. Aber wenn sich jemand dem Schrank näherte, knurrte die Hündin mit gebleckten Zähnen.

Es waren drei Hündchen. Alle drei grau wie kleine Mäuschen, blind, mit nassen, feuchten Nabelschnüren. Die Frau stellte eine Schüssel Wasser in den Schrank. Die Hündin ließ die Frau heran, wobei sie gespannt jede ihrer Bewegungen mit eingefallenen, müden Augen verfolgte.

Die Kinder legte die Frau in der Nacht ins Wohnzimmer. Als alle eingeschlafen waren, drehte sie im Bad den Wasserhahn auf, und während sie der Hündin ein Schlafmittel spritzte, schnappte sie mit den Zähnen nach ihrer Hand. Aus dem Handgelenk begann Blut zu fließen. Nachdem sie die Wunde ausgewaschen hatte, kehrte sie ins Zimmer zurück, die Hündin lag ruhig, den Kopf zwischen die Pfoten gelegt. Dann trug sie die Hündchen ins Bad, tauchte sie ins Wasser, drehte sich schnell um und ging aus dem Bad.

Nachdem sie einige Zeit im Zimmer gestanden war, stieg sie die Treppe hinunter, zog sich an und ging hinaus. Die Nacht war windig. Die rauschenden Efeuzweige entlang der Wand trugen schon Knospen. Nachdem sie etwa eine halbe Stunde herumgegangen war, kehrte die Frau ins Haus zurück. Sie machte im Bad Licht. Die Hündchen lebten. Unter dem Wasser treibend, ruderten sie ununterbrochen mit ihren Beinchen. Ihre rosa Näschen waren schon bläulich. Die Frau nahm plötzlich die Badematte vom Fußboden, legte sie auf die Hündchen, schloss die Augen und drückte sie an den Boden der Wanne. Auf dem Boden der Wanne bewegte sich nichts mehr. Sie zog die Hände aus dem Wasser.

Plötzlich tauchte aus einer Falte ein Hündchen auf, und langsam, doch stark mit den Pfoten rudernd, begann es sich nach oben zu arbeiten. Ohne den Druck der Matte konnte es immer stärker rudern und stieg schnell an die Wasseroberfläche auf. Es hatte alles, was für das Leben notwendig ist: Widerstandsfähigkeit, Geduld und Kraft. Die Frau hätte ihm eine Chance geben müssen. Doch sie tauchte die Hände wieder ins Wasser und zog die Matte nach rechts.

Unter der weggezogenen Matte waren zwei Hündchen zu sehen. Sie wurden starr. Ihre kleinen Körperchen waren schon steif, die Beinchen gerade. Sie lagen noch am Grund und stiegen nicht auf. Die Frau ging hinaus ins Zimmer und blieb einige Zeit im Dunkeln sitzen. Danach nahm sie den schon zuvor bereitgelegten Sack, legte die toten Hündchen hinein, wickelte den Sack in eine Zeitung und gab ihn in den Mülleimer.

Die Hündin erwachte am Morgen. Mit den Krallen scharrend, fing sie an, die Treppe auf und ab zu laufen, alle Ecken zu beschnuppern, alles zu zerreißen und zu verlangen, dass jede Tür geöffnet werde. Wohin sie auch kam, sie lief zurück in das Kinderzimmer zum Schrank, vom dem sich noch der scharfe Geruch der Nachgeburt verbreitete.

Ihre Augen fieberten. Sie spürte hier noch immer die Anwesenheit ihrer Jungen, legte sich in den Schrank, erhob sich aber wieder, um alle Ecken zu durchwühlen. An die Leine genommen, wollte sie nicht hinausgehen.

Um die Mittagszeit spürte das Kind etwas Ungutes. Als der Hund in die Küche lief, sauste es nach oben. Als es die Schranktüre öffnete, sah es, dass die Hündchen nicht mehr dort waren.

„Sie sind nicht da", antwortete die Frau. „Wahrscheinlich hat sie eine Ratte gefressen."

„Fressen denn Ratten kleine Hunde?", fragte das Kind.

„Die fressen alles."

Die Familie setzte sich zum Mittagessen. Das Kind aß gern. Die Frau hatte sich den Kleinen auf den Schoß gesetzt und ließ ihn im Teller mit dem Löffel herumspielen. Schon zwei Monate hintereinander nahm er an Gewicht zu. Es stimmt, sehr wenig, nur zwei- oder dreihundert Gramm. Nach dem Mittagessen trug sie den Kleinen ins Kinderzimmer, wollte seine Kleidung wechseln, doch sie überlegte es sich anders und ließ ihn im Bett halb nackt strampeln. Der Ältere lief hinter ihr her. Das Kind saß eine Weile schweigend im Zimmer, danach sah es die Mutter an und fragte:

„Was hast du mit ihnen gemacht?"

„Nichts habe ich mit ihnen gemacht", sagte sie mit ruhiger, gefühlloser Stimme.

„Du lügst."

Der Junge streckte sich am Sofa aus und bedeckte mit beiden Händen das Gesicht. Die Frau wollte seine Schultern berühren, doch er wand sich und wich ihrer Hand aus.

„Was hast du mit ihnen gemacht?"

„Ich habe sie in einen Sack gegeben, zum Fluss getragen und ertränkt."

„Vielleicht hätte sie jemand genommen?"

„Nein, mein Sohn. Ich habe die Nachbarn gefragt. Alle müssen jeden Kopeken sparen."

Das Kind begann laut zu heulen. Die Frau berührte noch einmal den Rücken des Kindes und wieder wich es aus und schrie:

„Was hast du mit ihnen gemacht?"

„Ich habe es dir schon gesagt."

„Was hast du gesagt?"

„Dass ich sie im Fluss ertränkt habe."

„Nein, du hast sie nicht im Fluss ertränkt! Du hast sie in der Badewanne ertränkt. Du hast sie in den Sack gegeben und in den Mülleimer geworfen."

Das Kind konnte das nicht wissen. Sie hatte den Müll früh am Morgen hinausgetragen.

Die Frau schwieg. Sie saß unbeweglich da. Das Kind schluchzte immer leiser und leiser. Die Frau berührte mit der Hand seine Füße, es zuckte nicht mehr zusammen.

„Ich hatte keinen anderen Ausweg. Kannst du mich verstehen?"

Der Junge antwortete nicht. Plötzlich sprang er mit dem ganzen Körper auf, vom Heulen gewürgt, und trommelte mit den Fäusten auf das Sofa.

Der Kleine, der im Bett saß, schaute auf seinen schreienden Bruder. Sich an den Gitterstäben festhaltend, begann er aufzustehen. Gestützt auf seine krummen Beinchen, erhob er sich beinahe bis ganz oben und fiel rückwärts um. Nach dem Sturz setzte er sich, fasste die Gitterstäbe und begann wieder aufzustehen. Auf ein Knie gestützt, erreichte er endlich den Bettrand und stand auf, wie ein vom Wind verblasener Holzzweig auf die Seite schwankend. Als der Ältere den stehenden Bruder sah, schaute er ihn eine Weile schluchzend an. Dann wurde er still und setzte sich hin. Mit großen Augen sahen die Kinder einander an: der eine mit verweinten, der andere mit den strahlenden, glücklichen Augen eines Säuglings.

Die Frau zog sich sehr sorgfältig an. Die Bluse war ihr am Busen etwas eng, sie zog darüber eine leichte Sommerjacke an. Als sie aus dem Zug stieg, begann es unerwartet zu regnen.

Sie ging in das Arztzimmer hinein, blieb beim Waschbecken stehen und hielt die vom Regen nass gewordene Jacke in den Händen. Der Arzt ordnete die Instrumente. Er reinigte sie und gab sie in die Baumwollsäcke – so wurden die Instrumente zum Sterilisieren vorbereitet. Er arbeitete konzentriert und die Frau begriff, dass ihr Besuch ihn nicht erfreute.

„Na, zieh dich aus", sagte der Arzt.

Sie wussten beide, dass diese Worte nichts bedeuteten. Die Frau stand schweigend da. Ihre Haare waren nass. Während der Arzt die Instrumente in den Sterilisationsschrank trug, küsste er sie im Vorbeigehen.

Als er die Instrumente hineingegeben hatte, kehrte er zurück, umarmte die Frau, schmiegte sich an ihre Lippen und schwankte plötzlich, wobei er sie immer fester an sich drückte. Die Frau spürte, dass der Mann sie in seiner Umarmung erwürgen würde, und weil sie sich nicht mehr zu helfen wusste, biss sie ihm in die Wange.

„Du beißt?" Der Mann lockerte die Hände etwas.

Die Frau antwortete nicht. Sie stand da und sah ihm in die Augen. Die weit geöffneten Augen der Frau waren ruhig. Sie hätte etwas gesagt, doch beide fingen sie zur selben Zeit zu sprechen an, und die Frau verstummte.

„Gehen wir. Dort oben im Operationssaal ist eine breite Bank." Die Frau sah ihm immer noch in die Augen.

„Nein, warte. Warte eine Minute und komm." Der Arzt überblickte das Zimmer, ob er nicht irgendetwas Notwendiges vergessen hätte.

Die Frau blieb beim Waschbecken im leeren Zimmer mit den gläsernen Instrumententischchen und einem ausziehbaren Verbandstisch stehen. Sie wandte sich zum Waschbecken um, drehte kaltes Wasser auf, machte den Oberkörper frei und wusch sich. Beim Hinausgehen schloss sie sorgfältig die Tür hinter sich.

Der Bahnhof war wie immer voller Menschen. Am Zeitungskiosk wechselte sie die Münzen, ging auf den Bahnhofsplatz hinaus und wählte in einem der Automaten die Telefonnummer.

„Wo bist du? Was ist mit dir?" Er tobte beinahe.

Die Frau antwortete nicht gleich.

„Von wo rufst du an?"

„Vom Bahnhof."

„Was ist passiert?" Der Mann konnte sich noch immer nicht beruhigen.

„Nichts."

„Wann kommst du?"

Die Frau schwieg.

„Ich frage, wann du kommst?"

„Wahrscheinlich überhaupt nie."

„Du wirst kommen." Der Zorn in seiner Stimme verwandelte sich in Spott. „Alle kommen."

Im Telefonhörer hörte sie Piepstöne. Die Frau nahm den Hörer vom Ohr weg und horchte einige Zeit auf das rhythmische Piepsen. Danach hängte sie ihn vorsichtig ein.

Die Kraft, die sie aus dem Bett aufstehen ließ, war wie ein Durst. Die Frau ging nur im Nachthemd aus dem Zimmer. Im Treppenhaus war es ganz finster. Das Geländer umfasste sie mit den Händen.

Die Tür zum Flur war abgesperrt. Die Frau wandte sich zum Wohnzimmer. Eine kurze Minute stand sie am Fenster: Hinter dem Fenster war eine windige Nacht. Nichts zog ihren Blick an. Danach begann sie, die Laden zu durchwühlen. Als die Frau in den Laden des Wohnzimmerschranks nichts gefunden hatte, ging sie in die Küche. Im Lichtschimmer der Straßenlampen lagen die Schlüssel auf dem Küchentisch.

Jetzt wurden ihre Bewegungen langsamer. Sie nahm den großen Schlüsselbund vom Tisch und begann, mit einem nach dem anderen die Vorzimmertür aufzusperren. Das waren die Schlüssel des Mannes. Für die Vorzimmertür passte kein einziger. Endlich drehte sich ein Schlüssel im Schloss um. Die Tür ging plötzlich auf. Doch die Frau ging nicht in den Vorratsraum, sondern aus irgendeinem Grund ging sie durch die Haustür hinaus.

Der kalte Wind der Mainacht bauschte ihr Nachthemd auf. Die Kälte spürte sie nicht. Sie ging zurück. Der Vorratsraum war nur einige Schritte entfernt.

Durch die offene Haustür lief der Hund hinein, der im Dunkel nicht zu sehen war. Winselnd begann er, um sie herumzuhüpfen, stieß mit seiner Schnauze an die nackten Hände der Frau. Die Frau schlug ihn auf die Nase. Der Hund wich rückwärts zurück, bellte zornig, knurrte, und plötzlich biss er sie in die Hand. Die Frau schrie auf und setzte sich auf den Boden.

Oben fing das Kind zu weinen an. Alle Türen des Hauses standen offen. Die Frau erhob sich und stieg nach oben. Im Dunkeln stolperte sie sogar. Das Kind weinte im Schlaf. Als sie in den ersten Stock hinaufkam, war es im Kinderzimmer völlig still.

Im Dunkel der Nacht schienen die Gegenstände – der Tisch, der Schrank, die Stühle und die Kinderbetten – körperlos. Die Frau spürte die in der Dunkelheit weiß leuchtenden Gesichter der Kinder eher, als dass sie sie sah.

Der Zug näherte sich dem Städtchen. Im Schweigen der Nacht war sein Donnern von weitem zu hören. Die Frau trat ans Fenster und zog den Vorhang zurück. Mit allen Fenstern flackernd, sauste ein Passagierzug wie eine leuchtende Schlange durch die Stadt. Während er vorbeisauste, zitterten die Fenster, und die Frau schmiegte ihre Handflächen an das zitternde Glas.

DUETT FÜR FRAUENSTIMME UND VIOLINE IN VENEDIG

Algirdas Landsbergis

Sehr geehrter Herr Lehrer ... Werden Sie lachen, wenn Sie diese Worte lesen? Erinnern Sie sich an mich, den rotwangigen Jungen mit dem gelblichen, mädchenhaft gelockten Haar, der Ihnen eine Vase mit Blumen überreichte im Nachkriegsdeutschland, auf dem Schulschlussfest des Flüchtlingslager-Gymnasiums? (Mein unermüdliches Lächeln war schon damals sprichwörtlich – „er lächelt wie Silėniukas"; später habe ich erlebt, dass Kinder, die in Sprichwörter hineingezwängt wurden, sich manchmal so fühlen, als ob sie sich in den Liliputaner-Schuhen chinesischer Frauen befänden.) Ich stelle mir Ihr Lächeln vor. Geschickt, wie es nur Mathematiklehrer zustande bringen, haben Sie meine zwölf Sommer geschnappt und binden sie zu einem langen Jahresband zwischen dem Heute und dem Damals, und Sie sagen: „Er ist schon zweiunddreißig und er nennt mich noch immer ‚Herr Lehrer'!"

Tatsächlich wollte ich Sie mit dem Familiennamen ansprechen. Aber sobald ich nur an Sie und an unsere Gymnasialzeit in Pfingstoberheim dachte, erstanden vor meinen Augen sofort wieder diese Fliederbüsche vor dem zweistöckigen, erst in der Zeit der Weimarer Republik renovierten Gebäude des Gymnasiums, das vom Schatten der Bäume bedeckt war, wie diese deutschen Frauen, die ihr Elend verbargen und schon bessere Tage gesehen hatten. Durch die geöffneten Fenster ertönte eine dem Haus unverständliche Sprache (darum war er so nervös und wurde so schnell alt); ich atme wieder den Geruch des Korridors ein – Kinder, Schimmel und Flieder – und höre die Straßenbahn der Vorstadt, als würde sie mit den Zähnen knirschen, wenn sie um die Straßenecke des Gymnasiums biegt. (Auch jetzt noch, wo ich in meinen Studien viel weiter gekommen bin, sind für mich die Worte und Begriffe, die ich zum ersten Mal im Gebäude dieses Gymnasiums vernommen habe, wie Münzen, die vom scharfen Geräusch der Straßenbahn zerkratzt sind.) Und anstatt Ihren Familiennamen hinzumalen, schrieb meine Hand „Herr Lehrer".

Warum schreibe ich Ihnen nach so langem Schweigen? Die Antwort finden Sie auf dem Kuvert. Wie Sie sehen, schreibe ich aus Venedig, wo sich alle Fäden verknüpft haben, wo alles klar geworden ist und Sie wieder die Bühne betreten haben (ja, Venedig ist eine Bühne!). Daher werde ich Ihnen schnell erzählen, was zwischen Pfingstoberheim und Venedig geschehen ist, damit wir uns auf die grundlegenden Szenen und die wesentliche Einsicht konzentrieren können.

Nach vier Jahren im deutschen Flüchtlingslager erwartete mich in Amerika der Jesuitenorden und das Priestertum. Das Wort „erwartete" gebrauche ich nicht in einem übertragenen oder anthropomorphen Sinn. Meine langen Wimpern, mein Verlangen, die mir nahe stehenden Menschen zufrieden zu stellen, und die Frömmigkeit meines Vaters – das waren die Hände, die mich in das Priestergewand kleideten. Beim alten Priester des Lagers war ich ein tadelloser Ministrant, und als ich plötzlich anfing zu wachsen, waren von seinen Lippen Vorwürfe zu hören; wie undankbar diese Kinder seien, klagten seine mit Warzen überwachsenen Augen. Und als ich anfing, aus der Lagerschule Aufsätze mitzubringen, die von den Lehrern gelobt wurden, war im Familienkreis bald das Wort „Jesuit" zu hören. Ich glaube, dass in diesem Augenblick in Amerika besondere Rechenmaschinen funkelten, Computer rauschten, meine künftigen Zimmer sich zu bemalen und die Diplome sich zu drucken begannen, als ob sich in einem Wald in Übersee das Nest für einen dahergeflogenen Vogel selbst bauen würde.

Die Erschütterungen des Krieges oder die Hoffnungslosigkeit der Auswanderer? Sie beeinflussten mich weniger, wie die Psychologen behaupteten, die über die Kinder der Kriegszeit geschrieben haben. Von klein auf umgab mich eine Gruppe liebender, gutwilliger Menschen: die Eltern, Geschwister, Cousins, Cousinen und alle anderen ständigen Besucher der Messen, bei denen ich ministrierte. Wahrlich, diese ausgedehnte Familie wurde von viel Bösem umringt. Mein schnell wachsender Körper erinnerte sich mit allen Zellen an die Flucht, die Bomben und die Angst. Aber an diesen Bildern der Okkupation und des Krieges waren wie in einem Museum Etiketten angebracht, die Erklärungen der Eltern und der anderen Erwachsenen, die ich als unbestreitbare

Wahrheit annahm. Auf der Welt gibt es „das Gute" und „das Böse"; „das Gute" versammelt sich in der Kirche und der mit ihr verbundenen Volksgemeinschaft. Das waren die Wegweiser, die mich zum Priestertum führten. (Verstehen Sie mich nicht falsch, ich glaube auf meine eigene Art noch immer an Gott und an das Paradox des freien Willens, aber das Thema meines Briefes ist ein anderes.)

Aus meiner bisherigen Erzählung werden Sie nicht schwer erraten, welchen Studienzweig ich wählte. Ja, ich arbeitete mich ziemlich schnell an das Doktorat der Philosophie heran („das Gute", „das Böse" etc.), die zu dieser Zeit noch die „Magd der Theologie" war und sich im sicher eingezäunten Hof des „nihil obstat" befand. Ich war kein Aufrührer, bei weitem nicht. Aus der Familie und der sicheren Welt der Tradition tat ich den ganz natürlichen Schritt zu Ergebnissen, die von den unbestreitbaren Wahrheiten strahlten. Meine gewohnte Welt spiegelte sich im klaren See der Philosophie wider. Erst später wurde die spiegelartige Wasseroberfläche durch eine andere Dreifaltigkeit getrübt: die Frau, die Stadt und die Musik…

Der gar nicht aufmüpfige Jesuit ließ sich schließlich in einem bescheidenen religiösen Kolleg bei Philadelphia nieder (wie der Vogel, so das Nest); wir wurden Kollegen, Herr Lehrer. Noch bevor ich das zweite Semester abgeschlossen hatte, verliebte ich mich. Ja! Ich habe sie in der Kirche getroffen und ihretwegen habe ich die Kirche verlassen. Sie haben zweifellos von den Veränderungen in der Kirche gelesen, über den Sturm, der sie in den sechziger Jahren erschreckt hat, und über die Beschlüsse des Vatikans. Das, was darin die Phantasie des Publikums besonders aufweckte – die Heirat der Priester –, interessierte mich am wenigsten. Mir schien, dass ich leicht ohne Frau auskommen könnte. (Wie wenig wir uns selbst kennen!) Deshalb war das kopflose Verlieben für mich eine ungeheure Überraschung. Ich hatte das von dem einen oder anderen meiner Kollegen erwartet und wunderte mich nicht, wenn sie diesen schicksalhaften Schritt taten. Aber ich – ich?

Ich sehe Sie, wie Sie milde den Kopf neigen, wie im Gymnasium, wenn ich die Tafeln mit Ziffern beschmierte und die Orientierung darin verlor. Auf Ihren Lippen bilden sich Sätze:

Du hast so viel durchgemacht! Die Schule des Lebens! Ja, diese Schule hat uns beigebracht, gefährliche Angehörige fremder Volksgruppen kennen zu lernen, heimtückische Angehörige des eigenen Volkes, und sie hat uns beigebracht, uns gegen sie zu wehren. Aber ich war überhaupt nicht vorbereitet auf solche Wesen wie Claudine, die immer aussah, als wäre sie gerade aus der Badewanne gestiegen – die Venus von Philadelphia, die aus den „LUX"-Wellen auftauchte und ganz anders roch als die Mädchen im Flüchtlingslager; ein mystischer Geruch, hinter dessen magische Formeln ich erst nach der Hochzeit kam, als ich die Anhäufung der Fläschchen und kleinen Gefäße auf ihrem Toilettentischchen sah und ihre Bezeichnungen las. Wenn ich ihre Haut berührte, die immer warm war, hörte ich immer eine Stimme in mir, die flüsterte, dass ich in Wirklichkeit die Kirche gar nicht aufgeben möchte, sondern darauf hoffe, dass sich die Kirche so schnell ändern werde, dass sie nach längerer Zeit auch mich mit Claudine in ihre Arme schließen würde. Und inzwischen nehme ich mir Urlaub…

Wir beide übersiedelten in ein gerade gebautes, nach Amerika riechendes Haus, wie in dem großen Katalog von Sears-Roebuck. Alles darin war so neu und unberührt wie auch meine neue Lebensweise. Nach fünf Monaten erklärte sie, dass sie sich scheiden lassen wolle.

Ihr Schritt kam so unerwartet, und als mir die Augen aufgingen, erschienen mir die ersten Schritte meines Ehelebens so unbeholfen, dass ich automatisch die Schuld auf mich nahm. (Stellen Sie sich einen Holzfäller oder einen Einsiedler vor, der gerade aus dem Wald gekommen ist und ein duftendes Mädchen zum Tanz bittet. Wird sie jemand tadeln, wenn sie plötzlich stehen bleibt, wegläuft und ihn mitten im Saal allein stehen lässt?) Damit hätte die ganze Geschichte auch zu Ende sein können. Verblüfft, von Schuldgefühlen gequält, wäre ich in irgendeine schützende Zelle geschlüpft oder ich hätte mich in die kirchliche Buße gestürzt. Aber es kam ganz anders.

Beim Abschied fragte ich sie, nach dem Beispiel eines billigen Romans, ob ein anderer Mann in ihr Leben getreten sei. (Was für ein beschränkter Dialog unerfahrener Geliebter!) Sie versicherte mir, als hätte sie eine Seite aus demselben Roman gelesen, dass es in ihrem Leben „keinen anderen Mann" gäbe. Und wahrscheinlich werde es auch keinen geben, fügte sie hinzu, bewegt von ihrer eigenen Hochherzigkeit. Und ich, abgewiesen und ins Eck gestellt, hatte das Gefühl, ihr unglaublich viel schuldig geblieben zu sein. Als sie in meinem Gesicht die Wirkung ihrer Worte las, zog sie unseren Abschied noch länger hinaus und fügte hinzu, dass sie wirklich über sich selbst nachdenken müsse und das sei nur in der Einsamkeit möglich. Als die Tür ins Schloss fiel, hielt der Holzfäller noch einen Brosamen Hoffnung in der Hand. Wenn sie zurückkommen wird; wenn ich ihr nicht mehr auf die Füße treten werde; wenn ...

Jetzt weiß ich, dass sie wie eine Person aus einem Roman von Jacqueline Susan sprach. Sie las sie immer am Sofa, während sie die Beine überkreuzte, sehr konzentriert und an den Nägeln kauend, die sie danach immer einige Stunden lang feilte. Als sie weggegangen war, fand ich den Roman, *Valley of the Dolls*, der vom Sofa hinuntergefallen war, und in einem langen Zug las ich ihn aus, in der Hoffnung, sie besser zu verstehen. Aus diesem Buch sprach ihre Denkweise, ihre Welt und ihr Wesen zu mir: *Oh, it will be great in the beginning. For maybe a week. Then one day I'll come and see your eyes absent... Allan keeps saying he loves me – and that I'll learn to love him... You're to tell me that I'm unawakened, that you will change all that...* Als ich mich in das Buch hineinlebte, hatte ich das Gefühl, sie werde sich plötzlich vor meinen Augen verkörpern, wie in einer magischen Seance. (Ich habe *Valley of the Dolls* noch immer.)

Das abgenutzte Sofa, hinter dem ich das Fragment von Claudines Seele herausfischte, war eines der wenigen Möbelstücke, die sie mir gelassen hatte, obwohl wir alles gemeinsam gekauft hatten. Sie hinterließ mir auch die Schulden für das Haus. Mein Schuldgefühl saß so tief, dass ich das alles als Teil der Buße auf mich nahm. (Holzfäller sollten gut nachdenken, bevor sie ein duftendes Mädchen mit zarter Haut zum Tanz bitten.) Danach begannen sich in meiner leeren Wohnung, aus der ich im Begriff war, bald auszuziehen, die Rechnungen von Kreditkarten zu sammeln. Ich glaubte, dass wir American Express und Diners Club gehabt hatten, doch unter meinem Dach begann sich ein Emblem-Kongress der Konsumzivilisation zu bilden. Mein Schuldgefühl begann nachzulassen – hatte ich wirklich eine solche Strafe verdient?

Als ich in dem Haufen von Rechnungen stöberte, schnürte mir eine Eintragung die Kehle zu: Zwei Flugtickets nach Europa und zurück! Der Holzfäller begann etwas zu riechen. Diesem verdächtigen Geruch folgend, ging ich in das benachbarte Reisebüro. Eine erschöpfte Frau sprach gleichzeitig auf zwei Telefonen. Umgeben von Schönheiten, die in den Tropen badeten, von Flamencotänzern und den Soldaten der Königlichen Garde, war sie das graue Gegenteil der sie umgebenden Exotik. Mrs. Silenas (ihr Familienname nach der Heirat!) hat sie mir sehr empfohlen, besonders eine Tour, an die ich mich nicht mehr genau erinnere. Ja – die Frau legte einen Hörer auf – sie war gerade für vierzehn Tage verreist: Paris, Zürich, Rom, Venedig. Ja, sagte ich laut, diese Tour! Ihr *companion* legte mir diese Tour ebenfalls sehr ans Herz! (Wie gut, dass auf Englisch *companion* sowohl einen Mann wie eine Frau bedeuten kann; ich hoffte mit ganzem Herzen, dass Claudines Reisebegleitung eine ihrer Freundinnen wäre.) Ah, Sie kennen ihn – die Frau zerschlug mit einer Geste meine Hoffnung – ich habe auch bei ihm meine Zähne behandeln lassen. Undinen von Jamaika, Gardepferde und tanzende Tiroler begannen sich vor meinen Augen zu drehen. Sie war auf meine Rechnung mit dem Zahnarzt Sydney Weinstein nach Europa geflogen! Mit einem geschiedenen Mann, der fünfzehn Jahre älter war als ich, mit aufgeblasenen Lippen und grauen Haaren! In meiner Vorstellung drängte sich seine Hand wie ein Stock in ihre Kehle und er berührte mit seinen Drahthaaren provozierend ihre Lippen. (Ich war von klein auf an Frauen als Zahnärzte gewöhnt und schon vor unserer Scheidung schien mir die Hand von Weinstein in ihrem Mund sehr verdächtig.)

Im Reisebüro wurde der bußfertige Holzfäller zu einer zornigen Brennfackel. So betrogen, so schrecklich erniedrigt! Ich packte eine Broschüre mit dem Triumphbogen, dem Kolosseum und Gondeln – so hat Napoleon die Landkarten in schicksalhaften Augenblicken an sich gerissen – und blitzschnell rechnete ich mir aus, dass sie schon morgen in Venedig ankommen werden, dem letzten Aufenthalt ihrer Reise. (Und Sie, Herr Lehrer, zweifelten an meinen mathematischen Fähigkeiten!) Im selben Augenblick beschloss ich, was ich machen würde. Ich würde sie in Venedig überraschen und ihr meinen Schmerz und das von ihr zugefügte schreckliche Unrecht ins Gesicht schreien. Dann schlage ich Weinstein ins Gesicht... Nein, ich werde ihn anschauen, als wäre er ihr Hund, mit einer richtigen Mischung aus Drohung und Hass. Danach werde ich sie beide noch einmal mit meinem ironischen akademischen Rasiermesser streifen und stolz weggehen, mit dem Wissen, dass sogar ihr kleines „Puppental"-Gehirn imstande sein wird zu verstehen, welchen Fehler sie begangen hatte, als sie den Prinzen in einen Frosch eingetauscht hat, der sich niemals in einen Prinzen verwandeln wird. Ich wusste, dass ich verrückt werden würde, wenn ich hier bleiben und hier auf sie warten müsste. Nie im Leben habe ich so einen Schwung und eine solche Energie gespürt, die auf ein konkretes Ziel gerichtet waren.

Ich hoffte, noch bei Tag in Venedig anzukommen, aber das Flugzeug aus Rom hatte Verspätung und erst in der Dämmerung trat ich durch die Tür eines keineswegs außergewöhnlichen Busbahnhofs in eine andere bebende Welt aus Wasser und Widerspiegelungen. (Haben Sie keine Angst, ich werde Sie nicht mit touristischen Seufzern und Postkartenbildern quälen, sondern ich beschränke mich für Sie auf das Venedig meines entblößten Herzens.)

Stellen Sie sich mich vor, wie ich im Galopp ins Hotel laufe, das sie und den Zahnarzt beherbergt. (Sie war nicht einmal dazu imstande gewesen, mit ihm privat zu entwischen, sondern musste sich einer Schafherde anschließen!) Ich kannte den Weg, denn im Flugzeug hatte ich den Stadtplan von Venedig auswendig gelernt. Während ich das Gedränge der Touristen durchquerte und die Straßennamen las, sah ich die Stadt selbst nicht – ich war der blindeste Tourist in der Geschichte von Venedig! – und das weit entfernte Lied eines Gondoliere schien jenseits des geometrischen Straßenplans zu erklingen.

Atemlos fiel ich in das kleine Hotel „Albergo da Bruno" ein. Wie komisch muss ich auf den glatzköpfigen Rezeptionisten und eine Deutsche, die ihre erste Jugend schon hinter sich hatte, gewirkt haben, deren Flirt ich unterbrochen hatte. Er schleuderte mir entgegen, dass die *americani* sich schon zu Bett begeben hätten, denn sie seien sehr müde gewesen. (Die vom Zahnarztgeruch durchdrungenen Finger von Weinstein, die ihre aromatische Haut berührten! O, wenn sie doch ewig zu müde wären!) Nein, sagte der Rezeptionist, im Hotel gibt es kein freies Zimmer mehr... Als ein dickbäuchiger Venezianer herrisch das Foyer betrat, streckte sich der Rezeptionist und säuselte mir, pflichtbewusst lächelnd, ins Ohr, dass ihr Restaurant sehr, sehr gut sei. Die Deutsche durchbohrte mich mit zornigem Blick, als wäre ich an ihrem *Coitus interruptus* schuld. Alles, was mit Liebe und Verlangen zu tun hat, überzog sich für mich mit einer grotesken Farbe.

Ich würde die ganze Nacht warten müssen, bis ich wie ein Racheengel meinen Zorn herausschreien kann! Bis dahin musste ich in einer fremden Stadt bleiben, die mich überhaupt nicht interessierte. Ich ließ mich von der Menschenmenge durch die schmalen Gassen tragen und über die Brücken führen. Hinter den Fenstern machten essende Gesichter ihren Mund auf und zu. Der eine Teil von Venedig war in Eile, der andere beim Essen; Beine und Hälse. Ich selbst hatte schon lange auf das Essen vergessen und ernährte mich nur von Zorn und Erwartung.

Das Gässchen mündete in einen geräumigen Platz. Auf dem in meinem Gedächtnis eingeschriebenen Plan reihten sich die Buchstaben: *San Marco*. Ein Kaffeehausorchester – weiße Sakkos, Geigen unter dem Kinn – schwamm auf einer Holztribüne mit alten Walzermelodien in die Vergangenheit. In der Menschenmenge tauchte der Verkäufer der leuchtenden Yo-Yos wie ein Phosphorfisch auf und ab, während er sie nach dem Rhythmus der Musik mitzog. Ein französischer Matrose, die Uniformmütze mit der roten Quaste schelmisch in der Hand drehend, fasste ein Mädchen aus dem Halbkreis der Zuhörer und begann sich mit ihr zu drehen. (Werden sie sich befreunden, verlieben; wissen sie, wozu sie imstande sind?) Der Yo-Yo (meine Eltern sagten ju-ju)-Verkäufer blieb bei einem jungen indischen Paar stehen. Der Mann beobachtete mit indischer Ehrfurcht, indischem Licht und Magie, wie man Yo-Yo drehen muss. Seine Frau, ganz jung und schüchtern, stand ehrfürchtig abseits von den Männern; das Blinken des Yo-Yo-Lichtes hob für einen Augenblick ihr dunkles, schönes Gesicht aus der Finsternis hervor; der rote Punkt auf ihrer Stirn – der rote Knopf auf der Mütze des Matrosen; ihr liebender, gehorsamer Blick auf den Mann gerichtet. Die Stadt begann mir zu signalisieren und mich mit Lichtern, Zeichen und Andeutungen von Melodien zu verführen, als ob sie von meinem Kummer gewusst hätte.

Nachdem ich in die erstbeste Pension geraten war, konnte ich bis zum frühen Morgen nicht einschlafen. Plötzlich erwacht, sprang ich aus dem Bett. Gleich begab ich mich im Laufschritt auf den von der Mittagssonne beleuchteten Gassen in das „Albergo da Bruno". Der Rezeptionist informierte mich würdig, dass sich die *turisti americani*, „gut ausgeruht", auf einen langen Ausflug zu den umliegenden Inseln begeben hätten. Am Abend, fügte er hinzu, werden sie alle hingehen, um das venezianische Volksstück *Ai Musicanti* anzusehen. Sein Gesicht erinnerte an einen zerwühlten Bettlaken, aus seinen Falten las ich, dass er die Nacht mit der Deutschen verbracht hatte.

Die Docks der Ausflugsschiffe, versehen mit schreienden Preisschildern, schmiegten sich an die Piazza San Marco. Die beiden würden erst um fünf Uhr am Abend zurückkehren! So nahe – und doch so weit! Der Markusplatz, aufleuchtend von den phosphorfarbenen Yo-Yos und gespenstischen Walzern, glänzte in der Sonne. Wie werde ich mir diese fünf Stunden um die Ohren schlagen? Ein Bataillon deutscher Touristen, das auf den Kaffeehausstühlen im Freien Platz genommen hatte, stopfte den im Geschäft gekauften Schinken und Käse in die Brötchen hinein und trank Mineralwasser und Bier. Ein in einen bayerischen Ausschnitt nicht passender Busen beugte sich zu zwei Brötchen und verwandelte das Tischchen in ein Miniaturspielzeug.

Ich machte mich weiter auf den Weg, den Kanal entlang, in schattigen Gassen. Ich musste „die Zeit totschlagen", die Stunden ausschöpfen, die mich von den beiden trennten. In einem dunklen Tunnel wich ich einem jungen Paar aus. „*Vati, ich hab Angst*"[*], flüsterte das Kind auf den Schultern des Vaters. A-N-G-S-T echote es im Tunnel, A-N-G-S-T... „*Mein armer Junge, er hat Angst*"[*], tröstete der Vater das Kind, der jünger war als ich. Ich blieb stehen und drehte mich nach ihnen um, wie sie aus dem

---

[*] im Original deutsch

Tunnel in die Sonne hinausgingen. Sie leuchteten, als wären sie von dem Glück umgeben, das ich vergebens suchte; in der Sonne leuchteten die hellen Haare des Kindes; die Frau neigte sich zum Mann hin. Mir wurde klar, dass ich niemals das Gewicht eines Sohnes auf meinen Schultern spüren würde. Zwischen ihnen im Licht und mir im Dunkeln tat sich ein unüberbrückbarer Abgrund auf.

Schließlich setzte ich mich auf einen kühlen Stein. Halb vier, noch eineinhalb Stunden. In was für ein finsteres Eck war ich geraten. Von den mit Schmutz bedeckten Steinen wehte historische Kälte. Ich warf einen Blick auf die Scheibe an der Wand – „Das Ghetto von Venedig"! – unerwartet überkam mich eine süße Zufriedenheit. Ein jüdischer Zahnarzt hatte mir die Frau genommen und ich sitze auf dem Platz, auf dem sein Volk, zusammengepfercht zwischen kalten Steinen, unterdrückt und vertrieben wurde. Ich hatte mich selbst niemals als Antisemit verdächtigt und oft stritt ich mich mit Angehörigen meines Volkes, die höhnisch die „kleinen Juden" erwähnten. Doch jetzt, während ich mich selbst schämte und gleichzeitig Genugtuung empfand, stellte ich mir Weinstein vor, wie er, in eine Gabardine gehüllt, mit den traurigen Peies bewachsen, seinen steifen Körper in die Steinzelle schleppt, wo die verhungernde Claudine auf ihn wartet.

Ich lief aus dem alten Ghetto weg, doch das Bild des Zahnarztes – des Gespenstes von Venedig – begleitete mich in den Gassen und Kanälen: Die Stadt hat bereits meinen Zorn und meine Wut eingesogen und jetzt hallten sie mir in Zeichen und Bildern wider. So kam ich wieder zum Kai. Bei Regen drängte die Menschenmenge aus dem Boot in die Dämmerung. Keine Touristen, sondern Venezianer vom Lido, die von der alltäglichen Arbeit in das alltägliche Venedig zurückkehrten. Nasse Zeitungen auf den Köpfen, die Hände an den Taillen der Mädchen. Meine Hand erinnerte sich an ihre ungewöhnlich schlanke und sich plötzlich verbreiternde Taille, ich begehrte sie aber gar nicht, ich sehnte mich nicht nach ihrem Körper, als wäre sie schon so alt wie Venedig. Das Leuchten des Blitzes verwandelte den ruhigen Himmel in ein Bild des Sturmes; die Wasser der Lagunen färbten sich rötlich, als würde darin ausgeschüttetes Öl angezündet. (Als ich wieder nach Hause zurückgekehrt war und im Buch mit Reproduktionen venezianischer Künstler blätterte, bemerkte ich, dass Tintoretto schon genau denselben Himmel gemalt hatte. Unter diesem Himmel, vielleicht auf der Leinwand Gottes in der Prädestinationsgalerie, stand auch ich, mit meiner kleinen tragikomischen Geschichte.)

Sollte ich ihnen hier den Weg verstellen, zwischen den eilenden Venezianern, wo der Lärm meine beschuldigenden Worte verschlucken wird, wo er nach seinem Regenschirm tasten und sie sich bemühen wird, ihr oxidiertes Haar zu bedecken? („Was machst du hier?", „Sprich lauter!") Nein! Nein! Wir werden uns beim venezianischen Folkloreabend treffen!

In meiner Erinnerung kehrt immer wieder die *manufatteria* zurück – die alte Werkstatt am dunkel werdenden Kanal, die in einen Nachtklub verwandelt worden war. Unter der Aufschrift *Ai Musicanti* behauptete ein Plakat, dass das der einzige Ort in der ganzen Stadt sei, wo es möglich wäre, venezianische Volkslieder zu hören. Ich kam eine ganze Stunde früher und wählte lang einen Stuhl aus – ein Leopard, der im Voraus einen Busch auswählt für seinen schicksalhaften Sprung. Um mich herum wurden kleine Tische, Stühle, Bänke herumgeschoben, es blieb nicht einmal Platz, sich umzudrehen. Sogar das Pianino auf der Tribüne war unsäglich klein, denn in dieser Nacht musste man möglichst viele Touristen in den Saal hineinstopfen. Kellner in roten Sakkos gähnten den Wänden entlang unter den roten Papierschleifen. Endlich fand ich einen engen Platz hinter einer Säule bei der Tribüne, damit ich sie ungesehen verfolgen konnte. Die Gäste begannen, sich in Gruppen in den Saal zu begeben. Beinahe alle waren im Pensionistenalter („Venedig sehen und sterben"?) und in einer halben Stunde wurde der Saal von mehreren tausend Jahren überflutet. Von den Kellnern eingewiesen, marschierten sie gehorsam wie Kriegsgefangene, die zur Essensausgabe geschickt werden. Sie versammelten sich aus verschiedenen Hotels, aus allen möglichen Gruppenreisen, aus den Armeen von „American Express" und „Diners Club". (Auf einer dieser Rechnungen war von der Rechenmaschine auch meine Schande eingetragen!) Gelocktes Haar, gelbe Polyesterkleider, gelb und rot schreiende Sportpullis, Fotoapparate um den Hals, noch warm von der Sonne Venedigs. Ihre Gesichter strahlten den festen Entschluss aus, sich zu amüsieren.

Und dann schoss mir aus dieser Prozession der Alten eine Flamme entgegen. Das war sie, die noch vor einem Monat meine Frau gewesen war! Ich war dabei, automatisch aufzustehen, aber ich nahm mich zusammen und setzte mich wieder hin. Der oxidierte Betrug ihrer Haare war nach oben gekämmt. (Wie viele Male habe ich ihr gesagt, dass ich eine solche Frisur nicht mag!) Ihr Kleid war sehr kurz, ein solches hat sie zu Hause nie getragen. Das Lächeln einiger Alter leckte ihre Knie. Sie spürte das und antwortete mit einem höflichen Lächeln, mit demselben Lächeln, mit dem sie meinen Heiratsantrag annahm. Ihr Zahnarzt bahnte sich den Weg hinter ihr durch die Alten hindurch, er war blass (warum?!). Um seinen Hals baumelte pornographisch mein Fotoapparat, den sie zusammen mit anderen Beutestücken mitgenommen hatte. Ihr gemeinsames Bett schimmerte vor meinen Augen; ich konzentrierte meine Willenskräfte darauf, sie in das Ghetto von Venedig zu stoßen.

Die beiden setzten sich so knapp vor mich hin, dass ich sie beinahe mit der Hand hätte erreichen können. Ich spitzte die Ohren in der Erwartung, vor der dramatischen Gegenüberstellung eine Kostprobe von ihren intimen Geheimnissen zu bekommen, wenn ich das zerwühlte Bettlaken von ihren betrügerischen Körpern wegrisse, aber ich beruhigte mich, denn schon ihre ersten Worte übertönten die Klänge des venezianischen Folkloreabends.

Das Konzert begann mit einem Melodiengewebe aus dem „Kabarett", das ein verwelkender Gnom am Pianino, ein mit einem roten Band geschmückter Tenor und ein Mezzosopran in der dritten Jugend und ein großgewachsener Geiger, der das ganze Ensemble leitete, ausführten. Wie er mit den Ärmeln der Operettenzigeuner-Bluse hin und her winkte und mit der hautengen Hose hüpfte und dabei die dicke Luft mit dem Profil eines Raubvogels durchstach, erinnerte er mich an eine billige Kopie des Schauspielers Anthony Quinn, hergestellt für Touristen und verkauft bei den Händlern am Flughafen. Als sie verstummten, hörte er mit seinem Geigenspiel nicht auf und hob erst nach einer halben Minute den Bogen, womit er das Zeichen zum Applaus gab. Etwa hundert lockige alte Damen und ebenso viele Herren begannen, pflichtbewusst in die Hände zu klatschen, und er kostete ihr

Klatschen aus. Als Letzte hörte meine Frau zu klatschen auf. Sie amüsierte sich! Der Geiger bemerkte sie und mit den Fingerspitzen schickte er ihr einen lauten Kuss. Ihr Zahnarzt lachte unangenehm berührt. Durch den Applaus ermutigt, drückte der Geiger seine Geige mit dem Kinn an die Brust und begann ihr Küsse mit beiden Händen zu schicken. Der Applaus der Alten wurde lauter. Auf der Glatze des Zahnarztes zeigten sich Schweißtropfen; ich lächelte in mich hinein. Der Geiger, gewachsen mit seiner Geige, erinnerte jetzt an einen stinkenden vorsintflutlichen Vogel. Er hob den Bogen wieder und seine Kollegen begannen gehorsam, zu spielen und zu singen. Das Lied von Toreador, *Malaguena, Am Abend auf der Heide, Alouette...* Standardmelodien für Touristen, die nichts mit Venedig, seiner Folklore und meinen Sorgen zu tun hatten. Vor jedem Lied richtete der Geiger den Bogen auf die deutsche, französische oder holländische Gruppe und sie begannen, pflichtbewusst zu klatschen und zu singen. Die Gesichter wurden rot, meine Ex-Frau sprang sogar von ihrem Platz auf: Sie hatte sich so prachtvoll amüsiert.

Endlich erschlaffte der Geiger auf der Bank und tat so, als ob er erschöpft wäre. Mitfühlende Geräusche aus den Mündern der alten Frauen begleiteten ihn. Ans Pianino trat eine Sängerin, traurig, schüchtern, ganz das Gegenteil des Geigers. Ihre Falten, die Altersflecken an ihren weißen, nackten Händen schämten sich vor den vielen Blicken, als ob sie eine plötzlich ertappte Nonne wäre, die sich wäscht. Sie berührte ihr flammend gefärbtes Haar, der Körper zitterte, von einem schwarzen, hauteng anliegenden Kleid umhüllt, sie lächelte traurig – uns, den Italienern, ist es bestimmt, schnell zu altern und dick zu werden, flüsterte ihr Lächeln – und entschlossen sammelte sie alle ihre Stimmvorräte für die Arie von Tosca zusammen. (Warum schreibe ich über diese fremden Personen? Sie werden es gleich verstehen.) Ihr Singen, ihr Lächeln bezeugte mir, dass sie wusste, dass das ihre letzte Saison sein könnte, dass man sie am Ende dieses Sommers entlassen würde. Ein Dickbäuchiger am Klavier, ein zweitklassiger Satyr, machte es dem Geiger nach und betatschte ihren nackten Rücken, aber sie stieß würdig seine Finger weg, schmutzige Tasten. Warum spürte ich ein herzliches Mitgefühl mit dieser alternden, schlecht singenden Frau, die ich nach diesem Abend niemals mehr wiedersehen würde? Was bedeutete sie mir? Welche tief greifende Musik, die sich aus ihrem Innern verbreitete und wenig gemeinsam hatte mit ihrem trägen Gang durch die Gesänge von Tosca, berührte mein Herz? Erschütterte mich ihre Treue zur Kunst, ihr Bemühen, ihre Würde als Frau zu bewahren, ihr sisyphushafter Trotz, obwohl alles – das Lied und das Schicksal – so hoffnungslos aussah? (Und meine Ex-Frau saß da und hörte dem Gesang mit einem sehr ernsten Gesichtsausdruck zu, obwohl sie Opernmusik nicht mochte.) Der Geiger nippte aristokratisch am Wein und bemühte sich, die Aufmerksamkeit der Zuseher von der Sängerin abzulenken, indem er demonstrativ mit einer neben ihm stehenden, gigantischen Frau flirtete. Er flüsterte ihr ins Ohr und sie lachte, wobei sie ihre Krone aus schwarzem Haar zurückwarf. Ich begann ihn zu hassen. Sein Blick ging an mir vorbei, streifte mein Gesicht und blieb an der allerjüngsten Französin hängen, die zu kichern anfing. Während die Sängerin sich noch immer anstrengte, die hohen Noten zu treffen, sprang der Geiger zur Französin hin, berührte ihr Handgelenk und begann ihren Ellenbogen zu streicheln. Meine Ex-Frau wurde unruhig und versteckte ihr Lächeln hinter der Hand und machte dabei die jungen Pärchen im Fernsehen nach. Da sprang der Geiger zu ihr hin – die Arie von Tosca näherte sich schmerzlich ihrem Ende – da war wieder das Handgelenk, der Ellenbogen; er roch nach Schweiß, der vom Eau de Cologne nicht ganz überdeckt war; und dann küsste er ihre Lippen. Die ganze Glatze des Zahnarztes war mit Schweiß bedeckt. Das Publikum begann den Geiger für seinen Mut zu beklatschen, während die Sängerin ihre Arie noch gar nicht beendet hatte. (Warum hasste ich ihn so und vergaß darüber sogar meine Ex-Frau? Verkörperte sich in ihm die ganze schwache und niedrige Seite unserer Ehe?) Er ergriff wieder seine Geige, sein Profil durchschnitt eine dicke Wolke von Zigarrenrauch. Der kleingewachsene Tenor begann die Cavaradossi-Arie. („Wohin ist die venezianische Folklore verschwunden?", dachte ich. Auch dieser Abend war ein ununterbrochener Betrug, wie meine Ehe!) Die Farbe der Schleife des Tenors war wie ein Echo auf das Rot des Kloßetts. Dessen Tür ging ständig auf und zu: Der Champagner schickte immer mehr von den Alten aufs Klosett. Die Zurückkehrenden empfing der ironische Bogen des Geigers und der Applaus des Publikums, der den Tenor unterbrach. Auch ich musste aufs Klosett, denn ich hatte beinahe eine ganze Flasche Champagner geleert, aber ich bewegte mich nicht vom Platz. Was wäre, wenn mich ihre Augen auf so einer peinlichen Reise entdecken würden? Ich möchte mich auf keinen Fall in die Farce der venezianischen Folklore und des Klosetts einmischen!

Der Tenor bemühte sich, das Rauschen der Stimmen zu übertönen, und verkündete, dass er ein venezianisches Lied singen werde. Endlich ein einziges venezianisches Lied, um all den Betrug und die Banalität des ganzen Abends zu überdecken. Durch eine Wolke von Zigarrenrauch flatterte eine traurige, helle Melodie, die ich noch nie gehört hatte. Auch der Sänger veränderte sich. Er war nicht mehr ein billiger Unterhalter von Touristen, sondern ein Venezianer, der sein Lied sang, an das er glaubte. Sein Gesicht wirkte schöner und würdiger. Jetzt, wenn er aufhören wird zu singen, jetzt ist genau die richtige Zeit, einen Punkt zu setzen und meine Aufgabe in Venedig zu beenden.

Maria, Maria, Maria,
Venezia, Venezia mia...

Als das Lied im vollständigen Schweigen nachklang, begleitete es der Geiger mit einer überaus reinen Phrase der Violine, die mich im selben Augenblick nach Pfingstoberheim versetzte, vor Ihr offenes Fenster, wo Sie an den Abenden oft Geige gespielt haben. Ihr Kristallfaden verband Venedig mit meiner Kindheit, dem Städtchen in der Nachkriegszeit in Deutschland. Ich blickte meine Ex-Frau an, ohne mich zu verbergen oder zu fürchten, dass sie mich erkennen würde. Ihre künstlich blondierten Haare, ihr nichtssagendes Lächeln – wie konnte ich mich in sie so verlieben, wie konnte ich mich so verführen lassen? Und da, als die einzige venezianische Melodie des Abends verklang und die Violinphrase noch meine Vergangenheit mit der Gegenwart verband, hörte ich zum ersten Mal an diesem Abend ihre Stimme:

niceeveninglotsoffun

In diesem Augenblick habe ich alles verstanden. Ihre Stimme hatte nichts gemeinsam mit ihrem Aussehen und mit ihrer inneren Welt – eine volle, geheimnisvolle Stimme, die einen durch ihre Melodie in ihren Bann zieht, sie gehörte zur Welt des venezianischen Liedes und der vollendeten Violinphrase. Nicht in sie habe ich mich damals verliebt, sondern in ihre Stimme, die ich zum ersten Mal hörte, ohne ihr Gesicht zu sehen, bei ihrer zufällig ersten Beichte in meinem ersten Beichtstuhl. Ihre Stimme, ihre Stimme suchte ich und wollte ich umarmen und sie entglitt meinen Händen. Ihre Stimme ohne ihren Körper, ohne ihre Vergangenheit oder Gegenwart, ist reine Musik.

Sie und mich verband schon nichts mehr. Ich werde mich mit ihr nicht mehr unterhalten. Die Erinnerung an ihre Stimme bleibt mein Eigentum, das mir niemand nehmen kann. Ihr Körper, diese Muschel, soll der Zahnarzt nehmen, der kein Gehör hat und niemals die Musik ihrer Stimme hören wird...

Der venezianische Folkloreabend ging zu Ende. Die Zuseher begannen hinauszumarschieren, während der Tenor noch das letzte Lied sang. Als Erste gingen die französischen Witwen, auf ihren Spuren schwankten die Holländer und nach ihnen die Deutschen hinaus. Ich wartete, bis auch mein Pärchen gehen würde. Wie fruchtlos wäre es, ihnen jetzt gegenüberzutreten! Endlich erhoben sich die beiden. Der Zahnarzt überprüfte noch mit geizigen Händen, ob das Sektglas ganz leer wäre, und pflichtbewusst lächelte er den Alten zu, die noch nicht hinausgegangen waren. Ich dachte wieder über die beiden im Bett nach, aber jetzt hatte dieses Bild eine leicht groteske Färbung und regte mich nicht mehr auf.

Ich ging mit den letzten Gästen hinaus. Das leere Ufer und der Kanal im Mondschein gehörten einem anderen Jahrhundert an. Meinen Ärmel berührte die Hand, die noch vor kurzem die Geige gehalten hatte; das Profil eines Raubvogels wendete sich mir zu:

„Signor a pagato?"

Hatte ich die Karte bezahlt?

„Sì, pagato. Molto pagato."

Ich hatte bezahlt. Teuer bezahlt.

Mir bleibt nur noch zu erklären, warum ich Ihnen geschrieben habe. Warum war ich so empfänglich für ihre Stimme und für die venezianische Geige? Vielleicht ist ein Abend in Pfingstoberheim daran schuld. An diesem Tag häufte sich mein Glück ohne Unterbrechung. Schon am Morgen bekamen wir einen Brief, der unsere Abreise nach Amerika bestätigte, und in meinem Kopf begannen der Atlantik, die Prärien und die Abenteuer der Wolkenkratzer zu tanzen. (Vergessen Sie nicht, ich war damals erst zwölf Jahre alt.) Den Nachmittag verbrachte ich bis zum Verlust der Stimme schreiend beim Basketballplatz, wo die Mannschaft unseres Lagers in letzter Sekunde den Wettkampf mit einem Punkt Vorsprung gewann, durch einen hohen Wurf aus mindestens zwölf Metern Entfernung. Auf dem Weg nach Hause, als ich an Ihrem Fenster vorbeiging, hörte ich die Phrase Ihrer Violine. Sie umfasste mein Glück und besang es, und von diesem Abend an hat sie mich mein ganzes Leben begleitet. Sehen Sie, Sie sind daran schuld, dass ich mich in die Frauenstimme im Beichtstuhl verliebt habe und dass ich in den venezianischen Folkloreabend geraten bin.

Damals in der Schule, zwischen den Mathematikübungen, haben Sie für uns Geschichten über große Schicksale und Heldentaten eingeflochten. Meine Reise nach Venedig mag Ihnen trivial erscheinen, aber sie hat mich mit einer Epiphanie beschenkt, einem Augenblick heiliger Reinheit – keine philosophische Scharfsicht, sondern ein Geschenk der Musik in der Stadt, die an die fließende Melodie erinnerte. Ich glaube nicht mehr an die Hölle, aber ich weiß, wo das Paradies ist: dort, wo ihre Stimme, wie ich sie zum ersten Mal gehört habe, sich mit der Phrase Ihrer Violine trifft, an diesem besonderen Abend meiner Kindheit.

P.S.: Von Ihrem Tod habe ich am Vorabend meiner Hochzeit erfahren.

SEHNSÜCHTIG WARTEN WIR

Marius Katiliškis

Warum besuchst du denn die Deinen in Litauen nicht? Alle fahren, einige sind schon etliche Male dort gewesen. Es wird in Mode kommen, den Urlaub in Europa zu verbringen und dabei auch einen Besuch in Litauen zu machen.
Mode ist eben Mode. Wirst du ihr folgen können? Wenn du dir die Haare bis zu den Schultern und einen üppigen Bart wachsen lässt, wird man dir sagen, dass man sich eine Stoppelfrisur machen lassen und sich glatt rasieren muss, denn heute ist das Mode. Wer kann, der fährt, aber sagt ja nicht, dass es so einfach wäre. Jedenfalls ist es kein Wochenendausflug nach Sandūnai, murmelte Martynas Žalys mürrisch und spöttisch. Es sich leisten zu können, ist eine Sache, und es machen zu können schon etwas ganz anderes. Er könnte, wie es aussieht, die Reise und alle anderen Ausgaben bezahlen, wie die meisten nach so vielen Jahren, die gearbeitet und sich dabei nicht geschont haben. Und dennoch kann er nicht. Und fragt nicht warum – es wird einfach nicht erlaubt. Nicht erlaubt wegzufahren? Nein, im Gegenteil – man wird nicht hineingelassen. Aber kein Problem – man ist ein unerwünschter Gast und wird sich doch nicht mit Gewalt an den Tisch drängen.
Etliche Jahre quälte sich Martynas Žalys mit dieser Reise. An Versuchungen und Einladungen, sogar an aufdringlichen, fehlte es nicht. Er beriet sich über dieses und jenes mit seiner Frau. So eine gute und umgängliche Frau. „Fahr nur, wenn du willst", wird sie sagen, „und mach es dir nicht schwer". Und einmal bemerkte er, dass sie, was sie selbst betrifft, in ihr Geburtsland noch wie in ihre Heimat fahren könnte, aber nicht als Fremde, der jeder beliebige die Tür vor der Nase zuschlagen könnte. Nein, so niemals. Sie hatte und hat ihre eigene Meinung. Martynas schätzte das und meinte, dass man ihre gesunden und hellsichtigen Aussagen nicht in den Wind schlagen sollte.
So weit, so gut. Sie werden dich nach Vilnius schleppen und dann weißt du nicht wohin. Bitteschön: Das Hotel ist gut, allen

Bedürfnissen angepasst, die Verpflegung erstklassig, du kannst dich voll stopfen, Dominikas, schlag dir den Bauch voll, wie man bei uns zu sagen pflegte. *Und jetzt machen Sie sich bitte mit der Stadt von Gediminas bekannt.* Sich mit dem bekannt zu machen, was man gut kennt, ist keine besondere Kunst. In der Kriegszeit ist man alle Gassen der Altstadt abgegangen. Die Blicke vom Burgberg auf die von Nebel überzogenen Hügel. Die schaurig den Rücken hinunterlaufende Größe und das Alter der Kathedrale, als sie noch ein heiliger Ort war. Und Kirchen über Kirchen. Wer weiß, ob sich Vilnius viel verändert hat, die alte, ewig lebende Stadt, abgesehen von den Folgen des Krieges, der darüber hinweggeweht ist? Doch wegen dieser paar Häuser, wenn man auch die Gebäude noch so erfinderisch restaurieren würde, wäre das ein zu kostspieliger Zug. Wir sind einverstanden, dass moderne Stadtviertel mit mehrstöckigen Häusern gebaut werden. Aber wo werden die nicht gebaut? Als ob man sie hier zuerst und nur hier erfunden hätte. Das ist kein Grund, stolz zu sein.

Und jetzt laden wir nach Trakai ein. Auch das kennen wir, als Stadt von Maironis. Das Rudern im Galvė-See und so eine Ruhe, als es noch keine Motorboote, keine Regatten und keinen Andrang von Touristen gab. Jetzt ist das Zentralpalais wieder aufgebaut. Auf den Ansichtskarten und in den Bildbänden machen die Bauten einen wunderbaren Eindruck. Aber dass jemand die ganze Burg wieder aufstellen und die Halbinsel der Burg anrühren würde. Darüber wäre es wirklich wert nachzudenken. Wegen Trakai also?

Nach Druskininkai und Pirčiupis ist er nicht gekommen. Und das würde er aushalten, wenn man ihn nur herumreisen ließe, wo er selbst will. Nur, so heißt es, aus dem allen wird nichts.

Am Tor des Flughafens schwirren die Verwandten herum. Bewundernswert, wie sie alle rechtzeitig zusammengerufen wurden. Aus der Kolchose, von den Arbeitsplätzen, mit Blumen, mit allem, was sich gehört. Und sie befördern ihn an den zugewiesenen Platz. Das Zimmer füllt sich sofort mit Leuten. Die einen schnäuzen sich, ein anderer wischt sich die Tränen ab, ein Dritter lächelt irgendwie eigenartig, angeblich vor Freude. Und noch ein anderer streicht, wie dieser Blinde aus dem Holzfällerdorf in Wisconsin, mit beiden Händen über die Gesichter, um sich endgültig zu überzeugen, dass das kein Hirngespinst ist. Im Dorf mitten in den Wäldern, im Norden, betastete ein Blinder den Gast aus Chicago und sagte ganz bestimmt: „O, o, jetzt weiß ich, wie die Amis aussehen." Jetzt weiß es auch derjenige, der nicht nur seinen Augen traut. Die Ankömmlinge von dort sind auch beinahe wie Menschen. Bald sticht etwas aus dem Schweißgeruch der Zusammengedrängten hervor, das du lange nicht gerochen hast. O, wartet! Das ist doch Presswurst, von Hand gestopfte Würste, im Kamin der Speisekammer geräucherte Schweinsschulter, herausgezogen aus dem Reisegepäck. Aus anderen Gepäcksstücken kommen Flaschen in verschiedenen Farben. *Wir flehen den verehrten Gast an, doch zu kosten und sich satt zu essen. Sie haben doch Hunger nach so einer Reise, das ist doch keine Kleinigkeit. Das alles haben wir selbst angebaut und hergestellt, erinnern Sie sich...* Er erinnert sich an alles, zu gut erinnert er sich, sogar an den Geruch, als wäre es gestern gewesen. Zehn Fragen auf einmal und alles verschwindet, kaum macht man den Mund auf, in der Herzensflut des Stammes, der ganz aus dem Häuschen geraten ist. Wie, wo, was? Was soll denn sein, nichts, alles in Butter... *Und wie geht es dem Herrn Bruder? Wie den Kindern, der Schwägerin?* Mit der Schwägerin ist alles okay, in Ordnung. *Sehnsüchtig warten wir, kommen Sie. Mit dem, was wir haben, werden wir Sie bewirten. Nur keinen falschen Stolz. Und wir ebenfalls. Und wir auch, uns vergessen Sie doch bitte auch nicht.* Ich werde euch doch nicht vergessen, ich komme, wenn ich kann. Wir sind doch engste Verwandte... Schon deswegen, sage ich, weil die Mutter so sehr gewartet und Tränenbäche vergossen hat...

Wir werden sehen, wir werden es versuchen, vielleicht wird etwas daraus. Warum sollte nichts daraus werden... Mit den Männern würde ich vielleicht reden können, aber hier dominieren die Frauen. Manchmal senken sie die Stimme, manchmal quicken sie wie Gänse auf dem Markt. Die ganze Zeit blicken sie einander verstohlen an und schauen zur Tür. Gleichzeitig beginnt die Verteilung der Geschenke. Wenn du doch wenigstens eine halbe Tonne hättest mitnehmen können. Und dir ist schrecklich zumute, dass du nichts mehr hast, womit du für das offene Herz, das man dir entgegengebracht hat, zurückzahlen kannst. Du lässt ein paar Hemden und den Anzug, den du trägst, zurück, auch das Paar Schuhe an den Füßen. Die Koffer sind so leer, dass man mit ihnen Trommeln spielen kann. Es wird reichen, das Ende der Reise steht schon vor der Tür. Moskau, Kopenhagen, New York.

Und hier ist Vilnius.

Trakai.

Druskininkai und Pirčiupis.

Martynas Žalys schüttelte sich. Ihm gefielen solche Geschichten nicht. Sie sperren dich wie einen Stier in den Tagesstall, und dann mach, was du willst. Ein Stier würde vielleicht versuchen, den Zaun mit den Hörnern umzureißen, du wirst das aber nicht schaffen. Und versuch es nicht. Es wird nichts daraus werden, solange es nicht erlaubt ist, alle Orte, wo man gelebt hat, frei zu besuchen und auf den in der Kindheit und Jugend ausgetretenen Wegen herumzugehen. Auch wenn diese Wege und Pfade schon lange verwachsen oder von Traktoren und Bulldozern umgegraben sind.

Anders betrachtet ist dort nicht mehr viel geblieben. Die Eltern wurden nacheinander in den Sandhügel gelegt. Dort ruht auch der Bruder, der nur dazu aus Sibirien zurückgekehrt ist, um in seinem eigenen Land zu sterben. Alte Bekannte, alte Freunde? Wer kennt sie noch, wer würde sie noch erkennen, und wenn man sich trifft, worüber sollte man sprechen nach einem Vierteljahrhundert? Über gar nichts. Ja, er hat die Beziehung zur Witwe des Bruders aufrecht erhalten. Er fühlte eine Verbundenheit mit dieser starken Frau. Sie ist allein geblieben mit dem Allerjüngsten, der noch nicht einmal aus dem Alter eines Hirtenjungen heraus ist, sie gab nicht auf. Dem Mann mit den beiden Älteren, die nicht mehr aufgetaucht sind, versuchte sie mit ihrer ganzen Kraft das zu bewahren, was geblieben ist. Um ihre Energie, ihren Einfallsreichtum und ihren Durchblick konnte man sie beneiden. Martynas besuchte die Schwägerin, tröstete sie, gab ihr manchmal einen Rat und wunderte sich immer, wie sie so gut zurechtkam. Ein kleines Ereignis zeigte, dass sie nicht nur eine begabte Haushälterin war, sondern auch Beobachterin des Lebens, sogar eine Aufrührerin, könnte man sagen.

Ihre nicht gerade große Wirtschaft mit Haus und Garten grenzte an eine kleine Straße am Stadtrand, die wegen ihrer Biegungen von alters her Vingis-Straße genannt wurde. Und eines Tages, als sie von der Post zurückkam, blieb sie, wie in den Hintern gezwickt, stehen. Die Post viel ihr aus der Hand. Wohin ist unser Straßenname verschwunden? Auf dem Mast, wo seit ewigen Zeiten ein Schild angebracht war, dass hier die Vingis-Straße ist, hing jetzt irgendein Blechstück, weiß gemalt und dick in schwarz beschrieben, dass hier die KURVENSTRASSE* sei.

Da schau her! Sie verstand sofort, dass da keine rechte Ordnung ist. Sie sammelte ihre Poststücke zusammen und ging im Laufschritt nach Hause. Na warte, wir werden ja sehen, wer hier wohnt! Sie nahm einen passenden Stock und ging zurück. Sie ging sofort zur Nachbarin: „Kibildiene, komm heraus, du wirst etwas sehen, was du noch nie gesehen hast!" Die kam voller Schreck heraus: „Was, was? Frisst der Ziegenbock dieser Hexe schon wieder meine Gurken?" „Was sorgst du dich um die Gurken und den Ziegenbock? Komm und lies, dass wir Huren sind." „Wo steht das geschrieben? Welche Huren sollen wir sein?" „Na, gleich wirst du es selbst sehen, gehen wir nur!" Sie gingen ein Stück und holten die Miklošienė und danach die Stonienė heraus. Was ist geschehen? Nichts ist geschehen, sie schreien nur, dass hier die Hurenstraße ist. Schreibt man das in den Zeitungen? Nein, nicht in den Zeitungen, gleich hier. Ach, was, was ist das für ein Quatsch. Unterwegs schlossen sich noch die Nachbarinnen an. Und die Kinder liefen schon zusammen, in Vorausahnung des Vergnügens.

Beim Mast war schon eine große Gruppe von Kindern, Backfischen und vorübergehenden Bürgern, die nicht erraten konnten, was hier geschehen war oder geschehen werde. Die Žalienė stand an vorderster Front, den Stock mit beiden Händen gefasst. „Lest, was hier geschrieben steht!", schrie sie. Im Kreis um sie herum zischelte die sich immer noch vergrößernde Menge aus der Stadt. Der eine oder andere las, konnte aber nichts entziffern, und der Teufel weiß, was da geschrieben steht; man stieß einander in die Seiten, lachte, kreischte, und sonst nichts. Dann hob die Žalienė den Stock hoch und begann, auf das Straßenschild einzuschlagen. Es klingelte, krachte und verbog sich, aber es gab nicht nach. Anscheinend war es gut angenagelt. Ein Junge trat

---

* „Kurva" bedeutet im Litauischen „Hure".

hinzu und sagte: „Lassen Sie mich versuchen, Tante, ich werde es abnehmen." In drei Anläufen kletterte er auf den Mast hoch und die verbogene Tafel fiel auf die Erde.

Jetzt, wo man so begonnen hat, was ist mit den anderen Straßen? Alle Straßen der Stadt waren verdeutscht. Die Jugend meldete, dass es keine Pasvalis-Straße mehr gäbe, sondern eine Pasewalk-Straße. Die Krinčinas-Straße hieß Kringau-Straße, die Ilgoji-Straße wurde zur Langen Straße. War das die Arbeit der Deutschen? Nein, wie denn? Sie waren überhaupt nicht zu sehen und sie waren mit wichtigeren Angelegenheiten beschäftigt. Das war der Übereifer der Einheimischen. Irgendein Gymnasiast aus Panevėžys beteuerte, dass nirgends irgendjemand so etwas mache. Er war überall und hatte nirgends etwas Ähnliches gesehen.

Na klar wie Tageslicht, das ist unser Amtsvorsteher, der den Deutschen in den Arsch kriecht. Die Žalienė meinte, dass man das ihm selbst ins Gesicht sagen müsse. Die Bezirksverwaltung ist gleich in der Nähe und so ist die ganze Menschenschar zum Dorfrathaus gestürzt.

„Wir brauchen den Amtsvorsteher! Er soll herauskommen!" schrien einige Stimmen.

„Wen braucht ihr?"

„Wir sagten es schon, den Amtsvorsteher."

„Welchen Amtsvorsteher?"

„Welchen haben wir denn? Na, den Amtsvorsteher Matušis!"

„Der Amtsvorsteher ist heute nicht da", versuchte ein kleiner Herr des Bezirkes, wahrscheinlich der Sekretär, zu überzeugen.

„Er ist da, er ist da", schrien die Kinder. „Wir haben ihn gesehen, als er hergefahren ist." Die Frauen ebenso: „Wir wollen diesen Flohhüpfer fragen, warum er unsere Straßen verdreckt hat!"

Der junge Herr verschwand in das Innere des Gebäudes und ein anderer kam heraus und erklärte, schon mit zorniger Stimme, dass die Radaumacher laut Anordnung des Herrn Amtsvorstehers auseinander gehen sollen, wenn man nicht mit der Polizei Bekanntschaft machen möchte.

Zwei Polizisten schlenderten gelangweilt in der Nähe herum und bogen sich vor Lachen. So ein Aufruhr, so ein Aufstand. Macht nur, wenn ihr nicht faul seid, wir werden noch was dazu geben. Die Frauen gingen schimpfend auseinander und bekräftigten, dass sie vor dem räudigen Amtsvorsteher und seinen Hunden überhaupt keine Angst hätten. Die Kinder hatten ihre Aufgabe schon verstanden und alle Straßen wurden von den deutschen Tafeln befreit.

O, das ist schon lange her und manches ist schon kaum mehr zu glauben. Nach der Zeit des langen Schweigens und der Ungewissheit wurde es langsam klar, dass nicht alle nach Sibirien verbannt wurden. Mutlose und seriöse Briefe kamen an und gingen ab. Und Pakete, immer größere, wobei man schimpfte und sich stritt wegen der wilden Räubereien. Aber was soll man machen, wenn man denen, die einem nahe stehen, helfen muss?

Martynas setzte sich mit der Schwägerin in Verbindung, die jetzt schon eine richtige Witwe geworden war. Wie geht es ihr? Es geht, obwohl sie aus dem Elternhaus hinausgeworfen wurde. Solange man am Leben ist, wird man doch nicht aus eigenen Stücken unter die Erde wollen. Das Kind war schon längst zu einem Mann herangewachsen. Den Militärdienst hatte er schon hinter sich, die Schulen hatte er auch bereits absolviert. Klar, er ist verheiratet, hat ein paar Kinder. So hat jeder seine eigenen Sorgen und seinen Kummer. *Danke, es geht uns gut.*

Wie sollte man ihnen nichts schicken? Er kleidete die Schwägerin von Kopf bis Fuß ein. Danach wünschte sie sich nur Kopftücher, nur Kopftücher. Die Familie des Neffen, das ist schon eine andere Sache. Einer jungen Frau würde dieses und jenes passen, für die heranwachsenden Kinder gibt es eine Menge von notwendigen Kleinigkeiten. Wie sollen sie ohne Uhr auskommen, ohne Fotoapparat, wenn andere das von ihren Tanten und Onkeln bekommen? Der Neffe verhielt sich seriös, bettelte nicht um Waschmaschinen, Kühlschränke und Motorräder, wobei er immer betonte, dass er einen guten Posten habe und sie von allem bis über die Ohren genug hätten.

Man muss nur froh sein, dass es reicht. Gleichwohl, Martynas hatte genug von den ständigen Einladungen. Komm doch, Onkel, warum besuchst du uns nicht, lieber Onkel? So und ähnlich in jedem Brief. Ich schwöre es dir – du wirst es nicht bereuen. Wenn man sich nur in Luft auflösen könnte. Man muss Erklärungen abgeben und sich rechtfertigen, als ob man etwas verbrochen hätte. Er hatte ja klar gesagt, dass er sich nicht nur in

Vilnius oder Moskau herumtreiben, sondern wie ein Mensch in sein Land reisen wolle.

Aha. Für einige Zeit wurde es ruhig. Aber nur für einige Zeit, denn plötzlich bekommt er in diesem Frühling einen freudigen Brief. Teuerster Onkel, bereite dich auf die Reise vor, packe die Koffer, verliere keine Zeit mit der Vorbereitung der Dokumente. Du wirst eine Reise nach deinem Stil haben, nach deinem Wunsch und Begehr. Und dann folgen die Erklärungen, was dort geschehen ist. Er hat einen hohen Posten eingenommen, welchen er, höflich ausgedrückt, nicht erhofft hätte. Vorsitzender oder Sekretär des Exekutivkomitees war er jetzt. Na, Hut ab, Mann. Der Wolga steht vor der Tür. Mit diesem Wolga wird der Onkel in Vilnius abgeholt und danach geht es los auf allen Wegen und Pfaden. Jetzt ist sein Wort besonders gewichtig.

Na, seht ihr, was für Angebote und was für Verlockungen. Es wäre unhöflich, jetzt noch zu zögern und zu widersprechen. Die Frau hört mit ihren Sticheleien nicht auf. *Sei nicht so widerspenstig und eingebildet, du wolltest doch immer, glaubst du, ich weiß das nicht. Du hast Bedingungen gestellt und jetzt wird alles erfüllt. Na dann los!* Und dazu betont sie wiederholt, dass sie nicht nach Hause fahren werde wie eine Fremde. Danke, so wird es nicht sein, er wird auch ohne sie auskommen. Und der Neffe prahlt mit seinem Onkel und freut sich. Er gibt auch seine Pläne preis. In den letzten Jahren ist er zu einem wirklich leidenschaftlichen Jäger geworden, obwohl er auch schon früher gerne gejagt hatte. Ach, es ist ein unbeschreibliches Vergnügen, einen davonflitzenden Hasen zu treffen. Er sei auch der Vorsitzende der Jagdgesellschaft. Ja, ja. Die Jagdsaison ist noch weit, aber es ist schon Zeit, sich vorzubereiten. Ihm, der einen hohen Posten bekleidet, steht auch ein gutes Gewehr zu, um das sich schon der Onkel kümmern sollte. Das Gewehr sollte ein spanisches oder ein belgisches sein, denn das sind die besten Gewehre der Welt. Mit automatischem Auswurf der Patronenhülsen. Selbstverständlich mit zwei Läufen und mit einem zusätzlichen Lauf für die Patronen. Wildschweine und Hirsche gibt es nun zuhauf. Und unbedingt eine silberne Platte, an passender Stelle angebracht und mit seinem vollen Vornamen und Familiennamen eingraviert.

Ein Gewehr also, ihr seht. Martynas suchte das eine und andere Geschäft auf. Nicht sofort kaufen, keinesfalls, nur sich umschauen, die Preise schnüffeln. So ein Angebot von diesen Geräten – so viel du willst, eines eindrucksvoller als das andere, und wirklich dem erlesenen Geschmack und den Wünschen des hohen Beamten entsprechend. Der Verkäufer, der das große Interesse bemerkte, bot seine Hilfe an. Ein gutes Gewehr und was es kosten würde? Gute Gewehre hätten auch gute Preise, sie sind natürlich nicht gleich – erklärte der Verkäufer hinterlistig und mit einem spöttischen Lächeln im schleimigen Gesicht. Wenn Sie ein besonders gutes Gewehr, ein ausgewähltes Exemplar möchten, können wir uns auch darum kümmern. Und es würde nicht mehr als dreitausend kosten. Zum Teufel mit so einem. Martynas winkte mit der Hand. Er wird schon selbst auswählen, welches er kauft. Ohne Kauf wird man nicht davonkommen. Er hat nicht einmal versucht zu zählen, wie viel er für die Pakete ausgegeben hat, was machen diese paar Hunderter schon noch aus. Nur nicht klar, wie das mit dem Schicken wäre. Vielleicht könnte er es selbst mitbringen, aber ob sie ihn hineinlassen, denn das ist doch trotzdem eine Schussvorrichtung? Martynas Žalys ging herum und keuchte, ohne zu zeigen oder zu verbergen, dass er für solche Sorgen nichts übrig hat.

Die Frau zeigte keinerlei Interesse, als würde sie nicht zu diesem Planeten gehören. In Wirklichkeit war es nicht so. Er spürte ihren Blick im Rücken, zwischen den Schulterblättern. Als er es nicht ertragen konnte, fragte er, was sie denke. Und sie dachte nichts. Nur, dass man Menschen helfen müsse, wenn sie hungrig oder in Lumpen wären. Das ist eine große Wahrheit und gleichzeitig keine große, weil für alle verpflichtend. Sie wird sich trotzdem selbst Vorwürfe machen, dass sie niemals die Ihren gefragt hat, ob sie satt sind und Schuhe an den Füßen haben. Was das Gewehr betrifft, so würde sie sagen, dass das ein Luxus ist, den wir uns selbst nicht leisten.

Martynas fühlte sich nicht besonders gut. Sie half ihm nur, die Geschenke vorzubereiten, einzupacken und wegzuschicken. Und über sich selbst kein Wort. Und dem Neffen schrieb er gleich, dass er begonnen habe, über die Reise ernsthaft nachzudenken und … nur das Gewehr würde er nicht kaufen. Was ist schon dabei, litauische Hasen kann man auch mit Gewehren heimischer Erzeugung erfolgreich jagen. Das ist schon ein Luxus, den wir uns selbst nicht leisten.

Wirklich, direkt eigenartig, dass die Briefe so schnell von einem Ende zum anderen fliegen. Er las den Brief des Neffen, diesmal redete er den Onkel nicht so an wie immer: „teurer, lieber, verehrter Onkel". Er schrieb schlichtweg: „Soviel ich weiß, sind Sie derzeit nicht erwünscht. Erkundigen Sie sich wegen der ganzen Sache in der sowjetischen Botschaft in Washington…" und darunter ein kleines P.S.: „… unsere Hasen können wir auch ohne euren bourgeoisen Mist jagen…"

DAS LIED DER NACHTIGALL

Icchokas Meras

Es sind doch schon so viele Jahre vergangen, so viele Jahre...
Was willst du jetzt von mir? Dass ich es wieder erzähle? Dass ich dir wieder erzähle, wie das alles gewesen ist, wie es geschehen ist und was geschehen ist an diesem Abend und in dieser Nacht, in dieser hellen, duftenden Juninacht?
Dass ich dich beruhige?
Dass ich dich beruhige, dass ich schwöre, dass nichts von dem Besonderen, was dort geschehen hätte können, geschehen ist, es ist wirklich nicht geschehen, was dort hätte geschehen können... oder vielleicht...
Vielleicht ist es auch geschehen.
Woher kann ich wissen, was dich am meisten schmerzt oder beunruhigt, vielleicht werde ich sagen, dass damals wirklich nichts war, und du wirst unzufrieden sein, auch wenn du es nicht zeigst, du wirst Zweifel vortäuschen oder mit ironisch verzogenen Lippen zeigen, wie hochherzig du bist, wenn du glauben willst und doch nicht glaubst, und ich werde nicht wissen, ob du mir geglaubt hast – spielen wir uns bisweilen nicht etwas vor? Wir haben doch einer dem anderen etwas vorgespielt und nicht gezeigt, was wir in Wirklichkeit dachten, oder vielleicht haben wir nur vorgeblich so gedacht, aber in Wirklichkeit war es ganz anders und wir wussten es selbst nicht.
Was soll ich sagen? Was?
Vielleicht wäre es für dich leichter und lieber, wenn ich sagen würde, dass wir diesen Abend und diese Nacht vergessen haben, als wir von der verbotenen Frucht gekostet haben – bis zur Dämmerung, bis zur Morgenröte, und wir wussten nicht, ob wir allein sind oder nicht, ob um uns herum nur Bäume, Gebüsche, der Wind, die warme Sommernacht und nur wir zwei, er und ich, und sonst niemand, sonst niemand, kein einziger Mensch, kein menschliches Wesen rings herum, obwohl wir damals nicht allein durch das Wäldchen streiften, obwohl wir in einer großen Gruppe hinauszogen – Männer und Frauen, Burschen und Mäd-

chen, wir gingen hinaus, um durch das taunasse Gras des Abends zu streifen, wir liefen hinaus, um die kürzeste, die allerkürzeste Sommernacht zu feiern – und so war es wirklich, diese Nacht ist für mich kurz geblieben – sehr kurz, sie entflog augenzwinkernd, ich konnte sie nicht einfangen, festhalten, und vielleicht ging es auch nicht darum, sie festzuhalten, oder ich wollte es nicht oder konnte es nicht oder ich wagte es nicht, ich weiß es jetzt selbst nicht mehr. Vielleicht war sie es, diese kurze Juninacht, meine letzte Nacht als Mädchen, das letzte Aufatmen des Mädchens, der letzte Seufzer vor einem langen treuen Frauenleben, damals, siehst du, dachte ich so und meinte es, oder vielleicht dachte ich auch gar nichts, ich weiß es nicht, ich weiß es nicht mehr, es sind doch so viele Jahre, so viele Jahre – wie viele? Zählst du sie? Weißt du es? Zählen wir sie nicht – so viele Jahre sind vorbeigerauscht und versunken, haben Falten im Gesicht hinterlassen, um die Lippen und unter den Augen, haben die Haut auf dem Hals zusammengezogen und mit bösen und unangenehmen Zeichnungen des kommenden Alters geschmückt.
Diese Zeichnungen.
Nein, es ist nicht wichtig.
Vielleicht hast du sie nicht gesehen, sie nicht bemerkt, ich weiß, ich glaube es, ich glaube es wirklich, wenn du sagst, dass du mich liebst und dass ich für dich genauso jung und schön und lieb und einzig bin wie früher, wie immer, vom allerersten Augenblick an, als du mich gesehen und verstanden hast, dass ich für dich bestimmt bin, ich glaube es und ich will es glauben, ich will es sehr, und trotzdem... Trotzdem kann doch auch mir ein Zweifel aufsteigen, auch ich kann zweifeln, ich weiß doch nicht, ob du meine Falten, die früher nicht da waren, wirklich nicht siehst, ob du mein schütteres Haar und mein graues Haar nicht bemerkst, das ich lange verdeckt und ausgerissen habe, doch jetzt verdecke ich es nicht mehr und reiße es nicht mehr aus, denn ich kann es nirgends verbergen, auch die Farben richten nichts aus, sie wirken nur kurz und helfen nicht und vielleicht sticht diese weiße Strähne noch mehr hervor, die bräunlich wird anstatt schwarz, obwohl sie früher einmal ganz gleich waren, eine der anderen gleich, wie das Federkleid eines schwarzen Raben glänzten, wie...
Verzeihe, ich spreche nicht davon...

Natürlich...
Aber sei nicht böse.

Ich weiß, ich muss über die Nachtigallen sprechen, über diese kürzeste Nacht des Sommers, des Jahres oder vielleicht sogar meines ganzen Lebens, über die letzte Nacht als Mädchen, obwohl ich schon deine Frau war, ich war schon eine Frau, zumindest schien mir das damals so, obwohl es vielleicht gar nicht so war, ich weiß es nicht, jetzt weiß ich wirklich schon gar nichts mehr.

Was bedeutet diese Nacht?

Was bedeutet diese Nacht, sagst du...

Wirklich, es gab doch solche Tage und Abende und solche Nächte auch davor, als ich dich noch nicht kannte, es gab das jugendliche Berühren der Hände, Gesichter, der Lippen und des Körpers, und später wieder, schon mit dir, und du siehst, womit das alles geendet hat, es hat gut geendet, nicht wahr? Gut, sehr gut, du siehst doch selbst, ich bin zufrieden und glücklich und liebe, liebe, liebe dich, die Hände aufs Herz gelegt, fest auf die Brüste gedrückt, sage ich dir, du müsstest es auch selbst sehen, ich liebe dich mehr als je zuvor, jede Frau kann mich beneiden, wirklich, und ich weiß, wie viel Frauen durchmachen, ich weiß es, nicht nur einmal habe ich es gesehen und sehe, wie sie verwelken, zugrunde gehen wie Feldblumen, die abgepflückt oder mit der Wurzel ausgerissen und weggeworfen werden, nicht in frisches Wasser eingewässert, die niemals Frauen waren und keine Frauen geworden sind, aber ich kann mich doch nicht beklagen, nein, Gott behüte, damals, an diesem Abend und in dieser Nacht dachte ich wirklich nicht daran und konnte nicht überlegen, ich verstand noch nicht, was das ist, ich konnte es nicht begreifen und mir nicht vorstellen, was eine Frau ist, was – ein Mensch ist. Du lachst? Du lachst mich aus? Ohne Grund. Und was ist das, ein Mensch?

Gut, sprechen wir nicht davon. Gut, gut, gut. Du willst wissen, was an diesem Abend und in dieser Nacht war, als du nicht dabei warst, du warst irgendwo weit weg, vielleicht hast du an mich gedacht und deinen Platz hat plötzlich und unerwartet ein anderer eingenommen und mit ihm, und nicht mit dir, ging ich Schulter an Schulter, wir gingen aneinander geschmiegt, wir gingen nirgendwohin, wir gingen nicht, um etwas Böses zu tun, und auch nicht allein, nein, nein, nicht allein, du weißt doch selbst, mit der ganzen Gruppe gingen wir, die Nachtigallen zu hören.

Man sagte mir damals, ich weiß nicht ob es wahr ist, aber es ist wahr, dass in dieser Nacht, der kürzesten Nacht des Sommers, die Nachtigallen prächtiger trillern als sonst.

Du glaubst es nicht? Du glaubst es wirklich nicht? Warum hast du mich dann, sag mir das, niemals hinausgeführt in die Nacht, in die allerkürzeste Sommernacht, um die Nachtigallen zu hören, wirklich, warum war er damals dabei und nicht du, warum war das nicht die Nacht von uns beiden, von uns, von uns, von uns, nur von uns und von niemandem sonst, warum muss ich jetzt, wo ich mich erinnere, ihren ganzen Anteil einem Fremden zurückgeben, den ich nicht sehe, den ich nicht treffe und der mir, auch wenn ich ihn träfe, nichts bedeutete. Warum haben wir uns um diesen Anteil – nicht unseren, nicht deinen und meinen zusammen, warum haben wir uns selbst darum gebracht, sowohl mich als auch dich, kannst du mir das sagen, vielleicht könntest du es mir jetzt sagen? Mein Gott, auch du bist nicht mehr der strubbelige Junge von damals, auch in dein Gesicht sind Falten gezeichnet, deine Bewegungen sind ruhiger, nicht mehr so ungestüm, dein Haar ist schütterer als meines und fast weiß, aber denk doch nicht daran, es ist mir wertvoll wie du und du bist alles was ich habe, aber wenn wir jetzt sprechen... Aber du fragst, du fragst plötzlich, was damals war, irgendwann einmal, vor so vielen Jahren, wo du schon grau bist, und du fragst so mir nichts, dir nichts. Warum fragst du? Ist es denn wichtig? Welche Bedeutung hat es jetzt, nach so vielen Jahren? Bedeutet es etwas? Du fragst, als ob ich gestern nicht mit dir, sondern mit einem anderen, mit einem Fremden in das Wäldchen hinausgegangen wäre. Doch ich weiß nicht, ob er fremd ist, sei nicht böse, aber ich weiß es nicht. Ja, ja, sei nicht böse, denn heute ist er mir wirklich fremd, und gestern, und vorgestern, und all diese Jahre, aber damals, an diesem Abend und in dieser Nacht – nein, er war nicht fremd, denn sonst wären wir nicht einander in den Armen gelegen, oder wären wir? Und wir wären nicht wie von Nesseln verbrannt von dieser ersten Berührung, dieser unerwarteten, heißen und wie eine Heckenrose duftenden, in dieser kurzen Juninacht.

In dieser Nacht...
In dieser Nacht.
Und warum fragst du?
Wozu fragst du?
Verhöhnst du mich jetzt, deine alt gewordene Frau? Ist es das wert? Wirst du anfangen, mich zu hassen, wirst du vielleicht absichtlich erzählen, dass auch du irgendwann einmal hinausgegangen bist, in einer hellen Nacht oder an einem nebligen Mittag, hinausgegangen in den Wald oder in die grünen Wiesen oder durch die stechenden, duftenden Stoppelfelder, wo die Heuhaufen wie Körper bebten, und dich mit einer anderen herumgetrieben hast, mit einer Fremden, nicht mit mir. Aber ich frage doch nicht und werde niemals danach fragen, also warum sollst du mir weh tun, wenn ich es nicht wissen will, denn vielleicht ist es auch nie geschehen, du willst mich nur verhöhnen, na, dann verhöhne mich, aber wird dir dadurch leichter? Wirst du dann wirklich glücklich sein?
Nur dann?
Ist es nicht genug, dass ich dich liebe?
Ich liebe dich.
Vielleicht hat diese Nacht, diese kurze Nacht mich gelehrt, dich zu lieben, dich, niemanden sonst, dich zu begehren und mich dir so hinzugeben, dass auch du dich mir hingibst, und zu wissen, warum – denn ich bin eine Frau geworden.
Und wenn nicht? Wenn ich niemals eine Frau geworden wäre?
Würdest du mich lieben? Würdest du mich begehren? Würdest du eine andere suchen, die man befriedigen und mit der man sich selbst befriedigen kann – ohne Liebe, ohne Wärme, ohne Nähe, nur für einmal?
Würden wir zusammen alt werden und einander noch immer lieben?
Und du fragst, was damals war.
Es ist doch nicht wichtig. Vielleicht war auch gar nichts. Und es war auch nichts, nichts war, es gab niemanden anderen, nur dich allein – das ganze Leben. Wozu also fragen?
Deswegen, weil dieser Vogel, dieser blaue Vogel sich zeigte und entschwand, vorbeiflog und in den Büschen am anderen Ufer des Flusses verschwand? Der blaue Vogel, der sich so selten zeigt,

der Glück bringt. Den es, so sagt man, gar nicht gibt. Aber wenn du ihn siehst, wirst du glücklich sein. Und wir beide stehen einander umarmend auf dem kleinen Hügel am Flussufer und der Fluss führt Wasser und das Gebüsch flüstert und ärgert uns, dass es den blauen Vogel gefangen und vor uns versteckt hat, den es eben erst gezeigt hatte, überzeugt, dass es ihn gibt, dass er am Himmelsgewölbe und über den Flüssen flog, der glückbringende blaue Vogel.

Na, wir schauten einer den anderen an und lächelten einander zu, als wir diesen Vogel gesehen hatten, und umarmten uns noch fester.

Doch warum noch fragen, mein Gott, wozu noch fragen, was vor so vielen Jahren war.

Vielleicht erinnert dich der blaue Vogel an die Nachtigallen? Aber die Nachtigall ist doch ein grauer, kleiner, hässlicher Vogel und man würde ihn, wenn man ihn sieht, nicht erkennen, wenn er schweigend vorbeiflöge.

Wie damals, in dieser kurzen Nacht, als wir durch den grauen, silbernen, vom Mond erleuchteten Wald streiften und keinen einzigen Vogel sahen.

Nachtigallen muss man hören.

Es ist wahr, dass sie in der kürzesten Nacht des Jahres wunderbar trillern.

Wir gingen mit der ganzen Gruppe, sie zerstreute sich, wir gingen, ohne stehen zu bleiben, im hellen Dämmerlicht des Mondes, wie im Traum, und ich wusste nicht und verstand es damals nicht, ob es wirklich so ist, so unwirklich war alles um mich her, wie in einem Märchen, denn er legte die Hand um mich, nein, er umarmte mich, nein, er umhüllte mich, er lullte mich ein wie dieses Trillern der Nachtigallen, wenn du die umarmenden Arme nicht spürst, aber weißt, dass sie da sind. Obwohl du nicht weißt, vielleicht haben sie alle dich gar nicht berührt, haben sie dich berührt?

Die Stimmen der Nachtigallen umarmten mich in dieser Nacht mit seinen Händen wie mit einem Schleier. Sie rissen mich von der Erde los und trugen mich fort in ein unbekanntes Land, in dem es sonst nichts gab, nur er allein, der Einzige, so nahe wie du dir selbst, und ich schämte mich zum ersten Mal im Leben für gar nichts, nackt, denn ich war nackt, denn mit der ganzen Haut meines Körpers spürte ich ihn, der auch nackt war, ganz nackt, obwohl uns beide noch die Kleider bedeckten.

Und ich wurde zur Frau.

Warum spürte ich mit jeder Falte meiner Haut seine Lippen und die Haut seines Körpers, wenn wir da standen, reglos, ohne uns zu bewegen, vielleicht haben wir einander nicht einmal berührt?

Haben wir einander berührt?

Erinnerst du dich nicht?

War alles ganz anders?

Danach habe ich doch dich geliebt, ohne mich zu schämen, weißt du nicht, du weißt es doch. Ich habe dich geliebt, ich liebe dich und werde dich lieben, wenn du mich nicht plötzlich wegstößt, weil du in so vielen Jahren jene Nacht vergessen hast, eine so kurze, wie ein Märchen, wie der blaue Vogel, der kurz aufleuchtete und verschwand, und es ist doch nicht wichtig, dass er verschwand, wichtig ist, dass er sich uns gezeigt hat, dass wir ihn beide gesehen haben – wir beide – damals und jetzt, an diesem Flussufer stehend und einander umarmend.

Warum fragst du noch immer, was irgendwann einmal war.

War es?

Vielleicht war es niemals. Und wenn es war – war es wirklich? Jetzt fragst du nichts mehr. Und das ist gut. Frag mich nicht aus und ich werde dich nicht ausfragen.

Wozu?

Wenn du mit mir bist, trillern die Nachtigallen.

Hast du das nicht gewusst?

So viele Jahre – und du hast es nicht gewusst? Sind nicht wir zwei damals durch den Wald gestreift, in dieser Nacht?

Es ist nicht wichtig...

Es ist nicht wichtig.

Setzen wir uns gleich hier hin, auf den Hügel, und schauen wir auf das Wasser des Flusses. Wie mächtig ist dieses Wasser, nicht wahr? Schau, dort – siehst du? Wie er mit den Flossen geschlagen hat, mitten im Flussbett! Was für ein großer Fisch! Wie stark!

Und wir sind wie dieses Wasser.

Du stößt mich doch nicht weg, gehst doch nicht fort.
Gehst du fort?
Lässt du mich allein und einsam mit meiner Liebe zurück?
Nein, nein, sag nichts. Ich frage auch nicht, ich hab nur so ...
Setzen wir uns ruhig hin und schauen auf das Wasser des Flusses und sag nichts, schweigen wir, pssst ...
Pssst!
Hörst du? Hörst du es auch? Hörst du es wirklich? Oder scheint es nur mir so?
Die Nachtigall trillert!
Die Nachtigall trillert ...
Die Nachtigall trillert.

GEWITTER IM GEBIRGE

Antanas Ramonas

Die lange Fahrt mit den Zügen wurde zum Überdruss. Die endlosen Weiten Russlands ermüdeten das Herz und es begann unerwartet, sich nach Hause zu sehnen. Der Sommer war regnerisch wie sonst nie, eine Wolke, die über den großen Ebenen schwamm, ließ ununterbrochen ihr Wasser in den Vorgebirgen des Ural niedergehen. Ich zog aus der Innentasche meiner Jacke eine kleine Landkarte. Bis Kandar werden es noch etwa fünfzig Kilometer sein. Der Zug flog durch die Taiga. Unten schwankten im feuchten Wind die Wipfel der Weißtannen und Lärchen. Im Osten ging die Taiga ins Gebirge über, aber der Horizont war vom Dunst des Regens bedeckt. An den Abenden heiterte es immer auf, die Morgenröte war immer sehr intensiv und die Fenster der ärmlichen Dörfer spiegelten sich in ihrem Licht. Der Zug begann, seine Geschwindigkeit zu verlangsamen und über die Weichen zu donnern. Eine Zwischenstation. Etliche Häuser, eine kleine Fabrik, die Bahnhofswächterin war eine hellhaarige, junge Frau, fast noch ein Mädchen, mit groben Soldatenstiefeln und einem Mantel aus Zeltstoff. Sie stand da, die rote Fahne hoch erhoben. Ich steckte den Kopf zur Tür hinaus. Es regnete nicht. Zwei schmutzige Hühner spazierten den Gleisen entlang, ohne die donnernde schwere Wagenreihe zu beachten. Die Waggons begannen zu klirren, schrecklich hallte der leere Tank wider, der gerade an meinem Waggon angehängt war. Trotzdem blieb er stehen, der Teufel. Am Zuganfang hüpften aus einem leeren Waggon zwei Frauen mit kleinen Bündeln heraus.

Das Mädchen rollte die Fahne ein und steckte sie in den Stiefelschaft.

„Junge Frau", rief ich, „werden wir hier lange stehen bleiben?" Sie erblickte mich in der Reihe der braunen Waggons, zog ihre Fahne aus dem Stiefelschaft und kam langsam heran.

„Elf Minuten."

Ihre großen, blauen Augen untersuchten meine wetterfeste Jacke, die Touristenschuhe und den verschossenen Rucksack, der auf den schmutzigen Boden geworfen war. Aus ihrem Gesicht verschwand die müde Gleichgültigkeit und es erschien dieser für Russen so charakteristische Ausdruck, den man nur mit einem russischen Wort ausdrücken kann – tschuzhoj*. Ich zog ein Päckchen Zigaretten heraus. Die unbekannte Verpackung weckte ihr Interesse.

„Wohin fährst du?"

„Nach Kandar, zu Verwandten", erklärte ich.

„Woher kommst du?"

„Aus Litauen, ich bin Litauer."

Sie blickte mich an und ich sah, dass sie nicht verstand.

„Das Baltikum."

„Ah", atmete sie erleichtert auf, „gib mir eine Zigarette."

Sie trat noch näher, und meine Beine, die ich vom Boden des Waggons hinabbaumeln ließ, reichten bis zu ihren Schultern. Sie machte einige Züge.

„Nicht schlecht, nur schwach."

„Mit Filter."

„Ah. Also, du fährst nach Kandar? Dieser Zug biegt in die Fabrik ab."

„In welche?"

Sie schaute mich argwöhnisch an.

„Was geht das dich an?"

„Gar nichts. Ich will nur wissen, ob sie auf meinem Weg liegt oder nicht."

„Sie liegt auf dem Weg. Er biegt nach etwa zehn Kilometern ab."

„Und dort?"

„Dort gehst du zu Fuß. Dreißig Kilometer sind doch ein Kinderspiel."

„Es ist bald Abend."

„Bald", nickte sie, „ich muss jetzt gehen. Gute Reise."

Der Zug heulte auf und die Waggons begannen langsam zu rollen. Der Bahnhof, die Hühner, der Kamin der Fabrik und das Mädchen mit den zusammengepressten Lippen zogen vorbei: Die Zigarette rauchte noch. Das alles sah ich zum ersten und

---

* „Der Fremde" (russ.)

letzten Mal in meinem Leben. Der Zug beschleunigte langsam. Wenn es mir gelingt, werde ich bei der Weiche hinausspringen. Wenn ich sie nur nicht verpasste. Der Regen rauschte vorbei, aber ich machte die Tür nicht zu.

An der Abzweigung war eine scharfe Kurve, der Zug kroch langsam über die Weichen und ich konnte leicht auf die Erde springen. Ich stürzte nicht einmal hin. Die Doppelreihe der Gleise verschwand in der Taiga. Ich zog die Jacke an, warf mir den Rucksack über und schüttelte die Schuhe aus.

Am Abend kam auch die Sonne hinter den Wolken hervor und ich wandte mich um. Die abgenutzten Gleise glänzten, die Gipfel der Lärchen wurden rot, und schwarze Wolken häuften sich im Westen. Das Harz der Schwellen duftete. Es war unbequem zu gehen. Zwischen den Gleisen war Schotter und die Schwellen lagen so weit auseinander, dass man jeden zweiten Schritt verlängern musste. Das ermüdet sehr, wenn man viel marschiert. Es dunkelte und die Taiga wurde unheimlich. Mit Lichtern und Fensterquadraten funkelnd, donnerte ein Schnellzug vorüber. Feine Schotterkörner rieselten vom Damm herab. Ich hatte keine Lust mehr, in der Nacht weiterzugehen. Die Reise hatte mich ermüdet, gerne hätte ich im Schoß der Äste etwas geschlafen, wäre nicht dieser verdammte Regen gewesen. Die Erde war schon aufgeweicht, und wie mit Absicht breitete sich auf beiden Seiten des Bahndammes ein unendliches Moor aus. Ich fühlte, dass sich das Moor noch kilometerweit fortsetzen würde. Vielleicht sogar ganz bis nach Kandar. Wenn es wenigstens eine Brücke gegeben hätte. Nicht weiß Gott was für ein Hotel, aber trotzdem. Da erblickte ich eine verfallene Zelle. An ihr vorbei, irgendwo in der Taiga, bog an einer Abzweigung die Schmalspurbahn ab. Die Schwellen waren etwas angefault, aber die Gleise noch intakt. Ich öffnete die Tür. Drinnen war eine breite Bank aus dicken Brettern und aus denselben Brettern ein kleiner Tisch. Im Rucksack fand ich einen Kerzenstummel und stellte ihn auf den Tisch. Es war einigermaßen sauber, das Dach zwar löchrig, aber immerhin ein Dach. Die kleine Kerzenflamme flatterte im Luftzug. Über dem Tisch stand an der Wand mit einem wasserfesten Bleistift geschrieben: *Vania 1951 Ust-Ilimsk*. Ich band die Tür zu, damit sie der Wind nicht so bewegen konnte, gab den

Rucksack unter den Kopf und legte mich hin. Die Taiga rauschte und flüsterte, es regnete in der Nacht und die Morgenröte zog schwer empor. Lange schon war ich nicht mehr so allein gewesen wie in dieser Nacht.

Am Morgen wusch ich mich im Fluss, der vom Bahndamm hinunterrauschte. Ich wurde sofort wach. Der Ort war ungemütlich. Verrostete Konservendosen, Achsen von Waggons, irgendwelche Eisenstücke, verkümmerte, zusammengerollte Beifußgewächse zwischen bemoosten Steinen und verlotterten Gleisen, die wer weiß wohin führten.

Kandar sah ich nach einem halben Tag. Ich watete auf einer Straße herum, auf der einem der Schmutz bis zu den Knien stand, und sah mich nach den Häuschen um. Ich kannte die Adresse des Onkels nicht, aber ich dachte, ich würde einen litauischen Hof dennoch erkennen. Ich klopfte an einige größere, schönere Häuser. Ich war falsch. Das Dorf ging schon zu Ende, die letzten Häuser standen am Ufer des Flüsschens, etwas abseits von den anderen. Der Regen fing an und hörte wieder auf. Es kam mir der Gedanke, dass ich mich vielleicht geirrt hatte. Ich klopfte an das erstbeste Haus. Eine alte Tatarin maß mich von Kopf bis Fuß. Daran war ich schon gewohnt. „Ah, litvin", sagte sie, „weiter, direkt am Fluss. Ein kleines Häuschen mit zwei Fenstern."

Die Größe der Häuser wird hier an der Zahl der Fenster im Giebel gemessen. Vier Giebelfenster bedeuten ein sehr großes Haus und zwei schon ein Kleines, das Allerkleinste. Ich ging und sah mich um. Da war ein Haus mit zwei Fenstern, ein anderes und ein drittes, das allerärmseligste, mit einem nachlässig ausgebesserten Dach und einem kleinen Blechschornstein. Daraus stieg Rauch auf. Und plötzlich begriff ich, dass es das war. Am Ende der Hütte, begrenzt von einem niedrigen, geflochtenen Zaun, war ein kleiner Garten angepflanzt. Einige Stöcke von verlotterten Rauten und einige Büschel schon längst verblühter Narzissen. Wahrscheinlich der einzige Blumengarten im Umkreis von Tausenden Kilometern.

Ein großer, sehr hagerer Mann stand im Hof. Eine Wattejacke, so abgetragen, dass sie glänzte, und eine Hose aus demselben Stoff. Der Sommer war kalt. Dieselbe Mütze am Kopf. Alles von grauschwarzer Farbe, wie eine Gefängnisuniform.

Ich öffnete das niedrige Tor, die Gänse schnatterten und der Mensch wandte sich um. Seine Augen leuchteten wie die eines Fiebernden und zwischen den Lippen rauchte eine Zigarette.

„Guten Tag."

„Dobre djenj", antwortete er und sein Gesichtsausdruck veränderte sich nicht.

Ich war falsch.

„Ich komme aus Litauen", fuhr ich auf Russisch fort, „ich bin der Sohn von Mykolas".

„Ah, tak, aus Litauen."

Wir beide standen da und sahen einander an. Sein Blick war so fremd, dass mir unheimlich wurde. Ich hörte, wie am anderen Ende des Dorfes schon wieder der Regen rauschte.

„Gleich wird es regnen", sprach er sehr langsam, „gehen wir hinein."

Die Stube war niedrig und es war sehr schwül. Zwei kleine Fenster mit nie geputztem Glas am Ende des Zimmers und ein ganz kleines, wie in einem Stall, auf der Seite. Die Wolke kam schnell näher und im Zimmer wurde es dunkel. Eine Pritsche, kein Bett, stand seitlich, ein kleines Tischchen, ein öffentlicher Radioempfänger an der Wand, ein paar Hocker, das war alles.

„Marfa", rief er und es zeigte sich eine fest gebaute Frau, die Betonung auf „gebaute", mit dem typischen braunen Zopf am Kopf. „Mein Verwandter aus Litauen. Stell einen Tee auf, hast du keinen Schnaps?"

„Gestern habe ich ihn mit Zose ausgetrunken."

„Ah", sagte Onkel Petras gedehnt.

Ich zog eine Cognacflasche und ein gutes Stück Speck heraus, den ich direkt von Zuhause mitgebracht hatte. Marfa brachte Tee, Zwiebeln aus dem Garten und ein halbes Kilo altes, vierkantiges Brot. Sie blickte rasch auf den Cognac, danach auf den Speck. Sie brachte Gläser und der Onkel füllte sie jeweils voll. So war er es sichtlich schon gewohnt. Marfa holte sich ein kleines Glas und der Onkel schenkte ihr ein paar Tropfen ein.

„Das ist genug für dich, das ist Cognac."

„Glaubst du, dass ich nicht weiß, was Cognac ist?", gab Marfa beleidigt zurück.

Wir tranken langsam den Tee und der Onkel rauchte beinahe ununterbrochen. Wir sprachen über die Verwandten, über Litauen und über die Vergangenheit. Nachdem er getrunken hatte, wurde er etwas lebendiger, immer wieder fing es zu regnen an und hörte wieder auf. In diesem Jahr gab es einen regnerischen Sommer wie nie zuvor, und der Frühling war sehr spät gekommen. Noch im Mai war in der Taiga eine solche Menge Schnee gefallen, dass die jungen Bäume mitten entzwei gebrochen waren. Die Birken waren schon grün und die Kartoffeln gesetzt. Das alles erfuhr ich von Marfa, als der Onkel kurz in den Hof hinausging.

„Stolz seid ihr, ihr Litauer", sprach sie. „Und wie stolz."

„Und was ist mit Petras?"

„Schwindsucht", sagte sie gleichgültig, „aber er will nirgends mehr hinfahren, vielleicht will er auch mich nicht verlassen. Obwohl ich weder seine Frau noch sonst etwas bin, wir leben nur so zusammen. Wir leben einfach. Er war einmal ein unruhiger Mann. Immer auf Expeditionen und Expeditionen. Ich habe immer gewartet und gewartet. Er kam krank zurück. Und so leben wir. Ich bin Ukrainerin", sagte sie plötzlich. „Roggen gab es in unserem Dorf, oh, es gab viel", und plötzlich fing sie an zu singen. Ein trauriges, ukrainisches Volkslied.

Der Onkel kam zurück:

„Du hast also schon ausgetrunken, Marfa?"

Sie antwortete nichts, brachte noch Tee, und da sah ich auf dem Tisch einen kleinen Porzellanelefanten mit abgebrochenem Rüssel. Er sah so eigenartig aus in diesem Zimmer, dass ich mich nicht zurückhalten konnte und fragte:

„Woher kommt der?"

„Von einem Mädchen von einem Landhaus aus Butkiškė", antwortete der Onkel. „Sie hat ihn mir noch vor dem Krieg geschenkt, wir waren einander sympathisch. Doch geh jetzt nur und leg dich nieder, ich sehe doch, dass du müde bist von der Reise. Geh."

Und wirklich fühlte ich eine Müdigkeit und bleierne Schwere in den Beinen und im ganzen Körper. In den Waggons eines Güterzugs kann man sich nicht sehr gut ausschlafen.

Ich erwachte in der Nacht im endlosen Dunkel und begriff nicht sofort, wo ich war. Es tropfte vom Dach, das Fenster klapperte. Ich versuchte wieder einzuschlafen, aber im Zimmer war es so schwül, dass mir sogar das Herz pochte. Ich hörte, wie schwer der Onkel irgendwo im Dunkeln atmete. Ich begriff, dass er auf dem Boden schlief. Vorsichtig stand ich auf und begann durch die Dunkelheit zu tappen, indem ich mich der Wand entlang hantelte. Ich konnte mich überhaupt nicht erinnern, wo die Tür war. Endlich fand ich sie. Ich öffnete sie ohne Knarren, und in der kleinen Küche gab ein großer russischer Ofen noch Wärme. Hier war es heller. Ich fand meine Schuhe, schlüpfte barfuß hinein und ging hinaus. Ich blieb unter dem Dachfirst stehen und fand eine Zigarette in der Jackentasche. Vom Boden stieg Dampf auf – sowohl in der Taiga als auch vom Fluss unten und von den Traubenkirschsträuchern. Ein beklemmender, duftender, dichter Dampf. Die Konturen der Wolken waren am Himmel zu sehen. Die Sommernächte sind nicht sehr dunkel. Ich fand einen Klotz, setzte mich hin und lehnte mich mit dem Rücken an einen Balken der Hütte. Ich zündete die Zigarette an und begriff, woher diese Beklommenheit kam. Ein Gewitter stieg auf. Es zog schon ganz an das Dorf heran, und als ich horchte, hörte ich, wie zornig und unheimlich die Taiga rauschte. Das Donnern des Gewitters hallte als Echo in den Bergen wider, es war, als ob die Felsen von den Gipfeln rollten. Ich blickte nach Osten, wo es dunkel und schwarz war. Dort, hinter diesen Bergen, breiteten sich die endlosen Weiten Sibiriens aus.

Ich hörte nicht, wie sich die Tür öffnete, nur eine Stimme im Dunkeln:

„Schläfst du nicht?"

Der Onkel hockte sich neben mich und sofort blitzte ein Streichholz auf und verbreitete sich der schreckliche „Pamyras"*-Gestank.

„Onkel, man sagt, dass du von dir aus weggefahren bist."

„Ja, selbst. Als diese Teufelei anfing, bin ich weggefahren. Besser freiwillig."

Beide schwiegen wir und spürten, wie das weiche, streichelnde Dunkel uns einander näher brachte.

---

* eine billige russische Zigarettensorte

„Und Veronika war hier, nicht weit. Hundert Kilometer sind hier nicht weit. Auf der Fahrt hast du die Abzweigung gesehen."

„Ich habe sie gesehen."

„Sie führt zum Lager. Sie war dort. Nach dem Krieg bin ich auch gekommen. Sie war schon gestorben. Damals, vom ersten Transport, sind nicht viele übrig geblieben."

„Musstest du zurückkommen. Danach. Was ist das hier für ein Leben?"

„So eines. Die Gräber sind hier. Wohin soll man vom Grab auch schon fahren? Ich werde es auch nicht mehr lange machen."

Die Zigaretten gingen aus und das Gewitter hallte schon im Osten wider.

„Und du, wohin ziehst du?"

„Ich will auf der Tschusovaja* fahren. Mit einem kleinen Floß."

„Wer weiß, ob das geht. Spiel dich nicht mit der Taiga. Allein?"

„Allein."

„Spiel dich nicht."

„Im Zweifelsfall komme ich zurück."

„Ich gehe am Morgen früh in die Arbeit, hier ist eine kleine Ziegelei. Eine ganze Fabrik. Vielleicht werden wir uns nicht mehr sehen. Nimm den Übergang. Dort steigst du hinunter. Vielleicht gelingt es dir auch. In diesem Jahr ist das Wasser sehr gestiegen. Ich sage nur, wenn irgendetwas ist, komm zurück. Ich kenne das, ich bin so viele Jahre herumgewandert."

„Danke."

Am Morgen hatte sich der Himmel schon aufgehellt, nur in weiter Entfernung sah man noch Wolkenfelder. Vielleicht hörte es endlich auf. Onkel Petras war schon nicht mehr da, Marfa zeigte mir den Pfad und den Steg, der über den angeschwollenen Fluss führte.

Zu Mittag, als ich auf den Gipfel des Übergangs stieg, begann die Sonne zu brennen. Ich warf den Rucksack hin und setzte mich in den Schatten. Weit unten glänzten bereits die Kurven der Tschusovaja. Da sah ich die Gräber. Schief stehende, katho-

---
* ein Fluss im Kaukasus

lische Kreuze, eingefallene Erde darunter. Wer weiß, ob noch jemand diese Gräber besuchte. Die Namen, Familiennamen, Geburts- und Todesjahre waren verblasst, zerfressen von Moosen, vom Regen und der Kälte der langen Winter. An den Rändern der Gräber standen schon Bäume. In ihrem Schatten verfaulten die Kreuze und kippten um. Ein Grab war in Ordnung gehalten. Dort war auch ein kleiner Hügel und eine Bank, und vom hölzernen Kreuz blickte ein ungeschickt aus Lärchenholz geschnitzter Sorgender Christus in die in weiter Ferne im feuchten Nebel blau leuchtende Taiga. Am Kreuz stand: „A. A. Veronika Musteikaitė 1921–1941". Und darunter: „Das habe ich für dich aufgestellt, Veronika. Ruhe in Frieden."

Die Sonne brannte auf den Hinterkopf. Ich ging auf die Lichtung hinaus, pflückte Waldblumen und legte sie auf das Grab. Der Wind rauschte in den jungen Bäumen. Ich nahm den Rucksack und begann den Hang nach Osten hinabzusteigen.

MELDUNG ÜBER GESPENSTER

Ričardas Gavelis

Die Ereignisse der letzten Monate zwingen mich, zur Feder zu greifen. Das macht mir gewisse Schwierigkeiten. Schon seit langem habe ich meine Füllfeder nicht mehr für längere Zeit in Händen gehalten. Ein Pensionist hat selten mit Schreibereien zu tun – es sei denn, er füllt Steuerformulare aus. Ich habe mich entschlossen, keine Memoiren zu schreiben, obwohl ich der Menschheit wirklich etwas zu hinterlassen hätte. Ein Tagebuch habe ich immer für eine Beschäftigung weinerlicher Mädchen gehalten. Außerdem ist es für einen Menschen in meinem Beruf gefährlich, ein Tagebuch zu schreiben. So oder so bin ich das Schreiben nicht mehr gewohnt, ich entschuldige mich für eine möglicherweise holprige Ausdrucksweise. Aber ich werde mich bemühen, alles ganz genau und klar darzulegen.

Ich wurde im Jahr 1923 im Landkreis Rokiškis geboren. Mein Vater war Tischler. So auch mein Großvater und Urgroßvater. In unserer ganzen Verwandtschaft gab es Tischler, Wagner und Zimmerleute in Fülle. Und unsere Frauen konnten wunderbar Kühe melken. Wenn irgendjemandes Kuh sich nicht ausmelken ließ und zu muhen begann, band sich Mutter sofort das Tuch um und machte sich auf den Weg in diese Richtung. Sie wusste, dass man sie sowieso holen würde. Jetzt hat sich die Verwandtschaft nach allen Seiten zerstreut, und wenn ich den Namen Šukys höre, weiß ich nicht einmal, ob das ein Verwandter oder ein Mensch mit gleichem Familiennamen ist. Aber ich glaube, dass jeder richtige Šukys handwerkliche Vorlieben und Begabungen hat, ganz gleich, welcher Arbeit er auch nachgeht. Das heißt nicht unbedingt, dass er Bretter hobelt. Man kann auch auf eine Weise Direktor sein, dass darin etwas Meisterhaftes liegt. Sagen wir, unsere Frauen haben meisterhaft Kühe gemolken.

Ich selbst war in meiner Verwandtschaft das schwarze Schaf. Alle Brüder und Neffen haben von Kindheit an irgendetwas ausgehöhlt, geschnitzt oder zusammengeleimt. Aber ich war von klein auf von zwei Leidenschaften besessen: Ethik und Zoologie.

Kaum hatte ich begonnen, ernsthaft nachzudenken, war ich in die Probleme von Gut und Böse vertieft. Kaum hatte ich lesen gelernt, machte ich einen großen Umweg hin zur Post von Kamajai: Vielleicht würde ich in den Zeitungen irgendetwas über Tiere finden. In unserem Wald lauerte ich stundenlang auf Hasen, Rehe, Füchse und Dachse. Ich konnte mich endlos über die Tierchen freuen. Baranauskas* war mein Gott. Mein Vater ging gerne auf die Jagd. Deswegen wäre ich beinahe von zu Hause fortgelaufen. Dennoch bin ich kein Naturwissenschaftler geworden. Meine ganze geistige Kraft widmete ich den Problemen von Gut und Böse, sie lassen mir bis heute keine Ruhe. Im Dorf gab es natürlich keine philosophischen Bücher, auch in der Kleinstadt fand ich sie nicht. Die einzige Quelle meines Wissens war der Lehrer Kalvaitis, von dem keiner wusste, wie ein solcher Modegeck in das Provinz-Gymnasium gekommen war. Er rauchte wohlriechende Zigaretten, die er in ein langes Mundstück gesteckt hatte. Verständlicherweise waren seine Kenntnisse unzusammenhängend, vieles musste er sich selbst ausdenken. 1948 mussten wir Kalvaitis isolieren. Aber in dieser Zeit hatte ich schon das eine oder andere philosophische Buch und konnte selbst meine Forschungen fortsetzen. Andrerseits schöpft man bedeutendes Wissen aus dem Leben selbst. Am meisten interessierten mich abstrakte Probleme. Sagen wir, wie die Begriffe von Gut und Böse entstehen. Die Vorstellung eines Gottes hatte ich sofort verworfen. Ein Gott, der eine solche Welt geschaffen hat, wie wir sie vor Augen haben, müsste entweder ein Verrückter oder ein Sadist oder ein Mensch sein. Der letzte Fall ist am überzeugendsten. Die Leute in unserem Dorf hörten nicht auf mein kompliziertes Gerede. Es ist leicht möglich, dass ich für etwas verrückt gehalten wurde. Im Jahr 1940 half ich mit, die Wahlen zu organisieren, deswegen wurde ich zur Zeit der Okkupation beinahe festgenommen. Von dieser Zeit an interessierte mich das moralische Problem der Denunziation sehr. Als es in meinem Bewusstsein aufblitzte, stellte sich mir eine Reihe von Fragen. Brauchte Judas

---

* Antanas Baranauskas, litauischer Dichter (1835–1902); sein episches Gedicht „Der Hain von Anykščiai" (erschienen 1860/61), eines der ersten poetischen Zeugnisse der nationalen Selbstbesinnung Litauens, ist voller subtiler Naturschilderungen.

Geld, Ehre oder hat er sich einfach aus Neid an Jesus gerächt? Handelten die Verräter der eingekreisten litauischen Bürger aus dem Zwang politischen oder persönlichen Antriebes? Haben die Verräter das Rad der Geschichte weitergedreht oder haben sie es angehalten? Später erforschte ich aufmerksam die Zuträger. Mir ist es beinahe gelungen, ihre Seele zu verstehen.

Vor den Okkupanten schützte mich Vingelis, der Gemeindevorsteher. Er konnte Deutsch und verstand sich aufs Reden. Er war ein schlauer und ganz lieber Mensch. Es tat mir besonders leid, ihn im Jahr 1948 in die östlichen Gebiete unserer Union zu deportieren. Dennoch bedeutet das Schicksal eines Menschen nichts im Laufe der Geschichte. Ich begreife gut, dass das auch für mein eigenes gilt.

Nach dem Krieg wurden meine Brüder irgendwohin zerstreut, aber ich blieb im Dorf und half die Ordnung aufzurichten. Die Sommer waren nicht schlecht, der Weizen gedieh gut, die Kartoffeln wurden groß wie selten. Ich war zwar schon ein erwachsener Mann, interessierte mich aber nach wie vor für das Leben im Wald. Ganz nahe beim Dorf hatten sich Biber eingerichtet. Viel Zeit verbrachte ich damit, ihnen zuzuschauen, wie sie die Bäume zu Fall brachten und wie lächerlich sie aussahen, wenn sie auf Zehenspitzen gingen. Freilich hat mich das auch etwas erschreckt: Wenn irgendeiner mit dem Schwanz ins Wasser platschte, schien mir, dass wieder auf mich geschossen würde.

Während einer unserer Aktionen fand ich mir im Nachbardorf ein Mädchen namens Julė. In derselben Nacht wurde sie meine erste Frau. In den Angelegenheiten der Liebe war ich völlig grün, aber die Männlichkeit vermittelte mir das am Fußende aufgestellte Gewehr. In der Entfaltung des Geschlechtslebens habe ich keine Verirrung an mir bemerkt. Meine erste Frau ist mir am besten in Erinnerung geblieben. Julės Augen hatten die wunderbare Farbe der Kornblumen. Ich führte sie durch die Wiesen, erzählte von den Bibern, auch über das Gute und Böse. Ich sah es als meine Pflicht an, mich wenigstens etwas um sie zu kümmern: In jener Nacht hatte sie ihren Vater und ihre zwei Brüder verloren. Sie schwieg die ganze Zeit, sogar während des Geschlechtsaktes. Im Jahr 1946 hat man mich endlich zu einer richtigen, ernsten Arbeit geholt.

Die Zeit der Eingewöhnung war schwer. Es blieb mir beinahe keine Zeit mehr, mich am Waldleben zu erfreuen, denn ich steckte bis über den Kopf in Arbeit. Doch für die praktischen Erforschungen von Gut und Böse blieb nun unendlich viel Raum. Und auch reichlich Nahrung für verallgemeinernde Schlussfolgerungen. In dieser Zeit versklavte mich richtiggehend das Problem der Verantwortung für meine Taten. Auch das Problem der Schuld. Jeder Fall war einzig und eigenartig subtil. Die Kollegen beneideten mich, denn alle, deren ich mich annahm, bekannten, dass sie schuldig waren. Alle ohne Ausnahme. Natürlich, das Eingeständnis hatte nicht viel Bedeutung, doch in dieser Zeit bildete ich schon die Fundamente meiner ethischen Theorie. Ich musste mir selbst dies und jenes beweisen. Ich habe niemandem die Knochen gebrochen und keine Nierenblutungen verursacht. Alle bekannten selbst, dass sie schuldig waren. Jeder von uns ist schuldig, ein Verdächtiger ist doppelt schuldig, ein Festgenommener dreifach. Man musste es nur selbst kapieren. Gut habe ich mir einen Fall gemerkt: Ein älterer Mann wurde beschuldigt, Proklamationen verfasst zu haben. Das einzige Argument zu seiner Verteidigung war, dass er Analphabet war, daher konnte er keine Proklamationen geschrieben haben. Er war wirklich Analphabet. Ich weiß nicht, wie sich meine Kollegen verhalten hätten, aber ich legte Hartnäckigkeit und guten Willen an den Tag. Ich lehrte ihn schreiben, so bewies ich, dass er Proklamationen schreiben konnte. Er verstand selbst, dass er schuldig war. Er war schuldig. Wie eben ein jeder. Wie auch ich selbst. Wenn sie, sagen wir einmal, mich festgenommen hätten, wäre ich auch schuldig gewesen. Ich hatte reichlich kleine Vergehen begangen. Kleine und kleinwinzige, beinahe ungreifbare, nicht spürbare. Klein wie Ameisen, wie Mikroben. Aber eine Summe unendlich kleiner Größen ist doch durchaus greifbar. Das lehrt uns die mathematische Analyse. Kaum blickte ich einem Menschen in die Augen, sah ich, dass er schuldig war. Ich wollte unbedingt wenigstens einen Unschuldigen treffen, aber ich habe ihn dennoch nicht getroffen. Im Jahr 1949 wurde ich, weil ich gute Arbeit geleistet hatte, nach Vilnius versetzt.

In dieser Zeit beschäftigte mich besonders das Problem der Belohnung. Obwohl ich die Vorstellung eines Gottes verworfen hatte, glaubte ich doch, dass die Welt allen die Belohnung für ihre Arbeit zuteil werden ließ. Das bewies ich fast mathematisch. Das Gleichgewicht des Guten und Bösen fordert dies. Ungeduldig wartete ich auf eine Belohnung, aber eine konkrete Antwort bekam ich dennoch nicht. Besonders begann ich mich zu quälen nach geheimen Dienstreisen in die östlichen Gebiete unserer Union, deren Ziele und Folgen ich auch heute noch nicht verraten kann. Ich zweifelte zum ersten Mal an der Richtigkeit des Weges, den ich gewählt hatte. Schlimmer noch: ich zweifelte an einigen Prinzipien meiner ethischen Theorie. Ich brauchte unbedingt eine klare Antwort – womit es mir die Welt lohnen würde. Gesellschaftliches Prestige, gute Lebensbedingungen und die Achtung der Menschen bedeuten noch nicht alles. Für meine Arbeit wollte ich mehr bekommen. Ich begann nachts schlecht zu schlafen und schlich ziellos auf den Straßen umher. Die Stadt bedrückte mich. Hier fehlten mir das Rauschen der Bäume, die Biber und Füchse. Füchse tauchten nur auf Frauenschultern auf – in Kragenform. Vilnius war voll von toten Füchsen. Ich hasste diese Stadt, bis ich Marija traf. Alle sagten mir, sie wäre wohl die schönste Frau von Vilnius. Mir schien sie die schönste auf der Welt. Sogar als ich in die Probleme von Gut und Böse vertieft gewesen war, hatte ich immer die Schönheit verehrt. Ich verstand, dass sie die mir zugeteilte Belohnung war. Nach kurzer Zeit bekam es Marija mit uns zu tun. Ich konnte nicht zulassen, dass man sie ganz ohne Grund einer gegen den Staat gerichteten Tätigkeit beschuldigte. Das habe ich selbst ihr gesagt und sie hat mich verstanden. Sie wurde eine wunderbare Frau. Unsere Familie war ideal. Nicht jede Frau versteht und unterstützt einen Mann, der tage- und nächtelang nicht heimkommt und dann nur ins Bett fällt und nichts will als nur schlafen. Sie konnte mit mir mitfühlen und ich mit ihr. Wir beide zogen zwei wunderbare Söhne auf, die im Abstand eines Jahres geboren waren, und waren wirklich glücklich. Ich schob sogar meine ethische Theorie zur Seite. Ich konnte nicht theoretisieren, wenn das Leben doch so herrlich war. Ich schaute meinen Kindern zu, wie sie gerade zu laufen anfingen, und es stiegen mir unmerklich Tränen in die Augen. Die Welt hatte mir alles gegeben, wonach man sich nur sehnen kann. Mein Weg war nur ein Weg von Siegen, von größeren und kleineren Segnungen. Ich hatte eine Arbeit, die ich mochte, eine Frau, die ich vergötterte, und hübsche, gescheite Kinder. Ich hatte eine Theorie erfunden, die Spuren hinterlassen musste in der Geschichte der philosophischen Ideen. Die Welt liebte mich. In dieser Zeit verhörte ich einen Arzt namens Ginzburg. Er wies reichlich Züge eines Menschen auf, von dem Gift ausging. Ich hatte meine liebe Not, da er nichts von diesen Giften verstand. Ich musste ihn ordentlich und langweilig belehren, aber er konnte sich trotzdem an nichts erinnern. Oder er gab vor, sich nicht zu erinnern. Ich hatte einen konkreten Termin, es musste zweifelsfrei bewiesen werden, dass Gift von ihm ausgegangen war. Er selbst musste das verstehen. Aber immer trotzte er. Es war sehr schwer, mich beruhigten nur die Söhne. Stundenlang schaute ich ihnen zu, wie sie spielten. In dieser Zeit hatten sie schon angefangen zu plappern. Zu Hause hielten wir einen ganzen Zoo: zwei Papageien, einen Igel, eine Schildkröte, drei Hamster und einen Hund. Es tat mir sehr leid, dass es zu schwierig war, einen Fuchs oder Biber zu halten. Dennoch kamen meine Kinder der Natur nahe, wenn sie auch nur mit minderwertigeren Lebewesen Umgang hatten. In meinen Meditationen über Natur und Ethik dachte ich daran, dass auch Ginzburg zwei Söhne hatte. Er hätte es nicht ausgehalten, wenn ihnen irgendein Unglück zugestoßen wäre. Wirklich schade, dass meinen Sieg über Ginzburg niemand mehr brauchte.

An diese Geschichte kann ich mich deswegen so gut erinnern, weil ich mich gerade nach ihr ganz besonders meiner ethischen Theorie gewidmet habe. Sie hat keinen direkten Bezug zu diesem Bericht, daher will ich sie hier nicht ausbreiten. Einige ihrer Aspekte spiegeln sich von selbst in den Zeilen dieses Berichts. Sie hat mich beinahe die ganze Zeit gekostet, genauer gesagt, sie hat nahezu alle anderen Gedanken verdrängt. Ich vernachlässigte sogar meine Arbeit. Wahrscheinlich wurde ich deswegen im Jahr 1956 in eine unbedeutendere Dienststelle versetzt. Man hat mich auch weiterhin nicht mehr befördert. Ich hatte weniger mit lebendigen Menschen zu tun, ich war dorthin versetzt worden, wo es mehr um Papiere ging. Das hatte auch seine Vorteile. Ich konnte allgemeingültige Schlüsse nicht nur aus meiner persönlichen Erfahrung ziehen. Ich blätterte in staubigen Ordnern, die Menschen, die in ihnen beschrieben waren, standen wie lebendig vor meinen

Augen. Ich liebte es, mir ihre Vergangenheit und ihre Gegenwart vorzustellen. Mit der Zeit konnte ich sie durch und durch verstehen. Ich lernte sie besser kennen als sie sich selbst. Ich reimte mir gerne Geschichten über ihr weiteres Leben zusammen. Manchmal glaube ich, dass ich leicht ein guter Schriftsteller hätte werden können. Ich riet, was sie jetzt wohl machen würden. Das gab auch meiner Theorie der moralischen Belohnung Nahrung. Oft erinnerte ich mich auch an die Erfahrung meiner schon erwähnten Dienstreisen in die östlichen Gebiete. Alle diese Angelegenheiten, die sich in meinem Bewusstsein spiegelten, warfen eine Reihe neuer Fragen auf. Wann hört der Mensch auf, ein Mensch zu sein, kann man die Grenze dieses Umkippens genau charakterisieren? Ist die Neigung, beim Fühlen der ersten Gefahr auf Ideale, auf das Gute und Schöne zu verzichten, dem Menschen angeboren oder hat er sie mit der Zeit entwickelt? Gab es viele namenlose Giordano Brunos, gingen sie mit dem sicheren Bewusstsein auf den Scheiterhaufen, dass man nur so in die Geschichte eingehen kann? Sind Großinquisitoren immer Wendehälse – wie Torquemada? Ist Großinquisitor ein Beruf oder eine Berufung?

Mir ging auch weiterhin alles gut von der Hand. Nur meine Theorie wurde unter großen Schwierigkeiten geboren. Ich arbeitete sogar nachts und gefährdete meine Gesundheit. Mein ganzes Leben lang war meine Gesundheit ideal. Vorsorgeuntersuchungen gingen mir nur auf die Nerven. Ich glaube, dass auch die gute Gesundheit eine moralische Belohnung dieser Welt war. Wenn die Welt jemanden loswerden will, macht sie ihn krank oder bringt ihn um. Diese Ergebnisse bestätigten auch meine Söhne. Der ältere wuchs mit gefestigten Ansichten und eiserner Gesundheit heran. Der jüngere bezweifelte gerne alles, stellte alle möglichen Fragen, daher bekam er auch alle Kinderkrankheiten und wuchs zu einem ziemlich kränklichen Mann heran. Der Zweifel nagt ärger am Menschen als der Krebs. Ordnung heilt besser als jede Medizin. Moralisch ist das, was hilft, die Ordnung aufrecht zu erhalten, und was die Zweifel zerstreut. Das ganze Leben habe ich mich überaus moralisch verhalten. Ich konnte herausfinden, dass die jüngeren Kollegen mich hinter meinem Rücken Maulwurf nannten. Ich glaube, die Etymologie dieses Spitznamens ist klar:

der Maulwurf wühlt tief. Das ist wahr: Ich tummelte mich nie an der Oberfläche. Dieselben Leute, die mir diesen Spitznamen gegeben hatten, erbaten nicht selten meinen Rat. Und sogar der eine oder andere Kollege mit einem höheren Dienstgrad. Sie sagten gerne: Ohne dich wäre es, als hätten wir keine Hände. Im Jahr 1976 wurde ich pensioniert.

Marija war nicht nur eine ideale Frau, sondern auch eine ideale Mutter. Als ich für die Kinder Wohnungen besorgte, übersiedelte sie und lebte beim jüngeren Sohn. Der brauchte echt für jeden Schritt eine Hilfe. Marija pflegte mich jede Woche zu besuchen und erfüllte gewissenhaft ihre Familienpflicht. Obwohl ich noch gar nicht alt und gut bei Kräften war, nahm ich keine andere Arbeit an. Ich freute mich, dass ich mich nur meiner ethischen Theorie widmen konnte. Als Pensionsgeschenk suchte ich um eine neue Wohnung an. Die meine war sehr gut, aber etwas abgelegen. Ich hatte überhaupt keine Nachbarn. Ich suchte um die Wohnung in einem größeren Haus an. Meine Bitte wurde erfüllt. Ich erhielt reichlich Nachbarn und konnte meine Forschungen fortsetzen. Ich suchte nach interessanten, außergewöhnlichen Persönlichkeiten. Leider wurde ich noch einmal enttäuscht. Alle Nachbarn waren schuldig und fürchteten sich vor dem gerechten Lohn. Ich konnte ihnen die Schuld von den Augen ablesen. Aber ich war nachsichtig und außerdem ging mich das nichts mehr an: Ich war ja Pensionist. Das ganze Leben lang suchte ich nach einem Unschuldigen, nach einem Menschen, den ich, wenn ich ihn in meinem Arbeitszimmer zu Gesicht bekam, sofort hätte freilassen können. Schade, ich fand ihn nicht. Vielleicht gibt es solche Menschen gar nicht. Im Haus wusste man bald über meinen ehemaligen Beruf Bescheid. Sofort spürte ich im Verhalten der Menschen Ehrerbietung und sogar Willfährigkeit. Wenn ich mich näherte, verfielen alle in ehrfürchtiges Schweigen. Das störte mich sogar ein wenig – ich war immer ganz demokratisch. Ich lebte allein, die Söhne besuchten mich fast nie. Wahrscheinlich ist es in unserer Verwandtschaft eine Gewohnheit, sich zu zerstreuen. Für mich blieb nur eine Angelegenheit unklar. Als sich der jüngere Sohn verheiratete, nahm er aus irgendeinem Grund den Familiennamen seiner Frau an. Eine Erscheinung in unserem Haus konnte ich nicht ganz verstehen. Es gelang mir herauszufinden, dass die Halbwüchsigen mich insgeheim Muravjov* nennen. Ich verstehe das nicht. Weder mein Verhalten noch mein Name haben irgendetwas mit Ameisen gemeinsam. Die anderen Erscheinungen des Lebens in diesem Haus sind mir mehr oder weniger klar. Die Menschen sind alle gleich. Ich sehnte mich nach meiner aktiven Tätigkeit zurück. Richtig, mein Gehirn beschäftigte sich mit der ethischen Theorie, aber der Körper verlangte nach Tätigkeit. Ich musste täglich längere Zeit im nahen Fichtenwald meine Strecken ablaufen.

Das ruhige und ordentliche Leben dauerte bis in die allerletzten Monate. In diesem Frühling überfiel mich ganz unerwartet eine unverständliche Nostalgie. Ich fing an, mich nach irgendetwas zu sehnen. Das ist ein sehr ungesundes Gefühl. Es drückt mich etwas im Herzen und ich habe Sodbrennen. Außerdem schwitzen meine Hände und mir schläft der rechte Fuß ein wenig ein. Keine logische Analyse hat mir geholfen herauszubekommen, wonach ich mich sehnte. Ich besuchte meinen ehemaligen Arbeitsplatz und unterhielt mich mit den Kollegen. Das half überhaupt nicht. Ich stritt mich mit meinen Söhnen, danach versuchte ich, mit dem Trinken zu beginnen. Das half auch nichts. Ich fuhr in meinen Geburtsort und ging auf den Wegen meiner Jugend. Von den Bibern war keine Spur mehr zu sehen. Die Dachse waren auch irgendwohin verschwunden. Das einzige Reh, das ich überraschen konnte, hinkte. Vielleicht beginne ich schon alt zu werden. Die Nostalgie bedrückte mich noch stärker. Ich überlegte sogar, ob es nicht wert wäre, in die östlichen Gebiete unserer Union zu reisen, an die Orte der ehemaligen Dienstreisen. Ich verwarf diese Idee als nicht zu verwirklichen. Die Struktur der Welt ist nicht leicht zu erforschen. Die Praxis bringt Theorien hervor. Und die Theorie kann manchmal einen praktischen Rat geben. Ich dachte nach, was mir meine unvollendete ethische Theorie raten würde.

Ein langes und schmerzliches In-sich-Gehen brachte Abhilfe. Die Theorie befahl mir, auch weiterhin Gutes zu tun; der Mensch-

---

* Der russische Gouverneur Muravjov (genannt „der Henker") war verantwortlich für die blutige Niederschlagung des Aufstandes von 1863; (russ.) muravjoi = Ameise.

heit Gutes zu bringen. Die Theorie machte mir klar, dass ich mich in Wirklichkeit nach dem Guten sehnte. Die Schwierigkeit war nur, dass ich nicht genau definiert hatte, was das Gute ist. Bei meiner alten Arbeit hatte ich das genau gewusst. Aber in der neuen Umgebung haben sich die Begriffe vermischt. Unter verschiedenen Umständen ist das Gute etwas ganz anderes. Ich zweifelte stark, ob es richtig ist, schuldigen Menschen Gutes zu tun. In meinem Kopf wirbelte es wieder von vielen Fragen. Ist es richtig, machtlos zuzusehen, wie dein Freund an Gangrän stirbt? Oder ist es vielleicht richtig, ihn zu erschlagen? Ist es richtig, einen Menschen von der Unvermeidbarkeit des Laufes der Geschichte zu überzeugen, ihm zu zeigen, dass er verschwinden muss, dass er der Maschinerie der Geschichte nicht im Wege stehen darf? Ist das Leben eines unschuldigen Kindes wirklich so viel wert, wie Dostojewski gesagt hat?

Eben die Kinder waren es, die meine Aufmerksamkeit auf sich zogen. Obwohl sie das selbst nicht wissen, helfen die Kinder nicht selten, die schwierigsten Probleme zu lösen. Ich bemerkte, dass die junge Generation in unserem Hof interessante Spiele wählte. Ich entschloss mich, ihnen zu helfen. Man sieht, die handwerklichen Fähigkeiten stecken in den Genen der Šukys-Verwandtschaft. Niemals hatte ich bis dahin eine Tischlerarbeit verrichtet, aber in elf Tagen bastelte ich im Hof ein hübsches Märchenhaus zusammen. Richtig, in den letzten vier Tagen halfen mir zwei Nachbarn. Die Nostalgie ließ sofort nach. Dennoch fühlte ich mich am nächsten Tag krank. Leider kam mir dabei kein Verdacht. Ich dachte, dass ich mich bei der Arbeit richtig überanstrengt hätte. Das war eine gefährliche Naivität und ein verhängnisvoller Fehler. Im Lauf von vier Tagen wurde ich ganz krank. Für den, der nie krank war, scheint jede Krankheit schrecklich. Aber die meine war wirklich eigenartig. Siebzehn Tage lang ging das Fieber nicht zurück. Der Arzt legte nur die Stirn in Falten und zuckte mit den Schultern. Mich schmerzten die Leber, die Nieren und die Harnblase. Der Kopf war gesund, aber er verstand leider auch den Zusammenhang des Geschehens nicht. Sichtlich deswegen, weil ich mich auch während der Krankheit fröhlich wie nie fühlte, beinahe von einem Segen erfüllt. Ich schaute zum Fenster hinaus, wie die Kinder durch mein Haus krochen.

Ich fühlte mich besser als in meiner Jugend, als ich den Bibern zugeschaut hatte. Ich wurde sehr langsam gesund. Meine Frau besuchte mich nicht öfter als immer – jede Woche. Deswegen waren wir zum vierten Mal im Leben aufeinander böse. Dem habe ich leider auch keine richtige Aufmerksamkeit geschenkt.

Als ich wieder gesund war, schaute ich ganz unerwartet gerne in den Spiegel. Natürlich hatte ich mich auch früher schon vor dem Spiegel gekämmt oder rasiert. Aber immer schaute ich nur meine Haare an, den Bart, vielleicht noch das Gesicht. Niemals hatte ich genau meine Augen angesehen. Ich stellte fest, dass sie ganz schön sind: Die Augensterne sind grau, und rund um die Pupillen sind kleine gelbliche Punkte. Dennoch brachte mich nicht die Schönheit der Augen durcheinander. Als ich in den Spiegel schaute, verstand ich etwas, was mich geradezu betäubte. Mein Blick sagte aus, dass ich unschuldig sei. Ich war unschuldig. Ich selbst war jener Unschuldige, den ich mein ganzes Leben lang so sehr gesucht hatte.

Sechs Tage lang konnte ich nicht zu mir selbst kommen. Immer wieder ging ich zum Spiegel und schaute mir in die Augen. Es blieb kein Zweifel. Ich war unschuldig. Ich brauchte mich gar nicht durcheinander bringen zu lassen. Ich konnte mich beruhigen und meine Tage mit stolz erhobenem Kopf beenden. Das bestätigten die aristotelische Logik und meine grauen Augen mit den gelblichen Punkten. Ich konnte völlig ruhig sein. Aber ich weiß nicht, warum die Nostalgie wieder an mir zu nagen begann, noch stärker als zum ersten Mal. Sie fraß mich auf, als wäre sie ein lebendiges Wesen. Sie pflanzte mir Mitleid in die Brust und ließ Bitterkeit im Mund zurück. Sie schlängelte sich in die Adern und schlich bis zu den Zehenspitzen. Sie nagte an etlichen Stellen des Körpers auf einmal. Nachts konnte ich nicht schlafen, denn sie wand sich in meinem Bauch und verursachte Übelkeit. Je ruhiger ich mich fühlen wollte, je mehr ich an meine göttliche Unschuld glaubte, umso ärger fraß dieses Wesen an mir. Ich entschloss mich, auf Gedeih und Verderb, Julė zu finden, meine erste Frau.

Zwölf Tage lang fühlte ich mich wie ein richtiger Spürhund. Julė zu finden war nicht leicht. Ich musste alle meine Fähigkeiten zusammennehmen. Sie hatte dreimal ihren Namen gewechselt. Ihre Spuren waren zweimal völlig verschwunden und danach tauchten sie an einem völlig unerwarteten Ort auf. Ich fand sie in einem abseits gelegenen Altersheim. Sie wirkte ganz senil, obwohl sie erst 63 war. Ihr Blick hatte noch die Farbe der Kornblumen. Sie erkannte mich auch nicht. Sie nannte mich Monsieur Bureau. Ihre Augen sonderten ständig eine eitrige Flüssigkeit ab, aus den Mundwinkeln triefte ihr Speichel. Sie plapperte pausenlos Unsinn, dazwischen sprach sie französisch. Ich kann absolut kein Französisch. Aber ich tat alles, was ich konnte. Ihr Heim war schmutzig und stank. Ich besorgte ihr einen Platz in einem guten Pensionistenheim. Ihr selbst Geld zu hinterlassen, war nicht vernünftig. Mit einer Ärztin, die vertrauenswürdig aussah, vereinbarte ich, dass sie auf Julė ein besonderes Augenmerk haben und mir monatlich die Rechnung ausstellen solle. Der Anblick einer menschlichen Ruine ist nicht angenehm. Nachdem ich alles in Ordnung gebracht hatte, kehrte ich so schnell wie möglich nach Hause zurück. Die Welt hatte Julė für ihr Leben belohnt, ich brauchte mich da nicht einzumischen. Ich verstand, dass ich mich nicht richtig verhalten hatte. Dennoch verschwand die Nostalgie spurlos. Ich fühlte mich eigenartig erleichtert. Hände und Füße waren federleicht. Mir schien, ich würde bald beginnen, zu fliegen. Ich war nicht übermäßig fröhlich. Insgeheim wartete ich darauf, dass mich eine neue Krankheit befallen würde. In mir stieg eine heimliche Vorahnung auf, vielleicht sogar ein neues Verständnis des Daseins. Ich hatte mich nicht getäuscht. Eine namenlose Krankheit befiel mich nach drei Tagen. Diesmal brach sie mir die Knochen, die Bauchspeicheldrüse und die Wirbelsäule taten mir weh. Der Körper protestierte gegen mein Benehmen. Richtig, ich bekam kein Fieber. Das Blutbild war völlig normal. Die anderen Befunde zeigten auch kein Krankheitsbild. Und trotzdem war ich 32 Tage lang schwer krank. Ich begann ernsthaft Verdacht zu schöpfen, dass die Krankheit nicht in meinem Körper steckte, sondern im sogenannten Geist. Ich war auf der Stelle gesund. Nach dieser Krankheit verlor ich gänzlich unerwartet meine sexuelle Potenz. Meine Frau hörte beinahe auf, mich zu besuchen.

Die Zeit einer naiven Blindheit ging zu Ende. Ich fing an, den Zusammenhang dieser Erscheinungen zu erfassen. Ich schaute mein zusammengebasteltes Märchenhaus an und Schrecken überfiel mich. Dieses Häuschen bezeichnete den Anfang aller Unglücksfälle. Gerade seinetwegen schmerzte mich manchmal die Leber, und wenn sie sich beruhigte, taten die Nieren weh. Ich hatte einen schrecklichen Fehler gemacht. Ich wollte das Häuschen sogar beseitigen, in der Hoffnung, mich so zu heilen. Nach längerem Nachdenken verwarf ich diese Idee. Schuld war nicht das Häuschen selbst, sondern die Tatsache, dass ich es erbaut hatte. Schuld war nicht Julė, sondern mein Bemühen, ihr zu helfen. Ich hatte mich gründlich geirrt. Die Fundamente meiner ethischen Theorie knackten und krachten. Ich hatte einen Fehler gemacht und die Welt hatte sich plötzlich von mir abgewandt. Die Kräfte verließen mich ganz, ich konnte nicht einmal mehr in den Fichtenwald laufen. Eine eingehende Analyse half nicht. Der reine Zufall verschaffte Abhilfe. Ein ehemaliger Kollege besuchte mich. Menschen unseres Berufes besuchen einander nur in einer geschäftlichen Angelegenheit. Der Kollege kam vorbei, um sich über meinen jüngeren Sohn zu erkundigen. Man beabsichtigte, ihm einen hohen Leitungsposten zuzuteilen und ihn ins Ausland auf Dienstreise zu schicken. Ob ich wollte oder nicht, musste ich mich daran erinnern, dass mein jüngerer Sohn sich nicht Šukys nannte. Ich begriff nicht sofort, warum man mich über irgendeinen Staugaitis ausfragte. Ich sagte die volle Wahrheit über Staugaitis: dass er eigenartige Ansichten hat, dass er mir niemals Vertrauen entgegengebracht hat. Außerdem ist er sehr schweigsam, und ein schweigsames Schwein gräbt auf jeden Fall tiefe Wurzeln aus.*

Lügen konnte ich nicht. Das ganze Leben war ich besonders rechtschaffen. So befahl es mir meine ethische Theorie. Der Kollege dankte mir herzlich. Als er weggegangen war, machte ich mir endlose Vorwürfe. Ich wusste genau, dass mein jüngerer Sohn diesen hohen Dienstgrad nicht mehr einnehmen würde. Ich wusste gut, dass seine Karriere zusammenbrechen und er überhaupt nicht mehr verstehen würde, was geschehen ist. Sein ganzes Leben lang würde er es nicht verstehen können. So wird er auch sterben, ohne es zu verstehen. Am ehesten wird er das Schicksal für schuldig halten. Ich machte mir immer mehr Vorwürfe und legte mich ganz krank nieder. Am Morgen stand es plötzlich besser mit

---

* litauisches Sprichwort

meiner Gesundheit. Die Leber tat mir nicht mehr weh, auch die Nieren nicht, ich konnte wesentlich leichter atmen. In der nächsten Nacht träumte ich von zwei verführerischen Mädchen. Ich konnte mich lange nicht entscheiden, aber beide rivalisierten meinetwegen ganz wild. Keine wollte nachgeben.

Etwas verwirrt, gab ich mich beiden gleichzeitig hin. Am Morgen war das Leintuch mit Flecken von eindeutiger Herkunft übersät. Diese Tatsache gab mir einen Anstoß. Ich entschloss mich, meine ethische Theorie mit einem Schlag zu beenden. Der Stoff reichte völlig aus. Die Ereignisse der letzten Monate setzten den Schlusspunkt.

Aber der Stock hat immer wenigstens zwei Enden.*

Die Nostalgie, die sogenannte Nostalgie, schlug wieder über mir zusammen wie die Welle des Meeres. Sie warf mich um, überschüttete mich mit Salzwasser und drohte mich zu ersticken. Ich fühlte mich gesund und kräftig wie nie zuvor, aber gleichzeitig war ich halb tot. Ich konnte nicht sitzen. Ich konnte nicht liegen. Ich konnte nicht einmal stehen – ich lief nur von einem Eck in das andere. Es war, als wollte mich selbst irgendein fremder Mensch von mir wegstoßen und in meine Haut schlüpfen. Ich weiß, dass das sehr nebulos klingt, aber anders kann man es nicht sagen. Ich strengte meinen Kopf an, was da zu machen wäre. Ich begriff, dass ich ins Verderben ging, aber ich konnte nicht anders. Ich wollte nur eines – so schnell wie möglich freikommen aus der eisernen Faust der Nostalgie, der sogenannten Nostalgie. Immer mehr hatte ich den Verdacht, dass das überhaupt keine Nostalgie sei.

Meine Aufmerksamkeit hatte schon längst ein junges Paar auf sich gezogen. Die beiden hatten es schwer, weil sie ein Zimmer bei einer dicken, ständig schimpfenden Hausherrin gemietet hatten. Es tat einem direkt leid, sie anzuschauen. Der hochgewachsene dünne Mann lief abends alle fünfzehn Minuten in den Hof, um zu rauchen. Bei jedem Wetter. Seine Frau, blond und vollbusig, eine mädchenhafte Schönheit, verblühte Tag für Tag. Es war klar, dass die Lebensbedingungen ihre Familie zerstören konnten. Zwei Tage kämpfte ich noch mit mir selbst, aber länger hielt

---

* litauisches Sprichwort

ich es nicht aus. Ich lud den jungen Mann zu mir ein und unterbreitete ihm mein Angebot. In meiner Wohnung waren zwei Zimmer beinahe unbewohnt. Mir waren die beiden anderen Zimmer vollauf genug. Ich bot ihnen an, bei mir einzuziehen. Ohne alle Bedingungen. Kostenlos. Ich versprach, nach einiger Zeit meine Wohnung gegen zwei einzutauschen und ihnen eine davon zu schenken. Ich hörte mir selbst zu und konnte es kaum glauben, dass ich hier sprach. Ich hätte das getan. Ich war bereit, wie Hiob meinen letzten Umhang herzugeben. Ich war bereit, die beiden in meiner Wohnung wohnen zu lassen und selbst auf einer Parkbank zu schlafen. Zu meiner Verwunderung wies der junge Mann das zurück. Kategorisch. Und schaute mich mit seinen Augen noch an wie ein Wolf. Er ging weg, ohne sich zu verabschieden, ich dachte, ich würde ganz in der Nostalgie ersticken. Ich legte mich hin, vom kalten Schweiß bedeckt, und wachte leicht und fröhlich auf. Von der sogenannten Nostalgie war keine Spur geblieben. Das bestätigte meine Vermutung, dass Wunsch und Absicht das Wichtigste sind, auch wenn sie sich nicht realisieren lassen. Ängstlich wartete ich auf die Belohnung. Ich erwartete alles: einen Herzanfall, einen Niereninfarkt – nur nicht das, was mich dann überraschte.

An diesem Tag suchten mich zum ersten Mal die Gespenster heim.

Sie kamen am Vorabend. Sie waren männlichen Geschlechts. Eines entsetzlich groß, etwa zweieinhalb Meter hoch, es stieß beinahe an der Decke an. Das andere war entsetzlich klein, kaum einen Meter hoch. Sofort begriff ich, dass das Gespenster waren. Wahrscheinlich waren sie deshalb von nicht ganz normaler Größe. Das kleinere machte sich sofort daran, frech in meinen Laden herumzusuchen. Meine ethische Theorie bewahrte ich Gott sei Dank im Kopf auf. Das größere benahm sich vergleichsweise ganz ordentlich, es ergriff nur die Kristallvase und ging in die Küche, um Wasser zu trinken, beide trugen sie einfache Arbeitskleidung. Mir war, als hätte ich sie schon einmal gesehen. In den ersten drei Minuten konnte ich gar nicht zur Besinnung kommen. Danach kamen mir starke Zweifel, ob ich nicht träumte. Gerade dachte ich so, da bewiesen mir die Gespenster mit lebhaften Stimmen, dass ich wirklich nicht träumte. Bis dahin hatten sie geschwiegen und so verlor ich wieder das Bewusstsein. Der Knirps schob die Laden wieder zu und knurrte, dass eine richtige ethische Theorie auch in einem Leben nach dem Tod ihre Gültigkeit haben müsse. Er redete noch irgendwas daher über die Toten und den Tag der Vergeltung. Schließlich kam ich wieder zur Besinnung, aber ich versuchte gar nicht, mit ihm zu sprechen, ich warf nur den Aschenbecher nach ihm. Wahrscheinlich hoffte ich, dass ich dem Knirps ein Loch schlagen könnte. Er schlug jedoch an seinem Hinterkopf auf und zersplitterte. Der Große bat phlegmatisch, ich solle nicht anfangen, aus meiner Pistole zu schießen, denn die Kugeln könnten das Zimmer beschädigen. Sie freilich nicht. Der Knirps schnitt die ganze Zeit Grimassen. Anfangs fiel mir überhaupt nichts ein, was ich tun könnte, danach kam mir plötzlich ein rettender Gedanke. Ich stand auf und ging in den Hof hinaus. Die Gespenster folgten mir nicht. Ich rauchte vier Zigaretten und ging zurück. Zu Hause gab es keine Gespenster mehr.

Es war bemerkenswert, dass mich das irgendwie weniger wunderte, als man hätte annehmen können. Mein verquältes Gehirn begann langsam, den Zusammenhang der Erscheinungen zu erfassen. Die voluntaristischen Versuche, die Ungleichheit in der Welt auszugleichen, mussten eine Antwort erhalten.

Gründe für die Antwort dieser bösen Welt konnten folgende sein:

1. mein Voluntarismus hatte das Gleichgewicht der Welt gestört: auf den anderen Höfen gibt es keine Märchenhäuser, andere tattrige Pensionistinnen leben noch in schmutzigen Zimmern; es ist nicht erlaubt, sich in Gott zu verwandeln, der alles ordnet;

2. das angebliche Glück, das ich bereitet hatte, war in Wirklichkeit ein Unglück; die Kinder, die das Märchenhaus bekommen haben, werden weiß Gott was noch alles wollen; wenn Julé tüchtig gepflegt wird, wird sie wieder zu sich kommen und ihren Zustand begreifen; gut ist es, wenn man nichts hat und nichts weiß;

3. nur das genau reglementierte Gut ist wirklich ein Gut; als ich noch nicht in Pension war, hat die Welt mir allein Segen gebracht;

4. solche Menschen wie mich gibt es selten; die Gespenster wollten auch von mir das Gute;

5. ich musste wegen meiner Unschuld leiden; die Welt hält die Unschuldigen nicht aus; wenn man unschuldig ist, muss man sich trotzdem schuldig stellen;

6. als Mensch in unserem Beruf darf man nicht in Pension gehen;

7. meine ethische Theorie ist fehlerhaft; das kann nicht sein, diesen Punkt habe ich nur geschrieben, um die aristotelische Logik zu befolgen.

So begann eine neue Etappe in meinem Leben, die Etappe des Kampfes mit den Gespenstern. Zuallererst versuchte ich, damit aufzuhören, Wohltaten zu verrichten, doch ich schaffte es nicht mehr. In letzter Zeit lasse ich ständig abgehetzte Frauen in der Schlange vorgehen und trage alten Frauen den Korb. Die guten Taten sind mir zu einer Medizin gegen die Nostalgie geworden, gegen die sogenannte Nostalgie. Sie beginnt um ungefähr zwölf Uhr Mittag zu nagen. Ich laufe ganz schnell auf die Straße, eilig trage ich die Körbe der alten Frauen und kehre nach Hause zurück, um auf die Gespenster zu warten. Es ist schon zu kühl, um im Hof herumzuhocken. Meist kommen alle möglichen Invaliden, sie sind sehr schön, angenehm gefärbt: hellblau, hellgrün, rosarot. Unter dem Arm trägt der eine eine Hand, der andere einen Fuß und wieder ein anderer einen Kopf. Sie sprechen nichts, sie setzen sich nur gegenüber von mir hin und glotzen mich an mit Augen voll schweigendem Vorwurf. Manche von ihnen kann ich wiedererkennen. Hin und wieder biete ich ihnen Zigaretten an. Noch viermal bat ich das junge Paar inständig, dass es zu mir ziehen sollte. Der Mann ärgerte sich jedesmal mehr und in der letzten Woche habe ich erfahren, dass die beiden plötzlich ausgezogen sind, niemand weiß wohin.

Die nächtlichen Gespenster sind anders. Sie sprechen viel, stören meinen Schlaf und nennen mich zum Spott Jerry. Ich heiße Jeronimas. Nicht selten trinken sie mein Bier aus und rauchen alle meine Zigaretten und sie verspotten mich noch: Jerry macht es doch nichts aus. Ich weiß überhaupt nicht, wie ich mich ihnen gegenüber verhalten soll. Meine ethische Theorie hat mich etwas enttäuscht: Von ihrem Wesen her analysiert sie Gespenster überhaupt nicht. Dennoch habe ich meine Forschungen in keiner Weise abgebrochen. Ich glaube, dass die Theorie noch erweite rungsfähig ist. Bis jetzt habe ich wenige unbezweifelbare Fakten festgestellt. Die Gespenster sind niemals mehr als sieben. Einmal bat ich sie, dass sie die Biber meiner Jugend mit sich brächten. Die Biber können sie nicht mitbringen. Von außen gesehen, sind sie von ganz normaler Gestalt. Um das festzustellen, habe ich extra ein kleines Loch in die Tür der Toilette gebohrt: Die Gespenster urinieren oft und haben auch oft Stuhlgang. Es kommen nicht nur Verstorbene. Einige Male haben mich die Geister von Bekannten besucht, obwohl sie selbst ganz gesund und munter sind. Keines der Gespenster kann mir körperliche Verletzungen zufügen. Sie erscheinen nur, das ist alles.

In der undurchschaubaren Fülle der Erscheinungen des Weltalls haben auch die Gespenster ihren Platz. Das verstehe ich. Etwas schwerer ist es zu verstehen, warum sie genau mir erscheinen. Ich fühle mich nicht als eine Person, die derart gezeichnet ist oder sich durch irgendetwas unterscheidet. Ich bin eine einfache Arbeitsbiene. Es bleibt mir nur den Schluss zu ziehen, dass die Gespenster nicht nur mir allein erscheinen. Vielleicht verheimlichen die anderen das. Irgendjemand muss anfangen, davon zu sprechen. Eben deswegen schreibe ich diesen Bericht.

Es ist mir gelungen, genau festzustellen, dass die Geister zu dem Zeitpunkt erschienen sind, als ich anfing, nach meinem eigenen Willen sogenannte gute Taten zu verrichten. Die Welt, die mich bis dahin geliebt hatte, begann plötzlich, mich zugrunde zu richten. Es hat den Anschein, dass das nicht approbierte Gute das Gleichgewicht der Welt verletzt. Das wirkliche Gute wird immer im Voraus festgestellt und bestätigt. Hier ist keinerlei Anarchie erlaubt. Sie ruft nur Krankheiten und Gespenster hervor.

Zur Frage der Gespenster habe ich noch einige Bemerkungen:
1. weil die Gespenster unvermeidlicherweise nicht nur mir allein erscheinen, hat man vielleicht eine Art und Weise gefunden, sich vor ihnen zu schützen. Hochachtungsvoll bitte ich, mich in Anbetracht meiner Verdienste mit diesen Methoden bekannt zu machen;

2. alle, aber auch alle verheimlichen ihre Gespenster; deshalb wird mein Bericht einen ganz neuen Bereich des Pensionistenlebens beleuchten;

3. dass es Gespenster gibt, ist schon bekannt, dennoch wurden noch keine Methoden gefunden, sich vor ihnen zu schützen; in diesem Fall bin ich bereit, auch weiterhin ihr Leben und ihr Verhalten zu erforschen, um damit der gemeinsamen Sache zu dienen;

4. die Gespenster hat die sogenannte Nostalgie herbeigerufen; an ihr sollte man besonderes Interesse haben; vielleicht können irgendwelche schon bekannten Präparate diese Krankheit heilen;

5. schuld an allem ist meine Unschuld; ich muss schuldig werden. Momentan ist es schwierig, noch etwas hinzuzufügen. Zwei Gespenster männlichen Geschlechts spielen im Wohnzimmer Schach. Ein Gespenst weiblichen Geschlechts steht hinter meinem Rücken, wirft immer wieder einen Blick über meine Schulter und grinst. Gebückt bemüht es sich, seinen Busen fest an mich zu drücken. Ich spüre, wie mich unter dem Herzen die sogenannte Nostalgie kitzelt. Es ist nun schon der vierte Tag, dass ich an diesem Bericht schreibe, deswegen habe ich weniger gute Taten vollbracht, als es sich gehörte. Mir kommt der Verdacht, dass die Welt Menschen, die sich wie ich ein ganzes Leben lang aus vollem Herzen um den fortschrittlicheren Teil der Menschheit kümmern, überhaupt nicht nötig hat. Die gespenstischen Schachspieler werfen verdächtige Blicke in meine Richtung und manchmal besprechen sie ganz frech die allerheimlichsten Fakten meiner Biographie. Ich fühle mich wie ausgezogen. Ungeduldig warte ich auf den Tag, an dem ich sie alle umbringen werde. Ich werde sie ein zweites Mal umbringen.

Damit beschließe ich auch diesen Bericht. Ich weiß nicht, ob er dorthin gelangen wird, wohin er gehört. Die Schachspieler werfen mir immer scheelere Blicke zu. Es scheint, das Gespenst weiblichen Geschlechts gibt ihnen Zeichen. Es gibt noch eine Möglichkeit. In diesem Fall wird mein Bericht auch nicht dorthin kommen, wohin er gehört. Das kann nicht sein, aber ich folge noch einmal der aristotelischen Logik. Theoretisch ist es möglich, dass auch ich selbst ein Gespenst bin.

Mit flammendem Gruße
Jeronimas Šukys, Pensionist in Bereitschaft

DAS HAUS AUSSERHALB DER STADT

Jurga Ivanauskaitė

Setzt euch in den Autobus Nr. 215, fahrt bis zur Endstation, steigt dort aus und seht euch um: Auf der einen Seite des Weges sind brachliegende Felder mit Wolken hungriger Vögel und ein einzeln dastehender Baum im stillen Raum, auf der anderen Seite ein teuflisch dichter Kiefernwald. Geht in den Kiefernwald durch das graue Moos, trockene Baumzweige werden euch an den Kleidern hängen bleiben, einige Male werdet ihr fluchen, wenn ihr über einen kleinen Baumstumpf stolpert, der scharf ist wie ein Eidechsenzahn... und plötzlich werdet ihr auf eine Wiese hinaustreten. Ihr werdet überrascht sein, als ob ihr euch einer Oase genähert hättet. Die Wiese ist wie alle anderen auch: das duftende Gras zieht einen mit aller Kraft an, sich mit dem Gesicht in ihre duftende Kühle zu stürzen. Das habt ihr auch gemacht, zuerst seid ihr mit geschlossenen Augen dagelegen und als ihr die Augen aufgemacht habt, habt ihr gesehen, dass alles ringsherum schwarz ist: die Grashalme, die miniaturhaften Käfer, die Würmer und die geschlossenen Blüten. Ihr habt euch auf den Rücken gedreht und der Himmel begriff, wie sehr ihr seine pulsierende Tiefe nötig habt. Ihr habt euch im Gras aufgerichtet – und da habt ihr dieses Haus erblickt.

Ein unproportional enges und lang gestrecktes, zweistöckiges Haus mit vernagelten Fenstern. Wie kommt es, dass ihr es beim Betreten der Wiese nicht bemerkt hattet? Ihr seid aufgestanden...

Ich habe mich im Gras aufgesetzt – und da habe ich dieses Haus erblickt.

Ein unproportional enges und lang gestrecktes, zweistöckiges Haus mit vernagelten Fenstern. Wie kommt es, dass ich es beim Betreten der Wiese nicht bemerkt hatte? Ich bin aufgestanden.

Ich stand bis zu den Knien im Gras, spürte im Gesicht noch die frische Kühle und sah zu diesem Haus hin. Eigenartig reagiere ich auf solche verwahrloste Bauten. Mich überkommt ein fast mystisches Mitleid – wann und warum haben es welche

Menschen zurückgelassen? Ihr habt sicher bemerkt, dass solche Bauten, die für Menschen gedacht sind – Häuser, Stadien, Bahnhöfe, Tempel – wenn sie leer bleiben, einen seltsamen Ausdruck annehmen, der einen letztendlich zu erschrecken beginnt. Habt ihr schon einmal ein Auge ohne Regenbogenhaut gesehen? Anfangs ist es ein Auge wie alle anderen auch, doch danach: als ob es jemand mit heißem Wasser übergossen hätte… Wahrscheinlich übertreibe ich.

Langsam ging ich an dieses Haus heran und blickte auf seine vier Fenster mit den Fensterkreuzen. Ein seltsamer Laut ließ mich innehalten. Ich horchte angespannt, doch gleich verstand ich: der Wind bewegte die Tür. Ich freute mich, dass ich hineingehen konnte. Ich trat an die Tür heran und wandte mich um. Durch die Wiese zog sich meine Fährte, das hohe Gras fing langsam an zu schaukeln, da überraschend ein Wind aufkam. Der Wind wurde stärker, es war, als würde er aus der Erde hervorsprießen, jetzt schwankten schon die Stämme der Kiefern, schließlich auch ihre Wipfel. Irgendwie verwirrte mich dieser Wind.

Ich öffnete die Tür. Irgendwann einmal war sie blau gewesen, aber die Farben waren schon ganz verwaschen. In diesem verlassenen Dämmerlicht fühlte ich mich unwohl und wollte zurückgehen, doch die Tür fiel hinter mir laut zu. Eine Weile stand ich bewegungslos da, bis sich die Augen an das schwache Licht gewöhnt hatten. Das Zimmer, in das ich geraten war, war leer. Die Tapeten an den Wänden waren zerrissen, abgenutzt und verblasst, ihre Muster konnte man beinahe nur noch erahnen. Auf dem Boden lagen hoffnungslos unnütze Dinge herum, deren eigenartige Anordnung mich an ein surrealistisches Gemälde erinnerte: ein Puppenkopf mit ausgestochenen Augen, zerbrochene Spritzen, Fläschchen mit zwei Tabletten in schreiendem Rosa, Kinderschuhe und ein großes, weißes Gipsohr, das mit schmutzigen Zeitungen zugestopft war. Das letzte Detail hatte auf mich eine sehr unangenehme Wirkung, ich stieß dieses Gipsstück zur Seite, um die düstere Angst zu vertreiben.

Ich öffnete die Tür in das andere Zimmer. Der Boden war von einer dicken Staubschicht überzogen, als wäre Meersand hierher gebracht worden, und darin zeichneten sich die Spuren irgendeines Tieres ab. Ich trat an den Ofen heran, wo grüne Kacheln gespalten und zersplittert waren. Ich strich mit der Hand darüber und sofort verbrühte mich gleichsam die Kälte des Ofens. Die anderen beiden Zimmer unterschieden sich in nichts: In einem stand ein dreibeiniger Stuhl vor dem vernagelten Fenster und es lagen vergilbte Zeitungen herum, im anderen waren körperfarbene Tapeten, die in Fetzen herunterhingen wie die abgehende Haut eines Menschen, auf dem Boden lagen halb volle Tuben irgendwelcher Salben und mir kam es vor, als hätte irgendjemand versucht, die kranken Wände zu heilen.

Langsam ging ich die Treppe in den ersten Stock hinauf. Von Kindheit an habe ich versucht, Treppen zu meiden. Auch jetzt ging ich vorsichtig hinauf, indem ich mich mit einer Hand am Geländer festhielt und mich mit der anderen an der Wand stützte. Ich blieb vor einer Tür stehen, die mit grauem Kunststoff verkleidet war. Daneben stand ein eigenartig geformtes Gefäß, voll mit trübem, grünlich verfärbtem Wasser. Ich stieg über dieses Gefäß und öffnete die Tür. Das Zimmer war geräumig und voller Licht, obwohl keine Fenster zu sehen waren. Doch nicht das war das Eigenartigste. Als ich es erblickte, traf es mich so unerwartet, dass ich für einen Augenblick das Bewusstsein verlor. Das Zimmer war voll mit Menschen, alle hockten sie in unbequemen Positionen herum, die Hände auf ihre Knie gelegt, die Handflächen nach oben, und schauten in den Raum. Als ich eintrat, sahen sie mich nicht einmal an, obwohl die Tür laut knarrte. Am meisten verblüfften mich dennoch nicht diese in dem vernachlässigten Raum versammelten Menschen, *sondern die mit Fresken bemalten Wände des Zimmers.* Die Fresken mussten mindestens zweihundert Jahre alt sein. Doch an einigen Stellen waren neue, azurblaue Farben zu sehen, mit denen alle Wände dieses Hauses bemalt waren, und die Tapetenfetzen baumelten. Die Fresken erweckten den Eindruck eines Spiegelbildes, wenn das Bild faktisch auf einer Ebene ist, aber der unendliche Raum spürbar wird. Ich dachte logisch wie sonst nie. Dieses Haus konnte nicht zweihundert Jahre alt sein. Und vielleicht hatten die Hausherrn, ohne sich etwas dabei zu denken, die alten Fresken blau übertüncht und Tapeten angekleistert? Nein, die Farben erschienen wunderbar rein, klar und kaum nachgedunkelt, wie auf mittelalterlichen Gemälden. Auf den Fresken waren eigenartige Figuren (am ehesten Götter einer mir unbekannten Religion). Nur Männer, das Kopfhaar kurz geschnitten, mit klaren, regelmäßigen Gesichtszügen, sehnsuchtsvollen Augen, mit nachdenklichen, unangenehm starren Blicken, derben, offenen Mündern, aus denen man Verachtung herauslesen konnte. Um Mund und Augen sowie am Hals naturalistisch gezeichnete Falten. An die dreißig Figuren zählte ich, aber vielleicht war das dieselbe Person in unterschiedlichen Posen. Das erinnerte an eine Reihe von Kinobildern und ich begriff mit einem Schlag: hier wird der Moment einer Erhöhung abgebildet. Da erklang plötzlich ein SCHREI (eine Wehklage, eine Hoffnungslosigkeit oder ein Triumph, das Aufstöhnen eines Sterbenden oder der Schrei eines soeben Geborenen, das Seufzen eines Liebestaumels). Ich weiß nicht, wie ich das bezeichnen soll, ich weiß nicht einmal, ob es dort wirklich einen Laut gab, aber es durchdrang mich wie ein starker Schmerz, ich schloss die Augen, als würde ich von einem Licht geblendet, in mir erstarb alles, als wäre ich vom Eiswasser in ein kochendes getaucht worden. Das dauerte nur einen Augenblick und es ist ungewöhnlich, auf diese Beschreibung so viele Worte zu verschwenden.

Als ich die Augen öffnete, standen die Menschen schon, sie gingen an mir vorbei, ohne mich anzublicken. Ich blieb allein zurück. Je länger ich die Fresken anschaute, umso größere Hoffnungslosigkeit erfüllte mich. Ich weiß nicht, warum. Vielleicht weil ich denjenigen niemals treffen würde, der mich aus den Fresken angeblickt hatte, vielleicht weil es so viele wunderbare Menschen gibt, die ich niemals sehen werde. In dieser Stunde sehnte ich mich schmerzlich nach einer einfachen Nähe zu denen, die ich niemals treffen würde.

Langsam ging ich aus dem Haus, schlenderte durch die Wiese und dachte über diesen Schmerz nach, der wahrscheinlich die Kulmination aller Riten war. Er klang noch in meinem Körper nach und brannte wie ein Geschwür. Ich bemühte mich, mich zu erinnern, was ich in dem Augenblick gefühlt hatte, als ich ihn vernommen hatte. Das war unheimlich wichtig. So quält man sich manchmal, um sich an Träume zu erinnern, und schon, schon scheint es, werden sie im Unterbewusstsein aufsteigen, doch gleich wird alles wieder von irgendeinem zähen Nebel überschüttet.

Ich ging durch die Wiese, durch den kleinen Kiefernwald, und plötzlich würgte mich ein Schrecken. Wenn die Menschen von diesem Haus erfahren, werden sich hier alle möglichen Snobs geschäftig machen, extramoderne Jugendliche mit ihren intellektuellen Puppen, Künstler, die nach Inspiration suchen, und einfach vom Leben Enttäuschte – sie werden im Kiefernwald die Äste abbrechen, die Wiese zertrampeln, die ächzende Haustür mit Öl beträufeln sowie die Papierstücke, Puppenköpfe und Medizinfläschchen aus dem leeren Zimmer aufsammeln. Alle werden herströmen, um dieses Bild des Märtyrers im ersten Stock zu sehen, sie werden den Schrei hören, bis endlich ALLE ALLES VERSTEHEN, BEGREIFEN, zum Bewusstsein kommen und zufrieden sein werden. Überall werden sie nur darüber sprechen – in den Obussen, Cafés und den Schlangen vor den Würsten... Mich überkam blinder Zorn und Neid.

Am nächsten Tag fuhr ich, kaum war es hell geworden, dorthin. Dieses Mal lag ich nicht auf der taunassen Wiese und blickte nicht in den pulsierenden Himmel. Ich ging auf meiner gestrigen Spur und hatte das ungute Gefühl, dass ich die schon im Heilen begriffene Wunde wieder aufreiße. Mit schnellem Schritt ging ich durch die leeren Zimmer, stieg in den ersten Stock hinauf und gelangte in diesen Raum. Es waren keine Menschen da. Ich blinzelte mit den Augen, um den Mann auf den Fresken wie durch einen Nebel zu sehen, anders konnte ich seinen eindringlichen und traurigen Blick nicht ertragen.

Ich nahm eine Dose schwarzer Farbe heraus und einen funkelnagelneuen weißen Pinsel. Ich trat an die Wand heran, tauchte den Pinsel ein und hob die Hand. Ich spürte, wie mir neunundzwanzig Augenpaare auf den Hinterkopf starrten. Am meisten fürchtete ich mich davor, dass sich der gestrige Schrei wiederholen würde. Ich will dir doch gut, du unbekannter toller Gott, du wirst in den Herzen derer bleiben, die gestern hier Rat suchten mit den weißen Handflächen auf den Knien. Und ich begann zu malen. Ich strich die ordentlichen, schwarzen Rechtecke auf den traurigen Augen und schmerzlich verzogenen Lippen an. Ich bin überzeugt, dass hier die Macht dieser Gottheit wirksam war. Als ich aufhörte, machte das Zimmer einen einfältigen Eindruck.

Die regelmäßigen Formen des Kopfes waren geblieben, doch alle Augen und Münder waren mit breiten, schwarzen Streifen übermalt. Jetzt erinnerte das Fresko an eine Gruppe von Mördern, die blass waren vor Angst vor der Exekution.

Glaubt mir, es war sehr schrecklich für mich, es war so schrecklich, dass ich mich weder daran erinnere, was ich fühlte, noch was ich dachte, ich kann das hier nicht beschreiben! Wenn jemand von euch eigenhändig einen Gott erschlagen hat, wird er mich verstehen.

Nach Hause kehrte ich erst am Abend zurück und ich erinnere mich nicht mehr, was ich den ganzen Tag gemacht habe. Wahrscheinlich irrte ich in Trance durch die Stadt oder die brachliegenden Felder und Scharen hungriger Vögel begleiteten mich. Na, aber sagt doch, was habe ich Böses getan? Warum sollte mich das Gewissen plagen – das ist doch lächerlich!

An diesem Abend gingen Mutter und ich bald schlafen. Sehr schnell überfiel mich ein schwerer Schlaf. Ich träumte, dass diese Menschen, die ich gesehen hatte, von irgendeinem Besessenen umgebracht wurden, er brachte auch meine Freunde um, und ich wusste, dass er kommen würde, um auch mich umzubringen. Es schien, als flüchtete ich in dieses blaue Haus, sperrte mich im ebenerdigen Zimmer ein, schon hörte ich Schritte, gleich würde der Besessene kommen! Ich wusste, dass er es war – der Mann vom Fresko im ersten Stock. Einen Augenblick lang verspürte ich eine süße Wonne, dass ich doch von seiner Hand sterben würde. Die Tür öffnete sich, ich presste mich ins Eck wie ein gehetztes Tier, mich durchzuckte eine heftige Welle, ich konnte weder Hände noch Füße mehr bewegen, denn in das Zimmer trat nicht dieser Mann, sondern MEINE MUTTER, irgendein eigenartiges Gerät in Händen. In mir brannte der Gedanke, dass dieser besessene Mörder meine Mutter war.

Ich erwachte halb lebend und halb tot und hörte im Bett neben mir den ruhigen Atem meiner schlafenden Mutter. Der Schreck schnürte mir noch immer die Kehle zu, meine Hände und Füße waren taub, ich begriff nicht, dass der Traum zu Ende war. Ich stürzte aus dem Bett, öffnete die Tür und sprang die Treppe hinunter. Erst als ich mit bloßen Füßen die Kälte des Betonbodens spürte, begriff ich, dass ich nicht mehr schlief.

Ich ging in das Zimmer zurück. Das Licht brannte, die Mutter saß im Bett und blickte mich verwundert an. Ich hatte Angst, ihr in die Augen zu schauen, mich überkam drückende Scham, ich ging mit geschlossenen Augen durch das Zimmer, an den Lippen beißend, den Atem angehalten. Es schien auf der Welt kein stärkeres, drückenderes und erbarmungsloseres Gefühl zu geben als meine gellende Scham.

Ach, wie schrecklich, wie listig und wie schmerzlich hatte mich dieser rasend schöne Gott aus dem blauen Haus auf der im Wind atmenden Wiese bestraft!

Plötzlich kam mir der Gedanke in den Sinn: laufen! Laufen, laufen, laufen!

Von da an haben mich die Menschen in dieser Stadt nicht mehr zu Gesicht bekommen. Ich wurde zu einer „Vermissten". Obwohl ich sogar bei der Abfahrt meiner Mutter einen Brief über dieses Haus hinterlassen habe. Wenn sie dorthin geht, wird sie alles verstehen. Und auch ihr könnt hinfahren und das von meinen Händen zerstörte Wunder sehen. Nur werdet ihr diesen SCHREI nicht mehr hören, aber es wird für euch nicht leichter sein, ihr werdet nichts begreifen und ihr werdet auch in einer schwachen Stunde keine WONNE verspüren. Und ihr werdet mich nicht verurteilen, denn ihr werdet nie verstehen, was ihr verloren habt. Ihr werdet nur traurig die Hände ausbreiten, hoffnungslos mit den Schultern zucken und selbst nicht wissen, warum ihr hier seid und nicht wagt hinauszugehen.

Dafür, dass euch noch dieses Geheimnis geblieben ist, müsst ihr mir dankbar sein, der Vermissten, die jetzt in einer fremden, VÖLLIG LEEREN Stadt an einem Fenster hockt, an das der Regen schlägt!

DAS STIEROPFER

Romualdas Granauskas

I

Man denke doch darüber nach, wie schrecklich es ist, Gott nicht zu kennen, welches Verderben der Seelen der Götzendienst darstellt, wie der böse Geist wütet, eine neue Manie des Götzendienstes und Verirrungen stiftet.

M. Mažvydas*

Das Schimmern der Blätter, das Schimmern der Schatten, das Schimmern der Stengel und Gräser, der Stämme und Äste, das Schimmern dünner Zweige, es scheint, dass auch das Schimmern der Schatten auf den Schatten liegt, auf dem Boden des nadeligen Weges, du siehst es selbst: deine Füße sind nackt, treten auf diese Nadeln, auf die Spuren der Tiere: derer, die noch im Wald umherstreifen, die in der Mondnacht brüllen und heulen, ihre Hörner an den Stämmen reiben, später werden sie selbst verenden oder getötet werden, auf die Spuren, die sie hinterlassen, werden sich andere Spuren legen: Spuren von Tieren und Menschen, Nadeln, Rindenstücke, Schatten, dünne Zweige, vielleicht die gesprenkelte Feder eines kleinen Vögelchens;

und deine Hände, die den Krug halten, den Scherben des Kruges, noch tief genug, dass du dir jeden Morgen und Abend Wasser holst aus der Quelle im Wald, vorsichtig muss man ihn tragen, wenig Wasser hat darin Platz, es will dorthin zurückrinnen, woraus es geschöpft wurde: in die Luft, danach in die Erde, im Fallen kurz aufblitzend, funkelnd in diesem Schimmern, durch die Nadeln in die Erde einsickernd, dort ist es sicher: unter den Wurzeln, dem Gras, den Blüten und Blättern, unter diesem Schimmern, aber nicht aus Furcht will es zurück, zeigt es doch Macht und Stolz, wie es sich ergießt und ausbreitet zwischen den Wäldern, erschreckend nicht so sehr durch seine Größe wie durch

---

* Autor des ersten litauischen Buches (1547)

sein unzerstörbares, ewiges Lechzen, frei zu sein und zu sein, deswegen bemüht es sich auch (nur deswegen), von überall zu entweichen: aus der hohlen Hand, aus dem Fluss, obwohl es selbst ein Fluss ist, aus dem Scherben des Kruges, den du im Vorjahr bei der Quelle gefunden hast und in dem du es jetzt trägst durch dieses Schimmern, voller Angst, es auszuschütten, und selbst schimmert es in diesem Scherben, den du an der verkohlten Feuerstelle gefunden hast, die Grundsteine waren noch geblieben, die Spuren von Pferdehufen und die Spuren nackter Fußsohlen, das abgebrannte Gras im Hof, das zerstampfte Gras im Hof, das Gras von Asche und Aschenflocken bedeckt, und in jeder dieser Fußspuren lagen ebenfalls Aschenflocken, aber da war schon kein lebendiges Feuer mehr, es hatte sich davongemacht;

und du selbst, wie du den Scherben dieses Kruges und einige abgebrannte Eisenstücke trägst, du hast den eigenartigen Geruch des Feuers gerochen, hast dich erschreckt, aber schon nicht mehr so stark wie damals, als du zum ersten Mal das hohe Lodern der Flammen über dem Dach gesehen hast, unter dem du noch mit Vater und Mutter warst, du warst klein, ganz klein und dumm, hast nicht einmal gewusst, dass Feuer und Eisen, wenn sie zusammenkommen, Tod oder Traurigkeit bedeuten, ähnlich wie jetzt, wo du den Scherben des Kruges weiter in den Wald hinein trägst, in dieses große Schimmern der Blätter, der Gräser, der Stengel und Stämme, in das Schimmern der Blätter, in das Schimmern der Nadeln auf dem schmalen Pfad der Tiere, bis er gänzlich verschwindet – aber nicht dieses Schimmern des Waldes mit seinem Schweigen, mit seiner Ruhe, mit seinem ganzen sicheren Dasein, sondern dieser Weg: so klein, so schmal und ohne Geheimnis, nicht erst einmal bist du dorthin gegangen zum Waldrand, zu dieser Feuerstelle, wo du damals den Scherben des Kruges und einige abgebrannte Eisenstücke aufgehoben hast, ja, du hast ihn dort gefunden, bei der Quelle im Wald, wie du dir jedesmal selbst eingeredet hattest, bevor du ihn an deine Lippen gehoben hast, du hast ihn wirklich dort gefunden, zusammen mit den Eisenstücken, hast ihn vom Boden aufgehoben, und deine Arme sind schwarz geworden bis zu den Ellbogen und du hast gewusst, dass es nicht richtig war, den Scherben und die Eisenstücke in den Wald zu tragen und auf diesem Weg, der deine Spuren wie ein

Geheimnis schützt, zusammen mit anderen Geheimnissen und Spuren des Waldes, aber für dich selbst ist er schon lange nicht mehr geheimnisvoll, und noch oft hoffst du auf ihm zu gehen, zu deiner Behausung hin, die weder Eisen noch Feuer erreichen könnte, deswegen hast du sie dir auch eingerichtet, hoch oben auf einer Eiche, hast sie aus dicken Zweigen geflochten, danach aus dünneren Zweiglein, hast sie mit Moos und trockenem Gras ausgestopft, bist auf die Bäume daneben geklettert, um zu schauen, wie die Vögel solche Nester flechten, wie ihnen nicht kalt wird im Regen und im Sturm, im Frühling und im Herbst, aber im Winter ist es doch kalt, denn du hast keine Federn, nur ein großes Tierfell, aber die Tiere hausen nicht in Nestern, es sei denn die Eichkätzchen, darum hast du dir noch eine Höhle gegraben am Ufer des Baches, eine tiefe Höhle, du wirst dir darin das Essen bereiten, das Feuer machen, niemand soll dich mehr finden, und jetzt entfernst du dich tief in den Wald, hast dir aus dem Haufen an der Feuerstelle diesen Scherben genommen und diese abgebrannten Eisenstücke, ist das denn etwas Schlechtes? und deine Arme sind schwarz geworden bis zum Ellbogen, aber das alles ist schon lange her, dieser Scherben, diese Eisenstücke, die schwarzen Hände und das Gesicht, vielleicht sogar das Tierfell, mit dem du deine Schultern bedeckt hattest, vielleicht auch die Schultern selbst, und du warst ganz schwarz, wie ein ungebetener Totenkläger an einem Grab, das es nicht gibt, in das du niemanden gelegt hast, sondern du hast dir nur etwas genommen, und alles, was du genommen hast, trägst du jetzt in Händen, aber das war nicht jetzt, sondern jetzt, in diesem wirklichen Jetzt, ist nur das Schweigen, das Schimmern des Waldes, das Wasser im Scherben, und eine Hand von dir, in der du diesen Scherben hältst – die halb vertrocknete Hand eines alten Menschen mit Adern, die durch die braune Haut hervorstehen, sonnengebrannt, wenn du es auch vermeidest, länger in der Sonne zu gehen, durch Lichtungen, durch Birkenhaine, wo die Luft vor Hitze schimmert oder die Wälder in so weiter Entfernung zu sehen sind, blau und grün, Flüsse, Hügel, Steinhalden, der Grund eines ausgetrockneten Sees mit roten Fischflossen, die noch über ihm schimmern wie Blütenblätter, dieser Seegrund und das kleine Dorf am anderen Ufer, sie ziehen auf diese Seite wenigstens mit den Augen, mit einem langen Blick – stehen zu bleiben vor dieser Aussicht, wie eigenartig: du bist ein alter Mensch, du hast genug gesehen von den Wäldern, Flüssen, Hügeln, Steinhalden, ausgetrockneten Seegründen, wo tote Fische noch mit roten Flossen schimmern, und von dieser roten Farbe: die Dörfer brennen wie feuerrote Blumen blühen, du hast bestimmt genug von all dem gehabt, bist ein alter Mensch und möchtest nur leben wie der Baum, wie das Feld, wie irgendein anderer Gegenstand und du darfst nicht dorthin, wo auf der anderen Seite des Grundes noch das kleine Dorf steht, das noch nicht niedergebrannt ist, nein, du darfst nicht, sagst du dir in Gedanken, während du diesen Scherben in der braun gebrannten Hand trägst, selbst schimmerst in diesem Schimmern, und dein Wasser und dein Scherben, und deine Gedanken, die von den Augen ausgehen – von den Augen, vom Sehen, vom klaren Erkennen, aber jetzt hast du den Blick in den Schluck Wasser, den du trägst, gerichtet, du trägst es mit dir bis zu deinem Nest in der großen Eiche, bald wird die Hitze aufziehen, du wirst Durst haben, bei der Arbeit will der Mensch immer trinken, und du, du musst arbeiten: jeden Tag von Morgen bis Abend, damit du den Winter überleben kannst – in dieser deiner Höhle, im Lager aus Laub, hinter dem qualmenden Feuer, hinter dem Rauch, die Tiere des Waldes wittern den Rauch, das Dunkel der Höhle riecht schon nach diesem Rauch, und wieder wirst du darin leben müssen, wenn du dich nicht mit Menschen triffst, denn sie werden dich erschlagen, es scheint ihnen, dass gerade du derjenige bist, dessentwegen sie Dörfer in Brand stecken, dass sie wie Blüten scheinen, und Häuser wie kleinere Blüten, und den Frauen durchstoßen sie den Mutterschoß, die Erde soll leer daliegen, ohne Frucht, ohne Ernte, ohne die Stimme eines Menschen, soll mit dem Röcheln eines Stummen den künftigen Gott preisen; kann Gott dasjenige sein, was man fürchten, hassen und meiden muss, Gott müsste das sein, was in den Menschen eingeht, aus einem Baum, aus einer Blüte, aus einem Wasserstrahl, was dem Menschen Ruhe bringt, Freude, den Willen zu lieben oder die Einkehr, lauf, lauf tief in den Wald hinein, damit du nicht stirbst, solange es andere Menschen gibt, und Gott hat den Entschluss gefasst, dass der als Letzter sterben muss, der allen Schrecken, alles Leiden und alles, was jedem Einzelnen zuteil wurde, gesehen hat, aber in der Stunde des Todes türmt sich alles auf und fällt wie ein Berg über den herein, der nach eigenem Wunsch, nach eigenem Willen den Teil des Letzten gewählt hat, lauf, lauf tief hinein in den Wald, und stehst du nicht an den Abenden am Waldrand unter den Ästen und schaust auf die andere Seite des Tales: durch die durchsichtigen Fische, durch das vertrocknete Wasser der Vergangenheit, aber vielleicht ist das schon überhaupt kein Ufer mehr, nur der Abhang eines Berges, und alle Hütten ballen sich auf diesem Abhang zusammen, haben Angst, sich in die Höhe zu erheben, damit sie nicht von weitem sichtbar wären, aber man hat sie schon gesehen, längst hat man alle gesehen, die einen hat man in Brand gesteckt, die anderen ballen sich noch mehr zusammen, aber heute wirst du vielleicht nicht an den Waldrand gehen, es gilt, Pilze und Beeren zu sammeln und zu trocknen: den ganzen Tag, bis in den Abend hinein, abends in dein Nest zu klettern, in das Moos, du wirst dich bemühen einzuschlafen und dabei das Rauschen des Waldes ganz in der Nähe hören, an deinem Ohr, gleich neben dir, und nicht hoch über dem Kopf oder etwas weiter auf der Seite wie diejenigen, die in den Hütten am Boden schlafen – du wirst dieses Rauschen hören und dich an alles erinnern können, was dir zu erleben, zu sehen, zu hören beschieden war, aber du hast nicht übermäßig viel erlebt, denn du hattest nur Vater und Mutter, aber niemals eine Gattin, eine geliebte Frau, aber gerade deswegen kann dein Herzeleid größer sein als das der anderen: niemand bringt es zurück, zu dir selbst, deshalb irrt es weit umher, in den Dörfern, in den Flusswindungen ganz bis zum Haff, bis zum gelben Ufer, das die Farbe des Sonnenuntergangs angenommen hat, zum Wogen des Wassers, das sich legt, beruhigt oder wütet – bis überallhin kann dein Herzeleid umherirren und in der Nähe umherstreifen, unhörbar wie ein Schatten oder wie ein Götterbild am Gipfel des Berges stehen – aus diesem Wald zieht es jede Nacht, nur nicht weiter als bis zum Haff, auf seinem gelben Ufer und den Wogen des Wassers, dennoch ist auf der anderen Seite ein anderes Ufer, mit anderen Menschen, und sogar ein anderes Haff, aber dir ist auch das genug, dass dein Haus nicht am anderen Ufer, sondern an diesem gestanden ist: unter der großen Kiefer, gleich hinter der Düne, und als es abgebrannt ist, sind nicht einmal Aschenklumpen geblieben, ein starker Ostwind hat geblasen und alles über das Wasser verstreut – als wäre dein Heim dort nur so viel wert gewesen, und auch dein eigenes Leben, das trotzdem noch nicht zu Ende gegangen ist, obwohl du schon alt bist und von allem losgerissen, aber in den Nächten, wenn du unerwartet aufwachst und in kaltem Schweiß gebadet bist, horchst du zitternd, ob nicht das Entsetzliche naht, ob es nicht heraufsteigt zu deiner Behausung, sich mit eisernen Nägeln in der rauhen Rinde der Eiche festkrallt, o dass du ihm nur noch rechtzeitig sagen könntest, dass du dich nie besonders vor ihm gefürchtet hast, obwohl sie rundherum zu Dutzenden und Hunderten gestorben sind, du hast dich davor nicht besonders gefürchtet, schau an, Tod, ich gehe dir mit offenem Visier entgegen, und es ist nicht meine Schuld, dass ich nicht mehr länger leben kann: von den Wipfeln der Eichen, vom Nest aus Zweigen wird sich ein leuchtender Geist erheben, und mittags, wie heute, wird es auf den Blättern schimmern, auf den Stengeln und Stämmen, es wird flimmern im Wasser des unnützen Scherbens, den du noch immer in der Hand trägst, wenn du dich der Waldlichtung näherst, und in seiner Mitte blitzt das Wasser so hell, dass es sogar die Augen blendet, aber du kannst nirgendwo anders hinschauen, um das Wasser nicht zu verschütten, das du von so weit hergebracht hast, direkt vom Fuß des Berges, aus der sprudelnden Quelle, denn du hast kein größeres Gefäß, immer bist du daran, aus einem Klotz das Innere herauszuschälen mit diesen abgebrannten Eisenstücken von jener Brandstätte, trotzdem hast du sie noch nicht breitgeklopft auf einem Stein und noch nicht geschärft, erst morgen früh wirst du dich an diese Arbeit machen, das Gefäß wird nötig sein für den Winter, du hast dich schon genug geplagt, es wäre natürlich gut, noch einen weiteren auszuhöhlen, wenn nur die Kräfte reichen und diese abgebrannten Eisenstücke es aushalten werden: aus weichem Holz, aus einem jungen Lindenbäumchen, und ohne dass du es willst, hebst du den Blick in die Ferne, als würdest du schon jetzt nach ihm suchen, aber dort hinter deinem Nest, hinter deiner Eiche stehen drei Männer, einer hält eine Lanze in Händen, die beiden anderen haben nichts, aber alle starren auf dich, wie du so unvorsichtig herausgekommen bist aus dem Erlenhain, mit deinem Scherben und dem Tierfell über den Schultern, und du starrst auf sie, auf diese Lanze, aber davonzulaufen hat keinen Sinn mehr, die Lanze würde dich einholen und dir den Rücken durchbohren: das Tierfell, die Haut, die Muskeln, und die glänzende Spitze würde tief in deinem Körper stecken und an dieser Stelle, wo sie vielleicht eindringen würde, fühlst du schon jetzt den Schauder des Todes, aber nicht lange, es geht vorbei, dafür lässt irgendeine Macht deine Gelenke steif werden, obwohl du siehst, dass die anderen keine Fremden sind, aber was heißt jetzt schon eigene Leute oder Fremde, wo ihre Gesichter und ihre Blicke so angespannt sind, auf dich sind sie gerichtet, auf deine Hand und den Scherben mit Wasser, was bedeutet das jetzt – du kannst es nicht verstehen, gehst weiter, in die Mitte der Lichtung und noch weiter, denn jetzt ist es schon egal, ob du auf sie zugehst oder sie auf dich, du beugst mit Gewalt deine Gelenke, ohne den Blick von der Lanze abzulenken, die sich in den Händen des Mittleren bewegt, sie senkt sich mit der Spitze nach unten, richtet sich auf, das Eisen fährt in den Boden der Lichtung, der Stiel bleibt starr: nicht genau vor dem Gesicht des Mittleren, sondern etwas auf der Seite, damit sie ihn nicht daran hindere, nach vorne auszuschreiten, sich zu verneigen und zu sprechen: Sei gegrüßt, Priester, wir haben dein weißes Haupt aufgesucht; aber dir ist der Sinn dieser Worte nicht gleich klar geworden – hier, in der Mitte der Lichtung, wo du die Sprache der Menschen und das Erklingen ihrer Stimmen so lange nicht mehr gehört hast, so lange schon keine Menschengesichter aus der Nähe gesehen hast, auf die du jetzt einen Blick wirfst, sagst: Seid alle gegrüßt; dann schaust du auf den Krugscherben mit Wasser, erblickst dich selbst: die weißen Haare am Kopf, den Bart und über den Augen noch irgendetwas Bräunliches, und hinter der braunen Farbe irgendetwas blendend Weißes, nur begreifst du nicht gleich, dass diese braune Farbe das Tierfell ist und das blendend Weiße eine Wolke, aber es wird dir leichter, als du das alles begriffen hast, viel leichter, als du auf die drei zugehst, beinahe direkt an der in die Erde gerammten Lanze vorbei, dorthin, wo das Gras der Lichtung der dunkle Schatten der Eiche bedeckt, du stellst den Scherben auf den Boden, ganz neben den Stamm, setzt dich selbst und bedeutest allen dreien mit der Hand, sich zu setzen, aber sie setzen sich nicht, sondern hocken im Halbkreis dir gegenüber, wobei sie mit den nach unten gestreckten Handflächen das Gras berühren, du schaust und schaust sie der Reihe nach an: wie voller Schrammen sie sind, nicht besonders sauber, mit Fingergelenken, verdickt wie Knollen, und du hörst auf die kurische Sprache, als sie sagen, dass sie vom Brandfeld sind, obwohl du auf der ganzen Landzunge kein Brandfeld kennst, keine Burg, kein Gehöft, wiewohl dort viele Male Dörfer und Burgen gebrannt haben, aber vielleicht ist das irgendein neues Dorf, aber wer errichtet jetzt neue Dörfer, wenn schon kaum mehr jemand da ist, um in den alten zu leben? – sollen sie erzählen, sollen sie doch, aber womit kannst du ihnen noch helfen – ihnen, die von einem fremden Gott und Schwert versklavt sind, ihnen, deren Häuser Fremde in Brand gesteckt haben – Nahrung und Kleider haben sie ihnen genommen, und sie alle haben am Ufer geweint und die Frauen wollten sich ins Haff stürzen, nur die Männer hielten sie zurück – sie nahmen die Äxte und errichteten Hütten an einem anderen Platz, denn was hätten sie tun sollen, diese Männer, als alle am Ufer weinten, weil die herbstlichen Regenfälle bevorstanden – was hätten sie tun sollen, diese Männer, die schon lange ihr altes Dorf nicht mehr verteidigen konnten, nicht ihre Kinder, nicht den Glauben? – und sie nahmen die Äxte und errichteten ein neues Dorf an einer neuen Stelle, um nicht jeden Tag durch das alte gehen zu müssen, wo einem der Wind die erkaltete Asche ins Gesicht brennt, aber sie wollten offenbar nicht, dass ihr Leid und Unrecht völlig in Vergessenheit gerate, darum gaben sie dem neuen Dorf den Namen Brandfeld, aber die Fremden kamen nach einiger Zeit wieder, trieben sie ins Haff, tauften sie und verkündeten, dass sie jetzt alle Menschen des Bischofs seien, für ihn Fische fangen, Pilze und Honig sammeln, Wege anlegen, Brücken erbauen würden und Kirchen, und an den Sonntagen würden sie alle in sie hineingehen, sie würden knien und in diesen Gebeten für den Bischof Gesundheit und alles erdenkliche Glück erbitten, und sie gingen alle, knieten sich nieder und flehten, und flehend weinten sie und sie fingen Fische, aber die Fische verschwanden aus dem Haff, schon seit dem Frühling ziehen ihre Netze nur Gras vom Seegrund heraus, aber die Leute des Bischofs kommen ständig ins Dorf geritten, fordern ständig das, was schon lange niemand mehr hat, sehen sie nicht, die bewaffneten Leute des

Bischofs, wie blass die Frauen sind, die am Ufer stehen, die Kinder sterben schon im Schoß, und schon wird das neue Dorf beinahe leer, aber es gibt keinen Ort, an den man verschwinden könnte, das ganze Land, alle Felder und Wälder gehören schon den Fremden –

und du hörst das alles, und in ihren Worten gibt es nichts, was du zuvor nicht schon von anderen Dörfern, vom Schicksal anderer Menschen gewusst hättest, und trotzdem fühlst du, was sie von dir wollen, dennoch fragst du sie, während du allen dreien der Reihe nach in die Gesichter schaust: Was wollt ihr denn von mir? Was wollt ihr denn noch von mir? – und weißt, wie schwer dieses dein Fragen und dein Blick für sie ist, die sie ins Meer gestiegen und niedergekniet sind vor dem bemalten Gesicht des neuen Gottes und seinem Gewand, gold- und silbergewirkt, während ringsum Kerzen brennen, aus dem Wachs gefertigt, das die Bienen eurer Wälder zusammengetragen haben; die besprengt worden sind mit Wasser aus euren Quellen; die geschlagen worden sind mit Peitschen, zusammengebunden aus dem Leder der Rinder, die sie selbst gehalten haben; die beschimpft worden sind mit unverständlichen Wörtern, die die Ahnen und Urahnen verabscheuten und die jetzt mit gesenkten Köpfen auf verschiedene Weise zu verstehen suchen, –

wie schwer war für sie dieser dein Blick, aber war es für dich leichter, als die heiligen Eichenhaine einer nach dem anderen fielen, als sie die Opferstätten in die Grube stürzten und sich die Nattern zischend im Feuer ringelten, und etwas weiter lagen die Priester, die bärtigen, blutigen Gesichter zum Himmel gekehrt;

war es für dich leichter, als du, der letzte Priester der Kuren, auf dem Berg gestanden bist und zugeschaut hast, wie sich vom Abhang des nächsten Tales eine lange Kolonne von Fußvolk und Reitern herabsenkte, wie ihre Waffen in der Sonne funkelten, und allen voran eilte ein buckliger Krüppel, der ihnen den Weg zeigte;

war es für dich leichter als jetzt für diese drei Männer, die dir gegenüber hocken, als du tief in den Wald hineingelaufen bist und in deinen Händen den Korb mit der heiligen Natter getragen hast, und dich haben sie lallend und kreischend wie einen Wolf durch das Gestrüpp gejagt, als du gestürzt bist und dich wieder erhoben hast, blutig geschunden an Wurzeln, Bruchholz und Baumstrünken, du bist durch die Sümpfe gegangen und am Gestank des Schlammes beinahe erstickt, hast, an einen Baumstamm geschmiegt, vor Nässe gezittert und aus Verzweiflung hast du den Waldboden mit den Fingernägeln zerwühlt und danach bist du wie irgendein Verräter durch Wälder und Büsche geschlichen, hast die Behausungen der Menschen von weitem gemieden;

oder war es für dich vielleicht leichter als für sie, als du dalagst, hingestreckt in der Mitte des Waldes, und nur sterben wolltest, denn vor deinen Augen erschien dir zum ersten Mal so klar dieses niedergebeugte und verwüstete Land,

nein, denkst du, nein, und schaust noch immer in die drei traurigen Gesichter, in die drei Münder, die erzählen, nein, denkst du, nein,

denn eine mächtige, unfassbare Kraft zerstört in den Menschen alles, was sie früher heilig gehalten und woran sie geglaubt haben – wie ein Wind, der alles zur Erde niederbeugt, wie eine mächtige unsichtbare Hand, die es schon nicht mehr zulässt, sich noch einmal zu erheben oder sich wieder an allem zu erfreuen, aber schlimmer als alles ist es, dass du ihnen das überhaupt nicht erklären kannst, denn sie werden dich nicht verstehen, aber vielleicht hast du in dir selbst das noch nicht verstanden, was ihnen jetzt sagen müsstest, wenn du nur an die Rechtmäßigkeit und die Erhabenheit deines Hasses glaubst,

gut, sagst du, stellst dich aufrecht hin, trinkst das Wasser aus dem Scherben des Kruges, sonst hast du nichts mitzunehmen auf die Reise, die zwei Tage dauern wird, denn so weit ist etwa der Weg bis zum Ufer des Haffs, bis zum Brandfeld, ihr werdet alle zu Fuß gehen, denn sie haben keine Pferde mehr, nur ihre armselige Nahrung haben sie in Säcken mitgebracht, recht leer sind diese Taschen, die jene zwei, die ohne Lanze sind, am Rücken hängen haben, und du begreifst noch vieles, aber jetzt brauchst du nichts zu sagen,

darum zieht besser – und nicht allzu eilig – die ganze Zeit gegen Westen, bis ihr zu den gelben Ufern und zum blauen Leuchten gelangt, nicht allzu eilig – damit die Kraft ausreiche, die Reise zu Ende zu führen – werdet ihr euch an den Waldrand halten, die Dörfer meiden, wo es von bösen Menschen wimmelt, werdet aus den Flüssen trinken, euch Beeren pflücken, irgendwie werdet ihr schon nicht vor Hunger sterben, ihr werdet durch Furten waten, die Brücken meiden, alles meiden, solange ihr euer Ziel noch nicht erreicht habt – ihre goldgelben Ufer und das Leuchten des Wassers, und übernachten werdet ihr beim Feuer können, und vielleicht hat der, der die Lanze trägt, auch einen Feuerstein,

darum gehst du, in solchen Gedanken, schon durch den Wald, ihr geht alle drei, nein, jetzt denkst du schon an etwas ganz anderes, dass nicht einer von diesen drei Männern versprochen hat, dass du lebendig und gesund zurückkommen wirst; dass diese ihre Lanze eine so schwache und lächerliche Waffe erscheint; dass niemand dich vor dem beschützen wird, was du dir freiwillig ausgesucht hast, ein gemeiner Verrat, von dessen Gemeinheit die Steine zerspringen und die Bäume zerbersten müssen wie vom Feuer des Perkunas*,

aber warum sind die Steine nicht zersprungen und die Bäume nicht umgestürzt, als Tausende in die Flüsse und Seen stiegen, ihre Hosen über die Knie stülpten und sich taufen ließen – was hat ihr Geist eingebüßt, was haben ihre Herzen verloren, was wäre nötig, dass die folgsame Menge wieder erbebte vor Wut und Erbarmungslosigkeit und in den erhobenen Händen nicht hölzerne Kreuze glänzten, sondern der Stahl der Schwerter – vielleicht können sie schon nicht mehr erzittern: von einem Wort, von einem Fluch, von einem blutigen Opfer? wo sie tausendfachen Tod gesehen haben, wo schon die kleinen Kinder wissen, was Blut ist, was Qual und Verlust bedeuten, o wenn du das wüsstest! wenn du das wüsstest! vielleicht könntest du dann verstehen, was jetzt in den Seelen der Menschen und in ihren neuen Hütten vorgeht, und in den Städten, hinter den hohen Steinmauern, wo du niemals gewesen bist, du weißt nur, dass dort die Schwerter geschärft sind, härter sind als die Schwerter deines Stammes, dass gemauerte Kirchen errichtet worden sind, höher als die allerhöchsten Eichen der Heiligtümer; vielleicht könntest du dann verstehen, warum deine vielen Götter ihren einzigen Gott nicht besiegen können – nicht einmal Perkun selbst, der im Feuer

---
* oberste Gottheit der alten litauischen Religion

das Eisen wie Wachs schmelzen kann und einen Stein wie Talg, und was denken sie, die Getauften, dass sie sich auf die Steinböden in den Kirchen niederknien, voll Hoffnung auf das Gesicht des neuen Gottes blicken – erbitten sie von ihm dasselbe, was sie früher von den alten Göttern erbeten haben: Nahrung, Frieden, Gesundheit und noch einmal Frieden, dass unter ihm – wie unter der hohen, strahlenden Sonne – das Korn wogte und das noch schwache Hornvieh blöke, erwarten sie seinen Beistand in Unglück, Not und Krankheit? dort, sagen sie vielleicht, jetzt wirst du auch mein Gott sein, nur schütze mich vor Schwert, Feuer und Erbarmungslosigkeit, nur schütze mich, meine Frau und ihren Schoß und die Schöße meiner Töchter und den Schoß der Erde, des Wassers und des Hornviehs, bitten sie darum, bitten sie? du weißt es nicht,

und umsonst bemühst du dich, irgendetwas zu erblicken in den Gesichtern der drei Männer, die dich begleiten, als ihr euch im Kreis am Ufer des Bächleins aufstellt und einen Platz zum Übernachten aussucht, und als der Platz ausgewählt ist, geht ihr alle vier, um Schweiß und Staub von der Reise abzuwaschen, danach beginnen die zwei, die Säcke aufzuschnüren, aber einem verknotet sich die Schnur und der zweite wartet, die Hand in den Sack gesteckt, ohne etwas herauszunehmen, danach legen beide zur gleichen Zeit Brot und Fisch ins Gras, aber dir schnürt etwas die Kehle zu: Vom Geruch des Brotes, das du schon lange nicht mehr gesehen hast, auch aus Mitleid und Rührung stehst du schweigend auf und gehst zurück zum Bächlein, trinkst wieder Wasser, isst Schilfgras und kehrst erst wieder zurück, als es schon ganz dunkel ist, als sie alle drei schon zusammengerollt im Gras um die in die Erde gerammte Lanze liegen, und du legst dich neben sie, aber dieser Geruch von Brot und Fisch lässt dich nicht einschlafen, du wirst es nicht anrühren, das Brot der Besiegten und in die Knie Gezwungenen, darum stehst du auf, greifst nach ihm und schleuderst es irgendwohin, auf den finsteren Wald zu, aber morgen wirst du den ganzen Tag, bis zum Abend, hinter ihnen her durch das Dickicht vordringen, wirst durch die Furten waten oder den steilen Abhang hinaufklettern und selbst fühlen, wie die letzten Kräfte des Alters in den ausgedörrten Muskeln schwinden – sie verstehen das, vielleicht verstehen sie noch mehr, denn sie schweigen, als du ihr Brot weit weg schleuderst, schweigen, als du dich von neuem ins Gras legst – später, schon etwas zur Ruhe gekommen, fragst du, wie sie heißen, und sie antworten dir herzlich und ungezwungen: Jaušis, Keklys, Daukantas; aber es reicht dir immer noch nicht, darum schleuderst du ihnen nach kurzem Schweigen ins Gesicht: Ich frage nicht, mit welchem Namen euch die Mütter gerufen haben, sondern wie ihr euch jetzt gegenseitig nennt! – und du wärest zufrieden, wenn wenigstens einer aufspringen und die Lanze ergreifen würde: Priester, wenn du nicht aufhörst, werden wir dich töten! aber keiner springt auf, in ihren Augen ist wieder dasselbe warme und dichte Schweigen des Waldrandes, in dem die Worte von einem von ihnen zu hören sind: Jetzt heißen wir alle Jonas* – und du weißt schon, worüber du nachdenken wirst, in dieser ganzen kurzen Nacht, wenn es gleich wieder dämmern wird,

und ihr macht euch wieder auf den Weg, ohne etwas zu essen, gestern hast du ihr Brot und den Fisch in die Dunkelheit geschleudert, darum wagt es heute keiner, vor deinen Augen zu essen, und bis zum Abend werdet ihr alle gleich unter Hunger und Hitze leiden und vielleicht ist es dir gelungen, in ihrem Herzen das kleine, harte Samenkorn einzupflanzen, das auch dann nicht vermodern wird, wenn du selbst schon lange tot bist, danach werden sie es vielleicht ihren Kindern übergeben und den Kindern ihrer Kinder, am Ende wird es vielleicht noch austreiben und mit Blüten prangen, dunkelblau vor Stolz, denn irgendjemand muss doch säen, die ganze Zeit säen, sogar dann, wenn man weiß, dass man weder Blüten noch Früchte sehen wird, es soll wachsen unter der klaren und ewigen Sonne,

die jetzt Stunde um Stunde immer heißer wird, langsam beginnen sich schon die Wälder zu lichten, immer seltener werden die Fichtenwälder, immer breiter die Flüsse, schon geht ihr durch vereinzelte Kiefern, säuerlich riechen die Nadeln und in bräunlich goldenem Licht leuchten die Stämme, du spürst schon den näher kommenden Atem des Haffs:

an der weißen Farbe der Wolken, an ihrem Wiegen, das anders ist als dort, in der düsteren Welt der Fichten- und Erlen-

---
* litauische Form von Johannes

wälder, an einem anderen Flattern der Vögel in dieser weißen und klaren Höhe,

an der Stimme der Flüsse, an der ruhigen Musterung ihrer Windungen, wie sie sich sammeln und weitereilen, auf das große Wasser, auf den Ort der kommenden Ruhe zu;

an der Dichte des Windes, an dem Blühen der Blumen, an der Sattheit der Farben, an dem Willen einer jeden Blume, intensiver zu blühen als die ganze Wiese, heller zu leuchten als ein ganzes Blumenbeet;

an der Wärme der Erde, an der Hitze des Sandes, am Schatten der Binsen, an der Durchsichtigkeit der Luft, am Knacken der Steine, an irgendetwas, das dir den Atem einschnürt und dich ruft zurückzukommen, dazusein und nirgendwohin mehr fortzugehen.

II

Der Priester befahl, den Stier an das Ufer des Haffs zu führen, wo man, nachdem sich eine Menschenmenge versammelt hatte, das Tier tötete, die Eingeweide und Knochen auf offenem Feuer verbrannte, und während das Fleisch in einem großen Kessel kochte, betete der Priester auf besondere Weise zu den Göttern.

Aus Chroniken

Jetzt, wo sie dich allein in der Hütte zurückgelassen haben, setzt du dich langsam auf eine breite Kieferbank, im Abendlicht sind die Gegenstände nur mehr schwach zu sehen, obwohl die Tür der Hütte noch ganz weit nach außen hin geöffnet ist, wie gut ist es, allein in der halbdunklen Hütte zu sein, die ein jeder sich erbaut hat und hochhält, in der er seine Kinder zeugt, nährt und zum Weinen bringt, hier fühlt er sich sicher und mächtig – nicht so wie draußen, der Sonne, dem Mond, dem Wind und dem Blätterrauschen des Waldes ausgesetzt – nur hier kann er sich zurechtfinden in seinen Gedanken, die selten einmal gut oder lustig sind,

darum bist auch du jetzt allein, obwohl hier nicht deine Behausung ist, aber du machst die Tür ins Freie nicht zu, hörst auch die abendlichen Geräusche in dem kleinen Dorf am Haff, obwohl es schon nicht mehr viele Geräusche sind: ein Teil der Menschen wird, eingeschlossen in den Behausungen bis zum nächsten Sonnenaufgang, von dem umgeben sein, was alle am höchsten schätzen: vom Atmen der Kinder, vom Flüstern ihrer Lieben, den Sorgen des morgigen Tages und den schweigenden Wünschen, immer so zu leben; andere sind hinausgegangen in die Nachbardörfer, um Menschen zum morgigen Opfer zu laden, und wieder andere – das sind die Allerschwächsten – schlafen vielleicht schon: denen die Zeit noch nicht die Kraft und den Glauben an das eigene Leben gebracht hat, oder denen die Zeit schon alles genommen hat; denen es nicht einmal mehr Freude macht, ihresgleichen zu zeugen – das ist auch überhaupt keine Freude, dieses Aufleuchten von irgendetwas Wahnsinnigem in zwei Menschen, und danach verebbt es wie das Echo in den Wäldern, die schwachen, schreienden Geschöpfe zu sehen, die sterben werden, wenn du nicht stark genug bist, aber ihre Schwäche wird dich auch zwingen, stark zu sein und zu leben, als wärst du wirklich so, und sogar dann noch von ihnen zu träumen, wenn sie schon längst tot sein werden, nur die Allerältesten träumen schon überhaupt nichts mehr, höchstens leere, glänzende Sandfelder oder Herbstwälder, leergefegt vom Wind, und noch Kinder, die nicht wissen, wie schrecklich diese Welt ist, die den Neugeborenen als ihr Los zuteil wird, erst viel später werden sie verstehen, dass ein fremder Wille sie gezwungen hat, auf die Welt zu kommen, dennoch werden die Eltern nichts haben, womit sie dies rechtfertigen könnten, und langsam oder plötzlich werden sie sterben, ohne ihnen irgendetwas erklärt zu haben,

aber es wird solche kleine Dörfer immer wieder geben am Ufer des Haffs, und nicht weit von den alten Brandstätten wird sich immer wieder ein nicht zu verbrennendes Brandfeld erheben, nur du weißt nicht, ob die ganze Zeit über wenigstens ein grauhaariger Mensch in der Dunkelheit sitzen wird, der hartnäckig darüber nachdenkt, worüber du jetzt nachdenkst, ob wenigstens einer sitzen und mit dem Kopf nickend auf die Gewänder des Priesters schauen wird, die auf dem Tisch für das morgige Opfer vorbereitet sind – so ein alter, grauhaariger Mensch, für den es genauso an der Zeit ist zu schlafen, mit allen Alten zusammen, seine selten leergefegten Träume anzuschauen: zur Zeit des Vollmondes, des Erblühens der Natur, wenn der Mond aufgeht hinter dem schiefen Fenster der Hütte,

du weißt es wirklich nicht, aber langsam stehst du auf, fühlst den Schmerz der Übermüdung in allen Adern, Knochen und Muskeln, gehst, um die Tür zuzumachen, die stockdunkle Nacht riecht nach dem Holz der Wände und der Asche im Herd und nach allen Gegenständen, die an der Wand aufgestellt sind; mit ausgestreckten Händen gehst du in diese Richtung, wo der Tisch sein müsste; du betastest das Leinen darauf; die Hände kehren zurück zu deinem Körper; sie spüren das Tierfell, das du noch an dir hast; sie finden die Enden der verknoteten Bänder; sie entwirren sie, eine nach der anderen, aber das letzte gibt überhaupt nicht nach; du spannst die schmerzenden Muskeln beider Arme und des Rückens an und reißt es ab; die Felle gleiten an dir herunter, sinken leise auf den Lehmboden,

die Pelze von wilden Tieren sind doch wirklich von deinen Schultern gerutscht, du stehst nackt in diesem blinden Dunkel, die Haut deines Körpers spürt noch nicht einmal die Kühle der Luft, du bist so müde und gleichzeitig irgendwie leicht, für dich selbst leicht, und als ob du irgendetwas nicht glauben könntest, beginnst du die Brust zu betasten, die Schultern, den Bauch, die Oberschenkel, das Gesäß, jetzt spürt die Haut schon die kühlen Fingerspitzen, und wer hat dir gesagt, dass nach der Opferung die Fische, die davongeschwommen sind, wieder ins Haff zurückkehren werden – ins Haff, in die Netze, in die Körper der Männer und Frauen: und wie wirst du das bewerkstelligen, wenn du so wie alle bist: deine Haut, deine Muskeln, deine Adern und alles andere,

und alles andere, aber du weißt, dass du es bewerkstelligen wirst, dass du morgen den Fischen im Haff befehlen wirst, zum Ufer zu schwimmen, und den Käfern, sich im Uferschlamm zu vermehren, denn es gibt irgendetwas, das sogar den Augen und der Zunge befiehlt, dieser weißlichen oder rötlichblauen Zunge, die sich in der roten Höhlung des Mundes windet und imstande ist, alles zu erhören oder zu verfluchen, und nichts ist frei von dieser Herrschaft: die Flüsse halten die ihnen auf ewig gegebenen Namen in Ehren und die Schnecke kriecht unter den Stein, versteckt dort ihre Schande und ihre Widerlichkeit, darum möge diese Macht des Menschen in Ewigkeit dauern,

und du gehst hinaus ins Freie, schließt leise die Tür der fremden Hütte, schon mit den priesterlichen Gewändern bekleidet, du verstehst, dass es nicht mehr länger so ist, als gehörtest du zu diesem schwachen und müden Körper, den du eben betastet hast, und schon schreitest du durch das dunkle, schweigende Dorf, nur deine Füße spüren noch den Sand, der noch nicht ausgekühlt ist; noch steigst du auf die Schatten der Hütten im Dorf und hörst die Stimmen der Menschen in ihren Träumen und siehst die Gedanken, die sie im Schlaf sehen, schon weißt du nicht mehr, dass du in einer dieser Hütten das Fell des wilden Tieres, in das du deinen abgemagerten Körper geschmiegt hattest, am Lehmboden hast liegen lassen, dafür trägst du jetzt einen flammenden Geist, und es ist nicht wichtig, ob irgendjemand dich sieht, verfolgt oder einholen möchte: dieses große, gebückte Gespenst, das auf dem sandigen Weg zum Gipfel der Düne schreitet, wo im Licht der Nacht der Wald steht, und hinter dem Wald geht der orangene Mond auf, der aus der Tiefe des Haffs emporgestiegen ist, aus den ewigen Mächten der Erde, der du jetzt offenen Auges gegenübertreten wirst, die Hände zum Himmel erhoben, und so wirst du stehen bis zum Morgen und mit den Füßen im Sand der Dünen versinken, und den Mächten des Meeres wird nichts anderes bleiben, als auf dich zu hören, denn nichts erbittest du für dich, sondern nur für jene, die mit gleichem Los umhergehen, aus dem gleichen Los blühen, unter dem gleichen Los atmen, zusammen mit allen, die herumgehen, blühen und atmen, und du wirst sagen, dass sie ein schlimmes Leben haben, dass es sehr schlimm für sie ist: sie haben schon keine Fische mehr zu essen, sie haben schon nichts mehr,

obwohl sie sich in keiner Weise verfehlt haben, weder gegen das Haff noch gegen den Himmel noch gegen die Pflanzen, denn das, was sie Schlechtes tun, tun sie nur für sich selbst, für jemand anderen können sie es nicht mehr tun, und später werden sie besser sein, vielleicht sogar sehr gut und verständig, zürnt ihnen jetzt nicht für ihren Unverstand, aber wie sollen sie das werden, solange sie weinen im Dunkel der Hütten hinter jenem Wald, hinter jener Düne, denn sie haben ein sehr schlimmes Leben, sie haben schon keine Fische mehr zu essen, sie haben nichts mehr, obwohl sie sich auf keine Weise verfehlt haben, weder gegen das Haff noch gegen den Himmel noch gegen die Pflanzen, und was sie Schlechtes tun, tun sie nur für sich selbst, aber später werden sie besser sein, vielleicht sogar sehr gut und verständig, zürnt ihnen nicht für ihren Unverstand, aber wie sollen sie das werden, solange sie weinen im Dunkel der Hütten hinter jener Düne, hinter jenem Wald, denn sie haben ein sehr schlimmes Leben, sie haben schon keine Fische mehr zu essen, sie haben nichts mehr,

so wirst du wiederholen die ganze Nacht, die Hände im Morgengrauen gegen den Himmel erhoben, gegen den orangefarbenen Mond, der schnell grünlich wird, und von grünlich verwandelt er sich in durchsichtiges Blau, vielleicht bleibt er am anderen Ende des Himmels über den Wäldern stehen und erwartet die hoch aufragende Glut der Morgenröte,

die sich schon langsam über das Haff ergießt, sie beginnt zu leuchten in einem unbeschreiblichen gräulich violetten Licht: sein Wasser und die Wipfel der Kiefern, das Schilf am Ufer und die umgedrehten Boote, die aufgehängten Hanfnetze und sogar die kleinen blühenden Pflanzen, die sich ängstlich um deine nackten Füße winden, um deine Handflächen, noch immer hoch emporgehoben, vielleicht sogar dein Kopf und deine Gewänder, darum kannst du jetzt schon die steif gewordenen Hände fallen lassen und den stechenden Rücken beugen, das war die Stunde der großen Wandlung: vom Geheimnis zur Schau, zur vermeintlichen Klarheit, zum künftigen Brausen und Toben der Farben, obwohl einstweilen noch Ruhe herrscht, unterbrochen von den ersten Geräuschen des Tages:

vom schwachen Streichen eines schlaftrunkenen Flügels gegen den Ast, auf dem er dahindöst in Erwartung der Sonne; vom kläglichen Tschilpen eines Vögleins, das unter diesem Flügel noch vor den Eltern erwacht ist; und – schon nicht mehr von Geräuschen, sondern von sichtbaren Dingen, als da sind:

das langsame Herabgleiten einer weißen Feder durch die Äste der Kiefern, vielleicht ist sie ausgefallen, während der Vogel schlief, und konnte sich kaum mit den anderen im Flügel halten, und die Bewegung des Flügels warf sie zu Boden, aber noch hat sie nicht aufgehört zu gleiten, noch hat sie die Erde nicht berührt, sie steckt in einer Blumenspitze und zittert dort, als der Morgenwind sie wieder aufhebt, schon trägt er sie weiter von der Düne weg, zu den leichten Wellen hinunter, die noch immer ans Ufer schlagen, wo sie eine Ewigkeit schaukeln und schaukeln, weder imstande weiterzuschwimmen noch sich zur ewigen Ruhe hinzulegen in den feuchten Ufersand;

und wieder Geräusche: das Atmen der Wellen am Fuß der Düne, so gleichmäßig und beständig, dass es nicht wie ein Geräusch erscheint, sondern wie das Schaukeln der Ruhe und ihre Stimme; das Knarren des Baumes; der leise Ruf eines Menschen, man kann nicht einmal verstehen, was er bedeutet, klar ist nur das, dass im Dorf auf der anderen Seite der Düne schon die aus Kieferbrettern gefertigten Türen geöffnet wurden: in dieses gräulich violette Leuchten, in das eigenartige Dasein der Natur ohne Schatten, in diese Zwischenzeit, die sich noch immer dafür eignet, dass irgendetwas entsteht oder sich verändert, schon stehen diejenigen auf, für die du während ihres Schlafes um Sättigung und Wohlergehen gebeten hast,

darum machst du dich auf den Weg hinunter zum Wasser, schwer erhebst du deine eingeschlafenen Füße, berührst mit den herabhängenden Händen dein Gewand, das feucht ist von der Kühle der Nacht, zwischen den Zehen fühlst du die kleinen Sandkörner so klar, als ob sie dort knirschten, aber dieses Knirschen, wenn dort irgendetwas knirscht, tut überhaupt nicht weh, und im ganzen Körper ist es so leer, dass du überhaupt nichts mehr möchtest als dich der Länge nach hinzuwerfen in diesen Sand, in diesen Sand und einschlafen, ohne jemals wieder aufzuwachen, aber während du auf das Wasser zugehst, hörst du wieder viele Geräusche von der anderen Seite der Düne – das Knarren der Türen und irgendwelche anderen Geräusche, und in den Kiefern ertönen schon irgendwelche Stimmen, hinter den Wäldern ist wohl schon die Sonne aufgegangen, du siehst sie nur hier noch nicht, hier unten, beim Wasser, das du dennoch erreichst, du watest etwas tiefer hinein, du beugst dich und schöpfst es mit den Händen und lässt es über dein Gesicht rinnen, damit du dann, wenn du nach einer Weile wieder zurückgehen und zum Gipfel hinaufsteigen wirst, wieder rein und heilig seist, und du fühlst, wie gut dich dieses Wasser des Haffs erfrischt, vielleicht durch sein ewiges Blau, seine Erhabenheit und sein Wogen, und noch eine Weile stehst du da und siehst das alles an, danach erinnerst du dich an die Vogelfeder, die irgendwo von der Düne herabgeglitten ist, gehst nach rechts, nach links und erblickst sie wirklich, wie sie auf den Wellenkämmen schaukelt, weiß wie Schnee, aber es steht nicht mehr in deiner Macht, die Hand nach ihr auszustrecken, um sie in einiger Entfernung in den Sand zu stecken, damit sie vermodere, nachdem sie vom Regen geschlagen und von der Sonne getrocknet wurde, denn du selbst bist ja schon unter der Herrschaft anderer Mächte, ewiger, und in der Macht der Menschenliebe, die auch zu den ewigen zählt,

so wendest du das Gesicht zurück zum Abhang der Düne, in dem deine unregelmäßigen Spuren eingesenkt sind, du steigst hinauf, aber nicht in denselben Spuren, sondern etwas weiter weg, damit du sie die ganze Zeit sehen kannst, laut pocht in der Brust das Herz, jedes Pochen zeichnet sich schmerzhaft auf den Schläfen ab, du möchtest nicht stürzen mitten am Abhang, zwischen den Füßen verwickelt sich das lange Gewand, das du schon eine Ewigkeit nicht mehr angezogen hast, du spürst selbst, wie langsam, wie unheimlich langsam sich der Gipfel nähert, wo die Sonne scheint und die versammelten Menschen lärmen, sie aber haben schon dein von der Sonne bestrahltes Haupt gesehen, das langsam aufsteigt von dort, von unten, wo in den eingedrückten Spuren noch jenes gräulich violette Licht steht – sie haben schon dein Gesicht gesehen, die Schultern und die Brust, aber plötzlich verstummt der Lärm, und du steigst noch langsamer auf, damit sich dein klopfendes Herz wenigstens etwas beruhige und du Zeit hättest, alles auf dem Gipfel zu überblicken:

die Menge der Menschen, ihr ungeordnetes Herumstehen in Gruppen und ihre Bewegungen, wenn sie gehen, sprechen oder einfach nichts tun, nur stehen und schauen, was die tun, die eher gekommen sind oder erst jetzt herankommen vom anderen Abhang der Düne;

die Farben der Kleider, diese Buntheit, die satten Farben des Morgens und ihr Spiel, wenn weiß wie rosarot scheint, gelb wie orange, rot wie purpur, blau wie grün und grün wie gelb, darum ist alles so klar und tief, aber nicht lange – bis die Sonne höher steigt als die Wipfel der Bäume, aber bis jetzt ist sie noch nicht aufgestiegen, noch ist der Schatten der Menge sehr lang – diese Fläche von dunklerem Sand bis ganz zu deinen Füßen, und der Rand dieser Flächen bewegt sich ständig, wechselt seine Grenze, bewegt sich, zieht sich von dir zurück und auf die Seite, bis nichts mehr von ihm bleibt, dafür breiten sich jetzt gleichsam zwei Schatten auf den Seiten aus, und zwischen ihnen bleibt ein Weg, schon näherst du dich dem Anfang dieses Weges, schon gehst du auf diesem Weg, klar hörst du dein Herz pochen, hörst dein Atmen (und das vieler anderer) und einzelne, nicht mehr so laute Stimmen – als du so auf diesem Weg gehst, ohne jemanden anzuschauen, dorthin, ganz in die Mitte des Kreises, wo vier flache Steine liegen, siehst du, dass sie taunass sind, das heißt, sie haben sie am Vorabend hierher gerollt, vielleicht zu der Zeit, als du allein in der fremden Hütte gesessen bist und auf das Aufgehen des Mondes gewartet hast, und auf einem dieser Steine glänzt Eisen, das krumme Opfermesser, einer schmalen Sichel ähnlich, mit einem Holzgriff, in den alle möglichen Zeichen und Kerben eingeschnitten sind,

und wirklich, da ist das krumme Opfermesser, aber bis jetzt kannst du noch nicht verstehen, wie es hierher gekommen ist, du bückst dich und nimmst es, hältst es dir vor die Augen, um dich zu überzeugen, ob es scharf und spitz genug ist, und wegen eines dir noch unbewussten Wunsches legst du es seufzend zurück, in der Handfläche spürst du nicht mehr den rauen Griff, der deiner Rechten Kraft verliehen hat, du siehst nur, wie die Messerspitze von einem Strahl aufblitzt, der sich durch einen Spalt zwischen die Menschen zwängt und sofort wieder verlöscht, und du selbst siehst die Sonne noch nicht, die eben erst aufgegangen ist über den Wäldern auf der Seite des Dorfes, der aufrechte Kreis der Menschen verdeckt sie, er ist weit genug, dass du das Gefühl hast, beinahe allein in der Mitte zu stehen, zum ersten Mal lässt du die Augen schweifen über die Linie der Gesichter in weiterer Ferne, ja, hier sind keine Gesichter –

alte, faltige, mit aschgrauer Haut überzogene, mit dem verloschenen Glanz der Augen, da sind keine Gesichter, verzogen von langem Schmerz oder von den ständigen Qualen der Verkrüppelung;

zugerichtet von Narben und Geschwüren; Gesichter, die die Schönheit der Erde und das Blau des Haffs nicht sehen, und Gesichter, ewig angespannt und in Erwartung, ob sie nicht deinen Namen hören werden;

Gesichter, völlig ausdruckslos, ohne die Kraft des Gefühls, ohne die Macht der Gedanken;

Kindergesichter, wenn du sie anschaust, erscheint dir jedes Opfer zu klein oder bedeutungslos, denn du selbst hast befohlen, dass sie alle unten bleiben sollten, im Schatten des Dorfes, hier auf dem Berg sollten sich starke, gesunde und schöne Menschen versammeln, aber am Abend, wenn sie gegessen haben und von Überzeugung erfüllt sind, werden sie hinuntergehen und ihrem Land viele stolze und starke Menschen versprechen, die sie alle verteidigen können: sowohl sie selbst als auch diejenigen, die ewig warten im Schatten der Dörfer, aber immer voll Hoffnung nach oben blickend –

du wolltest doch immer, dass die Menschen gesund und stark wären, dass sie die Kraft hätten, das Schwert in Händen zu halten, das du für kurz so klar vor Augen siehst: lang, schwer, triefend vom schwarzen Blut des Sklavenhalters – so klar siehst du es, als du aufhörst, die gekrümmte Linie der Gesichter zu betrachten, dann kehrt dein Blick wieder zurück zu den vier Steinen, und aus dem Kreis treten Jaušis, Keklys und Daukantas vor – sie haben verstanden, was du suchst – und noch einer, gestern habt ihr euch zusammen in der Hütte besprochen wegen der Zeremonien, die vier gehen auf dich zu, tragen dicke Stricke in den Händen, und noch acht hochgewachsene Männer, alle bleiben dir gegenüber stehen, du gibst ihnen mit der Hand einen Wink, da drehen sie sich um und schreiten in Richtung des Dorfes, der Morgenwind bewegt ihre langen Haare, gegenüber tut sich ein anderer Weg auf, und jener, auf dem du gekommen bist, schließt sich langsam, füllt sich mit Gesichtern und Kleidern, und jetzt schauen alle in die Richtung derer, die weggegangen sind, aber man kann nicht gut sehen, denn sie sind gerade auf den Platz zugegangen, wo die vom All emporgehobene Sonne strahlt, und unten sind die schwarzen Hütten des Dorfes, umstanden von Menschen, die nicht auf den Gipfel der Düne hinaufgestiegen sind, dort liegt noch der Schatten des Waldes und ganz am Rand des

Waldes liegt der weiße Nebel der Nacht, noch dicht genug, um die zwölf Männer, die sich entfernt haben, zu verbergen, und

nach einiger Zeit ist darin das Brüllen des Stiers zu vernehmen, das dich wie ein süßer Taumel durchzuckt, darum schließt du die Augen und stehst bewegungslos da, du horchst auf irgendetwas tief in dir selbst, bis du aus dem aufgeregten Atem der Menschen verstehst, dass das Tier schon den Abhang heraufgeführt wird, schon siehst du seinen Kopf mit den breiten Hörnern wie aus der Erde heraussteigen und den großen Sonnenball, der kaum zwischen ihnen Platz findet, und dazu siehst du noch:

Stricke, die um die Hörner des Stieres gebunden sind, um seinen Kopf, um sein Maul, und zwei davon, die allerwichtigsten, sind unten geschnürt, um die Gelenke der Vorder- und Hinterbeine, ziehen sich unter dem Bauch durch und gehen kreuzweise über den Rücken auf die Seite, von der aus sie geschnürt sind – damit werden zwei Männer das Tier zu Fall bringen, dennoch sind diese Stricke noch ziemlich locker, aber alle anderen sind so angespannt, dass sie zittern;

die nach vorne gebeugten Körper der Männer und ihre nackten Füße, die in den Sand einsinken, ihre verknoteten Hände und die sehnigen Nacken, dem geführten Tier zugewandt;

Ungeduld und Angst in den Gesichtern der Menschen, wie sie in dem Wunsch, es schneller herbeizutreiben, mit den Händen fuchteln, und die Anstrengungen der Männer, es heranzuzerren bis zu den Steinen, neben denen du stehst, das Tier selbst sinkt in den Sand, genau bis zu der Stelle, wo die beiden gekreuzten Stricke zusammengebunden sind, irgendjemand von den Menschen reckt einen Knüppel in die Höhe, aber einige Hände ergreifen ihn auf der Stelle und verstecken ihn irgendwo, du hattest nicht einmal genug Zeit zu sehen, wie dieser Mensch aussieht, der daran geht, den zu schlagen, der gleich sterben muss;

die breite Stirn des Tieres, auf der schwarze und etwas gelockte Haare wachsen, seine zwei Hörner, sein Maul, seine Nüstern, aus denen sein Atem kommt, der Grübchen in den Sand bläst, wenn er den Kopf näher zur Erde beugt, den hohen Widerrist des Buckels und schließlich zwei kleine rote Augen, deren Blick du triffst, ohne es zu wollen, und das Tier selbst beginnt schneller auf dich zuzugehen, ganz als ob es verstünde, dass eben du – angetan mit diesem langen wehenden Gewand – hier der Wichtigste bist und es dich als Ersten vernichten muss, wenn es am Leben bleiben will, aber du nimmst das krumme Messer vom Stein und springst schnell zur Seite, und jetzt siehst du in etwas weiterer Entfernung seinen ganzen mächtigen Körper, von schwarzer, glänzender Haut überzogen, die sich in Falten zu legen beginnt, wenn er versucht, sein Maul zu dir zu drehen, das fest mit Stricken zugebunden ist, gewaltig von unverbrauchter Kraft, vom grausam ewigen Verlangen, seinen Riesenkörper im blinden Dunkel des Schoßes zurückzulassen, sein Brüllen und seinen grausamen Lebenswillen,

und ganz kurz blitzt dir ein Gedanke auf: wie konnte Keklys so ein großes Tier züchten, wo er doch selbst um vieles schwächer ist, wie konnte das raue und kurze Gras des Haffs sich in diese Muskeln, Knochen, Adern und in diese Haut verwandeln, die schwarz ist wie die Nacht, und ohne irgendwelche Gewissensbisse erinnerst du dich, dass du gestern Abend den Männern beigebracht hast, ihn herzutreiben, zurück von den Wiesen des Bischofs, und so haben sie es auch gemacht, sie haben die stierige Kuh vor sich hergetrieben und der Stier ist folgsam hinterdrein getrottet, er wurde gefesselt und hierher geführt, auf den Berg, wo sie ihn gleich zu Fall bringen werden, sobald du ihnen nur das Zeichen gibst,

und du hebst schon langsam die Hand in die Höhe, die Hand, in der du das Messer nicht hältst, du hebst sie ganz langsam, willst den Gedanken in deinem Kopf beenden: ob du den Menschen nicht etwas Schlechtes beigebracht hast, als du ihnen befohlen hast, von einem Dieb zu stehlen, aber nein: der Stier hat Keklys gehört, Keklys zum Dorf und das Dorf zum Haff, sollen sie doch nehmen, was sie aufgefüttert haben mit ihrem Gras und ihrer Kraft, gleich wirst du deine Hand, kaum merklich zitternd, mit einem Wink nach unten fallen lassen, aber noch hast du den Wink nicht gegeben, denn zwischen den zwölf Männern, die die angespannten Stricke halten, suchst du mit den Augen das Gesicht von Keklys, er ist so blass, deswegen steigt etwas wie Mitleid und Rührung in dir auf, die Hand fällt plötzlich nach unten, bleibt, das Gewand kaum berührend, in der Luft stehen, jetzt ist dein Gesicht vielleicht genauso wie das jenes Menschen, denn das Tier muss gleich sterben, ohne zu erfahren, warum die großen Wasser sein Blut und sein Leben nötig haben –

aber nicht deshalb, weil du die Blicke aller spürst, die auf dein Gesicht gerichtet sind, sondern deswegen, weil du gleich, wenn das Tier zu Fall gebracht sein wird und die Männer sich mit ihm messen werden, im großen Kreis allein zurückbleiben wirst, du wirst darin stehen wie inmitten eines leeren Platzes und auf deinem erblassten Gesicht Spannung und Müdigkeit wie Spinnennetze verspüren, und danach, wenn du mit dem krummen Messer in der Rechten herangehst, ohne zu wissen, ob es deiner Hand gelingen wird, das auszuführen, was viele Male gelungen ist, wenn du an den Stier herantrittst, werden die Augen aller sich wieder dir zuwenden, und du möchtest auf keinen Fall, dass auch nur einer wäre, der dächte, seine Gedanken von allem, was hier geschieht, abgewandt: der Priester ist schon alt, schon sehr schwach und alt,

das möchtest du auf keinen Fall, denn dort im Wald hast du dein Alter nicht so klar gefühlt, aber es war auch nicht diese Klarheit, dieses wehmütige Verstehen aller Menschen und ihres Lebens, als wäre dieses Opfer wirklich schon das letzte und niemals würden die Augen von Menschen es mehr zu sehen bekommen, nicht die Augen derer, die gerade auf die Welt kommen, genausowenig die Augen derer, die später kommen werden, und aller, die nach diesem später durch Tausende Jahre sein werden, aber jetzt blühen sie nur in den Blumen, säuseln in den Bäumen oder rollen von weitem wie Wellen heran und sickern in den Sand am Fuß der Düne,

deswegen wird das Land vielleicht sehr unglücklich sein, wenn es die Schönheit und Erhabenheit des Opfers nicht sehen und nicht begreifen wird, vielleicht werden die, die hier leben, einer am anderen vorbeigehen, die Augen zu Boden gesenkt, damit das Schicksal sie nicht bemerke und danach verlange, für das Licht des Himmels zu bezahlen oder für das Wogen der Wälder oder einfach dafür, dass es ihnen das Recht verliehen hat, zwischen all den anderen Menschen umherzugehen, sie zu sehen und zu lieben, möge es in Ewigkeit bleiben wie in dieser Stunde, wo die rote Farbe des Opfers die Lebenskraft segnen wird –

das Eisen in deiner Hand leuchtet auf wie die Hoffnung und nicht wie ein Zeichen des Todes oder Verlustes, du kneifst sogar die Augen zu vor seinem Leuchten, als du es mit einer kurzen Handbewegung in den Körper des zu Fall gebrachten Tieres stößt, du fühlst im Eisen seine hütende Kraft und sein Verlangen, am Leben und bei Kräften zu bleiben, hier zu sein, beim Haff, unter den Bäumen, zwischen den Gräsern, ohne irgendjemandem etwas anzutun, solange es niemand darauf anlegt, dich zu fangen, solange man dich nicht anderswo hinführt, wo du nicht wünscht und beabsichtigst zu leben, die Hand spürt noch, den Griff des Messers fest umklammert, wie die Kraft des Eisens die Lebenskraft überwindet, wie sie schwächer wird, wie sie in sich zittert und pocht, danach ziehst du plötzlich die Hand zurück, damit das Blut nicht die Gewänder bespritze, und im selben Augenblick schießt aus ihm ein heller weißer Strom hervor auf die Steine, rinnt breiter über seine Flanken herab, wird schnell dunkel und versickert im Sand, schließlich streckst du deinen Rücken, nimmst das Messer in die linke Hand, die Finger der rechten spürst du fast nicht mehr, bewegst sie einige Male, schwer atmend, wie damals, als du langsam die Düne hinaufgestiegen bist, bei Sonnenaufgang, und erst jetzt verstehst du, welche Ruhe den Gipfel umgibt, du läßt den Blick über die Gesichter der Männer und Frauen schweifen: niemand schaut mehr auf dich, nur auf das Blut, das auf den Stein rauscht, in den Gesichtern der einen siehst du Angst, in anderen ein seltsames Verlangen, in wieder anderen Neugier, in den Gesichtern der Übrigen siehst du Mitgefühl und den Willen, irgendwie zu helfen, die Todesqual des Tieres zu erleichtern, wenigstens seinem gläsernen Blick mit den Augen zu begegnen, und plötzlich, als hättest du dich jetzt erinnert, streckst du beide Hände von dir, in deren einer du noch das rote Messer hältst, streckst sie zur Seite, um zu zeigen, dass niemand den Blick zum Haff und das Schäumen des Blutes verstellen solle, das für sie bestimmt ist und nur ihretwegen vergossen wird,

und die Menschen bewegen sich gehorsam und leise und du trittst hinter den Kreis: wo der Gipfel der Düne endet, wo der Abhang plötzlich zum Wasser hin abfällt, bleibst du stehen, hebst beide Hände empor, siehst, wie in einer das rote Eisen des Messers glänzt – in dieser blauen Farbe, im Leuchten des Wassers siehst du so klar, als hättest du im Hinterkopf Augen oder schautest auf dich selbst mit den Augen der nebenstehenden Menschen, die sich hinter deinem Rücken in einiger Entfernung im Halbkreis aufgestellt haben, du erblickst so deutlich:

dein Gewand, das ganz bis zum Boden fällt, bis zu den nackten Füßen, sogar die Schatten in den Falten des Gewandes, sogar die gelbe Haut der Arme bis zu den Ellbogen hinauf, denn deine weiten Ärmel sind herabgerutscht;

deine eigene Silhouette, nicht sehr deutlich im flimmernden Hintergrund des Himmels und dem großen Wogen des Wassers;

das blendende Weiß vereinzelter Wolken: in dieser Richtung, der du beim Stehen das Gesicht zuwendest, in dieser Richtung, wo sich kein Morgenlicht mehr ausbreitet;

einen Vogel heranfliegen, den du noch nie gesehen hast, von dort, vom Zusammentreffen von Wasser und Wolken, aus der Weite, die niemand kennt, wie auch niemand den Wunsch dieser Vögel kennt, irgendwohin zu fliegen, langsam mit den weiten Flügeln zu schlagen: vielleicht lockt sie die Tiefe der Himmelsspalten und das aus ihnen durchbrechende geheimnisvolle Licht, viel geheimnisvoller als das, das täglich glänzt auf Blättern, Steinen, auf den Spitzen der Gräser, vielleicht ziehen irgendwelche andere unbekannte Kräfte sie in die Ferne, was und wie auch immer es dort sein möge,

der Vogel nähert sich langsam deinen erhobenen Händen, dem blutigen Messer, er trägt das Zeichen, dass das Opfer dieses Tages angenommen ist, schon bemerkst du an den Bewegungen der Flügel sogar die Farbe der Federn auf der Unterseite, aber in deiner Brust ist keine herzzerreißende Freude, auch nicht die atemraubende Feierlichkeit des Endes, nur Traurigkeit und Müdigkeit, und jetzt, bevor du den Mund öffnest zu einem Schrei, weißt du schon, woher das alles in dir kommt, aber zuvor hast du es vielleicht nicht gewusst, aber da ist noch irgendetwas, was – wie die Vorahnung eines Unglücks – alle Gedanken und Gefühle abwürgt: deine laute Stimme, auf das Wogen des Haffs gerichtet, auf den fliegenden Vogel, keinerlei Ende sein wird, keinerlei Gipfel, nichts wird sein, oder genauer –

überhaupt nichts soll sein, denn das, was in Wirklichkeit wichtig ist, wird in fernerer Zeit geschehen, während diese Müdigkeit und Traurigkeit anhält, oder vielleicht noch später, vielleicht erst nach einigen Sonnenaufgängen, obwohl das, was geschehen muss, unausweichlich geschehen wird und sich irgendeinem noch nicht begriffenen Ziel nähert wie der Flug des Vogels aus der Tiefe des Haffs, dieses unbekannte Zeichen der Macht, das vor deinen Augen in der Luft flattert, schimmert und sich verwandelt, gerade hier, über deinem Kopf und dem erhobenen Messer, plötzlich öffnest du den Mund, schleuderst den Schrei in die Höhe wie einen Stein, wie einen grellroten Gegenstand:

ES SEIEN FISCHE! ... es sollen Fische sein im Haff! willst du aus dir herausschreien, aber für das letzte Wort geht dir die Luft aus, vielleicht fehlt diese zitternde Freude im ganzen Körper, du hörst nur, während du das Messer senkst, schon das Schreien der Menschen hinter deinem Rücken, anfangs schwach wie ein Rauschen, aber sogleich zunehmend an Kraft und Beklemmung:

ES SEIEN FISCHE! ES SEIEN FISCHE IM HAFF! und der Vogel dreht sich plötzlich nach rechts, nach rechts und etwas in die Höhe, die Spitze dieser Kiefer überfliegend, aus der heute Morgen die weiße Feder herabgeglitten ist, aber weiter verschwimmt sein Weg wieder mit irgendeiner unsichtbaren Linie, weitergezogen in der Luft vom Ende seines Schnabels bis zu dem in der Ferne blauenden Wald, und dann knirschen hinter dir die nackten Füße der Männer und ihre Kleider, viele von ihnen gehen den Abhang hinunter zum Wasser, zu den Booten und Netzen, und du weißt, dass sie am Abend zurückkommen und lächeln werden, die Hände ausgestreckt mit zappelnden großen Fischen, auch die werden lächeln, die am Gipfel zurückgeblieben sind, das Fleisch des Stieres zuzubereiten, nur die Eingeweide werden sie dem Haff übergeben, wo sie lange im Wasser treiben werden, grünlich, blau und rot glänzend, und der Dampf über den großen Töpfen wird im Licht des Sonnenuntergangs ebenso rot erscheinen, du weißt das, so ist es nicht erst einmal gewesen, aber dennoch schaust du unruhig auf die vier kleinen Boote, die hartnäckig weiter in das Haff hinausrudern, noch sind in ihnen die kleinen und bekümmerten Menschen zu sehen, und diejenigen, die um dich herum durcheinander wogen im lustigen Lärm, die sehen gar nicht so aus, so sieht auch diese Gruppe nicht aus, die von unten, vom Dorf, herankommt – Greise, Kinder, Kranke,

Schwachsinnige und alle anderen, die nicht genug Kraft zum Leben haben, aber dennoch an deine Kraft glauben, und sie wissen nicht, wie schmerzlich und unruhig jetzt das Herz in deiner Brust schlägt: aber vielleicht werden die Fische nicht zurückkehren ins Haff und die Würmer im Uferschlamm sich nicht zu vermehren beginnen, denn auch du selbst hast es doch nicht im Voraus gewusst: weder damals, als du ihr Brot in die Dunkelheit geworfen hast, noch dann, als du am Rand der Düne gestanden bist mit dem roten Messer in der erhobenen Hand, aber du hattest doch keinen anderen Ausweg als ins Haff zu gehen, du konntest ihnen doch nicht deine Zweifel sagen, du hattest keine andere Wahl, als das schwarze Blut des Stiers zu vergießen – wie ein Stein das Moos nicht von sich wegreißen kann, wie ein Baum sich nicht von dem Platz wegbewegen kann, wo sein blässlicher Keim aus der Erde hervorgekommen ist,

deswegen hat dich hier auch fürderhin niemand mehr nötig, weiter werden sie ohne dich leben, und je länger, umso weniger wirst du ihnen nötig sein, als ob du langsam mit einem Holzboot irgendwohin in die Dämmerung fahren würdest, in dunkle, neblige Wasser, jedesmal kleiner werdend, schmelzend, verschwindend, zusammen mit einem machtlosen flackernden Geist, und wirklich sieht es jetzt schon so aus, wenn du mit gesenktem Kopf das krumme Messer anschaust, das zu nichts mehr taugt, du wirfst es in den Sand, langsam gehst du zur Seite, du willst nur mehr das eine: dich etwas weiter weg hinsetzen unter einer Kiefer, den stechenden Rücken an ihren Stamm lehnen, die Augen schließen und sitzen, dabei dem Lärm und dem Lachen der Menschen zuhören, bis sie sich an dich erinnern, und wenn sie sich nicht erinnern, – wirst du dennoch gegen sie weder Zorn noch irgendetwas dergleichen fühlen,

und jetzt sitzt du schon so da, den Kopf etwas nach hinten gelehnt, spürst am Hinterkopf die raue Rinde, aber die Augen schließt du noch nicht, in ihnen verändern sich, bewegen sich die Figuren der Menschen, die Farben der Kleider, die Flecken ihrer Gesichter, für einen Augenblick taucht in diesem dünnen Nebel ein buckliger Krüppel auf, genauso undeutlich wie alles andere, dennoch kannst du aus Müdigkeit nur mehr die Augen schließen, du kannst aus deiner Erinnerung nichts mehr herausreißen, durch die schwere Decke dieses Tages, durch irgendwelche großen und drückenden Scheiben und Stücke vielleicht wird die Erinnerung dir später irgendetwas flüstern, wenn du erholt bist, oder vielleicht wirst du dich niemals mehr an diesen Krüppel erinnern: entweder wird die dir zugemessene Zeit für ihn nicht ausreichen oder das alles wird schon keine Bedeutung mehr haben.

III

Der Bischof befahl, die 73 Menschen aus allen acht Dörfern in die Burg zu treiben, auf dass sie schwer bestraft würden... Der Bischof befahl, dass alle Ausgepeitschten an jedem heiligen Tag beim Altar stünden, aufmerksam der Predigt zuhörten, jährlich zur Beichte gingen, die Sakramente empfingen und auf diese Weise sich mit der Kirche versöhnten.

Aus Chroniken

Du gehst, ohne den Kopf zu heben, die ganze Zeit bemüht, unter deinen Füßen den Straßenstaub zu sehen und die armseligen Grasbüschel, die mit unverständlicher Hartnäckigkeit jeden Frühling an derselben von Rädern und Hufen zerstampften Stelle austreiben, und dir voran gleitet der Schatten des Pferdes und des Menschen, der auf ihm sitzt, und neben diesem Schatten, kaum ein paar Fuß breit zur Seite, gleitet noch einer, aber ein sehr schmaler – es ist der Schatten der Lanze, die der Reiter auf seinem Fuß abgestützt hat, die Spitze aber hält er senkrecht erhoben wie zum Zeichen der Drohung, und dieser Schatten ist nicht gerade, es ist, als schlängle er sich, wenn er auf die alten Radspuren, auf die Erdklumpen und Steine am Straßenrand fällt, darum erinnert er an einen Strick, den er nachschleift – vielleicht an denselben, mit dem sie dir an diesem Morgen die Hände auf den Rücken gebunden haben: nicht an den Handgelenken, sondern oberhalb des Ellbogens, und sie haben fest zugeschnürt, obwohl sie doch selbst begriffen haben, dass du zu alt bist, um davonzulaufen, – sie haben zugeschnürt, dass du die ganze Zeit daran zu leiden hast, während du getrieben wirst durch blendende Hitze und Staub und mit ausgedörrtem Mund nach Luft schnappst, dazu ständig den größer werdenden Schmerz spürst in den Schultern, im Nacken, im Rücken, und die eingeschlafenen Hände, schon beinahe leblos, baumeln am Rücken, und obwohl du sie nicht sehen kannst, weißt du, dass Keklys, der hinter dir geht, sie sieht, und die Hände von Keklys wieder ein anderer, und die Hände von diesem ein dritter, und so dahin der ganze Zug der gebundenen Männer und Frauen, nur die letzten Hände einer Frau oder eines Mannes sehen nur die beiden Reiter, die diese lange Kolonne beschließen, die vom Staub überzogen ist, der von nackten Füßen aufgewirbelt wird, aber ob die irgendetwas sehen, das weißt du nicht, denn du schaust nicht zurück, du erhebst die Augen nicht von diesen armseligen Grasbüscheln, vielleicht wirst du sie bis zum Ende dieser Reise nicht erheben, wenn deine Kraft nur ausreicht, um bis zu den funkelnden Türmen der Stadt zu gelangen, bis zu ihren weißen Kuppeln, wo, mit dicken Gesteinsbrocken ummauert, die Feinde wohnen, die dabei sind, sich zu beruhigen, und an den Abenden steigen sie in diese Türme und schauen in das langsam wogende Haff, in den blauenden Umkreis der schweigenden Wälder, auf die gehorsamen Menschen, die auf den Feldern über die letzten Arbeiten des Tages gebückt sind, vielleicht sogar auf dieselben, die, mit Stricken gebunden, jetzt hinter dir nachfolgen, um an einen Platz gebracht zu werden, wo sie noch mehr erniedrigt werden, warum haben sie auch am neuen Gott gezweifelt, an der Rechtmäßigkeit seiner Knechtschaft, warum sind sie hinter dir her auf den Berg gestiegen, haben Beichte und Gehorsam vergessen, obwohl sie doch selbst ihre Strafe kannten, du spürst das aus dem hartnäckigen Stampfen der Füße, aus dem Schweigen, das einen kleinen Teil des Raumes um den aufgesprungenen Mund eines jeden umhüllt, und noch aus irgendetwas anderem, das den ganzen langen Zug wie eine Staubwolke begleitet, und du fühlst so klar dieses irgendetwas hinter deinem Rücken, hinter deinen eingeschlafenen Händen, du trägst es auf den Schultern wie einen Stein, der mit jedem Schritt, den du machst, mit jeder Biegung des Weges immer schwerer wird, immer tiefer deinen Kopf und deine Gedanken hinabbeugt, alle anderen überdeckt – und deine Gedanken, die schon gestern Abend wie ein Messer dein Gehirn durchbohrt haben: „und die Fische sind doch nicht ins Haff zurückgekehrt", denn leere Boote sind in der Dunkelheit ans Ufer herangeschwommen und traurig sind die Ruder aus Erlenholz ins Wasser geklatscht, und leise hast du zu den Fischern, die zu dir heraufgeklettert kamen, gesagt, dass man nicht verlangen darf, dass die Fische so schnell im Haff auftauchen, vielleicht wären sie sehr weit weg geschwommen, sie hätten es einfach noch nicht geschafft, zurückzukommen, aber du hast selbst gespürt, welch schmerzlicher Ausdruck über dein Gesicht gefahren ist und wie erschrocken, wie schweigsam die Fischer dir gegenüber gestanden sind in ihrem noch vom Wasser nassen Gewand, danach haben sie sich umgedreht und sind zu denen gegangen, die getanzt und gesungen haben, danach hast du sie nicht mehr gesehen, aber dennoch weißt du, dass sie jetzt hinter dir hergehen, in der Mitte des Zuges, obwohl du dich nicht ein einziges Mal umgedreht hast seit der Morgenfrühe, als du auf der frisch überzogenen Liegestatt geschlafen hast und bis zur Morgenröte nicht aufgewacht bist, wie du dir am Abend vorgenommen hattest, und du bist nicht zurückgegangen in deinen Wald, in dein Nest im Wipfel der Eiche, denn so sehr hat dich die Reise der letzten Tage ermüdet, die Zeremonien des Opfers, deine eigenen Gedanken und Gefühle, daher bist du halb wach in einer fremden Hütte gelegen, hast langsam die Geräusche in dem kleinen erwachenden Dorf vernommen, obwohl du da vielleicht noch Zeit genug gehabt hättest, dir den alten Tierpelz über die Schultern zu werfen und noch im Wald zu verschwinden, bevor das Stampfen der Pferde zu hören war, das Geschrei der Frauen, das Weinen der Kinder, aber du bist dagelegen wie zuvor, als hättest du die ganze Zeit, seit du den Wald verlassen hattest, gewusst, was dir geschehen wird, als hättest du blind gewollt, dass das Unvermeidliche geschieht – bis sich die bewaffneten Leute des Bischofs hereindrängten, die nicht Platz fanden in der niedrigen Hütte mit ihren Schwertern und Lanzen, sie befahlen dir, dich anzuziehen, und du setztest dich schweigend aufs Bett und strecktest langsam die Hand nach den Kleidungsstücken aus: beide lagen nebeneinander – das alte Fell und das Priestergewand von gestern, es hatte schon sein reines Weiß verloren, aber es war noch weiß und sauber genug, und du wähltest dieses und sahst, wie sie alle sich Blicke zuwarfen, sie banden dir die Hände oberhalb des Ellbogens zusammen und stießen dich hinaus in das blendende

Licht der Frühe, trieben dich gerade auf die Sonne zu, auf die Wiese, anfangs konntest du nicht einmal sehen, was dort geschah, nur später, ganz aus der Nähe, erblicktest du die große Menge der Menschen, die zusammen mit ihren langen Schatten erstarrt waren, und tratest näher, blicktest ihnen in die Gesichter, klar verstandest du die Hoffnung, mit der alle auf dich blickten, aber du konntest kein Wunder tun, schweigend stelltest du dich an den Anfang des Zuges, danach machtet ihr euch alle auf den Weg, und auch jetzt gehst du noch, den Kopf gesenkt, aufmerksam auf das horchend, was in dir vorgeht, du sparst deine Kräfte, schaust weder nach vorne noch auf die Seite, wo sich kein Straßenstaub mehr niederlegt: nicht auf das Gras, nicht auf die Sträucher, nicht auf das Schimmern der Bäume, doch du müsstest den Kopf gar nicht viel heben – und du würdest die Welt wie in der ganzen Klarheit und Tiefe des ersten Sehens erblicken, aber auch so hast du immer geglaubt, dass die Welt, in der du lebst, schön ist, und dass es eine schönere als sie nicht geben kann, aber das unnötige Schauen auf sie könnte dir dennoch nicht mehr Kräfte geben, darum wirst du besser gehen und gehen, ohne den Kopf zu heben, hinter dem gleitenden Schatten der Lanze, und unter den nackten Füßen den heißen Staub der Straße und die Büschel niedriger Gräser sehen, die mit unverständlicher Hartnäckigkeit immer an derselben Stelle austreiben; du wirst gehen und gehen, wirst den Schatten aller Biegungen, Erhebungen und Senken nachgehen und nur noch das Wachsen der Wiese um dich her spüren, die Kühle der Bächlein, selten wird dich frösteln vom kalten Wasser der Furten oder vom Schatten eines Baumes über deinem Kopf; du wirst gehen und gehen durch die immer öfter anzutreffenden Dörfer, in denen du vielleicht irgendwann einmal gewesen bist, wo dich vielleicht die Menschen kennen, die in Gruppen zusammenstehen, in der Mitte der Wiesen, in der Mitte des Feldes oder an den Wänden ihrer Häuser, du wirst durch ihr erschreckendes Schweigen wie durch ein aufgewirbeltes Wasser waten, das dir den Atem nimmt, und du wirst wieder weitergehen, voller Angst über all das nachdenken, und hinter einem der Wälder wird dieses Dorf liegen, wo dein Anfang lag im Schoß einer jungen schönen Frau und du lange in ihrem Dunkel überall hingetragen wurdest, wohin sie nur selber ging: über die Felder und Wiesen, auf den Wegen am Waldrand und den großen Fluss entlang, wo du das Licht der Welt erblickt und sofort geweint hast wegen ihrer wunderbaren Schönheit, aber vielleicht gibt es dieses Dorf hinter dem Wald schon nicht mehr, vielleicht fliegt nicht einmal mehr Asche über die leere Stätte, nur über den Steinen, über dem Grab dieser Frau, wachsen irgendwelche Blumen mit groben Blüten – diese hellvioletten Distelblüten, zu denen die Hummeln kommen, und so fliegen sie ohne Eile den ganzen Tag, denn diese Fläche ist groß, sie müssen viel herumfliegen, aber jetzt wirst du diese mitleidigen Insekten nicht sehen, nichts wirst du sehen über den Wipfeln des Waldes, höchstens in der Ferne hinziehende Wolken, den deutlicher hervorragenden Wipfel irgendeiner Tanne und neben ihm einen kleinen, flimmernden Punkt, der nichts anderes ist als ein einzelner Vogel, der sich in den Mittagshimmel erhoben hat, um Kühle und Ruhe zu suchen; so bist du schon an dieser Stätte vorbeigegangen, hörst nur das Gestampfe der vielen Füße auf der Landstraße, irgendjemandes Weinen am Ende des Zuges, wo die gefesselten Frauen gehen, und das trockene Röcheln im Mund, wenn du die Luft einziehst, und jetzt glaubst du, dass du bis ans Ende gelangen wirst ohne hinzufallen, denn schon ist es nicht mehr weit zu gehen, was dir aus der breiter werdenden Straße klar wird, aus den öfter auftauchenden Dörfern, sogar aus dem schneller trabenden Pferd und aus anderen Zeichen, und als der Wald endet und die Sonne dir wieder auf den Kopf brennt, hebst du ein einziges Mal die Augen, ganz kurz:

jenseits des Flusses leuchten die roten Mauern der Stadt, gegenüber diesen Mauern blitzt der große, schöne Fluss –

und gleich senkst du sie wieder, bemüht zu erinnern, was du gesehen hast in diesen wenigen Augenblicken, als du in die Ferne geschaut hast:

dieses Rot von irgendwelchen großen Gebäuden, vielleicht fünf oder sechs, auch das Rot zweier Kirchen mit Kreuzen;

dieses Zusammengedrängtsein mitten im weiten Raum, das so eigenartig erscheint für einen, der alt geworden ist zwischen den Feldern, Wassern und Wäldern, und in dem irgendetwas Bedrohliches steckt, als wollte es Aufstellung nehmen oder sich rüsten für eine Schlacht;

diese scharfen, künstlichen Linien: der Dächer, der Türme, der Gesimse, diese Aufteilung der Weite, zwei weiße Wolken über allem, aber schon klopfen die Hufe des Pferdes auf die breiten Balken der Brücke, und mit der ganzen Willenskraft bringst du dich dazu, nicht auf den Fluss zu schauen, an dessen Ufern du geboren und aufgewachsen bist – vielleicht wirst du dich später selbst beschuldigen, warum du ihn überschritten hast, den Kopf gesenkt wie ein Feigling oder Verbrecher, aber es wird noch viel Kraft brauchen, noch haben sich gegenüber die eisernen Stadttore nicht geöffnet, nur für eine Weile bleiben alle stehen, schon öffnen sie sich, so klar ist die Vorahnung, dass du niemals mehr durch sie hinausgehen wirst, sie treiben euch wieder vorwärts, jetzt hebst du plötzlich den Kopf, als hättest du irgendeine markierte Linie überschritten, du hebst den Kopf und schaust auf beide Seiten:

auf die Häuser, auf die Wände auf der einen oder anderen Seite, auf die große Zahl der Fenster, Türen, Tore, Einfahrten, unter den Füßen glühen die Pflastersteine, du wirst dich wieder bemühen, alles sofort mit einem Blick zu überschauen, sogar die Gesichter der Menschen auf beiden Seiten der Straße, sogar den Ausdruck der Gesichter, sogar das, was sich hinter ihnen verbirgt, die Eigenart der Kleidung, du wendest dich um – das graue Gesicht von Keklys, er geht ebenso mit erhobenem Kopf, bemüht, den Ausdruck des Schmerzes in den Augen zu verbergen, du willst nicht das laute Klappern der Hufe hören, das Gejohle der jungen Burschen, du willst nur wissen, ob die Frauen, die am Ende des Zuges gehen, nicht mehr weinen, ein Kind bewirft dich mit Pferdemist, dein Kleid ist so lächerlich lang, und wieder trifft dich dieses nicht schmerzende, weiche Zeug ins Gesicht, ihr bleibt vor den Eisentoren auf der Straße stehen, sie treiben euch hinein, die Tore schließen sich, hier ist ein großer Hof, ein Haus aus roten Mauern, vielleicht hast du es auch gesehen, als du die Augen zur Stadt erhoben hast, die in der Ferne leuchtete, irgendwelche lang gezogene hölzerne Gebäude befinden sich weit hinten im Hof, vielleicht Scheunen oder Speicher oder Schuppen, kurz tauchen zwei Frauen zwischen ihnen auf, die irgendetwas tragen, aber diejenigen, die gefesselt am Ende des Zuges stehen, kannst du noch immer nicht sehen, die Reiter steigen von den Pferden, lockern die Beine, es kommen noch mehr Bewaffnete, sie zeigen mit den Fingern auf dein Gesicht und lachen, sie zeigen auf dein grau gewordenes langes Gewand, die grauen Haare und den Bart, stoßen dich irgendwohin nach vorne, du steigst über Holzstiegen an einem Schuppen oder Speicher vorbei, oder an der Gefängnistür, du bleibst allein in völliger Dunkelheit,

du bleibst stehen, siehst nichts, die Geräusche des Hofes sind hinter der zugeschlagenen Tür geblieben, die Fußsohlen spüren etwas Hartes und Kühles, aber du vertraust diesen zerschundenen, blutigen Fußsohlen nicht allzu sehr, du ziehst die Luft ein, die nicht nach irgendwelchen Gegenständen riecht, vielleicht riecht das schwarze Dunkel von sich selber so, du machst die Augen auf, die du geschlossen hattest, als du horchtest, ob du nicht irgendetwas hörtest im Hof, jetzt machst du sie schon auf, das Dunkel ist noch genauso blind und riecht von sich selbst, vorsichtig bewegst du dich nach vor, bis du, ohne dir wehzutun, mit den Knien an irgendetwas Hartes stößt, du schleichst dem entlang, spürst es die ganze Zeit mit den Füßen, danach begreifst du, dass das eine Bank ist, vielleicht gibt es in der Dunkelheit noch andere Gegenstände, jetzt schleichst du in die andere Richtung ganz bis zur Wand, und wieder in eine andere, langsam machst du dir im Kopf ein Bild von diesem dunklen Raum, findest wieder zur Bank zurück, setzt dich auf sie: anfangs ganz vorsichtig, dann streckst du den Rücken immer mehr, die leblosen Hände hängen nach hinten, du spürst die Härte der Bank mit dem dünnen Gesäß, jetzt überkommt dich der Schmerz in den Schultern, im Rücken, im Genick, in den Seiten, in den Füßen vollständig, er beginnt, wie ein Fluss über dich zu rinnen, wie ein wütender Strom, er reißt und zerrt an den Muskeln, Waden, Gelenken, Knochen, du siehst sogar diese rote, gurgelnde Farbe, die dich aufhebt und trägt, das Holz der Bank, die Kühle des Lehmbodens, den Geruch der Dunkelheit und die Dunkelheit selbst, alles vermischt sich und verschwindet in eins – alle Gedanken und der Wille, aber dennoch wehrt sich irgendetwas – klein wie ein Käfer – dagegen: ganz langsam, einmal in diesem wütenden Rot versinkend, dann wieder auftauchend, und jetzt bemühst du dich, alles aus der Nähe anzuschauen, um besser die dünnen Füße des Käfers zu sehen, die flatternden, durchsichtigen Flügel, das schwarze Köpfchen, nicht größer als ein Mohnkorn, das hoffnungslose Bemühen, sich vorwärts zu bewegen in diesem wallenden Strom oder sich doch wenigstens an einer Stelle halten zu können – vielleicht ist es die Zeit, aber es gelingt ihr nicht, diesen Käfer wenigstens etwas länger vor deinen Augen zu erhalten, denn plötzlich schleudert ihn der Strom zurück wie einen Strohhalm, noch leichter als einen Strohhalm, du spürst nur noch irgendwo in der Nähe das Flattern seiner Füße und Flügel – vielleicht ist das wirklich die Zeit, darum ist es schade um dieses vorzeitige Verurteiltsein und die hoffnungslosen Anstrengungen, sich wenigstens auf der Stelle zu halten – es ist doch viel leichter, sich diesem Strom in seiner wütenden roten Farbe zu überlassen, dennoch wirst du unaufhaltsam zurückgetragen werden:

auf der Straße der Stadt, auf den heißen Pflastersteinen, wo dich die jungen Burschen verspottet und mit Pferdemist beworfen haben, und durch die Tore der Mauer entfernst du dich im Staub, zu dem großen Fluss und zur Brücke hin: allein, ohne Wache, die Arme über den Ellbogen gebunden, und von der Brücke aus wirst du in das fließende Wasser des Mittags schauen, auf die blauen Fische an der ruhigen Oberfläche, auch alles andere wirst du machen, was du nicht machen konntest, als du hierher getrieben wurdest: mit ruhigem Gesicht wirst du dich den Dörfern am Waldrand nähern, wo vornehme Menschen mit dir zusammentreffen werden, sie werden auf die Stricke und auf das lange Gewand ohne Mitleid und Unterwürfigkeit schauen, und du wirst sie ansprechen, sie mit schönen Namen nennen, und wirst wieder weitergehen, vielleicht in andere Dörfer dieser Art, die zwischen den Wäldern, Flüssen und Steinhalden verstreut sind, vielleicht wirst du durch die Wiesen waten oder dich erholen im Schatten der Bäume, und vielleicht wirst du am Ufer des Haffs stehen und die heranschlagenden Wellen die geschundenen, blutigen Füße waschen lassen, oder du wirst durch jenen Wald gehen, um die Hummel in diesen hellvioletten Distelblüten zu sehen, dort wirst du eine schweigende Frau treffen, die du über alles geliebt hast, sie wird deine Stricke lösen, dich bei der Hand nehmen und führen, überallhin, wohin sie selbst gegangen ist: durch die Felder und Wiesen, auf den Wegen am Waldrand und den großen Fluss entlang – jung, schön, lächelnd – und du: traurig, alt, leidend, verachtet, verfolgt und verjagt,

und plötzlich zuckst du zusammen bei dem Gedanken, der dir klar aufleuchtet durch den Schmerz und die Zartheit der Bilder: und doch wirst du wieder zurückgehen müssen, hinter dem Schatten des Pferdes her, durch Hitze und Staub – aus dem Licht der Freiheit und aus dem Wohlergehen, aus dem Glanz jenes Lebens in weiter Ferne – sie bewerfen dich mit Pferdemist, sie zeigen mit Fingern auf dich, wo sie dich von neuem in diese Dunkelheit werfen, und von neuem wirst du darin sitzen, leidend, nur das Eine im Sinn: dass alles schneller zu Ende wäre, denn schon sind keine Kräfte mehr in dem erschöpften Körper, und für den klagenden Geist ist es Zeit, sich zu verwandeln in die Blüte einer Pflanze oder die Farbe des Mooses oder mit den Vögeln zu flattern im Licht der Herbstabende über dunkelgrünem Preiselbeergebüsch –

so also denkst du, die Augen geschlossen und dich windend vor Schmerz, als das Eisen in der Tür klirrt und im weißen Viereck des Lichts ein kleiner Mensch in wollenen Kleidern erscheint, und noch einer – vielleicht ein Bewaffneter – wartet im Hof, geht nicht hinein, und der Kleine steht für eine Weile auf der Schwelle, das Kinn nach vor gestreckt, bis sich seine Augen an das Halbdunkel gewöhnen, und du trittst darin deutlicher hervor, zusammengekauert auf deiner Bank, aber du rührst dich nicht vom Fleck, du hörst nur auf, dich zu winden, schaust dem Ankömmling ins Gesicht, als dieser sich endlich nähert, von der Seite herantritt, schweigend die Stricke löst, darum neigst du dich weiter nach vor, damit es dir leichter fiele aufzustehen, wenn er befehlen wird zu gehen, und du spürst, wie dir der Schweiß über die Augen rinnt, und das Herz fängt wieder an zu schlagen, wie gestern am Morgen, als du keuchend den Abhang der Düne hinaufgestiegen bist, aber gestern hattest du noch Zeit, Luft zu holen und zu warten, bis es aufhörte zu schlagen, aber heute gehörst du einer anderen Zeit und einer anderen Macht an, schon stellt sich der Kleine gegenüber von dir auf, hält noch das Ende der Schnur fest in der Hand umklammert, schaut dir ins Gesicht, und du tust dasselbe, auch du, er wirft den Strick vor die Füße, hebt die Augen empor, jetzt schaut er irgendwohin auf die hölzerne Wand hinter deinem Rücken, langsam überkreuzt er die weißen Hände auf seiner Brust, sie sind wirklich so weiß im Halbdunkel, gegen das schwarze Gewand, und du siehst seinen rosaroten Mund, der sich öffnet, und hörst die ersten Worte in deiner Muttersprache: „Ich bin ein Diener des Herrn Jesus Christus" – unmerklich zuckst du zusammen von seiner ruhigen, eintönigen, gleichgültigen Stimme und davon, dass er nicht über dich zu reden anfing, sondern über sich selbst, ganz so, als gäbe es dich hier schon nicht mehr, und ihr beide trefft wieder mit den Augen zusammen, aber jetzt – ganz kurz, er kehrt mit dem Blick wieder an denselben Platz zurück, wohin er zuvor geblickt hat, und um deinen Kopf herum rauschen schon andere Worte wie seine langen Kleider, obwohl er bewegungslos dasteht, es bewegen sich nur die Lippen: „... unendlich ist die Barmherzigkeit Gottes, unaussprechlich ist sein Zorn" – und am Anfang kannst du überhaupt nicht verstehen, was diese beiden von dir wollen – dieser mächtige neue Gott und sein kleiner rotlippiger Diener: „... wirst du das Haupt neigen vor dem wirklichen Herrn und Gott, vor der großen Mutter Kirche, die bereit ist, dich zu besprengen mit dem heiligen Wasser der Taufe?" – und jetzt trefft ihr euch schon zum dritten Mal mit den Augen, irgendetwas versuchst du dem schwarzen Menschen zu antworten, aber aus der zugeschnürten, vertrockneten Kehle kommt kein Laut heraus, du bewegst nur die Lippen, ohne das Auge von seinem Gesicht zu lassen, das jetzt seinen Ausdruck verändert: vom ernsten zu einem harten, vom ruhigen zu einem sehr angespannten, blassen, seine roten Lippen werden grau, als wären sie mit Asche überzogen, und in seinem Blick kommt mehr Kraft auf, aber du kannst aus ihm nicht den ganzen Hass und Zorn herauslesen, denn sein Gesicht ist im Schatten, dafür ist deines zur leuchtenden Türöffnung hingedreht, und dein Gewand, das hier vielleicht so unberührt weiß wirkt wie das des anderen kohlrabenschwarz, und der Adamsapfel an deiner Kehle, der sich krampfartig auf- und abbewegt, als du einige Male versuchst, den im Mund nicht vorhandenen Speichel hinabzuwürgen, und deine Augen unter buschigen Brauen – als würdest du dich selbst zur Gänze im veränderten Gesicht des schwarzen Menschen und in seinen Bewegungen sehen, als er rückwärts abgeht, die gekreuzten Hände sinken lässt, danach eine – mit ausgestrecktem Finger – gegen dich richtet, gegen deine Augen, in der Luft herumstochert, das Kinn emporgereckt, bis aus seinem geöffnetem Mund eine laute, schneidende Stimme hervorbricht: „Morgen! Morgen! Am Festtag! Im Angesicht von tausend Menschen! Du wirst dich in den Flammen des Scheiterhaufens krümmen: Stinken wirst du wie ein gebratener Hund! Und deine Ohren! Und die Haare! Und die Augen! Und deine Augen!" – er schreit, den Kopf nach oben gestreckt, in seiner Stimme kochen Freude und Hass, und du neigst dich auf der Bank noch weiter nach vor, in dem Wunsch, dass die Entfernung zwischen deinen Augen und seinem blassen Gesicht noch kleiner würde, da tritt er, noch immer schreiend, mit der Ferse auf die Schwelle und verschwindet hinter ihr, wirft fest die Türe zu, dennoch merkst du nicht einmal das von neuem herrschende Dunkel, du sitzt noch immer, gespannt nach vor geneigt, siehst alles noch so klar, wie du es vor einigen Augenblicken gesehen hast, und erst nach einiger Zeit beginnt durch das schreiende Bild des schwarzen Menschen, durch seine zurückgebeugte Gestalt und die Hand mit dem Finger, der auf dich zeigt, irgendetwas zu verschwimmen, wie lange rote Fäden, wie langsam fliegende Funken, die langsam in den Augen erlöschen, zusammen mit dem Bild des schwarzen Menschen in der Türöffnung, bis du schließlich wieder verstehst, dass du im Dunkel allein dasitzt, und von neuem spürst du das schmerzhaft schlagende Herz, und mit weit geöffnetem Mund würgst du das Dunkel in die sinkende Brust, diese schwarze Luft, willst die entfesselten Hände bewegen, eine auf die Seite legen, um dir das Atmen zu erleichtern, aber die eingeschlafene Hand rutscht nur von der Bank und hängt kraftlos daneben, und in den Augen beginnen dir wieder diese von irgendwo aufgetauchten Fäden zu schwimmen, aber schon kehrt das Bild des schreienden Menschen nicht mehr zurück, dem der Hass das Gesicht und die Lippen verzogen hat und die Augen hervortreten ließ, – diese Fäden schwimmen noch so dahin im Dunkel, in der schwarzen undurchsichtigen Wand, hinter der sich, du weißt es, das verbirgt, was er dir ins Gesicht geschrien, und schon beginnen dir seine Worte langsam deutlicher zu werden – so undeutlich sind die Bilder noch, irgendwelche blasse Nebel, graue Schwaden, Fetzen sich bewegenden Rauches, und das Herz hört nicht einmal für eine Weile auf zu schlagen wie irr, plötzlich spürst du die kalten klebrigen Finger auf deinem Hals, auf deiner Gänsehaut, auf deinem sich nicht mehr bewegenden Adamsapfel, auf dem in die Schultern eingezogenen Nacken, das sind die Finger der Angst, einer gestaltlosen Angst, die Krallen des Schreckens, die dich unerwartet nicht von vorne, sondern von hinten angefasst haben und dich rücklings irgendwohin ins Dunkel ziehen, in das Schmerzensloch, in den Brunnen der Qualen – diese klebrigen und kalten Würgefinger, darauf springst du von der Wand herunter und wendest das Gesicht zurück, aber nichts kannst du ausmachen in der Blindheit des Dunkels, du riechst sie, und man kann nicht mehr diesen zuvor dagewesenen Geruch riechen – ein gestaltloser, geruchloser Schrecken, der überall ist und alles durchdringt, du spürst, wie er durch dich hindurchgeht wie Eiswasser und wieder versucht, sich am Rücken anzuschmiegen, du verziehst dich nach hinten, nach hinten, nach hinten, zwei eingeschlafene Hände schaukeln in der Dunkelheit wie ein Lot, du stößt mit dem Rücken an die Wand, etwas später stoßen zwei aus der Dunkelheit kommende Hände an, du schleichst die hölzerne Wand entlang ganz bis zum Eck, beruhige dich, beruhige dich, beruhige dich, beruhige dich, beruhige dich, beruhige dich, streck deinen Rücken, öffne die Augen ins Dunkel, öffne die Augen weit und schau, wie die Lanzen glänzen, die Messer blitzen, wie ein weißer Federregen langsam niedergeht von der Kiefer am Berg, aus dem blauen Dunkel der Nadeln vor der Morgenröte hinunter, nach unten, zum Wasser, zu den unvergesslich gekräuselten Wellenkämmen, beruhige dich, sagst du, geh hinaus, du sagst es viele Male, nimmst den Willen zusammen, setzt den Fuß etwas weiter von dir auf, als schrittest du in das sich öffnende Loch, aber es öffnet sich nicht, und du schließt die Augen nicht, schreitest noch weiter, fühlst auf Brust und Bauch perlenden Schweiß und dein Gewand, das am Rücken klebt, du stößt dich mit den Knien an der Wand an, an der du zuerst gesessen bist, aber jetzt setzt du dich nicht hin – jetzt setzt du dich nicht mehr auf die Bank deiner Selbstquälereien, denn du siehst wieder die Fäden oder Funken über deinen Kopf fliegen und willst, dass sie solange als möglich fliegen, damit du das nicht sähest, was schon deutlicher geworden ist hinter den Worten des schwarzen

Menschen, bevor du die ehernen Krallen des Schreckens auf deinem Hals verspürt hattest, und Müdigkeit und Schmerz ziehen dich unhaltbar hinab, dennoch bemühst du dich die ganze Zeit, den Schmerz zu spüren und an ihn zu denken, als du langsam und sehr schwer die Hände emporhebst, und er wird noch viel stärker in den Schultern und im Rücken, und die roten Fäden vor deinen Augen nehmen zu, aber die Hände sind schon über dem Kopf erhoben, daher ist es jetzt wichtig, sie lange genug ausgestreckt zu halten, damit das erstarrte Blut entweichen kann, obwohl du noch nicht ahnst, was du mit ihnen anfangen wirst in dieser Dunkelheit, wo der ganze Körper so fremd ist, schmerzend und niemandem nötig, aber dennoch stehst du lange da (auch dir scheint, dass es sehr lange ist) ohne nachzulassen, gerade als würdest du selbst dich jemandem opfern – ähnlich wie gestern Morgen am Ufer des Haffs, wie viele Male davor; an den Morgen und Abenden, vor rauchenden Opferstätten und im Glanz der vom Regen abgewaschenen Steine, als du um Wohlergehen und Vergebung für andere geschrien hast, als du das Schlagen erhabener, großer Mächte auf deinem Gesicht spürtest, aber das war nicht die Opferung deiner selbst, denn du warst nur der armselige Vermittler, nichts erbatest du für dich, nur für deine Leute, für deine Leute, für deinen Stamm, für dein Land, und nicht gestern hat dein letztes Opfer geendet, es findet noch jetzt statt, in dieser Stunde, in dieser Dunkelheit, ohne dass jemand es sieht oder hört, und deine Qual – dieses rote Blut des Stiers – kann schon nichts mehr erleuchten oder zurückgeben – nichts, gar nichts, woran du so fest, so unverbrüchlich geglaubt hast und das schon langsam zu zerrinnen beginnt wie ein Sandhügel unter deinen Füßen, bis du gespürt hast, dass du noch immer hier stehst, in diesem Dunkel, ganz allein mit deiner Qual und den Zweifeln und den Vorwürfen, aber nicht an dich selbst, sondern an die, denen du so getreu gedient hast und die dich alle verlassen haben: vielleicht sind sie erzürnt, vielleicht haben sie dich verraten, oder vielleicht haben sie sich in ihrem Groll von dir abgewendet: mächtige Kräfte, die Tag und Nacht schaffen, die Wasser in Eis verwandeln, das kleine Samenkörnchen in eine Eiche, die Liebe zweier Menschen in einen dritten Menschen, warum haben sie den neuen Gott nicht besiegt, warum haben sie sich von allen abgewandt, die an sie geglaubt haben, von dir, von deiner Selbstaufopferung und Treue, wohin sind sie alle verschwunden, wohin haben sie sich versteckt und wovor haben sie Angst: vor den gemauerten Kirchen, vor den strahlenden Kreuzen in der Höhe, dem Brausen der Glocken in den weißen Türmen, vor dem geheimnisvollen lateinischen Gemurmel, vor den rot eingebundenen Büchern? – oder vielleicht ist das nur deine Schuld allein, warum hast du so blind an ihre Macht und Größe geglaubt, warum hast du ihnen so hingebungsvoll gedient, hast nichts anderes sehen und wissen wollen, als du ihnen das wertvollste aller Opfer dargebracht hast, dein eigenes Leben, und sie haben es nicht angenommen, denn zu gering erschien vielleicht dein Opfer, aber du kannst schon nichts mehr zurücknehmen, sollen sie dich doch verraten, denn sie sind groß und mächtig, dafür hat der Mensch, der schwach und gering ist, nicht das Recht des Verrates, und der, der nirgends jemanden verraten hat, ist in seiner Macht den Allermächtigsten vergleichbar, aber dennoch hast du nur ein Leben, eines, ein einziges, das allereinzigste;

du ziehst dich zurück, bis du auf den Strick steigst, der sich in der Dunkelheit neben der Bank schlängelt, du zuckst zusammen und hörst ganz klar: „grenzenlos ist die Barmherzigkeit Gottes", des neuen Gottes, der dem Menschen großherzig den Ausgang lässt, als Kleinmütiger zu sterben, aber dennoch siehst du ihn so klar, als wäre die Tür wieder offen: alle seine Windungen und Drehungen am Lehmboden, neben den Füßen der Bank, sogar die Schlinge an seinem einen Ende, sogar die aufgebogenen buschigen Federn an seinem anderen, wo der Knoten geschürzt ist, damit er sich nicht weiter aufdrehe, so klar siehst du diese Schlinge aus Hanf, die lautlos näher schleicht, an deinen Hals, und danach das endlose, schmerzlose Dunkel, das mit ihm verschwimmt, in dem du stehst, schwer atmend, danach verlangend, aber nicht imstande, dich zu bücken und ihn an dich zu nehmen, aber langsam bückst du dich schon, ganz langsam: du selbst spürst es nicht, schon beugst du den Kopf ein wenig, und durch die Haut am Rücken treten einige Wirbel des Rückgrats hervor, und die rechte Hand ist nicht mehr so stark an die Brust gepresst, gleich werden die Finger nicht mehr das Gewand berühren, sie werden sich von ihm losreißen und beginnen, sich zum Lehmboden hinabzusenken, irgendwohin unter die Füße, wo er liegt, als würde er selbst seinen verknoteten Kopf hochheben, damit er nur schneller aufgefunden und an deinen Hals gelegt würde,

als du weit weg ein unerwartetes Geräusch vernimmst, es ist dir nicht klar, aus welcher Richtung es kommt, streckst du den Rücken und die Schultern, denn es ist nicht nur unerwartet, sondern gar nicht ähnlich anderen Geräuschen, die du schon irgendwann einmal gehört hast – dieses eigenartige ferne Geräusch, das von draußen durch das Holz der Wand dringt und gleichmäßig in der Dunkelheit nachschwingt, das die ganze Zeit ganz nah an deinem Kopf ertönt, irgendwo hinter dem Rücken, vorne, von beiden Seiten, oder ein Geräusch, das in dir selbst entstanden ist, oder die Erinnerung an ein anderes Geräusch, das unerwartet in dieses Dunkel freigekommen ist, das sich an den Wänden gebrochen hat und wieder zurückgekommen ist, aber schon kann es weder in dir verschwinden noch in die dicken Balken einsinken, – dieses ferne, nicht stärker werdende Geräusch, das plötzlich deine Absichten verstanden hat und in dieses Dunkel freigekommen ist, um nicht in der Kehle erstickt zu werden und für immer verloren zu sein, darum drehst du dich nach allen Seiten, als hätte es irgendeine Gestalt und flöge wie ein Vogel die Wände entlang, um dein Gesicht herum, und du horchst gespannt, hörst deinen schnellen Atem, hältst ihn an, damit er dich nicht störe beim Hören, dennoch wird nichts klar, obwohl du jetzt schon mehr verstehst als im ersten Augenblick:

schon hörst du in ihm etwas wie das sich wiederholende An- und Abschwellen irgendeiner Kraft und wieder ihr Stärkerwerden, und ganz kurz scheint es dir, als läge in dieser Wiederholung etwas Beruhigendes und Tröstliches, und du hörst noch genauer hin, in der Absicht, dich endgültig davon zu überzeugen, aber du beginnst zu verstehen, dass es umgekehrt ist: in dem rhythmischen Pulsieren, in den gleichmäßigen Abständen, in dem kurzen Zeitraum, nach dem das Geräusch wieder stärker wird, verbirgt sich Bedrohung, Unruhe, eine Feierlichkeit, die dich erstarren lässt, als stünde dort irgendwo, auf einem kahlen Gipfel, das Schicksal eines Menschen, den niemand gesehen hat, und schaukelte mit dem Kopf, während er auf den Menschenzug blickt, der unten schweigend dahinzieht;

schon kannst du in diesem nicht mehr zur Ruhe kommenden Geräusch nichts anderes mehr vernehmen, also bemühst du dich, wenigstens genau auf diesen traurigen Zug gebeugter Menschen hinzuschauen, auf die grauen, unklaren Gesichter, als sähst du sie durch einen trüben Regenguss, auf den dunkler werdenden bedrohlichen Flecken hinter ihnen, an dessen Fuß sie alle vorbeiziehen, und jenen, der am Gipfel steht, siehst du schon nicht mehr, vielleicht hast du ihn auch zuvor nicht gesehen, hast nur geahnt, dass er dort oben ist und seinen Kopf schüttelt, der so groß wie ein See ist, schon weißt du auch selbst, dass du sein Gesicht nicht mehr erblicken wirst, durch das lautlos dieser trübe Regenguss fällt, der Figuren, Gesichter, Bewegungen in eins verschwimmen lässt, deswegen erscheint der ganze Zug wie ein weit sich dahinschlängelnder Strick – sich dahinschlängelnd und erstarrend am Fuß dieser großen bedrohlichen Flecken, die nichts anderes sind, als die steinernen Mauern um einen Platz, den noch niemand gesehen hat, und das nicht zur Ruhe kommende Geräusch, das dich hinausgetragen hat aus diesem undurchsichtigen Dunkel, in dem du allein gelitten hast, jetzt wird es zehnmal stärker, bricht sich an den Wänden, Türmen, Gesimsen, Bögen, schon klingt es wie ein alles umfassendes Tosen, vermischt mit dem Klatschen des Regengusses auf das Pflaster, mit den Schritten des Zuges, mit allen anderen Geräuschen, und du selbst stehst in der Mitte dieses Platzes, etwas emporgehoben, wie an irgendeiner Opferstelle oder einem Podest, aber du verstehst noch nicht, worauf du stehen könntest, wo du alles so klar siehst und hörst, nein, du fühlst, dass du noch in dieser grauen Schar bist, in dem Zug gebeugter Menschen, dass jemand dir in den Rücken stößt, und zusammen mit allen schleichst du weiter die Wägen und Pferde entlang, den fremden, höhnisch grinsenden Gesichtern, gelben Zähnen, grünen Blicken entlang, bis du dich wieder emporgehoben fühlst über den eigenartigen Kreis, über die kreuzförmig hingelegten Menschen, über die weißen Körper, über die wogenden Peitschen, über das Gesicht von Keklys, das sich abhebt von der roten Farbe des Blutes, die der unaufhörliche Regenguss des Abschieds nicht von den bunten Pflastersteinen abzuwaschen vermag – in wehmütiger Langsamkeit hebt er sich empor, zusammen mit dem Rauch des Scheiterhaufens und dem

Schweigen weit geöffneter Münder, mit jedem Mal schwächer, hörst du jenes Geräusch, wenn Eisen auf Kupfer schlägt, Eisen auf Eisen, Eisen in den Körper eines Menschen.

DER IMMERGRÜNE AHORN

Saulius Šaltenis

Ich wollte, ich wäre auf Korsika geboren, denn dann hätte ich lange, lange Haare, bis zur Taille. Aber wir haben ja nicht einmal einen Spiegel... Und in den Filmen ist doch alles so schön, sogar die Pfützen sind anders als in der Wirklichkeit.

Trotzdem ist es jetzt schon ganz gut, am schlimmsten war es im Winter, als Papa seinen Mantel vertrunken hatte. Aber mein Papa ist nie niedergeschlagen, überhaupt ist er ein guter Kerl: „Macht nichts, mein Mädchen", sagt er, „macht nichts, bald werden wir auch keine Sakkos mehr brauchen. Die Subtropen, immergrün, kehren nach Litauen zurück." Mein Papa kann Französisch! Mein Papa geht immer mit Krawatte und Hut, mein Papa trinkt nicht auf öffentlichen Plätzen wie andere! Und wenn er schon trinkt, breitet er wenigstens sein Taschentuch aus und schneidet die Tomaten schön in Spalten. Und eindringlich ermahnt er noch die anderen: „Ist denn", sagt er, „die litauische Sprache schon so am Ende, dass ihr miteinander nur in Schimpfwörtern sprecht?" Mein Papa trinkt nicht wie die anderen – nicht deshalb, weil es ihm schmeckt, Medizin schmeckt doch auch nicht gut – sondern um den Eiterherd, der sich in seiner Seele angesammelt hat, herauszuspülen. Mein Papa hat eine Seele. „Aber wir sind keine armen Leute, wir sind Hausherren", sagt Papa, „hier ist unser Zuhause, unsere Holzhütte, unser Gemüsegarten, unser Abort, und der vertrocknete Ahorn gehört uns." Nur unser Mieter kann den Ahorn nicht ausstehen. Am Anfang, klar, da zahlte er seine Miete, aber dann nicht mehr, und danach nahm er sich meine Mama, dann das große Zimmer und sogar das Vorhaus, den Gemüsegarten, die Holzhütte, selbst den Ahorn wollte er noch fällen, dass er den Kartoffeln nicht im Weg stünde. Mich hatte er auch genommen, aber ich lief im Winter in die Hälfte vom Papa hinüber, mit meinem Sparschwein aus Ton, denn nur auf die näher kommenden Subtropen kann man sich nicht zu viel verlassen. Mein Papa arbeitet schon nicht mehr bei der Zeitung, mein Papa ist Nachtwächter. Wir fürchten den Mieter kein bisschen, im

Gegenteil, wir lachen ihn ganz offen aus. „Ha, ha", sagt Papa, „ich bin der Herr im Haus und was macht es mir aus, Ihnen, gnädiger Herr, für einige Zeit drei Zimmer und die Küche zu vermieten, schließlich das ganze Haus, sogar den Abort mit Ihrem Schloss dran und sogar meine Frau, wenn Sie unbedingt wollen, aber den Ahorn, diesen meinen Ahorn – niemals!" Und natürlich nahm er dem Mieter die Axt aus den Händen und warf sie über das Haus. Da warf der Mieter meinen Papa um und drückte ihn mit seinen Knien unter dem Ahorn auf die Erde nieder. Unser Mieter trägt Tag und Nacht das Abzeichen auf seiner Brust, dass er eine Hochschulbildung abgeschlossen hat, so einen Rhombus, aber mein Papa pfeift auch darauf: „Ha, ha, dennoch schaut Ihnen, gnädiger Herr, der Griff des Pfluges aus der Tasche heraus!"

Jetzt leben wir, kann man sagen, ganz prächtig. Den Winter haben wir beinahe ganz vergessen, als der Papa auch seinen Körper verkaufte für das Wohl der Wissenschaft – nach seinem Tod werden die Studenten an Papa lernen. „Mein einziges Kindchen", sagt der Papa, „ist es denn so schrecklich, wo uns doch noch unsere Seelen geblieben sind? Oder bin ich schon nicht mehr am Leben? Ich bin wie der Ahorn: solange er nicht gefällt ist, werde auch ich grünen."

Wir haben Geld, wir werden eine neue Schuluniform und einen Wintermantel kaufen, wir haben schon Vorhänge aufgehängt und kein Jugendamt wird mich jetzt in die Hälfte des Mieters umquartieren... Ich passe auf den Ahorn auf, aber was hilft das, wenn er mitten im Hochsommer gelb und trocken wird. Vom Ahorn bis zum Zaun ist eine Wäscheleine gespannt: Diese Windel – das ist das Kind vom Mieter und von meiner Mama. Ich kostete die Erde unter dem Ahorn, aber dem Papa sage ich nichts davon – die Erde hat mir die Zunge verbrannt. Wenn wir nicht zuhause sind, gießt der Mieter unseren Ahorn mit Schwefelsäure. Trockne nicht aus, Ahorn, trockne nicht aus, wenn du kannst! Heute gehe ich einen amerikanischen Farbfilm anschauen, denn man muss doch irgendeine Schwäche haben; mein Papa hat ja auch eine. Das Kino ist meine große Sucht – aber gut, dass ich Süchte habe – das Kino frisst viel Geld –, und danach träume ich immer. Ich träume, bemühe mich immer, Korsika zu träumen und lange, goldene Haare... Aber über den Krieg möchte ich nichts sehen, denn da wäre ihnen ja auch um solche Haare nicht leid. Heute sehe ich mir wieder einen Farbfilm an, aber Papa wird keinen Rubel abbekommen, denn bis zum Zahltag ist es noch eine Woche. Und Papa, klar, er wird geduldig vor dem Kino auf mich warten, denn ich hab ihm verboten, sich mit seinen Bekannten zu treffen, die immer unrasiert und ohne Krawatte sind. Ich ging aus dem Saal und liebte noch immer unter Tränen den guten und wunderbaren Sheriff.

„Über Korsika?", fragte der Papa.

„Nein", sagte ich, „aber auch dir hätte der Sheriff sehr gut gefallen."

„Ach", sagte der Papa, „und wie schreibt er sich?"

Ich konnte mich wirklich weder an seinen Vornamen noch an seinen Familiennamen erinnern, vielleicht war der Sheriff auch ohne Familiennamen, aber ich dachte mir aus: Er schrieb sich Jefferson.

Papa schaute in die Auslage des Geschäftes, wo die Kognakflaschen standen, die er sich nicht leisten konnte.

„Hat der nicht die Lokomotive erfunden?"

„Nein", sagte ich, „ein anderer ... Polsunow."

Und ich bemerkte, wie Papa ganz am Schaufenster klebte – auf seiner Stirn bildeten sich kleine Tröpfchen.

„Papa", sagte ich, „willst du nicht doch den Rubel?"

„Nein, nein", fasste er mich am Ellbogen, „warten wir noch, warten wir!"

Und er ging langsam nach Hause, nicht auf dem direkten Weg, sondern durch die Marija-Melnikaitė-Straße, und von weitem sahen und verstanden wir plötzlich, wie nackt unser Ahorn in Wirklichkeit schon war – als wäre er in einer einzigen Nacht ergraut.

„Er hat ihn umgebracht", sagte mein Papa und schnäuzte sich einige Male ins Taschentuch. „Lauge hat er darauf geschüttet."

„Nein", sagte ich, „das ist Schwefelsäure!"

„Was ist da schon für ein Unterschied", sagte Papa, „ob Lauge oder Säure!"

Wir gingen bis zum Abend nicht nach Hause, Papa streckte sich auf der Wiese hinter dem Friedhof neben dem Bach aus und deckte sich das Gesicht mit dem Hut zu, ich watete und watete im Bach herum und wir gingen nach Hause, um das Abendessen zu kochen. Papa kehrte erst zurück, als es schon ganz dunkel war, betrunken kletterte er auf den Ahorn und an einer Schnur zog er einen zerfledderten Blechkranz hinter sich her, wie sie hinter dem Friedhofszaun herumliegen.

„Ach", sagte mein Papa, „bald werden wir wieder grünen!"

In der Nacht kam ein Wind auf und der Ahorn lebte wieder auf, beschienen vom Mondlicht, und noch nie gesehene Blätter phantastischer Palmen, Eichen und anderer ungewöhnlicher Gewächse, mit Draht an die Zweige gebunden, noch grün oder ganz verrostet, begannen zu rascheln, scheppernd und kratzend, Blech an Blech.

Hinter der Wand und dem Zaun, auf der anderen, nicht unserer Seite, hörten wir Stimmen, Türenschlagen, Mamas Weinen und Schläge wie mit einem Schlegel gegen die Wand:

„Verdammter alter Saufbold!"

Ich stand am Fenster, im langen Nachthemd, Papa mit dem Sakko über den Schultern, und beide schauten wir heiter und eigentümlich glücklich auf unseren Ahorn.

„Ja, ich bin ein verdammter alter Saufbold", schrie Papa, „ja ja, einverstanden, ich hab alles vertrunken, sogar meinen Körper, auch das hab ich zustande gebracht."

„Aber ich bin kein Mieter! Irgendwas haben wir noch! Noch haben wir irgendeine Seele! Wenn auch eine zerrissene und fiebrige. Ihr Mieter! O Gott, welche Läuse kriechen mir da zwischen den Füßen herum!"

Dann fing Papa zu weinen an und begann, mit der Faust seine Brust zu reiben, auf und ab.

Wir legten uns ins Bett, unser Ahorn rauschte klappernd in der Nacht... Und wenn du die Augen fest, fest zumachst und wenn du ganz, ganz fest willst, leuchtet plötzlich die klare, südliche Sonne auf und es wachsen dir lange, goldene Haare.

Gewiss, alles wird sich ändern, wenn ich einen Pass bekomme, nehm ich dich mit in den Süden, auf die Krim oder in den Kaukasus. Wir werden Weintrauben pflücken, von der Sonne gebräunt sein und einen Haufen Geld verdienen, werden den Mantel, die Schreibmaschine, die Enzyklopädien und unsere Körper zurücknehmen.

Und dann wird ganz einfach mein einziger guter Sheriff kommen, den ich jetzt unsterblich liebe nach diesem Film. Da fährt er uns im offenen Rennwagen zurück in den Norden, durch die Schluchten und Prärien des Kaukasus, und ich nicke unmerklich ein. Ich nicke ein an seiner Schulter und er lächelt nur, die Zigarre zwischen den Zähnen ... Die morschen Zäune fallen zur Seite und wir halten an im Schatten des Ahorns und ich wache auf. Mein sonnengebräunter Papa trinkt ruhig Kokosmilch, unser unbezahlbarer Sheriff springt aus dem Auto, die Zigarre raucht noch zwischen seinen Zähnen. Er wirft zwei seiner Pistolen in die Luft, zwei seiner schrecklichen Colts, sie springen von selbst wieder in das Lederetui zurück. Und dann kreuzt er die Hände über seiner Brust, blickt mit zugekniffenen Augen unter seinem unverwechselbaren Hut hervor auf das in ekelhaftem Schweiß gebadete Menschlein, spuckt ihm zwischen die Füße und presst durch seine zusammengebissenen Zähne heraus:

„Du Mieter!"

EIN LUXUSLEBEN

Jurgis Savickis

Ich bin so hässlich, dass sich die Leute nicht bloß umdrehen, wenn ich auf der Straße gehe, sondern sich auch noch lange über mich wundern. Sie schauen mich an und ich denke: „Meine Nase wird doch nicht mit Tinte bekleckert sein?"

Ich verziehe mich in irgendeine Seitengasse und entwische möglichst schnell in meine Wohnung.

Nein, meine Nase ist nicht mit Tinte bekleckert, nur die Nase selbst ist ohne Form, schrecklich. Es hat keinen Sinn, in den Spiegel zu schauen, da ist nichts Neues zu sehen! Meine Nase ist eine plattgedrückte Wellenlinie. Meine Augen sind blau, dieses Blau und ihre Form passten vielleicht auch zusammen, wenn sie einen anderen Rahmen hätten, aber jetzt tränen sie, ermüdet vom Arbeiten bei schlechtem Licht und ständigem Hungern. Von weitem sieht es so aus, als wäre ich geschlagen worden und weinte mit meinen blauen Augen. Und wenn ich auch noch so viel lachte, würden dennoch hundert gelbe Falten um die Augen das Lächeln in eine Klage verwandeln. Obwohl ich von den Mühen ganz bucklig geworden bin, ist mein Körper doch regelmäßig und stark. Außer einem halbwegs normalen Körper und himmelblauen Augen habe ich eine fürchterliche Nase und Stirn. Der Kontrast der schönen Augen vergrößert nur meine Hässlichkeit. Am schlimmsten ist, dass mein Hinterkopf so unglaublich zerquetscht und lang wirkt, als wäre er mit Werg voll gestopft oder eine Perücke, die irgendeinem Clown aufgesetzt wurde. Die Wissenschaft – wie irgendeine allerhöchste Instanz, an die man nicht mehr appellieren kann – sagt, dass das der Hinterkopf von Idioten und Kretins ist.

Aber ich bin nicht nur kein Idiot, ganz im Gegenteil, ich bin Literat und bringe sogar sehr lesbare Sachen hervor. Wenn auch unter einem fremden Namen. Leider, mein Kollege, so ein mondäner Herr, der zwei schwächere Gedichte geschrieben hat, die dazu taugen, sie hysterischen Fräuleins ins Poesiealbum zu schreiben – ansonsten lacht er diese Fräulein, die ich normalerweise für Engel halte, in meinen Augen ja aus –, einmal hat dieser Kollege meine druckfertigen Schriften von mir „zum Kennenlernen" ausgeborgt und unter seinem eigenen Namen veröffentlicht. Er hatte Erfolg. Er wurde auf Händen getragen und die Frauen wurden ohnmächtig, wenn sie ihn nur von weitem sahen.

Wenn ich mich an ein Gericht wendete, um meine Autorenrechte geltend zu machen, könnte der Richter nur lachen. Ich habe keinen einzigen Beweis. Und wenn man diesen Gigolo, der immer aussieht, als käme er gerade aus einem Kurort, mir vor Gericht gegenüberstellte, klar, dann würde eher ich verdächtigt, gelogen zu haben, als mein unschuldiger Kollege.

Ich schreibe wieder und kann mir vorstellen, wieder etwas Lesbares hervorzubringen, das ich jetzt niemandem mehr leihe und sicher in meiner Schublade verwahre.

Wenn ich mit der Arbeit fertig bin, gehe ich nur an den Abenden und in dunklen Gassen spazieren. Wenn sich alle Leute niedergelegt haben und nur die Mädchen von einer bestimmten Sorte in den Straßen übrig bleiben, und Männer, deren Natur sich dann sehr klar zeigt.

Die Straßenmädchen kennen mich vom Sehen her gut und reden mich von weitem an. Welche Widerlichkeiten muss ich mir von ihnen anhören!

„Da ist er, der Engel, der vom Himmel gefallen ist! Ein Literat."

„Kauf dir mein Leben und schreib darüber. Da werden wir beide dran verdienen!"

„Grüß dich, du Pechvogel! Hast du dich nicht verletzt beim Absturz vom Mars? Woher könntest du sonst kommen, so hässlich wie du bist? Na, wenn auch hässlich, so gingest du doch mit mir ins Bett. Wenn du nur nicht so hässlich wärst!"

Und so weiter, und so weiter. Als ob sie ein Recht hätten, sich zu meinem Leben als Bohèmien zu gesellen. Als ob sie irgendeinen Bereich der Kunst vertreten würden.

„Ha, ha!", lacht ein anderes liederliches Mädchen. „Habt ihr gehört, Mädchen, er ist ‚hässlich'? Er ist die abstoßendste Ausgeburt der Welt, die ich jemals gesehen habe – seht doch: über irgendetwas verärgert und aus dem Gleichgewicht geworfen", ruft sie mir zu. „Man müsste ihn irgendeiner Aristokratin anbieten, einer Affenliebhaberin."

Mich ekelt. Ich entfliehe auf einen noch dunkleren Gehsteig, wo gar keine Menschen sind. Dennoch, ich bin überzeugt, sie sind nicht böse auf mich und halten mich eher für einen eigenartigen Freund ihrer Nächte. Denn ich schäme mich vor den Menschen und kann mich nur nachts auf die Straße trauen. Wie sie auch.

Ich bin in gar keiner Weise ein Kretin. Irgendein Flittchen, und gar ein verdächtiges, habe ich niemals kennen gelernt. Überhaupt bin ich ein Anbeter der Frau.

Diese Umstände, dass ich von Menschen unbehelligt nur des Nachts hinausgehen und nur auf bestimmten Straßen spazieren gehen kann, fügen meinem Handwerk, dem eines Literaten, unendlichen Schaden zu. Mir mangelt es an Stoff für meine Studien, weil ich der Lebensweise der höheren Gesellschaftsschicht, der Arbeiter und der kleinen Leute nicht näher kommen und sie nicht kennen lernen kann.

Deswegen zeichne ich die Frau als irgendein mir unbekanntes Abstraktum; ein Phantasieideal. Sie scheint mir immer wie eine weiße Fee, wie ein vom Himmel herabgeflogener vorbildlicher Engel mit goldenen Locken. Wie irgendeine Prinzessin aus Eis oder eine verzauberte Wachsprinzessin, die in einem Panoptikum den naiven Menschen vorgeführt wird.

Die Frau ist mein Ideal. Ich kann ihr nicht nur nicht nahe kommen, sondern – ganz ehrlich und von Herzen gesagt – ich glaube nicht einmal, dass es mir jemals gelingen könnte, mich an sie heranzumachen oder sie auch nur ein wenig näher kennen zu lernen. Darum ist sie so weiß, rein und schön, meine gezeichnete Frau. Und ich?

Mein stärkster Wunsch ist es, irgendwann einmal eine Frau kennen zu lernen, und sei es auch die allerärmste. Natürlich, ob sie schön ist oder nicht, darüber braucht man gar kein Wort zu verlieren. Das Wichtigste ist, dass sie sich nicht fürchtet vor mir (das kann vorkommen im Leben!). Ich würde sie sicher mein ganzes Leben lang lieben. Es wäre mir eine große Gnade und ein Glück, wenn sie damit einverstanden wäre, dass wir beide nebeneinander auf der Straße gehen. Oder uns miteinander ganz offen unterhalten (ein Mensch, der allein ist, kann nicht lange schweigen) und Steine vom Ufer aus in den Fluss werfen, oder dass ich für sie Blumen pflücke. Jeder ihrer Gedanken und Wünsche würde von mir erfüllt.

Dass alles so sein könnte, wie ich es mir jetzt erträume, und dass ich mich ihr nähern könnte, daran zweifle ich kein bisschen, wenn ich meinen jetzigen Zustand im Kopf habe.

Jeder Mensch hat seine Träume, manchmal unerfüllbare. Solche Träume, gänzlich unerfüllbare, hätte auch ich. Aber wenn die Träume beginnen, Wirklichkeit zu werden, was passiert dann?

Mein Traum ist Wirklichkeit geworden. Ich habe in meinem Leben eine Frau getroffen, sogar eine schöne und reizvolle. Heureka! Genauer gesagt, sie sah mich zuerst und hielt mich an. Ich konnte jetzt Blumen für sie pflücken und sie bewundern. Was es nicht alles gibt im Leben!

Sie war die reizende Tochter eines fetten Metzgers, die sich für Literatur interessierte. Ist es nicht eigenartig? Sie war, das ist nicht übertrieben, ein vom Himmel herabgestiegener Engel, mit hellen Locken, einer unschuldigen Seele und einem tiefen Blick in den Augen.

Sie fing an, sich für mich zu interessieren. Sie liebte mich. Ohne mich konnte sie nicht leben. Sie ergötzte sich an dem, was ich schrieb, sie brachte sogar den diebischen Literaten dazu, auf die von mir gestohlenen Gedichte zu verzichten.

Dennoch war, wie ich jetzt verstehe, diese Liebe meiner Frau die größte Ursache meines Unglücks. In den ersten Tagen brachte ich ihr wirklich Blumen und freute mich über mein Los. Wenn sie mir, wie es damals schien, aus Mitleid hin und wieder zulächelte, konnte ich mir keine bessere Welt vorstellen. Aber sie begann öfters, nun schon nicht mehr aus Mitleid, sondern ganz in mich verliebt zu lächeln.

Jetzt lässt sie mich keine Sekunde aus den Augen. Ich bin stolz. Ich wachse sozusagen. Sie will alles umfassen, verstehen und alles Böse oder Unglück von mir abhalten. Sie ist mein Schutzengel. Sie ahmt krankhaft mein Leben nach und reißt alle Armseligkeit aus mir heraus. Früher konnte ich mich quälen und träumen, jetzt kann ich das nicht mehr. Das Glück selbst ist zur Erde herabgestiegen und hat meine Schulter berührt. Ich bin hoch emporgewachsen. Sie hat meine Seele erklettert und würde alles für mich tun. Sie schreibt meine Romane ab, stopft mir die Pfeife und sogar nachts, wenn sie aufwacht, deckt sie, wie es sich für eine gute Frau gehört, meine unförmigen Füße zu, damit ich mich nicht erkälte und am nächsten Tag, wenn ich die Augen aufschlage, leicht und ohne irgendeine Störung meine Romane schreiben kann. Während sie mich ständig mit ihren geheimnisvollen Augen anschaut.

Die Welt hat sich gewendet. Jetzt beschenkt sie mich mit Blumen. Sie bringt sie in der Früh, ordnet sie schön in kleine Keramikvasen und stellt sie auf meinen Schreibtisch. Dass sich die Welt wieder wendete und ich ihr Blumen brächte – da gibt es keine Hoffnung mehr.

Ihre ständige Bewunderung für mich, der Wille, „mich besser zu verstehen", verwöhnt mich so und legt mir Fesseln an, dass ich ihr gegenüber schon unhöflich geworden bin oder sogar zynisch. Besonders wenn ich in ihrer Gegenwart über das weibliche Geschlecht im Allgemeinen rede. Damit kränke ich sie sichtlich. Die Frauen, so meine ich, sind es mir nicht mehr wert, dass ich sie idealisiere, sage ich ihr gewöhnlich. Was am eigenartigsten ist: Jetzt, wo ich eine ganz unverdiente (denn was bin denn ich im Vergleich zu ihr?) und eine so unschuldige Frau an meiner Seite habe, meide ich nicht nur die Gesellschaft fremder Frauen nicht mehr, sondern verbringe sehr oft meine Zeit in ihrer Mitte. Ich.

Mein Smoking passt mir gut. Bekleidete Affen in einem Zirkus erinnern das Publikum von weitem doch auch an einen Menschen. Früher hatte ich keinen Anlass, ein solches Kleidungsstück anzuziehen. Klar, wenn ich den Smoking anziehe, gehe ich in den „Club", um meine Metzgertochter zu hintergehen. Sie ist für mich jetzt nur mehr die „Metzgertochter". Sie hat mehr Verstand als ich.

In den Gesellschaften bin ich alleine. Dort habe ich großen Erfolg. Ich kann als Erster die Damen einladen, die mir entsprechen, aus einer großen Zahl wähle ich die passendsten. Aber ich lade sie nicht als Erster ein. Sie selbst behelligen mich mit ihrer Langeweile. In den Clubs beeilen sich die Leute, mir als Erstem die Hand zu drücken und mich zu begrüßen.

Die Leute, so sagen sie mir zumindest, haben angefangen, meine Bücher zu lesen.

Frauen sind für mich schon lange keine Engel mehr. Ich bin im Umgang mit ihnen ein Frechling und unerträglich geworden. Aber das imponiert ihnen noch mehr. Meine Manieren und meine Stimme werden von ihnen angebetet.

Schau nur an, was Mut und Stolz ausrichten können. Ich fange jetzt an, an das abgedroschene, von allen wiederholte Sprichwort zu glauben: „Schönheit hat ein Mann nicht nötig."

Schönheit hat ein Mann nicht nötig.

Ich spiele die Rolle des Satans in einer schlechten Sendung.

Aber in Wirklichkeit bin ich unglücklich. Viel unglücklicher als am Anfang meiner literarischen Karriere. Nur sage ich natürlich darüber zu niemandem etwas, außer zu mir selbst. Früher habe ich ganz lesbare Sachen geschrieben und jetzt reihe ich aneinander, was dem Publikum zu gefallen pflegt. Und dem gefällt vieles und die Themen stehen fest. Sie wiederholen sich nur und werden bei mir bestellt. Ich reibe mir vor Freude die Hände. Das zahlt sich aus. Jeder Buchstabe wird zu einem Kapital, das Zinsen bringt. Ich plane sogar, ein Bureau für literarische Produktion einzurichten. Mit einigen Tipperinnen, Abschreiberinnen und Übersetzerinnen, mit eigener Kartei und eigener, geschickt aufgezogener Reklame. Aus meinem Produkt kann man doch Kapital schlagen, nur muss man sich systematisch darum kümmern und es technisch ausnutzen, wie eben die Produkte eines jeden Gewerbes oder Betriebes.

Was wäre zum Beispiel (oft stelle ich mir das vor) mit dem berühmten Maler Manet gewesen (berühmt geworden allerdings erst „posthum") oder mit jenem schaurigen Seelenanalytiker, dem amerikanischen Phantasten Edgar Allen Poe, oder anderen Fällen, ihr Name ist Legion, wenn sie alle zu ihrer Zeit irgendeine Aktiengesellschaft „Manet & Co." oder andere Betriebsbureaus eingerichtet hätten, mit einigen gut bezahlten Agenten, Handelsreisenden und anderen Mitteln einer geschickten Reklame? Sie wären schon damals berühmt geworden und hätten ordentlich Geld gehabt. Doch jetzt sind zum Beispiel die Gemälde des Ersteren nicht mehr zu bezahlen und von Zweiterem wurden einige Fetzen seiner Handschrift auf einer Versteigerung um eine verrückte Summe verkauft, obwohl zu Lebzeiten der Erste beinahe vor Hunger gestorben ist und der Zweite von der Universität gejagt wurde – wegen Schulden.

Ein Dichter muss, bevor er zur Feder greift, sich um einen guten Werbefachmann kümmern. Früher standen Mäzene an ihrer Stelle. Die Kunst braucht Reklame.

Derzeit bin ich in meinem Land die allergrößte Berühmtheit.

Ich habe den Prozess gegen den Dieb gewonnen. Alle wunderten sich, wie er, mit seinem langen Zigarettenspitz, weißen Hosen, der vor Gericht nicht zwei vernünftige Sätze herausbrachte, so intuitive Zeilen schreiben konnte. Sogar sein Geisteszustand musste auf Verlangen des Anwaltes von einem Psychiater untersucht werden. Aber alles, was ich jetzt schreibe, ist richtiger Plunder, der nur dafür taugt, dass Frauen, die zur Sommerszeit im Sand liegen, darin blättern.

Diesen Plunder zu lesen, das passt für eine gewisse Zeit des Faulenzens zu Frauen, wenn sie im Sand ausgestreckt, mit einer Hand nach der Schokoladetafel greifen und mit der anderen das Pekineserhündchen streicheln oder direkt auf das Gesichtchen küssen, zwischen die aufgerissenen Augen des kleinen, erstaunten Tierchens.

Von einem Flirt wollen wir gar nicht erst reden. Dann wird mein Buch von ihren Füßen, die noch so schön sein mögen, zusammen mit dem Sand zertrampelt, wenn sie sich recken, jemanden zu küssen, oder laufen, um jemanden zu treffen.

So sind halt die Frauen. Und nur so viel haben sie von meiner schöpferischen Kraft nötig.

Und meine Frau wartet, bis ich zurückkomme von den „fremden Leuten" (so nennt sie, aus Takt, meine Gesellschaft), während ich des Öfteren die Nächte im Kabarett verbringe. Sie sorgt sich um meine Gesundheit und wärmt mir nachts einen Tee. Ich würde mich gar nicht wundern, wenn ich irgendwann anfinge, sie zu schlagen, wenn sie ein unbedachtes Wort über das Nachlassen und das Versiegen meiner Literatur ausspräche. Und sie sagt mir bisweilen solche Worte. Weil sie offen zu mir ist.

Ich bin gewissermaßen mutig, ja sogar frech zu allen Leuten, weil ich auf der einen Seite einen großen Erfolg eingeheimst, aber auf der anderen Seite meine Ideale verloren habe. Und meine

Träume von den Frauen, meine Bescheidenheit, meine Herzlichkeit – damals waren sie der allerwichtigste Ansatz meiner Kunst.

Es scheint so, als könnte jeder Mensch stark werden, wenn er nur selbst wollte. Aber in diesem Fall ist das eine Täuschung. Meine Stärke ist von sehr auffälliger Art und muss früher oder später demaskiert werden. Sogar jetzt schon bildet sich eine ganze Riege Neuer hinter mir. Die werden sich beeilen. Und meine Frau? Ich werde immer noch berühmter und in die alten Geleise meines Lebens werde ich natürlich nicht mehr zurückkehren.

Nur so viel, ich könnte mich noch darauf verstehen, ein kurzes, aber von Herzen kommendes Wort zu schreiben – einstweilen noch. Später wird schon eine lange Biographie über mich geschrieben werden und man wird sich allerlei Nichtigkeiten erzählen über die Umstände und ihren Einfluss auf meine Persönlichkeit und meine Kunst. Bis sich die Leute verziehen werden und ich vergessen bin, wenn sich andere, noch eigenartigere Affen und Nachahmer finden werden. Kann sein, dass nur Funken meiner ehemaligen Seele von meiner Frau aufbewahrt werden, die jetzt von mir niedergehalten und verachtet wird. Sie wird ohne Zweifel hüten, was noch zu hüten ist.

Doch jetzt bin ich ein Lackaffe.

* * *

„Was noch?"
„Lies!"
„Aus. Es kommt nichts mehr. Nur drei Punkte."

Der Redakteur der bekanntesten Lokalzeitung hielt diesen Brief noch in der Hand, wendete ihn nochmals hin und her und suchte wirklich nach dem Ende des Briefes.

Bei einem Whiskyglas – das Feuer flackerte lustig im offenen Kamin, wie es Müßiggänger gewöhnlich lieben – saßen einige von den alten Freunden. Einige Vertreter der alten, übrig gebliebenen Bohèmiens.

Der Hausherr war ein berühmter, gut bezahlter und „anerkannter" Schriftsteller. Auf dem Tisch blitzte in ihrer hellen Aufmachung die eben erschienene mehrbändige Auswahl seiner Schriften. Sie waren so schön vergoldet und verziert, diese Bücher.

Der Hausherr hatte eine neue Bibliothek in seinem Haus eingerichtet. Sie war wahrlich schön hergerichtet. Ein richtiges zweistöckiges Schlösschen: ein neuer Flügel, an das Haus angebaut. In der Bibliothek gab es einen Lift, um die Bücher aus dem Lager im Keller nach oben zu befördern. Im Lager wurden die restlichen und noch zu ordnenden Bücher aufbewahrt, Stapel alter Zeitungen und die alten Stenogramme des Seimas*, gegenwärtig eine Quelle der Belustigung für den Hausherrn.

Oben war ein großes gotisches Zimmer mit dunklem Fenster aus bemaltem Glas, bequemen Möbeln und einem schön gefertigten offenen Kamin aus bemalten Ziegeln. Das Feuer flackerte.

Der Hausherr wollte nur seine Bibliothek den Gästen zeigen. Sie waren alle seine Freunde.

Als sie jung gewesen waren, hatten sie alle unter denselben Umständen gearbeitet. Sie hatten gehungert und hungernd hatten sie geschrieben.

Damals, als sie jung und alle von jugendlicher Hitze gewesen waren, war das Bücherschreiben ein interessantes Geschäft gewesen. Auf Anhieb kauften die Leute jeweils 600 Exemplare, aber nicht mehr. Das war wie eine magische Ritualzahl, diese 600. Mehr waren nicht anzubringen.

Das war nur berühmteren Schriftstellern gelungen. Dafür waren diese Bücher jetzt eine antiquarische Rarität. Damen stellten sie gerne in die Kuriositätenecke ihrer Salons.

Eben hier, in der Bibliothek, neben der Schriftensammlung des Hausherrn, kündete ein Reklameprospekt von den Jugendtagen des Autors: Der Autor, Stipendiat des Bildungsministeriums, für ein Literaturstipendium in Paris, war „An den Ufern von Nizza". Kaufbedingungen und anderes...

„Eine große Auflage?", interessierten sich die Freunde.

„Im Ganzen 12.000."

„Olala."

„Aber fragt einmal, ob viele diese schrecklichen Bücher lesen", intrigierte derselbe Redakteur, ein rotbärtiges Männlein, der eben diesen Brief, die „Beichte", in der Bibliothek gefunden hatte.

---

* litauisches Parlament

„Nein!", antwortete der Hausherr. „Die schön aufgemachten Bände, die wird natürlich niemand lesen. Aber kaufen."

Das erheiterte die Freunde.

Der Redakteur mit dem brennend roten Bärtchen trug auf seiner Nasenspitze einen Zwicker, der sich kaum hielt, und mit seinen scharfen Augen ließ er dem Hausherrn keine Ruhe. Er war ein allen gut bekanntes Original, daher kam es, dass die Zeitung, die er herausgab, auch viel gelesen wurde.

„Das hast du geschrieben?"

„Ich habe viel und allen möglichen Unsinn geschrieben, aber diesen Brief habe ich nicht geschrieben. Ich habe nur meine Freunde eingeladen, die Bibliothek anzuschauen. Sonst nichts."

Alle glaubten ihm. Die Freunde warfen der Reihe nach einen Blick auf die Blätter der eigenartigen „Beichte".

„Das sind wirklich deine ersten Worte, die etwas wert sind!", gab der Redakteur nicht nach.

„Das ist irgendein Kretin, mit diesem Hinterkopf. So bin ich nicht!", verteidigte sich der Hausherr.

„Das sind nur Symbole!"

„Wenig bedeutet mir deine Ehrung, weil ich es nicht geschrieben habe. Ich habe nur das dazu beigetragen, dass ich auf einer Aktion für einen wohltätigen Zweck eine Fuhre alter Bücher gekauft habe, um die Bibliothek zu schmücken. Zwischen diese, wie man sieht, ist auch diese Beichte geraten."

„Ich würde dir dennoch raten, diesen Brief anstelle deines misslungenen Prospektes aufzustellen. Vielleicht fände sich dann jemand, der anfinge, deine Bücher zu lesen!"

Wie in einem guten Märchen oder einem gut ausgehenden Film trat die Frau des Hauses ins Zimmer und lud die Gäste zum Abendessen ein.

Beim Abendessen hob der Redakteur feierlich das Glas: „Auf den Lackaffen!"

Die Freunde erinnerten sich unmerklich an die Hungerjahre der Jugend. „Und trotzdem waren das damals die besten Zeiten! So ist halt die Natur der Menschen!", waren sie sich einig.

FRÜHLINGSSTROPHEN

Petras Tarulis

Aus dem Stall schwankt mit nackten Seiten, an denen die Haut abgeht, die Kuh des Hüttenbesitzers mit dem gebogenen Horn, die soeben gefressen hat.
Ihre großen traurigen – wie mit Tränen gefüllten – Augen. Die Schnauze triefend vor Speichel. Überall scheinen die Knochen durch. Zwischen den Rippen gelbliche Haut. Nur ihre Gedärme sind lächerlich groß – wie eine Blase, die an einen Stock gebunden ist.
Krummhorn bewegt die Ohren. Mit gesenktem Kopf schnüffelt sie, laut schnaufend, den duftenden Schlamm. Sie muht, aber es missglückt, und nachdem sie den großen Kopf geschwenkt hat, springt sie. Sie springt ein Mal, ein zweites Mal, aber ohne das Hinterteil aufzuheben, gelingt es ihr nur, mit dem Schwanz zu wedeln. Und die Beine, auf denen sie, auch wenn sie ruhig stand, wie auf einer Schaukel schwankte, tragen sie nicht und verknoten sich, und bums, stürzt Krummhorn mit dem ganzen Körper schwer zu Boden.
„Meine unglückliche rotbraune Krummhorn! Was ist mit dir? Warum bist du zusammengestürzt, was ist mit dir geschehen?"
Die Hausfrau streichelt mit ihrer groben und, während sie sich um Krummhorn gekümmert hat, schwarz gewordenen Hand ihren dünnen, flachen Hals.
„Steh auf, steh auf, schau her, so!"
Krummhorn bemüht sich, auf die Beine zu kommen, fällt aber wieder schwer hin und schlägt, weil sie die Geduld verloren hat, mit dem Kopf auf die Erde, schlägt um sich, stöhnt, und als die letzten Anstrengungen vergeblich enden, brüllt sie wie ein Menschenwesen in der Todesagonie mit einer wahnsinnigen Stimme voller Leiden, dass es einem zu Herzen geht.
Die Hausfrau öffnete die Tür zur Stube, von wo es nach Dunst und einem Brei aus Kartoffeln, Kohlrüben und noch irgendeinem Zeug roch, und schrie:
„Männer, Krummhorn ist hingestürzt!"

„Dann hast du sie jetzt, zum Teufel noch mal, aus dem Stall gelassen?!", sagte ein in der Stube Pfeife rauchender Mann mit langem Schnurrbart.

Eine böse, grobe Stimme brummte:

„Klein ist sie, sie möchte halt auch spielen."

Die Hausfrau, die sich schuldig fühlte, war verwirrt und putzte mit dem Ärmel die heiß gewordene Nase:

„Genug, genug. Komm doch schneller."

„Mmmuuu", muhte sie, den Kopf gestreckt, die einzige Kuh mit krummem Horn im Stall. Die Hausfrau, genauso dürr und nicht weniger müde, hielt es nicht mehr aus und ließ sie in den Hof hinaus, um das Tier zu sehen, das so schwer mit dem Tod gerungen hatte.

II

Mikutis. Vaters Weste über das Hemd gehängt, die Rockzipfel bis zum Boden. Die fetten Beine stellenweise wie mit Fäden zusammengezogen, nicht einmal von Höschen umwickelt, barfuß stampfen sie noch den kalten Schlamm. Die Lippen eingezogen wie bei einem, der mit ernster Arbeit beschäftigt ist, und lächerlich zusammengepresst. In der Nähe von Mikutis das gesprenkelte Huhn – die Gluckhenne plusterte sich auf, gespreizt, nervös gackerte sie und pickte unsichtbare Staub- und Getreidekörner auf.

Mikutis rannte aus der Stube, wo er nur auf der Bank Platz fand, um den anderen nicht im Weg zu stehen. Dort, in den Streichholzschachteln, hatte er seine Gäste untergebracht, und der alte verlorene Schuh wurde für seine ausgedachte Herde zu einem Stall. Er ging in die frische Luft, und hier begann er wieder, eine märchenhafte und nur für ihn allein sichtbare und verständliche Welt zu schaffen. Kirschbäume, Johannisbeersträucher, ein zusammengefallener Zaun, dem wie einer alten Frau einige Zähne fehlten, und der Hof mit seinen Bergen und Gräben waren, obwohl sie von anderen nicht bemerkt wurden, so breit, so reich, dass Mikutis mit leuchtenden Augen zwischen diesen Gütern wanderte und nicht wusste, worüber er sich als Erstes freuen sollte.

Nebenan eine hängende Birke, von deren dickem, faltigem Stamm der Saft in den roten Krug mit abgebrochenem Schnabel tröpfelte. Die Flüssigkeit im Krug glänzte in der Sonne, als ob der Krug brennen und in Flammen aufgehen würde.

Das Gemüsebeet. Der Garten. Der Hang. Der Kirschgarten. Die Vortenne. Und hier ein kleines Bächlein. Man weiß nicht, woher es fließt, und sieht nicht, wohin es fließt. Das ist die Bewegung eines lehmhaltigen Wassers im Frühling. Der Bach entstand nur für einige Tage, um später spurlos zu verschwinden. Mikutis, der sich auf beiden Beinen hineingestellt hatte, hielt das aufgewirbelte trübe Wasser etwas an. Das gefiel ihm unendlich. Und jetzt, mit schmutzigem Gesicht, glänzenden Augen und von dem ihm unbekannten, mächtigen Gefühl an den Händen zitternd, trug Mikutis Grasbüschel, er trug Erdklumpen, Zweige und Graswurzeln. Wie ein altertümlicher Schöpfer, erfüllt von der grandiosen Bedeutung seiner Arbeit, vergaß Mikutis alles. Er eilte nur, arbeitete, reparierte und schuf. Jeder Schritt war für ihn neu und wie zum ersten Mal.

Mikutis legte ein Steinchen hin, aber das Wasser, ruhig und trotzig, bewegte das Steinchen langsam und, schau her, schwapp – nahm es alles mit sich, was Mikutis zum Aufstauen des Wassers gebaut hat. Mehr als zehnmal wurde seine Arbeit zerstört. Und nur mit der für die Größe und das Alter von Mikutis typischen Hingabe staute er das Wasser wieder auf. Endlich hockte er sich wie ein Kätzchen hin und lachte auf, ohne es selbst zu merken, und zeigte seine weißen, unschuldigen Zähne. Der Damm war so stark, dass das Wasser, als es ankam, nur einen bösen, ungeduldigen Wirbel machte und schaumig zurückkehrte. Es bildete sich eine große Wasserfläche, ein echter See. Ach, was für eine Schönheit und für ein Wunder. Und das alles hatte er, Mikutis, mit eigenen Händen gemacht! O, was hatte er gemacht!

Schau, Schwalbe, du Störenfried! Krabble nicht, kleiner Käfer, du wirst ertrinken. Nicht einmal deine Verwandten werden wissen, wo du verschwunden bist!

Von einem heiligen Gefühl erfasst, hockte der erhabene Schöpfer so da, dass seine runden Knie genau unter dem Kinn waren. Er hockte da und freute sich.

„Und du Ferkel, warum hältst du das Wasser auf?" Noch immer in einen knisternden, abgetragenen alten Pelz gekleidet, war der Onkel plötzlich über Mikutis aufgetaucht. Mit vielen Blasen, schiefen Zehen und einem haarigen bloßen Fuß stellte er sich auf den sorgsam gebauten und gepflegten Damm. Der Damm stürzte ein.

Und erheiterte die Wasserströme, die mit den Grasnarben und Steinchen spielten und eilten, um die verlorene Zeit einzuholen. Die Augen von Mikutis wurden rund. Als ob der Wind die Lippen bewegt hätte. Und als die Arbeit zunichte gemacht wurde, kullerte unversehens und von niemandem bemerkt eine große Träne. Sie wartete, bis die Sonne langsam mit einem spitzen Strahl in sie stach. Und dann rollte die salzige Träne auf der vom Wind geröteten Wange von Mikutis hinunter.

III

In den Tälern und auf den Abhängen tauten die letzten Platten schmutzigen Schnees. Die vollen, übervollen Flüsse, die ihre Ufer vergessen hatten, rauschten. Die Wasserfälle schäumten. Das aufgewirbelte Wasser löste die dünnen Weidenzweige an den Ufern der Flüsse ab.

Und dort, über die struppigen, mit schiefem, dünnem Gebüsch bewachsenen, brachliegenden Hügel, wie ein zentraler Punkt derselben Luft, desselben Frühlingswindes, der Sonnenstrahlen und der neuen Freude sang die Lerche. Sie wird untrennbar von dem allen sein, was um sie herum und unter ihr war. Nur auf diesem kleinen Punkt, von wo zitternd ein reizender Gesang erklang, verbindet sich alles und offenbart sich gemeinsam. An einer Stelle, wie an einem Faden aufgehängt, singt sie und singt, solang die Sonne scheint, solang der angenehme Wind weht.

Die dünnen Weidenzweige, die der Wind mit Leichtigkeit nach allen Seiten bog, pfiffen. Und jetzt begannen auf ihnen schon Krusten zu entstehen. Die Krusten schwollen an. Ein Duft verbreitete sich in der Umgebung. Und siehe da, am Flussufer auf den dünnen Weiden hockten zartflaumige „Kätzchen" nieder.

IV

Unverhofft und unerwartet blies der von der Sonne durchsiebte Windstrom direkt ins Gesicht.

Die Weite des Horizonts, mit bläulichem Rauch überzogen, lädt ein und verspricht, und unbemerkt zieht sie das traurige Aufseufzen des Frühlings heraus. Wahrlich! Der Frühling ist doch noch einmal gekommen. Das ist nur der Anfang. Der Wind wird noch steigen.

Schau, es war Schnee, es war Eis, es streichelte, streichelte der breithändige Wind die Täler und Berge, und wie du siehst, verschwand sowohl das Eis als auch der Schnee.

Der Wind wird noch steigen!

Seine scharfen Ströme werden noch hundertmal stärker sein.

Wenn du auf den Berg steigst, die Augen zumachst, die hungrigen Hände ausbreitest, das Gesicht dem Wind zuwendest und auf Zehenspitzen wartest. Auf die mächtige Welle des Frühlingswindes wartest.

Und es scheint, dass:

Sie ist nicht weit. Sie braust herbei.

ALLELUJA

Antanas Vienuolis

Der Privatdozent einer berühmten russischen Universität, Doktor Stonis, fuhr dieses Jahr zu Ostern nicht mehr auf die Krim und auch nicht ins Ausland, wohin er jedes Jahr zu fahren pflegte; er beschloss, lediglich Litauen zu besuchen, wo er vor nicht allzu langer Zeit ein kleines Gut gekauft hatte.

Er fuhr mit seinem treuen Diener Iwan hin, der sein einziger Gefährte auf allen Reisen zu den berühmten Orten Russlands und des Auslands war. Ungeachtet seiner nicht mehr jungen Jahre und guten materiellen Verhältnisse war der Herr Doktor noch nicht verheiratet, und wer weiß überhaupt, ob er sich über das schöne Geschlecht und die Gründung einer eigenen Familie Gedanken machte. Er war so ein Mensch, der sich nur mit der Wissenschaft beschäftigte, verschlossen in sich selbst, nicht gesprächig, der Gesellschaft abgeneigt, und obwohl er in einer Großstadt lebte, ging er – ausgenommen in wissenschaftliche Sitzungen und öffentliche Versammlungen, an denen die Professoren und die begüterten Leute der Stadt teilzunehmen pflegten – nirgendwo hin.

Zudem ist nicht bekannt, ob ihn je jemand im Theater oder in irgendeinem Konzert gesehen hat – mit einem Wort: Wer weiß, ob ihn außer seiner Wissenschaft irgendetwas beschäftigte.

Hier ein Beispiel für die Ungeselligkeit des Privatdozenten: Vor zwei Jahren, als er ein Gut in Litauen kaufte und dort nahezu einen Monat verbrachte, stattete er keinem einzigen seiner Nachbarn auch nur einen Besuch ab und deswegen nannten ihn alle einstimmig *profesor bez wychowania* – „ungezogener Professor". Die Menschen nannten ihn „gottlos aus zuviel Wissenschaft", obwohl sie ihn achteten; sie lüfteten ihre Mützen, wenn sie ihn trafen, und ohne ein Wort zu sprechen, als täte er ihnen leid, als wunderten sie sich, begleiteten sie ihn lange mit den Augen.

Sein kleines Gut besuchte der Herr Doktor erst zum zweiten Mal: das erste Mal hatte er hier geweilt, als er angereist war, es zu kaufen, das zweite Mal jetzt, zu Ostern.

Ostern war in diesem Jahr früh, nass und kalt. Obwohl der Schnee auf den Feldern geschmolzen war und die Flüsse anstiegen, fror es in den Nächten, am Tag hingegen war es einem unmöglich, den Schlamm zu durchwaten, und dem Privatdozenten tat es leid, dass er nach Litauen gefahren war.

Es ist wahr, er hatte auch viele Bücher, ein Mikroskop und etliche andere wissenschaftliche Unterlagen mitgebracht und außerdem bekam er noch täglich mit der Post eine Menge an Briefen, Büchern und Zeitschriften.

Aber das war eine Selbstverständlichkeit, denn der Privatdozent war eigentlich nur deswegen nach Litauen gekommen, um in der Ruhe des Gartens drei lange, gewichtige und nicht mehr weiter aufschiebbare wissenschaftliche Artikel zu verfassen.

Er pflegte um sechs Uhr früh aufzustehen und Schlag elf Uhr abends schlafen zu gehen, und den ganzen Tag mühte er sich ab, eingeschlossen im großen Zimmer des Gutshauses.

Selten, morgens oder abends, wenn die Kälte den Schlamm gefrieren ließ und man nicht mehr mit den Füßen versank, ging der Privatdozent spazieren; hinter ihm folgte sein Diener Iwan, der einen warmen Umhang trug, den der Herr brauchte, um sich darin einzuhüllen.

In die wirtschaftlichen Belange mischte sich der Herr Doktor nicht ein, wiewohl er gelegentlich den Gutsverwalter rufen ließ und ihn ernsthaft über die wirtschaftlichen Angelegenheiten befragte. Man weiß nicht, ob es wegen der Boshaftigkeiten des Gutsverwalters oder aus irgendwelchen anderen Gründen so war, jedenfalls heulte jedes Mal der ganze Hausstand und der Gutsverwalter beruhigte sich vom Morgen bis zum Abend überhaupt nicht und schritt, wenn er vom Herrn gerufen wurde, ganz niedergeschlagen wie zu einer Gerichtsverhandlung.

Aber am schlechtesten von allen erging es der Köchin Agota, nur aus anderen Gründen: Sie hatte keine Angst vor dem Gutsverwalter, sie hatte auch keine Angst vor dem Herrn selbst, der kein einziges Mal das Wort an sie richtete, aber ihr ging der Diener des Herrn Doktor, Iwan, schrecklich auf die Nerven: Agota konnte überhaupt kein Russisch und Iwan kein Wort Litauisch und es war für sie eine richtige Qual, sich zu verständigen.

Und als täte er es mit Absicht: Kaum hatte sie begonnen, das Mittagessen zu kochen oder für den Herrn Tee aufzustellen, kam Iwan in die Küche, mürrisch, stand griesgrämig neben ihr und schaute ihr zu, wie sie die Mahlzeit zubereitete.

Nirgendwo ließ er Agota an den Herrn heran: Er selbst trug bei Tisch auf, er selbst servierte ab und er selbst machte für den Herrn das Bett.

„Gott behüt! Das ein ganzes Jahr lang zu machen, wäre ich für kein Geld der Welt bereit, nicht einmal, wenn man mich mit Gold überschütten würde; dass sie einen dann anschauen, als würden sie dich mit Gabeln durchstechen", beklagte sich Agota bei ihrem Busenfreund, dem Hirten Augustinas, den es unglaublich beschäftigte, was der Herr, den ganzen Tag im Zimmer eingeschlossen, wohl machte.

„Ist es wahr, mein Agotchen, dass der Herr in der Stadt Leichen kauft, sie danach in Stücke schneidet und trocknet?", fragte Augustinas die Köchin flüsternd.

„Gott behüt! Wenn er nur hier keine getrockneten Toten herbringt", zuckte Agota mit den Schultern.

Und als der Hirte erspähte, dass vom Mittagessen des Herrn gebratener Fisch mit Lorbeerblättern übrig geblieben war, versuchte er sich bei Agota noch mehr einzuschmeicheln.

„Und weißt du, Agotchen, man sagt, dass er immer Erhängte und Selbstmörder kauft und Geister dieser Art sucht."

„Ach du guter Gott! O je, Augustinas, vor der Nacht erzählst du so schreckliche Sachen und ich werde nicht einschlafen!"

„Was soll's, Agotchen. Als ich seine große Truhe aus dem Wagen getragen habe, war da – dass du es nur weißt – so ein unangenehmer Geruch, dass ich es kaum aushalten konnte!", ließ Augustinas nicht nach, lutschte an den Lorbeerblättern und blickte verstohlen auf den im Topf verbliebenen Saft.

In der Umgebung des Gutes wussten die Menschen, dass „der Professor", wenn auch gottlos, so doch Katholik war und gut Litauisch sprach; sie hatten begonnen, haufenweise zum Hof zu strömen, um sich kurieren zu lassen, doch als Agota sie warnte, der Herr werde nicht weniger als hundert Rubel für die Ausstellung eines Rezeptes nehmen, hatte es ein Ende.

Die Tage verflogen, doch mit der Arbeit kam der Privatdozent überhaupt nicht voran: Mit dem Mikroskop hatte er wenig ausgerichtet, die Bücher nicht einmal in die Hand genommen, und die Artikel gelangen in Wirklichkeit nicht so recht.

Die „Verschiedenen Bemerkungen zum Artikel von Professor Metschnikow*: Der Kampf der Phagozyten mit den Mikroben des menschlichen Organismus" gerieten etwas dünn: wenige Fakten, wenige Argumente, und wo sich solche fanden, waren sie schwach.

Als der Doktor die „Neue Methode der Urinuntersuchung" durchlas, bemerkte er, dass es nur eine Nacherzählung jenes Buches war, das vor kurzem vom Pasteur-Institut in Paris herausgegeben worden war. Der „Überblick über die gegenwärtige Lage der Bakteriologie an den russischen Universitäten" erschien dem Doktor unklar, sein Stil schwierig, an manchen Stellen sogar unverständlich. Als er sie alle zur Seite legte, tat es dem Privatdozenten ein zweites Mal leid, dass er nach Litauen gefahren war; er trat ans Fenster, was er nie zuvor getan hatte, und blieb stehen.

Es war gerade Karfreitag und auf dem Gut war alles in größter Bewegung. Unaufhörlich liefen junge Burschen und Mädchen über den Hof, aus der Speisekammer trugen sie Speckseiten, Würste und Eier...

Als Agota den Herrn am Fenster stehen sah, fiel ihr der Topf mit den gefärbten Eiern beinahe aus der Hand, und der Hirt Augustinas, der gerade über den Hof ging, gaffte den „Professor" so an, dass er über einen Stein stolperte und in einer Schmutzlacke landete. Am Nachmittag beruhigte sich alles auf dem Gut.

Der Privatdozent sah, wie eine Schar gut gekleideter Männer und Frauen zur Kirche ging. Ein Schweigen legte sich über den ganzen Hof, dass dem Doktor geradezu unheimlich zumute wurde.

Er fühlte sich unruhig, unzufrieden mit seinen Arbeiten und etwas krank, also nahm er einen Löffel Brom zu sich und legte sich ins Bett.

---

* Ilja Iljitsch Metschnikow (1845–1916), berühmter russischer Biologe, der 1908 für die Erstellung der Immuntheorie der Phagozyten den Nobelpreis erhielt.

Mag sein, dass das Brom wirkte oder die Müdigkeit des Tages, jedenfalls wachte der Doktor kein einziges Mal auf, drehte sich nicht einmal auf die andere Seite und schlief die ganze Nacht durch. Er erwachte am Morgen früh, früher als sonst, noch eine gute Weile vor Sonnenaufgang, gesund, nüchtern und mit beruhigten Nerven.

Ins Zimmer drang durch die mit Decken verhüllten Fenster das Licht des anbrechenden Morgens.

Im Freien sangen die Stare und zwitscherten die Spatzen. Nicht der geringste Lärm eines Menschen.

„Es ist doch Ostermorgen!", sagte der Doktor leise zu sich selbst, als er sich im Bett reckte und langsam die Augen öffnete. „Es sind doch noch alle Menschen seit gestern in der Kirche" – unabweisbar leuchtete dieser Gedanke im Kopf des Privatdozenten auf wie ein altes Spiel, breitete sich wie eine nebelige Wolke dort aus, wo die Stare sangen und die Spatzen zwitscherten.

Der Doktor sprang aus dem Bett, trat ans Fenster und öffnete, an den Schnüren ziehend, den Vorhang: Hell und angenehm war es im Hof, der Himmel war blau und klar. Mitten im Hof lagen zusammengerollt die Hunde.

Schnell zog er Schuhe an und rief Iwan, der, als er das Gepolter im Zimmer des Herrn hörte, schon lange mit einem Glas kalten, abgekochten Wassers vor der Tür stand, das er ihm zum Waschen reichte.

Nachdem er sich gewaschen und mit Iwans Hilfe angekleidet hatte, nahm er den Spazierstock mit dem silbernen Knauf sowie das Fernglas und ging in Begleitung von Iwan spazieren. Der Morgen war kalt, aber schön.

Der Privatdozent hieß Iwan zurückkehren und wanderte allein weiter. Die Sonne ging gerade erst auf und der Mond, den niemand mehr brauchte, war am Untergehen, als würde er nur der Sicht wegen seine himmlischen Pflichten erfüllen.

Auf den Feldern flogen zaghaft junge Lerchen vom Erdboden auf, die ihren Flügeln noch nicht so recht trauten und sich in der Luft noch nicht so auf der Stelle halten konnten, als wären sie vom Wind festgehalten; sie flogen auf und nieder und sangen ein kleines, rhythmisches Gebet.

Am Moor schrien immer wieder Kiebitze, in den Äckern schwirrten Birkhühner umher und die Schnepfen, die sich zum Himmel erhoben, waren kaum zu sehen.

Als der Privatdozent durch die Wiesen ging, schreckte er aus dem Moor einen Schwarm von Wildenten auf; mit dem Stock planschte er im kalten, klaren Wasser des Teiches herum; auf dem Acker fand er einen kleinen Stein von eigenartiger Zusammensetzung und zweifelhafter Struktur. Als er am Waldrand zwischen Fichten eine *pterix aquillea** fand, riss er sie aus und säuberte die Wurzel von der Erde; nachdem er sie durch den eigens dazu aufgesetzten Zwicker von allen Seiten betrachtet hatte, wickelte er sie in ein kleines Stück Papier und steckte sie in die Tasche.

Im Wald erschien es dem Privatdozenten viel wärmer als auf der Wiese, obwohl in den Senken und unter den Fichten der Schnee erst am Schmelzen war.

Der Wald war still, ruhig und klar wie Wasser. Auf einem Baum, in der Tiefe des Waldes, verborgen vor den Menschen, klopfte ein Specht. Auf einer Fichte machte sich ein Eichhörnchen emsig mit Fichtenzapfen zu schaffen; von Baum zu Baum flogen irgendwelche großen und dem Doktor nicht bekannte Vögel und überall schwirrten und tschilpten kleine Vögelchen.

Als der Privatdozent gerade eine gefundene Moosflechte (eine symbiotische Verbindung von Pilzen und Algen) aus der Gruppe der *Cladonia* untersucht hatte, stieg plötzlich mit einem schrillen „tirrr..." vor seinen Füßen ein Schwarm Rebhühner auf.

Der Doktor schreckte zusammen, packte seinen Stock fester und wollte sich verteidigen ... aber gleich darauf begriff er und lächelte, nahm den Zwicker ab, und während er ihn mit dem Taschentuch putzte, wandte er den Kopf zur Seite. Danach setzte er den Zwicker wieder auf, überschaute die Stelle, an der die Rebhühner aufgeflogen waren, und ging weiter. Während er am Waldrand entlangging, stieß er auf einen Igel; auf einem mit Maulwurfshügeln übersäten Gelände schreckte er einen Hasen auf. Als der Hase zu laufen begann, blieb der Doktor stehen. Auch der Hase hielt inne, bewegungslos, schaute den Privat-

---

* *pteridium aquilinum* (lat.): Adlerfarn, auch großer Waldfarn, Johanniswurz oder Jesus-Christwurz genannt.

dozenten mit einem Auge an und hoppelte, obwohl er überzeugt war, dass es keine Gefahr gab, vorsichtshalber in den Wald hinein.

Während der Doktor den Waldrand entlangstreifte und die Natur untersuchte, bemerkte er nicht, dass er hinaus ans Bachufer geriet, und am Bachufer gab es viel mehr zu entdecken als im Wald oder auf dem Feld; vor allem stach dem Privatdozenten eine frisch aufsprießende, zum Wasser geneigte Uferweide mit zahlreichen Ästen in die Augen, und eine dunkle Heide am anderen Ufer.

Der Doktor hatte begonnen, das steile Bachufer aus abgelagerten Lehm- und Sandschichten mit dem Stock abzuschlagen, doch hörte er plötzlich ein eigenartiges Donnern, ähnlich dem Gepolter eines Wagens auf einer Brücke oder einem weit entfernten Gewitter.

Der Doktor blickte sich um: Am Himmel war keine Wolke, der Lärm war nicht mehr zu hören.

„Vielleicht hat das Wasser irgendwo ein Stück des Ufers mitgerissen", entschied der Privatdozent und überlegte, welche erdgeschichtliche Periode diese Sand- und Lehmschichten geformt hatte.

„Du, du, du … dun, dun, dun!", antwortete wieder ein lautes Echo in der dunklen Heide.

Je höher der Doktor den Berg hinaufstieg, desto öfter und klarer hörte er das unergründete Donnern, und besonders klar die letzten „dun, dun, dun!"

Und wieder tauchte ein unklarer Gedanke im Kopf des Privatdozenten auf und breitete sich wie eine Nebelwolke über dem Feld aus, irgendwo dort in der Ferne.

Als er die Anhöhe erstiegen hatte, kamen zu dem nun klareren Donnern noch die Stimmen vieler Menschen und das Läuten von Glocken hinzu.

Kaum hatte er den Berggipfel erreicht, erblickte der Privatdozent eine Szene, wie er sie schon lange nicht mehr gesehen hatte, und er erlebte etwas, was er schon lange vergessen hatte: Hinter den Wäldern, während rotes Licht den Himmel überzog, erhob sich die aufgehende Sonne, und hinter dem Fluss, an einem Hang, ragte eine hölzerne, graue, von hohen Bäumen umgebene Kirche empor, um die herum im Kirchhof sich eine große Anzahl bunt gekleideter Menschen tummelte.

Durch das Fernglas erspähte der Doktor auch ein Kind, das eine Trommel schlug, flatternde Fahnen, im Kirchturm schwingende Glocken und Dohlen, die in den Bäumen des Kirchhofs umherflatterten; klar hörte er die Melodie eines Osterliedes und der Wind trug auch den feierlichen Ruf der Menge an das Ohr des Privatdozenten: „Alleluja."

Die Ostermelodie stieg dort auf dem Kirchhof in einer Welle aus Tausenden Kehlen auf, ergoss sich über die Felder, erhob sich zum Himmel, erreichte und erfasste auch den Doktor, wie eine große Wasserflut große und kleine Steine erfasst.

Da vergaß Stonis, dass er ein berühmter Privatdozent war, der aussichtsreichste Anwärter auf eine Professur.

Ein Schauer durchlief seinen Körper, er runzelte die Stirn und bemerkte gar nicht, wie er den Hut vom Kopf zog und dem Ehre erwies, dem alle Menschen dort auf dem Kirchhof Ehrfurcht bezeugten. Und Stonis erinnerte sich an frühere Zeiten – lang, lang war es her –, als er noch der kleine Sohn armer Bauern war und eine ärmliche Pelzjacke über dem groben Bauernrock trug: Da steht er am Ostermorgen am Kirchhof, singt mit den Menschen „Ein froher Tag ist für uns angebrochen" und ruft: „Alleluja!" ... Da schlägt die Trommel, die Sonne steigt von hinter Klumpinė auf, in der Luft schwebt der Klang der Kirchenglocken, Fahnen flattern – und er steht da, er friert, aber ein unsagbares Gefühl der Nächstenliebe und des Glücks, ein Gefühl höchster Feierlichkeit schwingt in ihm wie in allen, die dort versammelt sind.

„Alleluja, alleluja!", flüsterte in Gedanken versunken der Privatdozent, der nicht mehr durchs Fernglas blickte und die Stirne etwas mehr runzelte. Und der Privatdozent erinnerte sich, dass er seit jener Zeit, da er aufgehört hatte, die ärmliche Pelzjacke über dem groben Bauernrock zu tragen, nie mehr so glücklich gewesen war und nicht mehr in solch erhebenden Gefühlen geschwebt hatte.

Diese Gefühle brachten ihm weder das Ansehen noch sein akademischer Grad noch seine berühmte, in alle Sprachen übersetzte medizinische Doktorarbeit.

Und der Doktor fühlte, dass er allein war, so weit weg von den Leuten des Dorfes wie ein Waldvogel, den man als Junges aus dem Nest genommen und mit gestutzten Flügeln beim Haus gezähmt hatte.

Gesenkten Hauptes und tief nachdenklich stieg der Privatdozent den Berg hinab. Weder Botanik noch Mineralogie noch das Leben der Natur interessierten ihn mehr. Als er den Waldrand erreichte, blieb er stehen und sann, die Augen zu Boden gesenkt, weiter nach.

Nachdem er so eine Weile nachgedacht und seinen Bart gestrichen hatte, nahm er ein kleines Büchlein aus der Tasche und schrieb hinein: „Beruhigender Einfluss glücklicher Kindheitserinnerungen auf die Nerven eines alternden Menschen, in der richtigen Umgebung."

ER HATTE KEINE GUTE MUTTER

Žemaitė

Einige Werst vom Dorf entfernt, vor dem Wald, wo die Bäume abgeholzt sind, steht eine enge, hohe Hütte, mit einem Bretterdach gedeckt und mit einem kleinen weißen Kamin verziert. Sie steht mitten auf dem Ackerfeld, wie ein Storchennest, ohne irgendeinen Baum, ohne Zaun, ohne einen Pfahl und ohne irgendein anderes Vordach. Daneben, in einer Grube, ist ein zusammengeschaufelter Schneehaufen zu sehen, in den eine kleine Schaufel hineingesteckt ist. Dort wird wahrscheinlich das Wasser geschöpft: Das ist aus dem hügeligen Weg zu erahnen, der von der Hütte direkt in die Grube bis zu diesem Schneehaufen ausgetreten ist. Einen Brunnenschwengel gibt es nicht, man kann zusehen, wie man zurecht kommt mit dem Wasserschöpfen. Die Fenster der Hütte sind beschlagen, zugefroren, von außen ganz weiß. Obwohl der Wald gleich nebenan ist, bringt der Wind dennoch keine Wärme, und bei der Hütte gibt es überhaupt kein Kleinholz, um Feuer zu machen. Das Vorhaus ist klein, es hat keinen richtigen Boden; dadurch sind alle Ecken mit Schnee voll geweht. Mitten drin, in dem kleinen Raum, steht zusammengekauert eine aschgraue Kuh, zugedeckt mit irgendeinem Fetzen und dennoch zusammengezogen und starr vor Kälte; wenig eingestreut, wenig gefüttert, und wenn sie irgendein Geräusch hört, muht sie gleich traurig und verlangt nach einem einfachen warmen Trank. Die Tür der Hütte ist nass, gefroren von der Wärme von innen; innen tropft die Decke, sie ist mit Reif überzogen; die Wände sind neu gemacht, die Balken schließen noch nicht, der Wind bläst schrecklich hindurch. Der Ofen ist zwar noch neu, hat aber schon einen Riss, alle Seiten sind abgeschlagen; beim Ofenloch ist ein Haken befestigt, wo das Essen gekocht wird, vor dem Ofen ist ein kleines Ferkel eingesperrt.

Der Lehmboden ist nass. Die Hütte sieht hoch aus, ist aber ganz klein, und darin ist das gesamte Hab und Gut ihrer Bewohner angesammelt. An den Wänden liegen Jutesäcke mit Kartoffeln, Spreu, Korn und Mehl auf Brettern; ein Waschplatz ist errichtet, ein Fass mit gebeiztem Fleisch, ein angefrorener Wasserkübel, ein Melkeimer mit Griff, ein Geschirr für das Schwein, ein Kesselchen, ein kleiner Kochtopf, ein Eimer mit sauren roten Rüben, ein anderes Gefäß mit Kraut, ein Korb und ein Rührstab in der Ecke; mit den unbedingt nötigen Dingen sind alle Ecken voll gestopft. Im Eck bei der Tür ist ein Regal aufgestellt; dort sind Milchtöpfe, Schüsseln, Teller, eine kleine weiße Tasse, Gläser, Löffel, ein Schöpfer, ein Quirlstab, ein Salzfass, je ein Stück Speck und Fett auf dem Brett, ein verdellter kleiner Samowar und eine Teekanne mit abgebrochenem Rand steht darauf. Zwischen den Fenstern in der Ecke steht ein kleiner Tisch, der irgendwann einmal poliert war, wie ein Hahn in der Kälte auf einem Fuß, aber es gelingt ihm nicht mehr, aufrecht zu stehen, er neigt sich auf eine Seite, wo er mit einem Stock gestützt wird, er schwankt noch ein wenig. Zwei Lehnstühle mit Sitzflächen aus geflochtenem Schilfrohr mit schon abgewetzter Politur; weiter weg, an der Wand, ziemlich weit entfernt, das Bett, mit einer Decke zugedeckt, darauf liegen zwei Kissen. Unter dem Bett sind zwei Hühner eingesperrt. Neben dem Bett, auf einer Schaukel, ist die Wiege aufgehängt. Zwischen Bett und Ofen steht eine Truhe; an der Wand über der Truhe sind Haken eingeschlagen und die Kleider aufgehängt, wahrscheinlich Kleider zum Fortgehen, weil sie mit einem bunten Tuch zugedeckt sind; von unten sieht man Falbeln aus Kaschmir und Pelzmäntel – aus Wolfs- oder Hundepelz; braune Pelze, stoffgefüttert, Kordhosen, ein Rock aus Perkal, Männer- und Frauenkleidung ganz durcheinander. Auf der Ofenbank liegen Stofffetzen herum, mit denen die Kinder ihre Puppen bekleiden. In dieser Unordnung gibt es nirgends mehr Platz auf dem Lehmboden: vom Tisch bis zur Wiege, vom Ofen kann man kaum zum Bett gelangen. In dieser Enge wird auf dem Lehmboden immer etwas zertreten und es liegt viel Müll herum.

Auf dem Bett, an der Wand, saßen drei Kinder, gekleidet in dünne, zerfetzte Leibchen, mit zerrauftem Haar, die kleinen Hände und Nasen rot vor Kälte. In der Wiege heulte mit heiserer Stimme das vierte, noch ganz kleine Kind. Am Bettrand saß eine Frau, bekleidet mit einem Flanellrock, einer kurzen geflickten Felljacke, um den Kopf ein Tuch gebunden, aus dem Zöpfe auf ihren Rücken hingen, dick wie zwei geflochtene Seile. Damit spielten die Kinder, die auf dem Bett saßen. Die bloßen Füße in löchrige Filzschuhe gesteckt, in einer Hand den Kopf auf die Bettkante gestützt, schaukelte sie mit der zweiten die Wiege. Sie war die Mutter der vier Kinder. Weil sie den Säugling nicht in den Schlaf wiegen konnte, nahm sie ihn auf die Arme, schaukelte ihn wieder, streichelte ihn, küsste ihn, drückte ihn an sich, sie konnte ihn überhaupt nicht stillen. Das Kind hörte zu weinen auf; blass und blau geworden, atmete es schwer im Schoß der Mutter. Lange schaute sie gebeugt über den kranken Säugling und küsste ihn wieder und ihre Tränen kullerten auf das Gesicht des Kleinen.

„Mama, mach Feuer. Es ist so kalt!"

„Oh, gleich werde ich Feuer machen, wenn nur Vincelis einschlafen könnte."

„Ich werde Vincelis schaukeln!", sagte das ältere Mädchen und kam vom Bett her.

Die Mutter deckte das Kind in der Wiege zu, sie umhüllte das Mädchen mit einem Tuch, warf einen Fetzen auf die Erde vor dem Bett und ließ das Mädchen darauf steigen, denn seine kleinen Füße waren barfuß und die Erde kalt. Während sie das Mädchen streichelte, sagte sie:

„Schaukle ihn, meine Kleine! Sonst wird der Todkranke nicht einschlafen. Ich laufe, um Holz zu holen."

„Mama, Mami, geh nicht hinaus in den Wald! Allein werden wir Angst haben!", schrien die Kinder einstimmig.

„Ich werde nicht gehen, weint nicht. Ich werde es gleich von hier hereintragen und sofort Feuer machen!"

Die Mutter war voll beschäftigt, machte Feuer, setzte die Kinder vor die Wärme, nahm einen Eimer, schlug Eis auf und trug ihn hinaus. Bis sie sich an das Wasser herangegraben hatte, bis sie mit dem Schöpfer so tief hinunterkam und bis sie wieder zurück war, verging eine Stunde.

Der Kleine schrie noch immer, und die Größere, die auf ihn aufpasste, weinte zusammen mit ihm. Die Mutter stellte den Eimer mit Wasser gleich an der Schwelle hin und stürzte zu den Kindern. Den Kleinen hob sie zu sich, die Größere beruhigte sie und ließ sie das Feuer hüten und sich wärmen. Als sie den Kleinen beruhigt hatte, schaukelte sie ihn wieder in der Wiege.

Im Vorhaus war irgendein Geräusch zu hören, die Kuh muhte, die Tür der Hütte öffnete sich. Die Kinder freuten sich alle:

„Der Papa, der Papa ist gekommen!"

Der Mann trat über die Schwelle und der Jagdhund lief zwischen seinen Beinen herein. Der Hund zog die Kette nach und stürzte vorwärts; er roch den Speck auf dem Regal, und wie er da auf das Brett sprang! Er blieb mit der Kette an der Bank hängen, warf die Kinder auf den Lehmboden, das Mehlgefäß staubte und der Milchtopf stürzte auf dem Regal um.

„Jesus Maria!", schrie die Mutter.

„Hinaus! Ist der Teufel in dich gefahren?!", rief der Mann gleichzeitig.

Die Kinder plärrten und der Hund leckte am Speck. Die Mutter hob die Kinder auf und beruhigte sie.

„Hinaus, du Hundsvieh!", warf der Vater den Hund zur Tür hinaus.

Die Kette streifte den Eimer. Der Mann wurde zornig; er nahm den Eimer, warf ihn zur Tür hinaus, das Wasser floss aus, gleich richtete sich sein Zorn auf den Hund. Wieder zurück, fing er an, mit der Frau zu schimpfen.

„Verdammter Tölpel! Mitten in diesem schmutzigen Geschirr hockst du herum! Schämst du dich nicht, die Hütte nicht zu putzen. Es stinkt, es riecht sauer, es ist kalt, es ist nicht auszuhalten, wenn man nach Hause kommt."

Das Ferkel vor dem Ofen begann zu quieken. Der Mann fuhr fort:

„Die Sonne ist schon am Untergehen und die Tiere sind nicht gefüttert! Du Faulpelz, du Scheusal! Dein Glück, dass du einen guten Mann hast. Ein anderer hätte dich schon längst erschlagen: Warum sollte er sich mit so einem Teufel ewig plagen, er würde dich bald loswerden. Ich will mir nur die Hände nicht schmutzig machen."

Die Kinder, die sich ein wenig beruhigt hatten, hörten zu weinen auf. Die Mutter erholte sich vom Schrecken und schaute sich im Innern der Hütte um. Als ob sie die Rede des Mannes nicht gehört hätte, sagte sie ruhig:

„Ich war dabei, den Trank für die Kuh zu wärmen, und du hast das Wasser ausgeschüttet, das ich mit so viel Mühe hereingeholt habe."

„Jetzt ist die Zeit, die Kuh zu tränken!?", schrie der Mann noch lauter.

„Konntest du nicht vorher deine Arbeit erledigen, als ich noch nicht da war?! Natürlich, du hast dich noch nicht ausgeschlafen! Wenn ich in die Hütte komme, fangen sofort alle Sorgen an. Soll dich der Teufel holen! Gib mir nur zu essen!", schrie der Mann und setzte sich zum Tisch.

„Ich weiß nicht, was ich dir geben soll", antwortete die Frau und schürte das Feuer. „Ich habe dir einen Tropfen Milch von den Kindern aufgehoben, aber die hat der Hund ausgeschüttet. Das Brot ist aus, Mehl habe ich keines mehr und die Kartoffeln sind gefroren."

„Was brauchst du denn! Verrecken sollst du vor Hunger, während du zu Hause herumliegst! Aber das ist deine verdammte Gewohnheit! Ich komme frierend und müde nach Hause, nachdem ich den ganzen Tag herumgestapft bin, und kaum komme ich herein, musst du mich schon mit Sorgen überfallen: Das gibt es nicht und jenes gibt es nicht, jammerst du, wie irgendeine Litanei! Irgendwann haue ich dir in die Schnauze, dann bist du auf der Stelle hin! Wahrscheinlich hat dich der Teufel mir in den Nacken gesetzt. Am besten wärst du schon als Kind verreckt, dann hätte ich dich nicht mit meinen Augen gesehen! Wenn du schon so überhaupt nichts hast, stell wenigstens den Samowar auf."

Die Frau war dabei, Wasser zu holen, da begann das Kind zu weinen. Sie ging zurück zur Wiege.

„Na, was habe ich gesagt? Du hast keine andere Arbeit, als nur um die Kinder herumzutanzen! Eine Strafe Gottes mit so einer Teufelin!"

Die Frau schwieg. Der Mann machte sich selbst daran, den Samowar aufzustellen. Als er die Teekanne zersplittert am Boden liegen sah, brüllte er von neuem.

„Ach, du Scheusal!", schrie er. „Auch das ist schon zerbrochen. Lässt du überhaupt kein ordentliches Geschirr übrig! Zu den Schweinen, da gehörst du hin! Perkunas* soll dich holen! Die Erde soll dich verschlucken! Wo soll ich jetzt Tee machen? Ich will es bloß nicht, aber wenn ich einmal zuschlage, ich sage es dir ehrlich, wirst du nicht am Leben bleiben! Der Teufel wird dich und deine Kinder holen!"

Der Frau traten Schweißperlen auf die Stirn, es rauschte ihr in den Ohren, Hände und Füße zitterten, das Herz pochte bis zum Zerspringen, es würgte sie in der Kehle und vor ihren Augen wurde es dunkel; sie konnte die Tränen nicht mehr zurückhalten – eine heiße Flut strömte aus den Augen. Weil sie sie verbergen wollte, beugte sie sich über den kranken Säugling. Im Nu wurde sein Gesicht nass. Der Mann schimpfte immer lauter und ärgerte sich und beschuldigte sie, indem er unberechtigte Vorwürfe erhob. Die Frau bemühte sich, sein Gerede nicht zu hören. Als die Tränen zu fließen aufgehört hatten und sie einige Schluck Bitterkeit hinuntergewürgt hatte, wurde ihr leichter, deswegen sagte sie lächelnd:

„Auch die Schuld des Hundes muss auf mich fallen! Der Hund hat doch die Teekanne hinuntergestoßen und ich muss dafür büßen!"

Ihre Stimme, zitternd vor Schmerz, beruhigte den aufgebrachten Mann ein wenig. Er blickte die Frau schief an; als er auf ihren Wangen Tränen sah, fing er wieder zu schimpfen an.

„Na, na, na! Das hat noch gefehlt!", schrie er drohend. „Hör endlich zu heulen auf. Du hast mich mit deiner Zunge genug aus der Fassung gebracht und jetzt heulst du noch grundlos, als hätte ich dich geschlagen! Du weißt doch, dass ich das nicht ertrage, maßloser Zorn überkommt mich! Hörst du nicht auf zu plärren?! Wenn ich dir eine Ohrfeige gebe, dann weißt du wenigstens wofür! Kümmere dich wenigstens um das Abendessen!"

Die Frau schwieg und drückte den Säugling an sich. Der Mann hörte auf, laut zu schreien. Mit etwas freundlicherer Stimme knurrte er:

„Verdammte Hexe! Kaum komme ich zur Tür herein, gleich setzt sie sich mir ins Genick. Immer passiert ihr dieses oder jenes

---

* Oberster Gott der alten litauischen Mythologie, hat nach der Christianisierung die Funktion des Teufels übernommen.

Unglück, immer fehlt irgendetwas. Habe ich nicht erst vor kurzem einen halben Pur* vom Roggen und einen zweiten von der Gerste gemahlen. Nichts ist mehr da: weder Brot noch Mehl. Du hast schon alles verschwendet! Wenn alles da ist, spielst du die gnädige Frau. Du wirfst um dich, schüttest alles aus und sparst überhaupt nicht... Wenn ein Vagabund kommt, gibst du ihm eine volle Schüssel Mehl oder so viel Brot, dass es seine Hand kaum halten kann. Du bist eine schlechte Hausfrau, du ausgekochtes Scheusal... du ehrst meine Arbeit überhaupt nicht. Was verdienst du denn selbst? Immer schaust du nur auf meine Hände. Wenn du alles verschwendest, wird nichts übrig bleiben, dann hast du nichts mehr zu beißen und schleichst mit gesenktem Kopf herum. Der Teufel soll dich holen! Kehr zumindest den Boden auf, du Schmutzfink! Wenn man sein Leben lang gewohnt war, ordentlich zu leben, dreht man sich gleich um, wenn man so einen Schweinestall betritt."

„Fürchte dich vor dem Herrgott, ohne jeden Grund so zu schimpfen!", sprach die Frau und weinte nun schon wirklich. „Schau, Vincelis ist schon ganz am Sterben, Schaum kommt aus seinem Mund, er ist ganz kalt und blau, der Kleine. Du könntest wenigstens ins Dorf gehen und dich um eine geweihte Wachskerze für ihn kümmern. Er kann in der Nacht sterben, was werden wir anzünden?"

Der Vater warf von weitem einen Blick auf das Kind, er sah, dass es wahr war: Er sah schon ganz wie ein kleiner Toter aus. Da schlug er mit der Faust auf den Tisch und schrie:

„Na, so eine! Sag nicht, dass du noch ein Mensch bist, so ein Aas! Hättest du nicht längst früher sagen können, dass das Kind krank ist? Ich hätte Medizin geholt. Aber nein! Immer machst du mit Absicht alles gegen mich! Einen einzigen Sohn habe ich, und den willst du unbedingt sterben lassen! Warum hast du die Mädchen gesund aufwachsen lassen? Und gerade den Kleinen hast du krank gemacht! Wenn doch du selbst verrecken würdest! Irgendetwas hast du mit ihm gemacht: Entweder hast du ihn erschreckt oder der Kälte ausgesetzt. Na, sollte das Kind deinetwegen sterben, erschlage ich dich auf der Stelle!"

---

* altes Hohlmaß, 35 1/4 Liter

Die Frau hatte keine Geduld mehr zu schweigen. Obwohl sie noch immer weinte, sagte sie plötzlich:

„Du Trottel, Trottel! Du weißt nicht mehr, was du sagst! Als ob du nicht hundertmal gehört hättest, dass das Kind krank ist!? Vergangene Nacht habe ich kein Auge zugetan. Obwohl du geschlafen hast wie ein Toter: Du musst doch gespürt haben, wie das Kind geschrien hat, dass seine Stimme nicht mehr zu erkennen war. Als du fortgegangen bist, habe ich dich da nicht gebeten, irgendeine Hilfe zu holen? Du konntest nicht von der Jagd lassen, und wenn du zurückkommst, schimpfst du noch und möchtest mich mit allen Kindern verfluchen! Seit dem Morgen habe ich keinen Bissen im Mund. Ich kann mich nicht losreißen, das Kind ringt mit dem Tod, es zerreißt mir das Herz ... Und da sagt er noch, dass ich ihm aus Rache das Kind sterben lasse! Bist du überhaupt noch bei Sinnen?!"

Nach dieser Warnung hörte der Mann auf, laut zu schreien, aber im Stillen schimpfte er noch immer, er ärgerte sich über etwas und wusste selbst nicht mehr, worüber. Er drehte sich herum, trat von einer Stelle auf die andere und zertrat dabei auf dem nassen Lehmboden noch mehr Dreck. Er rückte das Geschirr von einer Stelle auf die andere, stieß und schob die Säcke herum, um irgendeinen Platz zu schaffen. Aber als er seine Sachen in Ordnung brachte, legte er sich alles zwischen die Füße, dass es schon schwer war, sich an Ort und Stelle umzudrehen, und nach vor konnte er keinen Schritt mehr machen. Er ärgerte sich, verfluchte die Kälte, die enge Hütte, den Herrn, seine Alte, die Kinder, die ganze Welt; schlussendlich hätte er sich sogar mit dem Herrgott selbst geschlagen.

Das sterbende Kind tat ihm leid. Er wusste nicht mehr, was er tun sollte. Der nahe Tod des Kindes stand ihm vor Augen. Sein eigenes Gewissen sagte ihm: „Deinetwegen stirbt das Kind." Er fiel auf die Bank, stützte die Ellbogen auf den Tisch, vergrub das Gesicht in seine Hände und brütete vor sich hin.

Die Frau hörte und spürte nichts mehr, sie küsste nur, auf ihre Hände gestützt, den Säugling, der schon ganz erkaltete, und begoss ihn mit heißen Tränen, wie um mit ihrem Atem sein Leben zurückzuhalten. Als sie sah, dass das Kind nur mehr kaum und selten atmete, schrie sie verzagt:

„Jesus Maria, Vincelis stirbt schon. Vater, hol eine Kerze, beeil dich! Wir schauen zu und das Kind stirbt noch ohne Kerze!"

Der Mann, als hätte er einen Stromschlag bekommen, sprang mit einer Bewegung herbei, stürzte hinter dem Tisch hervor, stolperte und fiel fast auf den Boden hin; planlos stürzte er auf das Kind und begann wie ein Stier zu brüllen.

Seine väterliche Liebe erwachte und schmerzhaftes Mitleid durchbohrte sein Herz. Durch das laute Schreien hindurch konnte er gerade noch zu seiner Frau sagen:

„Deinetwegen stirbt das Kind! Mein lieber Kleiner! Er hatte keine gute Mutter!"

AUTOREN- und QUELLENVERZEICHNIS

Renata Šerelytė, geb. 1970 in Šimonys (Bezirk Kupiškis), Lyrikerin und Prosaautorin, debütierte 1997 als Dramatikerin; sie studierte Lituanistik an der Universität Vilnius und arbeitete danach als Journalistin für verschiedene Zeitungen und Zeitschriften. Auf deutsch erschien 2002 ihr Roman „Sterne der Eiszeit" (Rowohlt Berlin), für den sie in Litauen mit dem angesehenen Žemaitė-Literaturpreis ausgezeichnet wurde.
Quelle: R. Š., Babelio volungė: In: O ji tepasakė miau (Und sie sagte nur miau). Verlag des litauischen Schriftstellerverbandes, Vilnius 2001, 37–49

Herkus Kunčius, geb. 1965 in Vilnius, Romancier, Dramatiker und Essayist; er studierte Kunstgeschichte und -theorie an der Kunstakademie Vilnius, war u. a. 1990–99 Fachredakteur für Kunst bei der Zeitschrift „Literatūra ir Menas" (Literatur und Kunst). Kunčius lebt in Vilnius und erhielt mehrmals Preise für das beste Prosawerk und das beste Theaterstück des Jahres.
Quelle: H. K., Mauromatis. Dingstis nusikalti. Erschien in der Nr. 4/2001 der Literaturzeitschrift „Nemunas"

Juozas Erlickas, geb. 1953 in Svirkančiai (Bezirk Akmenė), Lyriker, Dramatiker und Prosaautor; er studierte Lituanistik an der Universität Vilnius, arbeitete als Inspektor für Naturschutz, als Bühnenarbeiter und in Zeitschriftenredaktionen. In seinen Büchern mischen sich Gedichte, essayistische und erzählende Passagen. Erlickas wurde 1997 mit dem Litauischen Staatspreis ausgezeichnet.
Quelle: J. E., Dideli įvykiai mažame miestelyje. In: History of Lithuania. Tyto Alba, Vilnius 2000, 23–29

Markas Zingeris, geb. 1947 in Prienai, Lyriker, Prosaautor und Dramatiker; studierte Journalistik an der Universität Vilnius und unterrichtete Philosophie an Mittelschulen; als er sich weigerte, in die Kommunistische Partei einzutreten, verlor er seine Arbeit und konnte das Doktoratsstudium Philosophie nicht fortsetzen;

er schlug sich mit verschiedenen Arbeiten durch und war dann etliche Jahre wissenschaftlicher Sekretär im historischen Staatsmuseum. Zingeris war in der litauischen Unabhängigkeitsbewegung Sąjudis aktiv und wurde zum Vorsitzenden der litauisch-jüdischen Gesellschaft gewählt. Er übersetzte u. a. Joseph Brodsky und Isaac Bashevis Singer ins Litauische und wurde selbst ins Holländische, Französische, Englische, Russische und Jiddische übertragen. Auf deutsch erschienen Gedichte von Zingeris in der Nr. 73 (September 1993) der Literaturzeitschrift „SALZ".
Quelle: M. Z., Repatriantai. In: Iliuzionas (Illusion). Andrena, Vilnius 2000, 159–167

Bitė Vilimaitė, geb. 1943 in Lazdijai, veröffentlichte zahlreiche Erzählbände; arbeitete nach dem Studium in der Redaktion der Zeitschrift „Kino".
Quelle: B. V., Saltoji ugnis. In: Apsnigtas traukinys (Der verschneite Zug). Verlag des litauischen Schriftstellerverbandes, Vilnius 1996, 11–13

Jurgis Kunčinas, geb. 1947 in Alytus, Lyriker, Prosaautor und Übersetzer; studierte Germanistik, wurde zwangsexmatrikuliert, schlug sich mit verschiedenen Arbeiten durch; übersetzte u. a. Borchert, Dürrenmatt und Canetti. 2002 erschien sein Roman „Mobile Röntgenstationen" (Athena Verlag) auf deutsch.
Quelle: J. K., Ką mes radome negyvėlio kišenėse. In: Menestreliai Maksi Paltais. Verlag des litauischen Schriftstellerverbandes, Vilnius 1996, 103–111

Marius Ivaškevičius, geb. 1973 in Molėtai, Prosaautor; studierte Lituanistik an der Universität Vilnius.
Quelle: M. I., Musų meilės Vilniui traukinys. In: Kam vaikų. Verlag des litauischen Schriftstellerverbandes, Vilnius 1996, 25–29

Vanda Juknaitė, geb. 1949 in Papiliai (Bezirk Rokiškė), Prosaautorin; studierte Lituanistik an der Universität Vilnius, unterrichtete am Konservatorium von Klaipėda und seit 1975 an der

Universität Vilnius. Die Erzählung „Das gläserne Land" erschien 1995 als eigenes Buch.
Quelle: V. J., Stiklo Šalis. In: Šermenys. Alma Littera, Vilnius 2000, 171–204

Algirdas Landsbergis, geb. 1924 in Kybartai (Bezirk Vilkaviškis), Dramatiker und Prosaautor; floh 1944 nach Deutschland, wo er sein Studium an der Universität Mainz fortsetzte, und reiste 1949 in die USA, wo er 1957 an der Columbia University das Studium der vergleichenden Literaturwissenschaft abschloss und danach an verschiedenen Universitäten unterrichtete. Ab 1974 wandte er sich über „Voice of America" und „Radio free Europe" an Litauen. Seine Dramen wurden ins Englische übersetzt und in den USA und in Slowenien aufgeführt.
Quelle: A. L., Duetas moters balsui ir smuikui Venecijoje. In: Kelionės Muzika (Reisemusik). Vaga, Vilnius 1992, 191–205

Marius Katiliškis (Pseudonym für Albinas Vaitkus), geb. 1914 in Gruzdžiai (Bezirk Šiauliai), gestorben 1980 in Lemont (USA); Prosaautor; nach dem Besuch der Unterstufe des Gymnasiums arbeitete er auf dem elterlichen Hof, leistete Militärdienst und war Leiter einer Bibliothek; 1944 floh er aus Litauen, 1949 ließ er sich in Chicago nieder, wo er in Fabriken und auf Friedhöfen physische Arbeit verrichtete; lebte bis zu seinem Tod in der Nähe von Lemont, wo er ein kleines Grundstück gekauft und ein Haus errichtet hatte.
Quelle: M. K., Išsiilgę laukiam. In: Apsakymai. Algimanto Mackaus knygų leidimo fondas, Chicago 1975, 145–155

Icchokas Meras, geb. 1934 in Kelmė, Prosaautor; seine Eltern wurden gleich zu Beginn der Judenverfolgung in Litauen 1941 erschossen; zusammen mit seine Schwester wurde Meras bis 1944 von einer litauischen Familie versteckt und überlebte.
Meras absolvierte das Polytechnische Institut in Kaunas und arbeitete ab 1958 in Vilnius als Ingenieur für Funk- und Fernmeldetechnik. 1973 emigrierte er nach Israel. Auf deutsch erschienen die Romane „Remis für Sekunden" und „Sara" (beide im Aufbau-Verlag).

Quelle: I. M., Gied lakštingalėlis. In: Apverstas pasaulis. Apsakymai (Verkehrte Welt). Algimanto Mackaus knygų leidimo fondas, Chicago 1995

Antanas Ramonas, geb. 1947 in Kurmiai (Bezirk Klaipėda), gestorben 1993 in Vilnius; Prosaautor; Ramonas studierte Englisch an der Universität Vilnius und arbeitete im Kunstmuseum sowie in der Redaktion der Zeitschrift „Metai".
Quelle: A. R., Perkūnija kalnuose. In: Ramybės kalva (Hügel der Stille). 7 meno dienos, Vilnius 1997, 104–111

Ric̆ardas Gavelis, geb. 1950 in Vilnius, wo er im August 2002 verstarb; arbeitete nach dem Studium an der Universität Vilnius am Institut für Physik; sein Roman „Vilniaus pokeris" (Vilnius-Poker) wurde zum größten Erfolg in der litauischen Literaturgeschichte.
Quelle: R. G., Raportas apie šmėklas. In: Nubaustieji (Die Bestraften). Vaga, Vilnius 1987, 87–111

Jurga Ivanauskaitė, geb. 1961 in Vilnius, studierte Graphik und ist in Litauen auch als Malerin bekannt. 1993–98 verbrachte sie lange Zeit in Indien und Tibet und trat zum Buddhismus über. Sie hat bisher fünf Romane (drei über Reisen nach Tibet) und zwei Erzählbände veröffentlicht. 2002 erschien ihr Roman „Die Regenhexe" (dtv) auf deutsch.
Quelle: J. I., Namas užmiestyje. In: Pakalnučių metai. Vaga, Vilnius 1985, 95–102

Romualdas Granauskas, geb. 1939 in Mažeikiai, Prosaautor und Dramatiker, arbeitete in verschiedenen Kultureinrichtungen; „Das Stieropfer", 1975 als eigenes Buch erschienen, gilt als sein bestes Werk. Granauskas erhielt im Jahr 2000 den Litauischen Staatspreis.
Quelle: R. G., Jaučio aukojimas. Vaga. Vilnius 1975

Saulius Šaltenis, geb. 1945 in Utena, Prosaautor und Dramatiker, arbeitete nach dem Philologiestudium an der Universität Vilnius im litauischen Filmstudio und einigen Zeitschriftenredaktionen;

1992-2000 war Šaltenis Parlamentsabgeordneter, 1996–99 Kulturminister der Republik Litauen.
Quelle: S. Š., Amžinai žalojantis klėvas. In: Atminimo cukrus (Zucker der Erinnerung). Vaga, Vilnius 1983

Jurgis Savickis, geb. 1892 in Pagausantys (Bezirk Raseiniai), gestorben 1952 in Ruquebrun (Frankreich), wurde nach seinem Kunststudium in Moskau 1912–14 im Jahr 1915 nach Kopenhagen entsandt, um sich um die Angelegenheiten der litauischen Kriegsflüchtlinge zu kümmern; Savickis sprach fließend russisch, polnisch, französisch, deutsch, dänisch und schwedisch, er war lange Zeit Botschafter Litauens in den skandinavischen Ländern und ab 1938 litauischer Delegierter beim Völkerbund in Genf; er hat die Großstadtatmosphäre in die litauische Erzählung eingeführt.
Quelle: J. S., Prabangos. In: Vasaros kaitros. Vilnius, Baltos lankos 1997, 130–139

Petras Tarulis (Pseudonym für Juozas Petrėnas), geb. 1896 in Degučiai (Bezirk Utena), gestorben 1980 in New York; besuchte das Gymnasium in St. Petersburg und Woronesch, studierte Literatur in der Litauischen Universität und Journalistik in Paris, war Redakteur mehrerer Zeitschriften; Tarulis gehörte der litauischen Avantgardegruppe „Keturi vejai" (Vier Winde) an; 1944 floh er aus Litauen und lebte zuerst in Deutschland, dann in den USA.
Quelle: P. T., Pavasariniai posmai. In: Gyvas stebuklas (Ein lebendiges Wunder). Verlag des litauischen Schriftstellerverbandes, Vilnius 1993, 116–120

Antanas Vienuolis (Pseudonym für Žukauskas), geb. 1882 in Ažuožeriai (Bezirk Anykščiai), gestorben 1957 in Anykščiai, konnte das Gymnasium nicht abschließen, weil er nicht Priester werden wollte, ging 1900 nach Moskau und arbeitete als Apothekerlehrling und dann als Apotheker u. a. im Kaukasus; 1905 wurde er für die Teilnahme an einem Streik eingesperrt; ab 1907 studierte er in Moskau Pharmazie und hörte Literaturvorlesungen. Die Erzählungen von Vienuolis erschienen in litauischen Zeitschriften und 1918 kehrte er nach Litauen zurück. Er arbeitete als

Kriegsberichterstatter und fuhr mit der Friedensdelegation der litauischen Regierung nach Moskau; später war er Zeitschriftenredakteur, 1922 übersiedelte er von Kaunas nach Anykščiai, wo er bis 1944 seine eigene Apotheke hatte. Beim Erscheinen der Auswahl seiner Schriften in der Sowjetzeit wurde er unter Druck gesetzt, frühere Werke umzuschreiben.
Quelle: A. V., Aleliuja. In: Paskenduolė. Baltos lankos, Vilnius 1999, 80–87

Žemaitė (Pseudonym für Julija Beniuševičūtė-Žymantienė), geb. 1845 in Bukantė (Bezirk Plungė), gestorben 1921 in Marijampolė, kam aus dem niedrigen Adel, erhielt auf dem Hof von Verwandten Unterricht, arbeitete ab 1864 als Kinder- und Zimmermädchen; mit 49 Jahren schrieb sie ihre erste Geschichte; 1912 übersiedelte sie nach Vilnius, kümmerte sich um Kriegsflüchtlinge, reiste in die USA und lebte einige Jahre bei ihrem Sohn in Chicago; 1921 kehrte sie nach Litauen zurück. Žemaitė ist die Begründerin der realistischen Erzählung in Litauen.
Quelle: Žemaitė, Neturejo geros motinos. In: Apsakymai (Erzählungen). Vaga, Vilnius 1999, 7–13